Incontrôlable désir

---

Père pour Noël

YVONNE LINDSAY

# Incontrôlable désir

*Traduction française de*
MADELEINE POULAIN

PASSIONS

HARLEQUIN

*Collection :* PASSIONS

*Titre original :*
ONE NIGHT CONSEQUENCE



**HARPERCOLLINS FRANCE**
83-85, boulevard Vincent-Auriol, 75646 PARIS CEDEX 13
Service Lectrices — Tél. : 01 45 82 47 47 - www.harlequin.fr
ISBN 978-2-2804-5402-5 — ISSN 1950-2761

Composé et édité par HarperCollins France.
Imprimé en novembre 2022 par CPI Black Print (Barcelone)
en utilisant 100% d'électricité renouvelable.
Dépôt légal : décembre 2022.

MIXTE
Papier issu de sources responsables
FSC® C159065

Pour limiter l'empreinte environnementale de ses livres, HarperCollins France s'engage à n'utiliser que du papier fabriqué à partir de bois provenant de forêts gérées durablement et de manière responsable.

# - 1 -

Stevie donna une dernière pichenette à la couverture soigneusement tirée et poussa un soupir de satisfaction.

Reculant d'un pas, elle promena un regard plein de fierté sur le lit à colonnades, puis la chambre ornée de décorations de Noël qu'elle était allée chercher dans une malle au grenier. Tout était parfait. Elle avait enfin réalisé son rêve.

Après des années d'espoirs et de projets, Stevie avait transformé l'ancienne maison de ses grands-parents en hôtel familial de haut standing. Les douze chambres de la vieille demeure victorienne accueillaient des clients toujours plus nombreux depuis dix-huit mois.

Les affaires ne marchaient pas aussi bien que Stevie l'aurait voulu, mais elle savait qu'elle n'était pas la seule dans ce cas. La pandémie avait affecté durement le secteur du tourisme. Pourtant, elle s'en était sortie et elle espérait bien continuer à développer ses activités. Si seulement la banque pouvait lui accorder un nouveau prêt, tout irait bien.

Le ronflement luxueux d'un moteur de voiture la tira soudain de ses pensées. Voilà qui était curieux. Elle ne se souvenait pourtant pas d'avoir pris une réservation. Peut-être Elsa, l'une de ses deux employées, l'avait-elle fait avant de partir en congé.

Il s'agissait d'une période plutôt creuse, et Stevie

avait invité son assistante, qui était également guide de randonnée pour les clients de l'hôtel, à partir en vacances quelques semaines. Elle gardait donc l'hôtel seule avec Penny, cuisinière et amie de longue date de sa famille. Aucun plat ne résistait à cette magicienne de la cuisine. D'ailleurs, les repas de l'hôtel étaient toujours un grand succès.

Stevie jeta un coup d'œil par la fenêtre et son sourire s'évanouit. La voiture qu'elle avait entendue un peu plus tôt venait de se garer devant les marches du perron. Il s'agissait d'un élégant coupé européen dont elle osait à peine imaginer le prix, typiquement le genre d'étalage de richesse qu'elle détestait. Typiquement le genre de voiture que son mari aurait adoré s'il avait été encore de ce monde…

Gagnée par une amertume familière, Stevie avala sa salive avec difficulté. Elle n'avait pas pensé à Harrison depuis plusieurs semaines. Pourtant, son souvenir s'immisçait dans son esprit à la moindre occasion et lui rappelait comment elle s'était sentie pendant son mariage – inutile et dépendante.

Elle se détourna de la fenêtre et redressa la tête avec autorité. Cette femme-là appartenait au passé. Aujourd'hui, elle était enfin elle-même, Stevie Nickerson, heureuse propriétaire de la Maison Nickerson. Plus de deux siècles auparavant, ses ancêtres avaient bâti de leurs mains les murs qui l'entouraient, utilisant le bois des Scieries Nickerson toutes proches.

Stevie était revenue à ses racines. Elle se sentait enfin chez elle, enfin heureuse, et elle était bien décidée à accueillir son seul client de la semaine avec le sourire.

Descendant l'escalier principal d'un pas léger, elle laissa courir sa main le long de la rampe qui fleurait bon la cire d'abeille, artistement décorée d'une guirlande de houx. Elle arrivait à peine en bas des marches lorsque la porte d'entrée s'ouvrit.

Le soleil entra à flots dans la pièce, l'empêchant de distinguer le visage du nouvel arrivant. Elle nota au passage sa silhouette athlétique et ses épaules légèrement voûtées.

— Bienvenue à la Maison Nickerson, dit-elle de sa voix la plus veloutée. J'espère que vous avez fait bon voyage.

La porte se referma et Stevie vit les traits de l'inconnu se dessiner. Des cheveux blond foncé coiffés en arrière, des yeux gris d'une clarté stupéfiante. Sous la barbe de trois jours, on devinait des pommettes ciselées et la ligne volontaire de la mâchoire. Le regard de la jeune femme fut inexorablement attiré par sa bouche, sa lèvre inférieure pleine et sensuelle.

Elle connaissait déjà ce visage. Il appartenait à un homme dont le seul nom la faisait frémir d'angoisse. Fletcher Richmond, le meilleur ami de feu son mari.

Que faisait-il ici, dans *sa* maison ? C'était impossible !

Elle ne l'avait pas revu depuis l'enterrement de Harrison. D'ailleurs, bien avant l'accident, son mari et Fletcher semblaient avoir cessé de se voir. Elle n'avait pas posé de questions. À vrai dire, elle s'était plutôt sentie soulagée de ne plus avoir à dissimuler l'effet qu'il lui faisait lors de ses visites, et puis elle avait eu d'autres soucis à cette période. Les failles de son mariage commençaient déjà à apparaître.

Fletcher lui avait brièvement exprimé ses condoléances après la cérémonie, et elle l'avait aussitôt relégué aux tréfonds de sa mémoire. Jamais elle n'aurait cru le revoir un jour.

Stevie porta une main à sa gorge nouée et toussota

plusieurs fois, cherchant désespérément à calmer l'onde de choc qu'elle venait de recevoir.

— Stephanie ? demanda enfin Fletcher, les yeux écarquillés.

— C'est Stevie maintenant, le corrigea-t-elle.

Avant leur mariage, Harrison avait insisté pour qu'elle commence à utiliser son prénom complet, le jugeant plus convenable pour la femme d'un homme tel que lui. Elle n'avait été à ses yeux qu'un accessoire pour l'aider à assouvir ses ambitions politiques. Il lui avait fait redresser les dents, prendre des cours d'élocution, porter des tenues sophistiquées – et Stevie, stupide et énamourée, avait tout accepté.

Elle avait remisé son diplôme de gestion hôtelière pour se consacrer à un homme qu'elle avait cru aimer. Plus idiot et plus faux encore, elle avait cru qu'*il* l'aimait.

— Stevie, répéta Fletcher d'un air curieux. Pourquoi ce diminutif ?

Comme toujours, il ne perdait pas de temps, songea Stevie. Elle se souvenait de sa capacité à aller droit au but lors de ses conversations avec Harrison. Bien davantage, elle se rappelait qu'il avait été le seul homme de sa connaissance à pouvoir l'enflammer tout entière d'un seul regard.

*Comme maintenant, par exemple…*

Il n'était là que depuis une minute et elle sentait déjà ce frisson familier parcourir son corps, ses seins tendus, cette sensation délicieuse au creux de son ventre…

Consciente du silence qui se prolongeait, Stevie secoua la tête et s'obligea à répondre :

— J'ai toujours utilisé ce prénom, du moins avant de rencontrer Harrison. À présent, excusez-moi, mais est-ce que vous aviez une réservation ?

— Je n'avais aucune idée que tu travaillais dans cet hôtel, répliqua-t-il en ignorant superbement sa question. Maintenant que j'y pense, Harrison m'avait raconté que ta famille travaillait dans l'hôtellerie.

Connaissant le personnage, il avait dû raconter une histoire bien plus majestueuse que la réalité…

— J'ai réservé une chambre hier soir par téléphone, poursuivit Fletcher. Je compte rester deux semaines.

*Deux semaines ? Quel enfer…*

— Laissez-moi vérifier, marmonna-t-elle pour gagner du temps.

Stevie déverrouilla l'ordinateur et ouvrit le logiciel de réservations. Clair comme le jour, le nom de Fletcher apparaissait sur son écran. Elsa avait même laissé un commentaire signalant qu'il était intéressé par les randonnées proposées par l'hôtel.

Comment avait-elle pu passer à côté d'une telle énormité ? Si elle avait vu la réservation plus tôt, elle l'aurait…

Quoi ? Annulée ? Mais non, bien sûr. L'hôtel était vide et elle avait besoin de cet argent. Elle ne pouvait pas se permettre de tels enfantillages.

Stevie cliqua au hasard sur l'écran et se mit à chantonner à voix basse, ce qu'elle faisait toujours lorsqu'elle était nerveuse. Harrison avait eu cette manie en horreur et elle ne se souvenait pas de l'avoir fait depuis son enterrement. Ironie du sort, c'était justement Fletcher qui faisait réapparaître son anxiété…

— En effet, finit-elle par dire avec plus de fermeté qu'elle n'en ressentait. Je vois la réservation. Vous serez dans la suite Beaumont. Est-ce que je peux monter vos bagages, monsieur Richmond ?

— Fletcher, s'il te plaît, et tu peux me tutoyer. Nous sommes de vieux amis.

De vieux amis ? Certainement pas. Elle avait toujours considéré Fletcher comme étant proche de son mari, pas d'elle-même. Sans compter la réaction à la fois excitante et gênante qu'il provoquait en elle chaque fois qu'elle le voyait…

Se forçant à sourire, elle redressa les épaules et répondit :

— Très bien, Fletcher. As-tu des bagages ?

— Seulement ce sac.

Il souleva l'objet en question, non sans lui décocher un sourire ravageur au passage. Stevie sentit son cœur louper un battement mais se ressaisit aussitôt. Elle était bien placée pour savoir que le physique ne reflétait pas toujours le caractère d'un homme. Fletcher était peut-être charmant à l'extérieur, mais il lui suffirait probablement de cinq minutes pour se montrer autoritaire et exigeant, comme Harrison…

— Si tu veux bien me suivre, je vais te montrer ta chambre.

À peine eut-elle quitté la protection rassurante du bureau d'accueil qu'elle se sentit terriblement vulnérable. Elle était pourtant plutôt grande, mais Fletcher la dominait d'une bonne tête. Peut-être devrait-elle commencer à porter des talons hauts pour travailler.

*Arrête tout de suite, Stevie.*

Elle s'était promis que plus jamais elle ne changerait sa façon de s'habiller pour un homme. Au travail, elle portait une robe noire classique mais élégante, avec des chaussures à petits talons qui lui permettaient d'aller et venir toute la journée sans avoir mal aux pieds. Elle aimait sa tenue et n'avait pas la moindre intention d'y changer quoi que ce soit.

Redressant les épaules, elle commença à monter

l'escalier qui menait au deuxième étage, intensément consciente de la présence de Fletcher derrière elle.

— C'est très joli chez toi, commenta-t-il.

— Merci. La maison est dans ma famille depuis cinq générations.

— Vraiment ? C'est impressionnant. Harrison ne m'en a jamais parlé.

*Bien sûr que non*, songea Stevie.

Elle dut faire un effort pour ne pas lever les yeux au ciel. Harrison avait toujours méprisé sa famille. Les Nickerson se portaient plutôt bien financièrement, mais cela n'avait rien à voir avec la fortune colossale des Reed.

Selon ses propres mots, Harrison l'avait sauvée de la médiocrité en l'épousant. Elle aurait même dû se montrer reconnaissante qu'il ait « transformé sa vie ».

*Pour la transformer, tu l'as bien transformée*, pensa-t-elle en faisant la grimace.

— Voilà ta chambre, annonça-t-elle lorsqu'ils arrivèrent au deuxième étage.

Elle ouvrit la porte à double battant et s'effaça pour laisser passer Fletcher.

— Tu devrais y trouver tout le nécessaire, mais si tu as besoin de quoi que ce soit, n'hésite pas à m'appeler. Tu n'as qu'à décrocher le téléphone et appuyer sur zéro.

Elle s'apprêtait à battre en retraite lorsque Fletcher l'interpella de nouveau.

— Tu m'as dit tout à l'heure que cette maison était dans ta famille depuis cinq générations, n'est-ce pas ?

— C'est exact. Le grand-père de mon grand-père l'a construite pour y accueillir sa femme, tout juste débarquée d'Angleterre. Les Nickerson y ont toujours vécu depuis.

— Alors, ce n'était pas un hôtel à l'origine ?

— Pas jusqu'à la mort de mon grand-père. Lorsqu'il

est parti, ma grand-mère a décidé de transformer la maison en une sorte de centre de bien-être pour hippies. Les locaux n'ont pas du tout apprécié. Certains pensaient même qu'elle avait fondé une secte. Pour autant, ma grand-mère ne s'est jamais démontée. Elle disait toujours que nourrir son fils comptait davantage que l'opinion de ses voisins.

Fletcher eut un rire léger. Aussitôt, Stevie eut des papillons dans le ventre et ne put s'empêcher de sourire avec lui. Il avait toujours eu ce don, cette capacité à illuminer toute une pièce d'un éclat de rire, à capter l'attention de tous – même la sienne – lorsqu'il racontait une histoire.

— Ta grand-mère a l'air formidable. Est-ce qu'elle vit toujours ici ?

— Elle est décédée il y a deux ans. C'est incroyable, mais elle me manque encore tous les jours. Harrison t'a peut-être raconté que c'est elle qui m'a recueillie après la mort de mes parents dans une avalanche.

— Je suis vraiment désolé.

Ses mots auraient pu sembler banals, une simple politesse, mais Stevie sentit qu'ils étaient profondément sincères.

— Je te remercie. Mais assez parlé de moi, poursuivit-elle en posant de nouveau la main sur la poignée de la porte. Comme je te le disais, tu devrais trouver tout ce dont tu as besoin dans la chambre. Demain matin, tu pourras prendre ton petit déjeuner ici ou dans la salle à manger. Nous te demandons seulement de nous tenir au courant d'ici à 10 heures ce soir.

— La personne qui a pris ma réservation m'a parlé de randonnées avec un guide.

— En effet, mais cette personne est absente pour

le moment. Je peux organiser quelque chose avec une agence si tu le souhaites.

— Tu pourrais m'emmener toi-même, suggéra-t-il doucement.

— Je ne pense pas avoir le temps.

— Il me semble que le prix de ma réservation incluait des randonnées au choix, accompagnées par un employé de la Maison Nickerson.

Stevie retint un grognement de frustration.

— Très bien, je t'accompagnerai. J'apprécierais bien sûr que tu me préviennes suffisamment à l'avance. À présent, si tu n'as pas d'autres questions…

— Viens dîner avec moi ce soir, demanda-t-il sans préambule. Nous pourrons parler du bon vieux temps.

Elle ferma les yeux et inspira profondément pour se calmer. Malheureusement, ce geste lui apporta une bouffée du parfum délicieux de Fletcher, un mélange enivrant de notes citronnées, de santal et d'une odeur purement masculine.

Une odeur qui lui était toujours, qui *devait* lui rester aussi interdite que lorsqu'elle avait été mariée à son meilleur ami…

— Écoute, Fletcher, commença-t-elle avec un soupir agacé. J'ai du travail ce soir et, pour être honnête, je n'ai aucune envie de revenir sur un passé que j'essaie d'oublier depuis dix-huit mois.

Elle redressa la tête et referma la porte derrière elle avec fermeté. Une fois à l'autre bout du couloir, elle s'aperçut que ses mains tremblaient et dut s'agripper à la balustrade.

Pourquoi la présence de Fletcher la bouleversait-elle à ce point ? Il n'était qu'un client parmi d'autres. Elle avait hâte de le voir partir dans deux semaines, mais en attendant, elle se devait de lui offrir la qualité de service qu'elle exigeait de son hôtel.

Oui, le séjour de Fletcher devrait être parfait… Dût-elle passer deux semaines infernales pour y arriver.

# - 2 -

Fletcher resta immobile un long moment, fixant la porte de sa chambre comme si celle-ci allait lui apporter des réponses. Qu'avait-il bien pu dire pour bouleverser Stephanie – non, Stevie – à ce point ?

Il avait seulement voulu échanger des souvenirs avec elle. Ce n'était pourtant pas une idée si étrange que cela. Harrison devait lui manquer et elle avait probablement envie d'évoquer son souvenir, non ? Peut-être, au contraire, lui manquait-il à tel point que parler de lui restait trop douloureux.

Il fronça les sourcils, se rappelant ce qu'elle avait dit avant de sortir de la chambre. Elle s'efforçait d'oublier… Mais pourquoi ?

Quelque chose ne collait pas dans cette histoire. Aussi loin qu'il s'en souvienne, Stephanie et Harrison avaient toujours été un couple uni et affectueux. Cela dit, la femme qu'il avait vue aujourd'hui lui avait paru bien différente de celle d'autrefois, quoique toujours aussi belle.

D'abord, il y avait ce prénom, Stevie, qui lui allait curieusement mieux que sa version plus formelle. Ensuite, elle semblait ne pas avoir perdu de temps pour quitter la maison où elle avait vécu avec Harrison. Presque comme si elle avait eu hâte de le laisser derrière elle…

Fletcher secoua la tête pour chasser ces pensées qui lui déplaisaient. De quel droit jugeait-il une personne qu'il connaissait à peine ? Chacun faisait son deuil à sa manière, et depuis la mort de son père un an auparavant, il était bien placé pour le savoir. Cela dit, il était peu probable que Stevie ait reçu un choc pareil à celui qui avait frappé les Richmond…

Lorsque son père avait succombé à une attaque dans son bureau de Seattle, Fletcher et les siens avaient appris l'inimaginable : Douglas Richmond avait entretenu deux familles séparées, chacune avec deux fils et une fille, pendant plus de trente-cinq ans. Il avait également dirigé deux entreprises quasiment identiques, l'une en Virginie et l'autre à Seattle. Les deux familles n'avaient jamais rien su l'une de l'autre jusqu'au jour de sa mort.

Heureusement, les demi-frères et sœurs avaient fini par bien s'entendre, encaissant le deuil d'un père qui n'était pas celui qu'ils avaient cru. Ils avaient même réussi à faire front ensemble lorsqu'une affaire d'espionnage industriel avait frappé Richmond Developments, l'entreprise de Seattle.

Fletcher avait appris à aimer sa nouvelle famille. Malgré tout, il accusait encore le choc. Son père avait toujours représenté l'intégrité même à ses yeux. Un an après sa mort, chaque jour apportait de nouveaux détails sur ses mensonges, sur la double vie qu'il avait menée avec un talent stupéfiant.

Épuisé par toutes ces complications, il avait décidé sur un coup de tête de partir en vacances dans les Appalaches. Après tout, Richmond Construction pouvait bien se passer de lui pendant deux semaines. Il avait terriblement besoin de se reposer après cette année tumultueuse.

La dernière personne qu'il avait pensé trouver à Asheville, petite bourgade tranquille de Caroline du Nord, était bien Stephanie Reed.

Il avait pourtant pensé à elle bien des fois depuis l'accident d'avion qui avait coûté la vie à Harrison. Il se souvenait encore de son expression le jour de l'enterrement, comme anesthésiée par le choc. Sa première impulsion avait été de la prendre dans ses bras, de lui offrir son soutien, mais le souvenir de son comportement envers lui chaque fois qu'il leur avait rendu visite l'avait retenu.

Elle avait toujours eu l'air de le tolérer, jamais de souhaiter sa présence.

S'était-elle sentie jalouse de l'amitié que Harrison et lui partageaient ? Ils avaient eu une relation assez proche, basée sur une saine rivalité. Qu'il s'agisse de leurs notes, de leurs exploits sportifs ou des filles avec qui ils sortaient, Harrison et lui essayaient toujours de se dépasser l'un l'autre. Fletcher était arrivé major de promotion à l'université. Harrison le suivait de quelques points, mais surtout, il avait décroché le meilleur des prix : il avait épousé Stephanie.

Elle avait tellement changé durant ces quelques mois que Fletcher avait eu l'impression de voir une femme différente. Les tenues haute couture avaient disparu, comme ses cheveux soigneusement lissés qui lui arrivaient tout juste aux épaules et sa manucure impeccable.

Certes, elle portait toujours une robe élégante, mais ses cheveux bouclés cascadaient librement dans son dos. Fletcher aurait juré que si on tirait légèrement dessus ils arriveraient jusqu'à sa taille. Il avait eu du mal à se retenir de les toucher pour savoir s'ils étaient aussi doux qu'ils en avaient l'air. Quant à son visage…

Dans son souvenir, elle était toujours impeccablement maquillée, mais tout à l'heure, il avait remarqué pour la première fois son teint naturel et frais. Elle ne portait plus qu'une légère touche de mascara qui mettait en valeur ses magnifiques yeux bruns. Il avait cru voir que ses ongles étaient peints d'une nuance vive assortie à son rouge à lèvres. Même sa voix avait changé, dénuée à présent de cette cadence bien modulée qu'il lui connaissait.

On aurait dit que Stevie s'était complètement transformée. Pour autant, il la trouvait toujours aussi belle, et ces vacances allaient être une douce torture à laquelle il ne s'était pas attendu.

Fletcher abandonna son blouson sur une chaise, se débarrassa de ses baskets et s'étira voluptueusement sur le lit. Sa tête s'enfonça dans l'épais oreiller de plumes et il inspira à fond l'odeur de lavande qui émanait des draps. Il se rendait compte à présent qu'il avait passé les six heures de trajet dans un état de tension qui commençait seulement à retomber.

Il se laissa aller contre le matelas et ferma les yeux, détendu comme il ne l'avait pas été depuis des mois. Voilà pourquoi il était venu jusqu'ici. Il avait besoin de temps pour souffler, pour remettre ses pensées en ordre – pour être tout simplement lui-même l'espace d'un instant.

Très jeune, Fletcher avait dû occuper la place de chef de famille lorsque son père s'absentait, une bonne moitié de l'année, pour de prétendus voyages d'affaires. Il ne s'agissait pas seulement d'aider sa mère à la maison. Il devait également s'occuper de ses frères et sœur et jouer le rôle de chef d'entreprise à la place de son père, gérant les affaires courantes et dirigeant les réunions.

Il avait été le roc de sa famille pendant sa vie entière, celui qui réglait les problèmes et qui s'occupait de tout. Et puis, un an auparavant, son univers s'était effondré.

Fletcher n'avait pas pu réparer la trahison de son père. Il avait été incapable d'effacer la douleur de sa famille, les mensonges de sa mère et la désertion de son ex-fiancée. Pour la première fois, il n'avait pas pu sauver la situation. Quant à son travail… Certes, il le faisait consciencieusement, mais il n'y trouvait plus beaucoup de satisfaction. Il se sentait de plus en plus fatigué.

Quand aurait-il le droit de penser à lui ? De se retrouver, de comprendre ce dont il avait envie ? Ces deux semaines de vacances lui apporteraient peut-être des réponses.

Le soir tombait lorsque Fletcher rouvrit les yeux. Il se redressa brusquement et constata avec stupéfaction qu'il avait dormi près de deux heures. Cela ne lui arrivait que rarement. Ces derniers temps, il avait plutôt tendance à mal dormir, mais il se sentait plus reposé que jamais après cette sieste impromptue.

Il avait également une faim de loup. La Maison Nickerson ne proposant pas de dîners sur place, Fletcher savait qu'il allait devoir reprendre sa voiture. Le refus de Stevie lorsqu'il lui avait proposé de dîner avec lui le titillait encore, mais il ne pouvait rien y changer, et il espérait au moins qu'elle pourrait lui conseiller un bon restaurant dans les environs.

Fletcher prit une douche rapide, enfila des vêtements propres et descendit l'escalier. Le rez-de-chaussée était curieusement silencieux. Il se serait attendu à trouver d'autres clients en bas, surtout avec cette cheminée qui flambait joyeusement et cet immense sapin de Noël artistement décoré.

L'endroit semblait parfait pour se détendre après une journée de randonnée ou de ski sur les pistes toutes proches. Pourquoi n'y avait-il personne ? Il ne pouvait pas être le seul client de l'hôtel, tout de même ?

Se souvenant à quel point il avait faim, Fletcher haussa une épaule et traversa le hall d'entrée, suivant les bruits et les odeurs en provenance de l'autre bout du couloir.

Un parfum délicieux émanait d'une porte entrouverte et son estomac gronda de plus belle. Il entendit la voix de Stevie qui semblait en grande conversation avec une autre femme.

S'arrêtant derrière la porte, il frappa légèrement avant d'entrer. Stevie pivota aussitôt vers lui.

— Y a-t-il un problème, Fletcher ? Est-ce que le téléphone de la suite fonctionne mal ?

— Non, tout se passe bien et je suis certain que le téléphone fonctionne à merveille. Je voulais seulement te demander si tu connais un bon restaurant pour dîner dans le coin.

L'inconnue fit alors un pas vers lui, essuyant ses paumes sur le tablier qu'elle portait avant de lui tendre la main.

— Bonsoir, je m'appelle Penny, dit-elle avec un sourire engageant. Je suis la cuisinière et je peux vous dire qu'il y a largement de quoi manger pour trois personnes ce soir. Puisque vous êtes notre seul hôte, restez donc dîner avec nous ! Si vous aimez la cuisine simple, bien sûr.

Du coin de l'œil, Fletcher aperçut Stevie qui fusillait la cuisinière du regard.

— Je pense que Fletcher préférerait dîner dans un vrai restaurant, contra-t-elle sèchement avant de se tourner à nouveau vers lui. Donne-moi un instant, je vais t'écrire une liste de quelques bonnes adresses dans le quartier.

— Non, ne te dérange pas. Je serai très heureux de dîner ici. Merci pour l'invitation, Penny.

Le sourire crispé de Stevie laissa la place à une expression franchement agacée.

— Très bien, fit-elle avec raideur. Je vais ajouter un couvert.

— Je m'en occupe, contra aussitôt Penny.

La cuisinière tira un set de table d'un tiroir et l'étala

sur la table, dont le bois portait les traces d'une longue usure.

— Asseyez-vous donc, lui dit-elle en désignant une chaise. Le dîner sera bientôt prêt. Stevie, nous pourrions peut-être offrir un verre de vin à ce monsieur ? Pourquoi pas ce merlot que nous avons ouvert hier soir ?

— J'aimerais beaucoup, commenta Fletcher avec un sourire en direction de Stevie, si cela ne te dérange pas trop.

— Pas du tout, fit-elle d'une voix polie qui semblait dissimuler tout l'énervement du monde.

Penny lui jeta un coup d'œil inquiet avant de traverser la cuisine pour attraper un verre à vin dans le buffet. Elle servit généreusement Fletcher, puis remplit les deux autres verres avant de se retourner vers Stevie, qui semblait s'affairer partout sans rien faire de particulier.

— Assieds-toi tranquillement, lui ordonna-t-elle. Je m'occupe du service.

Stevie hocha la tête et s'installa en face de lui. Sous le masque de politesse, Fletcher décela un éclair d'irritation pareil à celui qu'il avait remarqué lorsqu'elle l'avait accueilli. Elle ne voulait vraiment pas de lui dans sa maison. Il n'aurait probablement pas dû accepter l'invitation de Penny, mais tout l'intriguait chez Stevie et il n'avait pas pu résister.

Penny posa trois bols de salade devant eux, puis un grand plat encore recouvert. Elle y ajouta un panier de petits pains qu'elle venait de sortir du four. Lorsqu'elle souleva le couvercle du plat, Fletcher reconnut aussitôt l'odeur délicieuse qui l'avait attiré jusqu'à la cuisine.

— Oh là là, Penny, s'exclama-t-il avec enthousiasme. Rien qu'à l'odeur de ce plat, je crois que je vais devoir vous demander en mariage.

— Arrêtez donc vos bêtises, rétorqua la cuisinière en éclatant de rire. Je suis bien trop vieille pour vous, et puis mon mari ne serait probablement pas d'accord. Vous feriez mieux d'épouser Stevie, non ? ajouta-t-elle avec un clin d'œil.

Penny s'interrompit pour servir trois généreuses portions de ragoût de bœuf avant de reprendre :

— Ne soyez pas timide, prenez du pain avec du beurre. Il y en a pour un régiment.

Fletcher glissa un regard vers Stevie et lui demanda d'un ton léger :

— Alors, qu'en penses-tu ? Est-ce que je devrais te demander en mariage ?

— Non, rétorqua-t-elle d'une voix glaciale.

Dans l'espoir de détendre l'atmosphère, Fletcher continua, toujours sur le ton de la plaisanterie :

— Cela veut dire que tu vas y réfléchir, n'est-ce pas ?

— Cela veut dire que je ne me remarierai jamais. Si vous voulez bien m'excuser, ajouta-t-elle en se levant de table, j'ai beaucoup de travail ce soir. Je vais dîner dans mon bureau.

Elle disposa rapidement son repas sur un plateau et sortit de la pièce avant même que Fletcher ait eu le temps de dire quoi que ce soit. Abasourdi, il se tourna vers Penny, dont les yeux s'étaient écarquillés de surprise.

— Aurais-je dit quelque chose qu'il ne fallait pas dire ?

— Vous avez touché une corde sensible, mais ce n'est pas de votre faute, soupira Penny. Stevie déteste le mot « mariage ». Elle ne parle pas beaucoup de son ex-mari, mais en tout cas, elle était une personne complètement différente lorsqu'elle est revenue à Asheville. Enfin, vous ne pouviez pas le savoir et je suis désolée que nous vous ayons mis mal à l'aise. Est-ce que je vous ressers du ragoût ?

Fletcher refusa poliment, et la conversation s'engagea sur Asheville et ce qu'il y avait à voir dans les environs. Penny lui apprit qu'elle travaillait pour la famille Nickerson depuis plus de trente ans. Elle connaissait la région comme sa poche. Au bout de cinq minutes, Fletcher avait suffisamment d'idées pour occuper plusieurs mois de séjour.

Une fois le repas terminé, il souhaita le bonsoir à Penny et reprit le chemin de sa chambre. Derrière la réception, un rai de lumière filtrait sous une porte qu'il devina être celle du bureau de Stevie. Devait-il passer la voir et s'excuser de l'avoir blessée pendant le repas ?

Fletcher fit un pas vers la porte, tendit la main pour frapper, mais quelque chose le retint à la dernière seconde. Stevie lui avait clairement montré qu'elle ne voulait pas le voir. Elle s'était réfugiée dans son bureau pour être le plus loin possible de lui, et il devait respecter son choix.

De nouveau, il se demanda ce qu'il avait loupé quelques années auparavant. Que s'était-il passé entre elle et Harrison ? Tout à l'heure, à table, il avait cru revoir l'ancienne Stephanie Reed. Pourtant, on aurait dit le reste du temps qu'elle n'existait plus.

Qui était donc la vraie Stevie ? Et pourquoi la réponse lui importait-elle à ce point ?

## - 3 -

Elle entendit son pas mesuré qui faisait craquer le vieux plancher de bois, puis retint son souffle lorsqu'il sembla s'arrêter devant la porte. Chaque cellule de son corps vibrait d'excitation. Que se passerait-il s'il entrait dans son bureau ?

Stevie s'en voulait déjà d'avoir battu en retraite au milieu du dîner. Elle avait eu une attitude puérile qui n'était pas digne de la personne qu'elle était aujourd'hui. Elle aurait dû dire à Fletcher, calmement et fermement, qu'elle n'appréciait pas les plaisanteries à ce sujet. Pourquoi s'était-elle enfuie ?

Elle n'allait tout de même pas pouvoir l'éviter pendant deux semaines, d'autant moins qu'Elsa était en congé…

Les bruits de pas recommencèrent, mais cette fois, ils se dirigeaient vers l'escalier. Stevie entendit la troisième marche craquer comme elle l'avait toujours fait du plus loin qu'elle s'en souvienne. Certaine désormais que Fletcher retournait dans sa chambre, elle laissa échapper un long soupir de soulagement et s'aperçut qu'elle n'avait pas mangé une miette de son dîner.

Le plat était froid à présent, mais si elle voulait réchauffer son repas, elle allait devoir retourner à la cuisine et affronter l'Inquisition. Tant pis, elle avait faim.

Stevie prit une grande inspiration et poussa la porte de la cuisine. À peine était-elle entrée que Penny abandonna sa vaisselle pour lui faire face, les bras croisés sur la poitrine et les yeux impitoyablement fixés sur elle.

— Quoi ? grogna-t-elle, évitant soigneusement son regard.

— Comptes-tu m'expliquer ce qu'il s'est passé tout à l'heure ?

Stevie enfourna son assiette dans le micro-ondes et lança le programme de réchauffage, consciente qu'elle ne faisait que gagner du temps. Penny avait été la meilleure amie de sa mère et elle la connaissait mieux que personne. Elle ne pouvait rien lui cacher.

— Fletcher était le meilleur ami de Harrison, finit-elle par expliquer. Eux deux, c'est du pareil au même.

— Tu le crois vraiment ?

— Non, j'en suis certaine.

— Il m'a pourtant semblé être quelqu'un de très bien.

— Les apparences sont souvent trompeuses, contra-t-elle vertement.

— Si tu le dis. Est-ce que tu vas quand même l'emmener randonner demain ?

— Comment ça, demain ?

Penny s'apprêtait à répondre lorsque la sonnerie du téléphone de service lui coupa la parole. L'écran affichait le numéro de chambre de Fletcher.

*Bien sûr que c'est sa chambre, idiote. Il est le seul client. À moins qu'il n'y ait un fantôme dans la maison…*

— Dis donc, tu as l'intention de répondre ? demanda Penny en la voyant plongée dans ses pensées.

Stevie leva les yeux au ciel et décrocha le combiné.

— Bonsoir, Stevie à l'appareil.

— Je n'ai pas voulu te déranger dans ton bureau, expliqua Fletcher. As-tu un moment pour discuter ?

Sa voix sonnait presque caressante, même au téléphone, et Stevie sentit un frisson lui parcourir le dos.

— Je… Oui, j'ai cinq minutes, répondit-elle sous le regard alerte de Penny.

— Parfait. Serais-tu libre demain pour m'accompagner sur cette randonnée ?

Fletcher lui expliqua le parcours qu'il avait en tête, et elle sourit presque de soulagement. Il s'agissait d'un itinéraire facile qui ne nécessitait pas la présence d'un guide. Elle s'empressa donc de le dire à Fletcher.

— Bien sûr, je peux te déposer à l'entrée du chemin si tu ne veux pas laisser ta voiture sur le parking là-bas, conclut-elle. Nous te fournirons également un panier-repas.

Un court silence lui répondit, suivi d'un soupir frustré.

— Stevie, qu'est-ce que je dois faire pour passer un moment avec toi ?

Même de dos, elle sentit le regard de Penny s'écarquiller un peu plus et songea qu'elle devrait baisser le volume du combiné aussitôt qu'elle aurait raccroché.

— Fletcher, je…

— Je ne sais pas comment je m'y suis pris pour te déplaire à ce point, poursuivit-il, mais j'aimerais mettre les choses au clair. Pourrions-nous faire cette randonnée ensemble demain et en discuter ?

— Allez, ne sois pas stupide, lui murmura Penny depuis l'autre bout de la cuisine.

Stevie lui jeta un coup d'œil maussade, mais pour cette fois, elle s'avouait vaincue.

— Très bien. Le petit déjeuner est servi à 8 heures. Nous partirons à la demie pour commencer la randonnée à 9 heures. Bonne nuit et à demain, débita-t-elle d'une traite.

Elle raccrocha sans attendre de réponse et se retourna vers Penny, les poings sur les hanches.

— Eh bien voilà, marmonna-t-elle. J'espère que tu es satisfaite.

— Oh que non, pas encore, rétorqua Penny avant d'éclater de rire. Je rentre à la maison retrouver mon mari. Il travaille de jour cette semaine, alors je serai bientôt satisfaite, comme tu dis. Tu devrais essayer un de ces jours, ajouta-t-elle avec un clin d'œil.

Stevie se sentit rougir jusqu'à la racine des cheveux.

— C'est précisément le genre de choses que je n'ai pas besoin de savoir, Penny.

— Il n'y a pas de honte à être amoureux, rétorqua son amie avec un grand sourire. Repose-toi bien, Stevie. Tu auras besoin d'énergie demain.

Penny lui décocha un autre clin d'œil appuyé avant de franchir la porte de service. Stevie resta figée sur place, écoutant d'une oreille distraite la voiture de Penny qui démarrait, puis s'éloignait sur la route.

La sonnerie du micro-ondes finit par la faire sursauter. Son repas était prêt, mais elle avait perdu l'appétit. Elle jeta le contenu de son assiette au compost. Demain, les poules seraient heureuses de ce repas supplémentaire.

Après avoir mis ses couverts au lave-vaisselle et rangé la cuisine, Stevie regarda l'heure, surprise de voir qu'il était encore tôt. Elle allait tout de même monter se coucher. Demain, il lui faudrait se lever à l'aube pour terminer son dossier de prêt bancaire. Le temps qu'elle avait prévu pour cette corvée était maintenant accaparé par un certain client.

Stevie secoua la tête, consciente qu'elle ne pouvait pas se permettre de protester. Fletcher était le seul client de l'hôtel pour le moment et elle avait besoin de lui.

Si elle voulait présenter la Maison Nickerson comme un bon investissement aux yeux de la banque, elle allait devoir trouver un moyen d'augmenter son taux d'occupation, mais la concurrence en ville était rude. Les choses iraient probablement mieux lorsqu'elle aurait rénové l'aile est pour en faire un spa de luxe. Pour cela, il lui fallait de l'argent, donc un nouveau prêt. Quel casse-tête…

Stevie monta l'escalier de service jusqu'à sa suite située au troisième étage. Les trois petites pièces – un salon, une chambre et une salle de bains – étaient confortables mais défraîchies, comme l'avait été le reste de l'hôtel avant les travaux de rénovation.

Elle avait eu la chance de pouvoir compter sur d'excellents artisans de la région, des gens talentueux qui avaient souhaité, comme elle, préserver l'esprit du bâtiment plutôt que de tout remplacer. D'ailleurs, tout en appréciant le côté luxueux de la suite Beaumont ou de la grande salle à manger, elle ne pouvait s'empêcher de leur préférer les pièces qui n'avaient pas encore été rénovées.

Elle voyait la touche personnelle de sa grand-mère dans chacune de ces pièces. Lors des futures rénovations, elle comptait bien trouver le moyen d'intégrer son esprit à la décoration.

*Tellement de projets*, songea-t-elle en se glissant sous les couvertures.

Si seulement la banque pouvait lui accorder ce prêt, tout irait plus vite et plus facilement. Sa grand-mère lui avait toujours conseillé de faire les choses avec précaution. Pourtant, cette fois, Stevie rêvait d'accélérer le mouvement.

Les taux d'occupation commençaient à grimper dans tous les hébergements touristiques d'Asheville, et elle sentait qu'elle réussirait à créer une niche qui la démarquerait des autres. Elle avait désespérément besoin de réussir. Elle voulait prouver sa valeur, sinon aux autres, du moins à elle-même.

Finalement, peut-être la présence de Fletcher Richmond lui apporterait-elle des avantages, songea-t-elle avant de s'endormir. Cet homme avait des contacts partout grâce à son travail, des contacts qui pourraient bien représenter une mine d'or. Elle devait absolument changer d'attitude avec lui et faire en sorte qu'il parle de son séjour comme d'une expérience inoubliable.

Cela commencerait avec la journée du lendemain.

Fletcher sortait à peine de la douche lorsqu'un coup léger retentit à sa porte. Il drapa rapidement une serviette autour de sa taille, alla ouvrir et tomba nez à nez avec Stevie. Elle portait un plateau chargé d'un plat recouvert d'une cloche, ainsi que d'une cafetière qui exhalait un délicieux arôme de café fraîchement moulu.

— Bonjour, le petit déjeuner est servi, fit-elle d'un ton léger. Où souhaites-tu le prendre ?

Avant même qu'il ait eu le temps de répondre, elle passa devant lui et posa le plateau sur une table placée devant une grande baie vitrée, avec vue sur le jardin en contrebas. Le sourire qu'elle lui décocha ensuite déclencha une vague de chaleur inattendue en lui. Et voilà qu'il se tenait devant elle, vêtu en tout et pour tout d'une serviette et de quelques gouttes d'eau…

Fletcher vérifia que la serviette tenait en place et ordonna à certaines parties de son corps de se tenir tranquilles, frissonnant malgré le chauffage central parfaitement efficace.

— Il ne fallait pas te déranger pour moi, finit-il par dire. J'allais descendre déjeuner au rez-de-chaussée.

— Pas de problème, cela fait partie de nos services. Au fait, tu n'avais signalé aucune allergie ou demande particulière, alors Penny t'a préparé un petit déjeuner classique. J'espère que tu l'aimeras. Je te laisse manger tranquillement, et je te retrouve en bas dans une demi-heure.

— Attends une minute, Stevie. J'ai l'impression que nous sommes partis du mauvais pied hier, et je voulais juste…

— N'en dis pas plus, l'interrompit-elle aussitôt. Je tiens à m'excuser pour mon comportement d'hier. J'étais surprise de te voir et cette surprise a gâché l'accueil que tu as reçu. C'était injuste et peu professionnel de ma part, et je t'assure que cela ne se reproduira pas.

— Tu n'as vraiment pas à t'excuser.

— Eh bien, maintenant c'est fait, rétorqua-t-elle avec un petit sourire. À tout à l'heure ?

— Oui, bien sûr. Je serai prêt à temps.

— Parfait. Tu peux laisser le plateau dans le couloir, Penny s'en occupera lorsqu'elle viendra faire le ménage de ta chambre.

Fletcher ne perdit pas de temps. Aussitôt que Stevie fut sortie, il enfila une paire de chaussettes d'hiver, puis un pantalon confortable et un T-shirt à manches longues. Il laça ensuite ses chaussures de randonnée et s'installa devant son petit déjeuner.

Attiré d'abord par l'odeur du café, il s'en servit une grande tasse avec du lait et du sucre avant de soulever la cloche qui recouvrait son assiette. Ce qu'il découvrit en dessous lui mit l'eau à la bouche : des œufs brouillés parsemés de ciboulette, du bacon grillé et plusieurs tranches de pain complet beurré. Il se saisit immédiatement de sa fourchette et dévora le tout en un temps record.

À 8 h 25, il descendit dans le hall d'entrée et fut agréablement surpris de voir que Stevie l'y attendait déjà. Deux sacs à dos légers étaient posés à ses pieds. Lorsqu'il arriva à sa hauteur, elle lui en tendit un tout en lui décochant un autre de ses sourires irrésistibles.

— Je t'ai mis deux bouteilles d'eau, des fruits, quelques barres de céréales et un sandwich au poulet, énuméra-t-elle tandis qu'il enfilait le sac sur une épaule.

— Ça fait beaucoup, surtout après ce petit déjeuner royal.

— Tu vas l'éliminer rapidement. Le parcours est assez facile, mais il y a quelques montées qui devraient mettre ta condition physique à l'épreuve.

Fletcher ne put s'empêcher de rire.

— Serais-tu en train d'insinuer que je ne suis pas en forme ?

Il sentit son regard parcourir rapidement son corps, aussi intense que s'il avait été palpable. Sa température monta en flèche aussitôt. Si elle était capable de déclencher ce genre de réaction rien qu'en le regardant, qu'arriverait-il si elle le touchait ?

Fletcher s'éclaircit la gorge, ne sachant plus où se mettre.

— Je ne dirais certainement pas que tu es en mauvaise forme, commenta Stevie. Cela dit, il me semble que tu as maigri depuis la dernière fois que je t'ai vu.

Elle se pencha en avant pour attraper son sac à dos et Fletcher dut faire tous les efforts du monde pour détourner le regard de ses fesses, parfaitement moulées dans une paire de leggings noirs.

Lorsqu'elle se redressa, il remarqua qu'elle portait une simple tresse qui retombait dans son dos et lui donnait une expression plus jeune, plus ouverte aussi. Mais pourquoi le fixait-elle de la sorte ? On aurait dit qu'elle attendait quelque chose, mais quoi ?

Fletcher se rendit soudain compte qu'il n'avait pas répondu depuis un bon moment, et fit un effort pour reprendre le fil de la conversation.

— Oui, c'est vrai. Ma vie a été quelque peu chaotique depuis la mort de mon père. Je ne pense pas toujours à me nourrir correctement.

— Tu as perdu ton père ? Je suis désolée…

— Tu dois bien être la dernière sur cette planète à ne pas le savoir, soupira-t-il. Il y a eu tout un scandale autour de sa mort, ce qui a largement compliqué les choses. Mais assez discuté, conclut-il en secouant la tête. La randonnée nous attend.

Stevie eut l'air de vouloir dire quelque chose, mais elle se ravisa et passa devant lui pour lui ouvrir la porte d'entrée. Fletcher décela un parfum discret qui lui rappelait l'odeur du chèvrefeuille. Il s'agissait d'une fragrance légère, simple et douce, tout le contraire de ce que Stephanie Reed aurait porté.

Cela dit, tout chez Stevie semblait à l'opposé de la femme qu'il avait connue autrefois. Il aurait voulu faire tomber un à un les masques qu'elle portait et comprendre enfin qui elle était vraiment.

En bas des marches du perron, un 4x4 à l'aspect bien amorti les attendait.

— C'est… C'est ta voiture ?

— Eh oui, rétorqua-t-elle d'un air amusé. Tu peux grimper.

« Grimper » était le mot juste, songea Fletcher en se hissant sur le siège passager. Jamais il n'aurait imaginé Stevie au volant d'un tel véhicule. Pourtant, elle semblait en parfaite symbiose avec celui-ci, conduisant d'une main assurée tout en lui désignant quelques endroits qu'il pourrait visiter durant son séjour.

Le parking était presque désert lorsqu'ils arrivèrent. Stevie coupa le moteur, sauta à terre et enfila son sac à dos d'un même mouvement. Fletcher la rejoignit avec quelques secondes de retard. Au-dehors, l'air frais et le ciel parfaitement bleu leur promettaient une matinée de beau temps.

Alors qu'ils s'engageaient sur le chemin de randonnée, Stevie lui lança par-dessus son épaule :

— Tu devras probablement retirer ta veste dans un moment. Après quelques minutes, nous allons générer notre propre chaleur.

Fletcher manqua de trébucher. « Générer leur propre chaleur » ? Il aurait eu bien des idées pour arriver à ce résultat avec une femme aussi belle que Stevie, et aucune n'impliquait de crapahuter dans la montagne… Mais elle était aussi inaccessible qu'autrefois et elle le lui avait clairement montré. Il devait le respecter.

Il obligea ses pensées à reprendre le cours du chemin sur lequel il marchait, plutôt que celui de son imagination. Mais l'entreprise se révélait plus difficile que prévu.

*Trouve un sujet de conversation*, se morigéna-t-il.

— Stevie ?

— Hmm ? répondit-elle, marchant toujours quelques mètres devant lui.

— Pourquoi es-tu partie de Raleigh ?

Cette fois, elle s'arrêta net et se retourna vers lui. Son beau regard noisette paraissait troublé.

— Pourquoi me poses-tu cette question ?

— Seulement par curiosité. Sans vouloir être intrusif, j'ai l'impression que la personne que j'ai en face de moi aujourd'hui est très différente de celle que j'ai connue lorsque tu étais mariée à Harrison.

Elle inspira longuement et ferma les yeux comme pour choisir soigneusement sa réponse. Lorsqu'elle les rouvrit, son expression était presque dure.

— C'est compliqué.

— Alors explique-le-moi, insista-t-il doucement.

— Tout cela appartient au passé, Fletcher. À quoi bon le remuer ?

— J'aimerais seulement mieux te comprendre, si tu veux bien m'aider.

Elle laissa échapper un souffle d'air chaud, bien visible dans la fraîcheur de l'atmosphère autour d'eux.

— Très bien, puisque tu insistes. J'imagine que tu te souviens des ambitions politiques de Harrison ?

Il lui répondit d'un hochement de tête.

— Eh bien, pour lui, avoir le bon genre d'épouse à ses côtés faisait partie de l'histoire. Il voulait une femme intelligente mais docile, qui ne ferait pas tanguer le Vaisseau Harrison dans sa course jusqu'à la Maison Blanche.

— « Docile » ? répéta-t-il avec incrédulité. Tu ne m'as pourtant pas l'air de quelqu'un qui changerait simplement pour faire plaisir aux autres.

Elle eut un petit rire sans joie.

— Crois-moi, je ne le ferai plus jamais. J'ai appris la leçon. Harrison voulait une femme qu'il pouvait modeler à sa guise, lui apprendre à devenir la femme parfaite, non seulement aux yeux de ses parents, mais aussi de la société. Tu te souviens peut-être qu'il était fier de porter des costumes de grands couturiers ? Eh bien, il voulait éprouver le même genre de fierté lorsqu'il m'avait à son bras. Naïve que j'étais, j'ai cru que je l'aimais et j'ai changé beaucoup de choses pour lui.

Cette fois, l'amertume dans sa voix était indéniable. Fletcher en resta muet de surprise.

— Waouh, finit-il par murmurer. Es-tu sûre que nous parlons de la même personne ? Harry le Joyeux, comme on l'appelait à l'université ?

— J'ai répondu à ta question. On y retourne ?

Elle reprit sa marche sans attendre sa réponse, mais il la rejoignit rapidement et la prit par le coude.

— Attends, Stevie. Je suis désolé. Je n'aurais jamais pu imaginer cela.

— Personne ne le pouvait. Ce n'est pas de ta faute.

— Il ne t'a jamais… fait du mal, au moins ?

— Physiquement ? demanda-t-elle avec surprise. Non, jamais. D'ailleurs, ses exigences envers moi n'étaient pas vraiment de la cruauté non plus. Je l'ai laissé faire. Je l'ai laissé me transformer.

— Moi qui croyais que vous formiez un couple heureux…

— Je l'ai cru aussi, soupira-t-elle. J'étais prête à faire n'importe quoi pour le rendre heureux. Les choses ont commencé à empirer bien avant son décès, et ensuite, j'ai dû me battre pour retrouver la personne que j'étais avant. Je sentais que j'en avais besoin. J'ai retrouvé mes racines, l'endroit où j'avais été heureuse, et je me suis juré que je ne renierais plus jamais mes valeurs pour quelqu'un d'autre. J'ai enfin appris à être fidèle à moi-même.

Fletcher s'aperçut soudain qu'il tenait toujours le bras de Stevie. Aussitôt qu'il l'eut lâchée, elle reprit sa marche et il la suivit à quelques pas de distance. Le chemin était bien entretenu et n'exigeait pas beaucoup d'attention. Il avait donc tout loisir pour se plonger dans ses pensées, et quelles pensées ! Il ne savait plus ce qu'il devait croire.

Stevie lui disait-elle toute la vérité ? À l'entendre, Harrison l'avait manipulée pendant tout leur mariage. S'il était tombé amoureux d'elle, pourquoi aurait-il cherché à la changer ? Cela n'avait pas de sens et ne cadrait pas avec l'homme qu'il pensait avoir connu.

D'un autre côté, il ne pouvait nier que son ami avait toujours été concentré sur sa carrière politique. Il n'était pas impossible qu'il se soit laissé emporter par son ambition et qu'il ait négligé son mariage. Si seulement il l'avait su à l'époque…

Eh bien, quoi ? se demanda-t-il. Qu'aurait-il pu faire ? Il avait toujours eu suffisamment de respect envers son ami pour ne pas chercher à se rapprocher de Stevie, malgré l'attirance immédiate qu'il avait ressentie pour elle. Mais s'il l'avait fait, où en seraient-ils aujourd'hui ?

Fletcher secoua la tête et marmonna une épithète peu gracieuse contre lui-même. Pour qui se prenait-il, à imaginer que Stevie l'aurait choisi plutôt que Harrison ? Finalement, lui aussi la traitait comme si ses sentiments étaient subordonnés aux siens.

— Tu disais quelque chose ? lui demanda Stevie, un peu plus haut sur le chemin.

— Non, rien. Je marmonnais dans ma barbe.

— As-tu besoin d'une pause ?

— Je ne suis pas fatigué, mais je ne refuserais pas de m'arrêter un moment pour mieux profiter de la vue.

Stevie se retourna vers lui et esquissa un sourire piteux.

— Je suis désolée. Je dois être la pire guide du monde.

— Pas du tout. En fait, je préfère être ici avec toi qu'avec n'importe qui d'autre.

Leurs regards se rencontrèrent, s'accrochèrent, et il

vit clairement le choc se peindre sur son visage – rapidement suivi par quelque chose de plus profond, de plus sombre. Incapable de s'en empêcher, il fit un pas vers elle et lui tendit la main.

# - 4 -

— Non.

Stevie se détourna et recommença à marcher à toute allure. Fletcher resta planté là, se demandant bien ce qu'il venait de se passer et ce qu'il s'était apprêté à dire ou à faire.

— Stevie, attends. Je suis désolé de t'avoir gênée.

— Tu ne m'as pas gênée.

Elle consentit enfin à se retourner et à l'attendre. Son expression lui parut troublée sans qu'il parvienne à la déchiffrer exactement.

— Quoi que j'aie fait, je suis désolé et je te remercie sincèrement de m'avoir amené ici. L'endroit est magnifique.

En réalité, s'il appréciait la beauté du paysage, il était nettement plus sensible à celle de Stevie. Ses joues légèrement empourprées et son regard brillant la rendaient encore plus belle que d'habitude. Le soleil donnait des reflets bruns lumineux à sa chevelure. Même tressée, il mourait d'envie de tendre la main pour la caresser.

— C'est une de mes randonnées préférées, lui répondit-elle. Dans un moment, nous arriverons à l'ancien manoir Ambler. Les ruines sont bien visibles à cette époque de l'année. Petite, j'adorais venir ici et les explorer. J'avais beaucoup d'imagination. Si ma grand-mère me laissait faire, je pouvais y passer des heures.

— Et alors ? Est-ce qu'elle te laissait faire ?

— Jamais assez longtemps à mon goût, fit-elle avec un grand sourire.

— Tu devais être adorable quand tu étais au lycée.

— Bien au contraire ! J'avais une tignasse frisée indomptable, la langue trop pendue et j'étais incroyablement maladroite. Il m'a fallu quelques années pour évoluer.

Même après une pareille description, Fletcher était certain qu'il l'aurait trouvée fascinante. Quelque chose en elle l'attirait irrémédiablement sans qu'il puisse comprendre pourquoi. C'était une des raisons pour lesquelles il s'était progressivement éloigné de Harrison, ne trouvant pas très acceptable de rêver de la femme de son ami, non que Stevie l'y ait jamais encouragé.

Ses manières avec lui avaient été celles d'une impeccable maîtresse de maison : accueillante mais réservée, aimable mais froide. Il n'aurait pas dû insister pour qu'elle l'accompagne sur cette randonnée. Le chemin montait doucement, sans être difficile, et la piste était bien entretenue. Il aurait très bien pu venir seul.

Oui, mais…

La partie la moins raisonnable de lui-même était contente d'avoir poussé Stevie à l'accompagner. Il se sentait seul depuis bien trop longtemps, et n'importe quelle compagnie était bonne à prendre.

Seul, vraiment ? « Solitaire » lui aurait mieux convenu. Il n'avait jamais rechigné à passer du temps avec lui-même, et surtout pas depuis que Tiffany l'avait quitté après que le scandale autour de son père avait éclaté. Pourtant, un vide avait commencé à se créer dans son existence. Quelque chose lui manquait.

Il n'arrivait pas à définir quoi, ni comment il pouvait combler ce vide, et c'était aussi pour cela qu'il avait pris ces vacances loin de Norfolk. Ni sa famille ni son travail ne viendraient le chercher ici. L'année qui venait de s'écouler lui avait laissé un poids sur les épaules. Dans un sens, c'était la rancœur de sa mère envers son père qui lui pesait le plus.

L'ironie du sort était qu'Eleanor elle-même avait causé la majeure partie du scandale qui venait de s'abattre sur eux. Bien sûr, Douglas avait été coupable de l'avoir mise enceinte alors qu'elle était encore mineure, mais c'était elle qui avait demandé à la femme de ménage de ses parents de signer son autorisation de mariage à leur place. Même lorsqu'elle avait appris l'existence de la deuxième famille de Douglas, elle avait continué à prétendre que son mariage avait été légitime.

Fletcher pensait surtout à Mathias et à Lisa, son frère et sa sœur. Ils s'étaient tous les deux éloignés de leur mère ces derniers mois. Son amertume et sa colère avaient presque été plus dures à supporter que la trahison de leur père. D'ailleurs, lui-même s'était senti soulagé lorsque Eleanor leur avait annoncé qu'elle partait vivre en Floride pour prendre de la distance avec le scandale.

Cela dit, elle restait sa mère et il serait toujours là pour elle, malgré ses accusations injustes et ses exigences.

Fletcher inspira une longue bouffée d'air frais et secoua la tête. Il s'était promis de ne pas ressasser le passé pendant son séjour à Asheville. Ces vacances devaient être une vraie pause, l'occasion de se concentrer sur lui-même. Il avait été le roc de sa famille pendant ces derniers mois. Peut-être était-il temps de les laisser se débrouiller.

Bien sûr, il n'avait pas l'intention d'abandonner les siens, mais il se rendait compte que leurs préoccupations étaient passées avant les siennes pendant des années. Que voulait-il vraiment faire de sa vie ? Il avait trente-six ans, tout de même. Il s'était toujours imaginé qu'à cet âge il serait marié, qu'il aurait commencé à fonder une famille. Au lieu de cela, il n'avait que son travail et encore son travail. Les choses devaient changer. Mais comment ?

— Nous ne sommes plus très loin des ruines, lui dit alors Stevie. Comment t'en sors-tu ?

— Très bien.

— Il m'a semblé entendre pas mal de soupirs. Si je vais trop vite, on peut ralentir un peu.

— Non, le tempo est parfait. C'est dans ma tête que les choses vont trop vite.

— Je comprends, répondit-elle avec douceur. Si tu as besoin d'en parler…

— Non, je ne crois pas. Il faut que je fasse du tri dans mes pensées. Le fait de passer du temps dans la nature aide déjà.

Stevie respecta son silence et ils continuèrent à marcher à un rythme soutenu. Au bout d'un moment, ils arrivèrent dans une sorte de clairière et elle s'arrêta, attendant qu'il la rejoigne.

— Il y a un panneau juste là, avec des informations historiques et un plan de la Villa des Couleuvres telle qu'elle a été construite au début des années 1900, indiqua Stevie. À l'origine, la maison était une résidence d'été pour la famille Ambler. Ils y organisaient de grandes soirées mondaines avec des centaines d'invités. Difficile à imaginer aujourd'hui, n'est-ce pas ?

Fletcher hocha la tête et se dirigea vers le panneau d'information. Il passa ensuite un bon moment à errer dans les ruines, tentant de reconstituer une image mentale des bâtiments d'après le plan qu'il avait regardé. Lorsqu'il vint retrouver Stevie, elle s'était perchée sur un amas de pierres à quelques pas de là.

— Pourquoi la maison est-elle tombée en ruine ? lui demanda-t-il en s'asseyant près d'elle.

— Mme Ambler est décédée en 1918. Après sa mort, son mari n'a plus jamais voulu revoir la maison. Romantique, mais un peu triste. Quelqu'un avait racheté la propriété, mais elle a été frappée par la foudre en 1926 et l'incendie a tout emporté.

— En tout cas, je comprends pourquoi tu aimais cet endroit étant petite, commenta-t-il. Il y a de quoi faire pour une petite personne pleine d'imagination.

Ils restèrent silencieux un moment, contemplant le décor fantasmagorique qui s'offrait à eux, puis Stevie se retourna brusquement vers lui.

— Toi non plus, tu n'es pas comme dans mes souvenirs.

— Comment ça ?

— D'abord, tu es moins arrogant.

— Tu me trouvais arrogant ? Aïe ! dit-il en posant une main sur son cœur avec une expression exagérément choquée.

Stevie éclata de rire, un son naturel et adorable qui lui réchauffa le cœur.

— C'était censé être un compliment, finit-elle par répondre avec un grand sourire aux lèvres.

— Dans ce cas, merci.

Le silence se fit de nouveau entre eux. Fletcher aurait voulu lui poser mille questions, lui demander pourquoi elle l'avait trouvé arrogant à l'époque, mais il le comprenait en partie de lui-même. Il s'était toujours montré distant à son égard parce qu'il luttait contre l'attirance qu'il éprouvait pour elle. Aux yeux de Stevie, cette attitude avait pu passer pour de l'arrogance.

Et maintenant ? Cette attirance n'avait pas changé d'un iota. S'il fermait les yeux, il pouvait sentir la chaleur de son corps près du sien, le parfum léger qui émanait de sa peau et de ses cheveux. C'était de la torture… Mais il n'aurait bougé pour rien au monde.

Stevie se sentait tiraillée. D'un côté, cette clairière était l'un de ses endroits préférés au monde, surtout à cette période de l'année où l'on n'y croisait presque aucun randonneur. De l'autre, il y avait Fletcher…

Jamais elle n'aurait cru pouvoir ressentir une telle sérénité en venant ici avec lui. Pourtant, même assise près de lui, très consciente de la proximité de son corps, elle se sentait bien. Tout était naturel et simple. Elle n'aurait eu qu'à poser la tête sur son épaule pour compléter cette perfection absolue. Au lieu de cela, elle s'obligeait à rester aussi droite que les arbres de la clairière autour d'eux.

Fletcher avait fermé les yeux. Elle s'autorisa à le contempler l'espace d'un instant, ses traits ciselés, son nez droit, la courbe douce de sa lèvre inférieure. Elle avait dû émettre un son quelconque sans s'en rendre compte : Fletcher venait de rouvrir les yeux et de s'apercevoir qu'elle le regardait.

L'espace d'un instant, elle eut l'impression de revivre ce qui s'était passé un peu plus tôt sur le chemin, lorsqu'elle avait cru qu'il allait l'embrasser. Elle s'était sentie à la fois terrifiée et incroyablement vivante. Pourtant, elle savait qu'elle avait eu raison de s'éloigner. C'était le seul moyen qu'elle possédait pour garder un semblant d'emprise sur ses émotions. Et quelles émotions…

Stevie aurait préféré ne pas ressentir de telles choses pour Fletcher, ni pour qui que ce soit d'ailleurs. La dernière fois qu'elle s'était laissé prendre au piège par l'amour, ou ce qu'elle croyait en être, elle s'y était complètement perdue.

Jamais elle ne s'autoriserait à revivre une pareille catastrophe. Si elle recommençait à sortir avec quelqu'un, dans un futur lointain et hypothétique, ce serait selon ses propres termes.

— Bon, tu as faim ? demanda-t-elle abruptement.

— Maintenant que tu le dis, je pourrais bien déjeuner.

Fletcher ouvrit son sac et en sortit une bouteille d'eau. Les yeux fermés, il en but une longue gorgée et elle ne put s'empêcher de l'observer, fascinée par les mouvements de ses lèvres. Elle se reprit juste avant qu'il ouvre les yeux et se mit à déballer son sandwich avec une concentration démesurée.

Décidément, Fletcher ne correspondait pas du tout au souvenir qu'elle avait de lui. Cet insupportable je-sais-tout, arrogant et semblable en tout point à son mari, l'avait-elle inventé ? S'était-elle convaincue qu'il ne valait pas mieux que Harrison pour mieux l'oublier ? En tout cas, l'homme qui se trouvait assis à côté d'elle était sans conteste quelqu'un de bien.

*Peut-être, mais ça ne change rien. Réveille-toi*, se morigéna-t-elle.

Elle n'était toujours pas prête à sortir avec quelqu'un, et encore moins avec Fletcher Richmond qui vivait et travaillait à plus de six heures de chez elle. Ils ne se reverraient probablement jamais après son séjour à Asheville.

Après avoir terminé leur repas, ils continuèrent un peu plus loin au-delà des ruines avant de faire demi-tour pour revenir au parking. Stevie prit le temps de montrer à Fletcher quelques points de vue intéressants sur le chemin.

Ils mirent donc un peu plus longtemps à effectuer le

trajet de retour, mais Fletcher n'avait pas l'air de s'en soucier, bien au contraire. Il semblait sincèrement intéressé par ce qu'elle lui décrivait. De retour dans la voiture, il s'installa de nouveau côté passager et se tourna vers elle.

— Merci d'être venue avec moi aujourd'hui, Stevie. J'avais bien besoin de commencer mes vacances par une bouffée d'air pur. Je serais ravi de repartir en randonnée avec toi dans quelques jours, si tu peux m'accorder du temps. Peut-être une journée entière cette fois ?

Son premier instinct fut de refuser, mais elle s'accorda quelques secondes de réflexion avant de répondre. Elle ne pouvait pas prétendre qu'elle avait trop de travail pour l'accompagner. L'hôtel se remettait tout juste de la période creuse due à la pandémie, et à part un ou deux couples qui venaient fêter Noël à la montagne en fin de semaine, elle n'avait pas d'autres clients que Fletcher.

— Laisse-moi vérifier mon agenda avant de te répondre, finit-elle par dire prudemment. Es-tu sûr que tu ne préférerais pas une randonnée en groupe, avec un vrai guide ? Plusieurs agences en ville organisent ce genre de sortie.

Fletcher secoua la tête d'un air résolu.

— Non, j'aimerais mieux éviter. Je n'ai pas envie de passer du temps avec des inconnus. À vrai dire, j'en ai assez des gens.

Elle ne put s'empêcher de sourire.

— De *tous* les gens ?

— Presque. Je sais que tu n'as pas entendu parler de la mort de mon père, mais cette histoire a attiré beaucoup d'attention sur ma famille, ce dont nous nous serions bien passés. Ma mère en a beaucoup souffert. Quant à moi, je ne peux aller nulle part sans que des étrangers me posent une question, ou pire, me donnent leur avis sur ce qu'il s'est passé. Leurs commentaires sont rarement bienveillants. Tu comprends donc que je préfère marcher avec toi.

— Je comprends. La mort de ton père a vraiment dû être un choc immense pour toute la famille.

— Tout ce en quoi nous croyions a été détruit.

Stevie aurait voulu en savoir plus, mais Fletcher ne semblait pas disposé à parler davantage. Elle respecta son silence et démarra le moteur du 4x4. Une fois qu'ils furent arrivés à l'hôtel après un trajet sans heurt, elle sortit de la voiture et récupéra le sac à dos de Fletcher en même temps que le sien.

— J'allais m'en occuper, protesta-t-il. C'est tout de même moi qui l'ai utilisé.

— Ne t'en fais pas, je vais les nettoyer et les ranger en deux minutes. Tu n'as pas laissé d'affaires dedans ?

— Non, je ne crois pas.

— Parfait. Je te tiens au courant pour une autre randonnée dans la semaine. Aimerais-tu essayer quelque chose de plus sportif ?

— Volontiers. Je m'en suis bien sorti aujourd'hui, pour quelqu'un qui n'a pas mis le nez dehors depuis un an.

Stevie ne put s'empêcher de rire.

— La musculation et la randonnée sont deux choses bien différentes, monsieur le sportif.

Fletcher lui rendit son sourire et tout son visage s'illumina. Ses yeux gris brillaient d'une lueur chaleureuse qui adoucissait son regard. Stevie s'arracha difficilement à sa contemplation et, sans un mot de plus, se détourna pour prendre le chemin de la cuisine.

— Stevie ?

— Oui ? fit-elle en lui jetant un regard par-dessus son épaule.

— Merci encore pour aujourd'hui.

Elle lui répondit d'un sourire avant de se diriger résolument vers la cuisine, où elle trouva Penny occupée à sortir des petits pains du four.

— Ils ont l'air délicieux, commenta Stevie en attaquant le nettoyage des sacs à dos, mais nous ne pourrons jamais tout finir à deux. Il faudra que tu en rapportes à la maison.

— Ce Fletcher me paraît avoir bon appétit, rétorqua Penny d'un ton placide. Il n'en restera probablement plus beaucoup après le dîner.

— Comment ça, après le dîner ? Depuis quand sommes-nous une auberge ? L'hôtel ne propose pas de repas le soir !

— Nous n'allons tout de même pas laisser ce pauvre homme dîner tout seul, et puis de toute manière, j'ai fait trop de soupe au brocoli. Ce serait dommage de la gaspiller.

— Fletcher a probablement prévu quelque chose pour sa soirée, contra Stevie en désespoir de cause.

Cette fois, Penny laissa de côté sa cuisine et se tourna vers elle, les mains plantées sur les hanches.

— Veux-tu bien m'expliquer pourquoi tu l'évites ? D'abord, tu l'as abandonné en tête à tête avec moi hier soir. Ensuite, il a presque fallu qu'il te supplie de l'accompagner en randonnée, et maintenant tu ne veux pas que nous dînions avec lui. Franchement, Stevie, ta grand-mère aurait honte. Tu sais ce que l'hospitalité voulait dire pour elle.

Stevie sentit le rouge lui monter aux joues. Penny avait raison. Sa grand-mère aurait pris soin de Fletcher, sans se soucier de ce qui était inclus ou non dans sa réservation.

— Pourquoi est-ce si important pour toi qu'il dîne avec nous ? demanda-t-elle pour gagner du temps.

Penny poussa un profond soupir.

— Parce que je refuse de te laisser broyer du noir plus longtemps, voilà pourquoi.

— Eh ! je ne broie pas du noir, protesta-t-elle. Quand je suis rentrée, d'accord, les choses étaient difficiles au début. Mais je vais mieux maintenant.

— C'est vrai et j'en suis heureuse pour toi, mais j'ai l'impression que tu as encore du chemin à faire. Tu n'es pas faite pour rester seule, Stevie. Tu le sais aussi bien que moi. Attends une minute avant de m'interrompre, ajouta-t-elle en la voyant prête à protester de nouveau. Je sais à quel point tu as souffert. Tu as enduré bien plus que ce qu'une femme de ton âge ne devrait endurer, et la perte de ta fille a laissé des cicatrices qui ne s'effaceront jamais. C'est difficile de revenir parmi les vivants. Moi aussi, lorsque mes bébés sont morts à la naissance, j'ai cru que l'univers s'était effondré. Mais ensuite…

Elle s'interrompit pour lui sourire affectueusement.

— Ensuite, tes parents nous ont quittés et ta grand-mère ne savait pas tellement s'y prendre avec les nouveau-nés, alors mes bras et mon cœur ont vite été occupés – avec toi. Imagine ce qu'il se serait passé si je n'avais pas su ouvrir mon cœur. Imagine tout l'amour que je n'aurais pas connu.

Penny traversa alors la pièce pour l'envelopper d'une étreinte qui rendait les mots superflus. Stevie se laissa aller contre elle. Certes, ces mots étaient difficiles à entendre, mais elle savait que Penny ne cherchait qu'à prendre soin d'elle.

— Merci, lui répondit-elle d'une voix étranglée par l'émotion. Je suis d'accord avec toi, mais cela ne veut pas dire que j'ai envie de dîner tous les soirs avec Fletcher Richmond. Il reste l'ancien meilleur ami de Harrison. Moins j'ai de souvenirs de cette époque, mieux je me porte.

Aussitôt qu'elle eut prononcé ces paroles, elle se rendit compte de leur injustice. Fletcher lui avait déjà prouvé qu'il n'avait rien de commun avec feu son mari. Harrison n'aurait jamais randonné avec elle en pleine nature, et s'il l'avait fait, il n'aurait cessé de se plaindre de la longueur du chemin ou de l'absence de café bien chaud.

— Très bien, finit-elle par dire. Propose-lui donc de dîner avec nous. D'ici là, je serai dans mon bureau.

— Merci, Stevie, répondit Penny avec une sobriété que démentait son regard pétillant.

Stevie s'installa derrière son bureau en secouant la tête. Quoi qu'elle fasse, l'univers semblait décidé à lui faire passer du temps avec Fletcher. Elle n'avait plus qu'à se résigner et faire contre mauvaise fortune bon cœur. Après tout, ce ne serait peut-être pas si terrible…

# - 5 -

Assise devant son ordinateur, Stevie était plongée dans une obscure projection financière des revenus générés par la Maison Nickerson au cours de l'hiver.

Elle compara le document aux réservations qu'elle avait enregistrées et poussa un grognement. À moins d'investir une somme considérable dans la publicité, elle n'atteindrait jamais le taux d'occupation dont elle avait besoin pour demander un prêt à la banque.

Que pouvait-elle faire de plus ? Des offres spéciales peut-être ? Les week-ends commençaient à se remplir doucement, mais ils ne suffisaient pas. Elle allait devoir trouver un moyen d'attirer les clients pendant la semaine.

Un léger coup frappé à la porte du bureau la tira soudain de ses pensées.

— Stevie, pourrais-tu venir une minute ? l'interpella Penny derrière la cloison.

Quelque chose dans sa voix la fit bondir de sa chaise et se précipiter au-dehors. Aussitôt qu'elle eut rejoint la cuisinière, elle comprit pourquoi. La main droite de Penny était enveloppée dans une serviette blanche qui se teintait de rouge à une vitesse impressionnante.

— Je… Je crois que je devrais voir un docteur, fit-elle avec un tremblement dans la voix.

— Que s'est-il passé ? demanda Stevie en déroulant précautionneusement la serviette.

La paume de Penny était profondément entaillée. Elle s'empressa de remettre la serviette et continua d'appuyer sur la blessure, tout en faisant asseoir son amie qui pâlissait à vue d'œil.

— Je me sens tellement bête, grommela Penny. J'ai coupé des melons toute ma vie de la même manière. Je ne sais pas comment je m'y suis prise cette fois, mais le couteau a ripé.

— Reste assise et continue d'appuyer, ordonna calmement Stevie. Je vais appeler Cliff et il nous rejoindra aux urgences.

— Ça fait mal, murmura Penny d'un air terrifié.

Stevie ne se sentait pas beaucoup plus rassurée. La blessure avait l'air profonde, et elle osait à peine imaginer à quel point Penny devait avoir mal. Elle téléphona rapidement à Cliff et attrapa ses clés de voiture.

— Et M. Richmond, alors ? protesta faiblement Penny.

— Fletcher ? Eh bien, qu'y a-t-il ?

— Il devait dîner avec nous.

— Je suis certaine qu'il comprendra.

Peu convaincue, Penny continua de s'inquiéter jusqu'à ce que Stevie eût décroché le téléphone de service. Fletcher lui répondit immédiatement. Rien qu'à entendre sa voix, elle fut parcourue d'un frisson d'excitation qu'elle s'efforça d'ignorer.

— Je t'appelle parce que Penny s'est blessée à la main. Je crois qu'elle va avoir besoin de points de suture. Nous partons tout de suite aux urgences, ce qui veut dire que nous allons devoir reporter notre dîner à plus tard. Je suis vraiment désolée.

— Je t'en prie, ne t'excuse pas. As-tu besoin d'aide ?

— Non, je te remercie. Je vais prendre mon 4x4.

— Préviens-moi quand tu seras de retour.

— C'est d'accord, répondit-elle avant de raccrocher.

Lorsqu'elles arrivèrent aux urgences, Cliff les attendait déjà devant l'entrée.

— Je prends le relais, lui déclara-t-il de sa voix calme et rassurante. Merci de l'avoir amenée jusqu'ici.

En tant que chef des pompiers d'Asheville, Cliff en avait vu d'autres, et Stevie fut soulagée de le voir passer un bras autour des épaules de Penny pour l'emmener à l'intérieur. Elle ne put toutefois se défendre d'un petit pincement au cœur en les voyant ensemble.

Penny et Cliff étaient mariés depuis plus de quarante ans et leur complicité restait aussi belle que le jour de leur mariage, peut-être même encore davantage. Si seulement elle avait pu connaître le même genre d'histoire…

Elle secoua la tête, agacée par le tour que prenaient ses pensées. Son couple avec Harrison n'aurait jamais pu être aussi beau qu'elle l'avait rêvé. Il ne s'était jamais préoccupé que de lui-même et de l'image parfaite que leur relation formait aux yeux du monde. Tout avait volé en éclats lorsque, vers le milieu de sa grossesse, les médecins avaient diagnostiqué la maladie génétique de leur fille.

La mère de Harrison avait même eu le cran de prétendre que cette anomalie génétique « venait forcément du côté de Stevie », puisque, naturellement, toute la famille Reed était parfaite. Stevie avait été reléguée à la maison et fortement incitée au silence. Il n'aurait pas fallu que les gens associent le grand Harrison à une maladie génétique.

Quatre petites semaines après sa naissance, Chloe était morte dans les bras de Stevie.

Harrison avait à peine caché son soulagement et continué à vivre comme si leur fille n'avait jamais existé. Stevie était restée seule avec son chagrin, profondément en colère contre son mari qui avait complètement ignoré leur bébé.

Un mois plus tard, on était venu lui annoncer la mort de Harrison dans le crash de l'avion qu'il pilotait. Stevie était restée comme anesthésiée par la nouvelle. Le jour de l'enterrement, l'orateur choisi par la famille Reed pour déclamer l'eulogie du défunt avait à peine mentionné Chloe, prétendant que Harrison avait supporté la mort de sa fille avec courage. Rien n'aurait pu être plus éloigné de la vérité.

Le dernier choc était arrivé avec la lecture du testament. Stevie avait découvert que sa maison, le foyer accueillant qu'elle avait tenté de construire pour sa famille, appartenait désormais aux parents de Harrison. Quant à l'argent, elle ne recevrait que la moitié de ce que son mari et elle avaient possédé en commun, l'autre moitié revenant également à ses parents en l'absence d'enfants.

Les Reed lui avaient très clairement fait comprendre qu'ils ne la soutiendraient en aucune façon, ni financièrement ni émotionnellement. Stevie avait fait ses valises, et elle était revenue à Asheville. Elle savait d'instinct que seule la maison de son enfance pourrait l'aider à se reconstruire, avec des gens qui l'aimaient comme Penny et Cliff.

Le célibat n'avait jamais été une épreuve pour elle. Pourtant, à certains moments comme celui-ci, elle ne pouvait s'empêcher de se poser des questions. Qui serait là pour elle lorsqu'elle traverserait des moments difficiles ? Lorsqu'elle aurait besoin d'aide ?

*Tu n'en auras pas besoin*, se répéta-t-elle fermement tout le long du trajet.

Elle venait de passer dix-huit mois à se reconstruire, ce n'était pas pour laisser quelqu'un lui briser le cœur à nouveau. Tout le monde n'avait pas la chance de vivre une histoire parfaite comme celle de Penny et Cliff.

En arrivant à la maison, elle gara sa voiture dans le garage situé à l'arrière du bâtiment et entra par la porte de service. Les lumières étaient encore allumées dans la cuisine. Elle prit son courage à deux mains, s'attendant à trouver une véritable scène de crime.

— Alors, comment va la patiente ? s'enquit Fletcher, posté devant la cuisinière et occupé à remuer quelque chose dans une casserole.

Stevie cligna plusieurs fois des yeux. La cuisine était reluisante de propreté et il n'y avait plus trace ni de sang ni du melon criminel.

— Je l'ai laissée avec Cliff, finit-elle par répondre. Je n'aurais pas pu faire grand-chose de mieux. Il a promis de me donner des nouvelles plus tard.

— Et toi ? Comment te sens-tu ? Tu avais l'air assez paniquée tout à l'heure au téléphone.

— J'étais simplement inquiète pour Penny, mais tout va bien. Par contre, que fais-tu ici ? Je m'attendais à ce que tu sois sorti dîner en ville.

— J'ai supposé que Penny avait déjà préparé une partie du dîner et qu'un peu de nettoyage serait de mise dans cette cuisine, fit-il en haussant une épaule. Après toutes ces émotions, t'inquiéter de tout cela est la dernière chose dont tu as besoin. D'ailleurs, tu arrives juste à temps, le repas est presque prêt.

— Merci, dit-elle sobrement.

Aucun mot n'aurait pu exprimer le mélange de soulagement et de confusion qu'elle ressentait. Après une seconde de réflexion, cependant, la réalité reprit le dessus.

— Fletcher, tu n'aurais pas dû. Tu es un client de la Maison Nickerson. Ce n'est pas à toi de travailler.

— Je l'ai fait avec plaisir. Si tu veux, considère que c'est ton ami et non ton client qui t'a donné un coup de main.

Son ami ? Depuis quand Fletcher et elle étaient-ils amis ?

Gardant ses réflexions pour elle, Stevie s'approcha de la cuisinière et proposa :

— Est-ce que je peux prendre le relais ?

— Tu peux mettre la table si tu veux, et trouver deux bols par la même occasion. Penny a préparé une soupe au brocoli et fromage bleu qui me fait saliver depuis tout à l'heure.

Le reste du repas se déroula comme dans un rêve pour Stevie. Elle eut l'impression d'être passée à travers le miroir d'Alice au pays des merveilles, car tout était sens dessus dessous : Fletcher servait le repas, lui versait du vin, débarrassait la table tout en lui ordonnant de rester assise et de se détendre.

— Tu as l'air de te sentir à l'aise en cuisine, commenta-t-elle avant de prendre une gorgée de son second verre de vin.

Fletcher haussa une épaule.

— Je vis seul depuis un moment. Il a bien fallu que j'apprenne à me servir de toutes ces choses. Au début, je ne faisais que me nourrir, mais j'ai fini par y prendre goût. Cuisiner m'apaise. C'est une des rares activités qui m'aident à me détendre, à me déconnecter de mon travail et de mes soucis. Je me concentre simplement sur ce que je fais sans penser à rien d'autre. Et puis, si tout va bien, je finis avec un bon petit plat.

— Il me semble que tu as vécu avec quelqu'un auparavant ?

— Brièvement.

Après une réponse aussi lapidaire, Stevie n'osa pas lui

en demander davantage. Elle chercha comment détourner la conversation et se souvint de ses préoccupations de l'après-midi.

— Fletcher, accepterais-tu de répondre à quelques questions ?

— Quel est le piège ? lui demanda-t-il avec un de ces sourires espiègles dont il avait le secret.

— Promis, il n'y en a pas. Je pensais simplement à des questions de marketing avant que Penny se blesse tout à l'heure. Avec tous les hébergements disponibles dans la région, qu'est-ce qui t'a poussé à choisir la Maison Nickerson pour tes vacances ?

— Je voulais être tranquille. J'ai vu sur votre site Internet qu'il n'y avait pas beaucoup de chambres, et que même si l'hôtel était plein, je ne risquais pas de me retrouver dans un bain de foule.

— Si je comprends bien, c'est le style familial de la Maison qui t'a plu.

— Exactement. De plus, vous êtes tout proches des pistes de ski et je me disais que j'irais volontiers faire du snowboard pendant mon séjour. Pourquoi cette question, si je puis me permettre ?

— Eh bien..., commença Stevie en cherchant ses mots. Comme tu l'as sans doute remarqué, l'hôtel ne déborde pas de clients. Je songe à lancer de nouvelles offres spéciales, mais pour cela, j'ai besoin de mieux cerner les attentes de mes clients potentiels.

— Et si tu proposais des repas dans la grande salle à manger, voire des cours de cuisine avec Penny lorsqu'elle sera remise sur pied ? La pièce est grande, et je suis certain que les clients adoreraient.

Stevie sortit aussitôt son téléphone pour prendre des notes.

— Oui, c'est une bonne idée. Je pensais à prendre une direction plus luxueuse avec le futur spa. Des entreprises pourraient même proposer un séjour d'affaires à leurs salariés, pour se ressourcer et discuter de leurs projets loin du vacarme des grandes villes.

— L'idée est excellente. Je suis sûr que Richmond Construction pourrait faire partie de tes clients, mais bien sûr, je dois d'abord en discuter avec le bureau.

— Oh non, je ne voulais pas dire…

— Encore une fois, vois-le comme un ami qui te donne un coup de main, répliqua-t-il en levant son verre dans sa direction.

Encore ce commentaire sur l'amitié… Décidément, il valait mieux clarifier les choses une bonne fois pour toutes.

— Fletcher, nous ne sommes pas et nous n'avons jamais été amis.

— Dans ce cas, j'aimerais que nous puissions le devenir, répondit-il posément. Nous avons beaucoup en commun.

— Euh… Quoi donc ?

— D'abord, nous aimons tous les deux la randonnée, commença-t-il avec une note d'espoir dans la voix. Tu es toujours d'accord pour en faire une autre dans la semaine ?

— Oui, mais ce n'est pas suffisant pour dire que nous sommes amis.

— Nous pourrions en profiter pour discuter de tes projets de spa en détail. Richmond Construction pourrait peut-être t'aider à remplir ton taux d'occupation et…

— Non.

Stevie secoua la tête avec véhémence. Elle refusait d'être redevable à qui que ce soit. Cependant, elle se rendit compte de la sécheresse de sa réponse et ajouta :

— J'apprécie ton aide, Fletcher, mais j'ai absolument besoin de me débrouiller seule.

— Alors, tu refuserais du travail ?

— Non, pas une fois que tout fonctionnera bien, mais je dois d'abord me prouver que je suis capable de faire tourner cet hôtel par mes propres moyens. J'en rêve depuis le jour où je suis sortie de l'université. Mon mariage a fait dérailler mes projets, mais je suis de retour et je compte les mener à bien selon mes propres conditions.

— Je peux le comprendre et je le respecte, répondit Fletcher après avoir repris une gorgée de vin. D'une certaine façon, je dirais même que je t'envie.

— Tu m'envies ? répéta-t-elle avec incrédulité. Toi, le patron d'une des plus grandes entreprises de construction de la côte Est ?

— J'envie ton indépendance. Être aux commandes, gérer ton hôtel comme tu veux sans rendre de comptes à personne doit être grisant.

Stevie se tourna légèrement vers lui pour mieux le regarder. Plusieurs fois déjà, elle avait cru percevoir une expression de tristesse sur son visage lorsqu'il croyait ne pas être observé. Était-ce simplement le stress et la fatigue, ou bien y avait-il quelque chose qui n'allait vraiment pas ?

— Cette indépendance est parfois difficile à gérer, finit-elle par répondre, mais j'ai bien l'intention d'y arriver. Ton idée de cours de cuisine me plaît bien. Je vais en discuter avec Penny.

À peine avait-elle terminé sa phrase que son téléphone sonna, affichant un appel de Cliff.

— Quand on parle du loup… Excuse-moi, je dois prendre cet appel.

En quelques minutes, Cliff la renseigna sur l'état de Penny. Elle le remercia et raccrocha en soupirant.

— Les nouvelles n'ont pas l'air d'être bonnes, commenta Fletcher d'un air inquiet.

— Cela pourrait être pire. Penny n'a pas besoin d'être opérée, mais elle sera en convalescence pendant un bon moment, peut-être deux semaines. Je suis soulagée qu'elle aille relativement bien. Par contre, je ne sais pas comment je vais me débrouiller sans elle alors qu'Elsa est en congé.

— Je peux peut-être te donner un coup de main ?

— Assez de coups de main pour ce soir. Tu es un client.

— Peut-être, mais je suis capable de changer mes draps moi-même, voire de réchauffer une brique de soupe de temps à autre.

Stevie ne put s'empêcher de rire, ce qui était visiblement l'effet souhaité.

— Ne t'en fais pas, nous n'en serons pas réduits à manger de la soupe en brique tous les soirs. Je vais trouver du personnel pour remplacer Penny. Ce ne sera peut-être pas évident à une semaine de Noël, mais je devrais m'en sortir.

— Je m'occupe de la vaisselle ce soir, d'accord ? Comme cela, tu pourras commencer à chercher du personnel. Je sens que tu n'arriveras pas à te détendre tant que la question sera en suspens.

— Mais non, monte tranquillement dans ta chambre. Tu en as déjà fait beaucoup ce soir et j'apprécie ton aide.

Fletcher tendit la main par-dessus la table et prit doucement la sienne. Elle savait qu'elle aurait dû se dégager, mais la chaleur de sa peau, la force tranquille de ses doigts entremêlés aux siens déclenchèrent une chaleur traîtresse en elle et l'empêchèrent de faire le moindre mouvement. Elle leva les yeux et son regard captura le sien.

— Je *vais* faire la vaisselle, répéta-t-il avec fermeté. Jusqu'à ce que tu aies trouvé quelqu'un d'autre, je me ferai une joie de te faciliter la vie autant que possible. Tu sais, parfois, il faut savoir accepter un coup de main.

Elle s'apprêtait à protester, mais à en juger par le ton de sa voix, Fletcher parlait d'expérience – et pas forcément une expérience agréable.

— Très bien, marmonna-t-elle. J'accepte ton aide, mais seulement pour ce soir. Je suis sûre que j'aurai trouvé quelqu'un d'ici à demain. Et puis, il est hors de question que tu fasses ton propre lit, ajouta-t-elle en adoucissant ses mots d'un sourire.

— Puisque tu tiens autant à venir t'occuper de mon lit, je t'en prie, ne te gêne pas.

Il lui décocha un petit clin d'œil avant de se lever pour commencer la vaisselle. Le moment aurait été bien choisi pour retourner à ses occupations. Pourtant, Stevie ne parvenait pas à bouger de sa chaise.

Des images défilaient en boucle dans sa tête : Fletcher allongé sur le grand lit à colonnades de la suite, son corps nu et musclé emmêlé aux draps…

*Non !*

Stevie repoussa sa chaise si brusquement qu'elle tomba sur le carrelage avec fracas. Fletcher se retourna aussitôt, l'air inquiet.

— Tout va bien, Stevie ?

Elle ne put que hocher la tête, incapable de parler. Une émotion violente la prenait à la gorge. Elle redressa la chaise et sortit de la cuisine, fredonnant à voix basse jusqu'à ce qu'elle se trouve en sécurité dans son bureau.

Là, elle referma la porte et se laissa aller contre le

solide panneau de bois comme s'il avait été la seule chose capable de la maintenir debout, et c'était probablement le cas. Elle tremblait de la tête aux pieds.

Mais enfin, que lui arrivait-il ? Elle avait pourtant fait ses choix en connaissance de cause. Elle ne voulait pas d'une relation impliquant la moindre proximité physique avec qui que ce soit et encore moins avec Fletcher Richmond.

Dans ce cas, pourquoi mourait-elle d'envie de retourner dans la cuisine, de l'embrasser éperdument et de l'entraîner jusqu'au deuxième étage ?

# - 6 -

Au cours de la semaine suivante, Stevie parvint à retrouver son équilibre. Son objectif principal était d'éviter Fletcher le plus possible et elle y réussissait à merveille.

Grâce à l'esprit d'entraide de la merveilleuse communauté d'Asheville, elle n'avait eu aucun mal à trouver une cuisinière remplaçante. Elle avait même engagé un guide de montagne pour assurer les randonnées avec les clients. Elle avait tout de suite réservé deux balades avec lui pour Fletcher, ce qui avait l'heureux effet collatéral de le maintenir hors de son champ de vision.

Quant aux réservations de l'hôtel, elles s'étaient curieusement multipliées ces derniers jours. Toutes les chambres allaient être occupées pour la période de Noël et du nouvel an. Stevie avait du mal à comprendre le phénomène, mais elle préférait ne pas se poser trop de questions. Ce supplément de revenus tombait à pic et l'aiderait à payer ses employés temporaires.

Elle se trouvait derrière son bureau, refaisant pour la millième fois les calculs pour son dossier de prêt, lorsque quelqu'un frappa à sa porte.

— Entrez.

Elle leva la tête de son ordinateur et regretta aussitôt d'avoir répondu. Fletcher venait d'entrer dans la pièce.

— Y a-t-il un problème ? demanda-t-elle sèchement.

Il posa les deux mains à plat sur son bureau, se pencha

vers elle et plongea son regard dans le sien. Stevie songea un peu tard qu'elle aurait mieux fait de se lever lorsqu'il était entré.

— Pourrais-tu m'expliquer pourquoi tu m'évites depuis une semaine ? lui demanda-t-il, une note d'irritation dans la voix.

— Je ne t'évite pas, mentit-elle. Maintenant que nous avons un vrai guide, j'ai pensé que l'expérience te satisferait davantage et…

— C'est toi qui me satisfais, contra-t-il doucement.

Les mots restèrent suspendus entre eux, lourds de sens, et elle s'efforça de calmer les battements de son cœur.

— J'ai beaucoup de travail en ce moment, finit-elle par répondre. J'espère que je peux compter sur ta compréhension.

— Stevie, tu sais quand même que c'est Noël aujourd'hui ?

— Que veux-tu, c'est la vie de gérante d'hôtel.

À vrai dire, elle n'avait plus tellement envie de fêter Noël depuis la mort de Chloe, mais elle ne risquait pas de l'expliquer à Fletcher.

— Allez, viens au moins profiter du dîner de Noël que tu as organisé pour les invités. C'était une bonne idée et je trouve dommage que tu n'y participes pas. Je crois qu'une pause ne te ferait pas de mal, probablement un verre ou deux aussi.

— Je ne peux pas venir dîner en étant habillée comme ça, protesta-t-elle.

— Dans ce cas, je te donne une demi-heure pour te préparer et nous rejoindre. Pas d'excuses. Si tu n'es pas en bas dans trente minutes, je te promets que je viendrai te chercher.

Malgré le ton autoritaire qu'il empruntait, Fletcher

paraissait presque amusé, comme s'il *voulait* qu'elle l'oblige à monter la chercher. Elle ne lui donnerait certainement pas cette satisfaction.

— Très bien, puisque c'est si gentiment proposé, rétorqua-t-elle d'un ton acerbe. Je vais aller me préparer.

— Merci.

Fletcher retira ses mains du bureau et se redressa, mais sa présence dans la petite pièce était impossible à ignorer. Il dominait les lieux partout où il allait. D'ailleurs, à cet instant précis, il dominait surtout ses pensées les moins avouables…

— Si tu veux que j'aille me changer, il faudra me laisser sortir de mon bureau, finit-elle par dire.

— Très juste. À tout à l'heure, lança-t-il avec un sourire triomphant avant de quitter la pièce.

Stevie éteignit son ordinateur et se leva pour sortir à son tour. En passant, elle inspira une bouffée du parfum de Fletcher et sentit un tiraillement au creux de son ventre qu'elle commençait à reconnaître. Elle le ressentait chaque fois qu'il était près d'elle.

En montant l'escalier, elle se répéta que sa réaction était normale, une simple attirance physique envers un homme séduisant. Mais elle croyait de moins en moins à cette théorie. Rien n'était simple dans ce qu'elle ressentait pour Fletcher, et quelque chose lui disait que ces sentiments ne pourraient plus être ignorés bien longtemps…

Fletcher observa discrètement Stevie jusqu'à ce qu'elle disparaisse au sommet de l'escalier. Il était excité comme un enfant devant un sapin de Noël. Allait-elle apprécier la surprise qu'il lui réservait ?

Bien conscient qu'elle l'avait évité toute la semaine,

il l'avait laissée tranquille jusqu'à présent, mais il ne fallait tout de même pas exagérer. Personne ne méritait de passer le soir de Noël devant un tableau de projection financière. Il avait aperçu ce qu'elle étudiait tout à l'heure dans son bureau, et bien que comprenant parfaitement ce genre de documents, le simple fait d'en voir un lui donnait la migraine.

Au bureau, il pouvait déléguer ces tâches à son équipe d'analystes, mais Stevie ne pouvait pas se permettre ce luxe. Tout ce qu'il se passait à la Maison Nickerson lui revenait entre les mains. Il admirait sa ténacité, mais il ne savait pas s'il aurait été capable d'en faire autant.

Ces derniers jours, il avait eu l'occasion de discuter avec les nouveaux employés et avec quelques commerçants en ville. Tout le monde appréciait Stevie. En règle générale, les gens s'étonnaient de l'avoir vue aussi changée lors de son retour à Asheville, mais se réjouissaient de la voir revenir à elle-même malgré les pertes qu'elle avait subies.

Fletcher ne la connaissait peut-être pas aussi bien qu'eux, mais il avait compris le sens de leurs paroles. Stevie avait subi la perte d'une petite fille dont lui-même n'avait appris l'existence que le jour de l'enterrement de Harrison. Un mois plus tard, son mari était mort et elle avait laissé derrière elle tout un pan de sa vie du jour au lendemain. Rien de tout cela n'avait dû être facile.

Malgré l'évidente réticence dont elle faisait preuve à son égard, il se sentait de plus en plus intrigué par elle. Il commençait à se demander si la distance que Stevie mettait entre eux ne provenait pas plutôt d'une peur de sa propre attirance envers lui. Ses réactions chaque fois qu'ils passaient du temps ensemble, ne fût-ce qu'une minute, semblaient lui dire qu'elle ressentait la même chose que lui.

S'il avait raison, il trouvait terriblement dommage de laisser cette crainte les empêcher de vivre une histoire qui pourrait être belle.

Mais qu'en savait-il ? Une semaine auparavant, il n'aurait jamais envisagé de commencer la moindre aventure avec qui que ce soit. Il ne s'y sentait pas prêt. Avant de faire une place à quelqu'un d'autre dans sa vie, il voulait y mettre de l'ordre. Pour le moment, il ne savait même pas ce qu'il voulait…

Excepté Stevie Nickerson.

Comment Harrison avait-il pu transformer son comportement au point que toutes ses connaissances s'en soient aperçues ? Stevie ne pouvait tout de même pas penser que l'amour se résumait à cela. À son avis, aimer quelqu'un signifiait ouvrir son cœur à tout ce qui faisait cette personne, ses qualités, ses petites habitudes, mais aussi ses défauts. Jamais il n'aurait eu envie de changer quoi que ce soit chez une personne qu'il aimait.

Il se demanda aussi comment il avait pu passer autant de temps avec Harrison sans remarquer cet aspect de sa personnalité. Il fouilla sa mémoire à la recherche de signes qui auraient pu l'alerter, sans rien y trouver d'autre que l'esprit de compétition qu'il avait toujours possédé au plus haut point.

Lui aussi avait toujours été compétitif. Il n'avait pourtant réellement jalousé Harrison que le jour où il lui avait présenté Stephanie, sa ravissante fiancée qu'il fréquentait depuis quelques mois à peine. Son souvenir ne l'avait jamais complètement quitté depuis.

Maintenant qu'il séjournait à la Maison Nickerson, il comprenait à quel point cet endroit faisait partie d'elle-même. Le travail qu'elle avait investi dans l'hôtel était colossal et il ne doutait pas qu'elle en ferait un immense succès. Pourtant, son indépendance obstinée risquait de lui porter préjudice.

Fletcher savait de quoi il parlait. Il avait vu de nombreux projets tomber à l'eau pour la seule raison que leurs créateurs refusaient d'accepter la moindre main tendue. Stevie fonçait droit dans le mur si elle continuait de vouloir tout gérer seule et il refusait de la laisser faire. Mais comment la convaincre d'accepter son aide ?

Il fut soudain tiré de ses réflexions par le craquement d'une marche de l'escalier et leva la tête, souriant comme à chaque fois qu'il voyait Stevie. Elle portait une robe rouge qui moulait délicatement ses formes et s'arrêtait juste en dessous du genou. Ses talons hauts mettaient en valeur la finesse de ses jambes, et elle avait enfilé un collier de perles noires assorties. Une cascade de boucles opulentes et désordonnées tombait librement sur son épaule gauche.

Fletcher pouvait presque sentir ses doigts fourmiller tant il rêvait de passer la main dans ses cheveux pour les caresser. Le regard de Stevie rencontra le sien et il fut frappé par un profond sentiment d'appartenance, comme s'il avait été créé pour être avec elle depuis toujours.

La connexion s'interrompit lorsqu'elle détourna les yeux pour descendre l'escalier. Sa main fine courait légèrement le long de la rampe, et plus elle s'approchait, plus ce curieux sentiment réapparaissait. Il avait l'impression d'avoir vécu cette scène avec elle des milliers de fois.

— Qu'est-ce qu'il y a ? lui demanda-t-elle en arrivant à sa hauteur. J'ai quelque chose sur la figure ?

— Non. Tu es magnifique.

Elle resta bouche bée l'espace d'un instant, portant sa main à ses cheveux comme pour les lisser avant de se raviser et de laisser retomber sa main. La surprise de son expression fit place à un superbe sourire.

— Merci, mais je le savais déjà, répondit-elle avec une crânerie qu'il soupçonnait très éloignée de la réalité.

— Allons-y, si tu veux bien, dit-il en lui offrant son bras.

— Je ne sais pas pourquoi, mais j'ai l'impression que tu me réserves une surprise là-dedans.

— Oh non, pas moi. On ne m'a pas autorisé à faire quoi que ce soit, et aux autres invités non plus, si cela peut te rassurer. Ma seule mission ce soir était de t'amener ici.

En approchant de la salle à manger, une multitude de sons parvint jusqu'à eux : le tintement des verres, les conversations qui se croisaient, un chant de Noël en toile de fond. Fletcher poussa la porte et entendit Stevie pousser un léger cri de surprise. Du coin de l'œil, il épia sa réaction tandis qu'elle promenait son regard autour de la pièce joyeusement décorée et pleine d'invités, non seulement des clients de l'hôtel, mais aussi de vieux amis de la famille Nickerson. Elle eut un large sourire en repérant Penny et Cliff installés devant la cheminée.

— Je n'en reviens pas, murmura-t-elle. C'est exactement comme au temps de ma grand-mère. Qui a eu l'idée d'inviter tout ce monde ? Et les décorations ?

— Penny a tout organisé et tes employés ont fait le reste. C'est plutôt du bon travail, non ?

— Plutôt, comme tu dis. C'est incroyable.

Un invité s'approcha alors pour lui parler, puis un autre, et la conversation s'anima de plus en plus jusqu'au moment de passer à table. Fletcher resta en retrait, satisfait de contempler le bonheur évident de Stevie.

Penny avait embauché des extra pour la soirée. Chaque fois que Stevie faisait mine de se lever pour aller chercher quelque chose, l'un ou l'autre des invités posait une main ferme sur son épaule et lui ordonnait de rester tranquille.

Fletcher n'était pas mécontent de passer Noël à Asheville. Il avait appelé les différents membres de sa famille un peu plus tôt et tout comme lui chacun gérait comme il le pouvait ce premier Noël sans leur père. Sa mère passait la soirée avec ses nouveaux acolytes en Floride, son frère et sa sœur avec des amis proches.

La soirée défila en un éclair. Petit à petit, les invités regagnèrent qui leur chambre, qui leur voiture pour rentrer chez eux. Stevie reconduisit Penny et Cliff avant de faire un dernier tour dans la cuisine où, une fois encore, il ne lui restait plus rien à faire. Les extra avaient bien travaillé.

Lorsqu'elle revint dans la salle à manger, il la prit doucement par la main et l'emmena dans la bibliothèque illuminée par un joyeux feu de bois. Il la fit asseoir devant la cheminée et lui tendit le verre de whisky qu'il venait de servir pendant qu'elle s'affairait dans la cuisine.

— J'ai pensé que tu apprécierais un petit verre.

— Merci beaucoup. C'est le final parfait d'une soirée parfaite. Je ne m'attendais pas à passer un Noël aussi joyeux.

— C'est certainement mieux que de rester toute la nuit devant un tableau Excel, commenta-t-il en prenant à son tour une gorgée de whisky.

— Sans aucun doute. Je ne sais pas comment j'ai pu perdre la notion du temps à ce point.

*Tu étais trop occupée à m'éviter*, songea-t-il en se gardant bien de partager ses pensées.

— En tout cas, tu as réussi à créer une atmosphère vraiment chaleureuse dans cet hôtel, remarqua-t-il. Même les clients qui sont arrivés aujourd'hui ont su trouver leur place et profiter de la soirée. Je suis sûre qu'ils recommanderont la Maison Nickerson à tous leurs amis.

— Je l'espère, répondit-elle avec un sourire timide.

— J'imagine que cette maison a vu beaucoup de Noëls avant celui-ci.

— Oh que oui, et d'autres réunions de famille aussi. Les albums au grenier sont pleins de souvenirs. Je pensais en sortir quelques photos pour les faire agrandir et les exposer dans l'aile est une fois qu'elle sera rénovée. Comme beaucoup de choses, cela devra attendre encore un moment.

Elle reprit une gorgée de whisky avant de lui demander :

— Et toi, comment étaient les Noëls dans ta famille ?

— Plutôt classiques, si on excepte le fait que mon père passait soit Noël, soit le nouvel an avec nous en alternant chaque année. Nous pensions tous qu'il avait trop de travail pour faire les deux. Maintenant, bien sûr, nous savons qu'il partageait ses vacances entre deux familles. Il est mort peu de temps avant Noël l'année dernière. Je crois qu'après cela, nous ne pourrons plus jamais le fêter comme avant.

— J'ose à peine imaginer ce que tu as ressenti en apprenant la vérité.

Fletcher resta silencieux un instant, contemplant les flammes qui dansaient dans la cheminée.

— Ça a été un enfer pour moi. J'ai tout remis en question, mon style de vie, mes objectifs… Même maintenant, tout n'est pas résolu.

— Comment ça ?

— Jusqu'à l'année dernière, mon père était mon modèle. Je m'efforçais de lui ressembler et d'être le parfait chef d'entreprise que je voyais en lui. Je voulais reprendre le flambeau, continuer à faire prospérer l'entreprise pour les générations futures, bref, tous les clichés que tu peux imaginer, conclut-il avec un rire sans joie.

— Et maintenant ?

— Maintenant, je ne sais plus. Je ne suis pas sûr de vouloir continuer à faire ce travail pendant encore des années. La seule chose dont je suis certain, c'est que je ne veux plus devenir comme mon père. Il nous a causé une peine immense. S'il n'était pas décédé, je ne sais pas comment il comptait s'en sortir.

— Il espérait peut-être que personne ne saurait jamais.

— Si c'est le cas, on peut dire que c'est raté.

— Je suis désolée que tu aies dû vivre tout cela.

Il avait entendu ces mots tellement de fois, et si rarement prononcés avec bienveillance, qu'il croyait en avoir eu assez pour le restant de ses jours. Pourtant, il sentait que Stevie était sincère et qu'il n'y avait aucune curiosité mal placée dans l'intérêt qu'elle prenait à son histoire. Elle était toujours franche et authentique, une autre des nombreuses qualités qui l'attiraient vers elle.

— Merci, lui répondit-il sobrement avant de terminer son whisky d'un trait. Je crois qu'il est temps d'aller se coucher.

La réaction de Stevie fut immédiate. Il vit ses joues rougir, ses yeux briller, sa respiration s'accélérer. Il n'avait pourtant eu aucune intention particulière en prononçant ces mots. De toute évidence, son corps à lui aussi les avait interprétés d'une manière tout sauf innocente.

Une chaleur irrésistible le parcourait tout entier. Le silence se prolongea entre Stevie et lui et lorsqu'il la vit mordiller sa lèvre inférieure, la réaction d'une certaine partie de son corps fut immédiate.

Stevie reposa brusquement son verre sur le plateau vitré de la table basse. Le son aigu sembla la délivrer de cet étrange sortilège qui les avait frappés tous les deux.

— Tu as raison, c'est l'heure de dormir, répondit-elle abruptement.

Elle se remit debout et il se leva à son tour. Il n'aurait eu qu'à tendre les bras pour la serrer contre lui, pour sentir ses courbes merveilleuses se presser contre son corps, ses lèvres contre les siennes. Stevie leva les yeux vers lui et il eut la confirmation de tout ce qu'il voulait savoir. Elle ressentait exactement la même pulsion que lui.

— Bonne nuit, Fletcher. J'espère que tu dormiras bien.

Pour cela, il n'y avait pas de danger qu'il dorme !

Il la suivit du regard tandis qu'elle sortait de la bibliothèque, ses longs cheveux effleurant le milieu de son dos, ses fesses moulées par le tissu de sa robe. Elle avait eu envie de lui tout autant que lui d'elle, il en était convaincu. Elle était simplement plus résistante que lui. Elle avait trouvé la force d'ignorer une fois de plus l'attirance qui les unissait chaque fois qu'ils se trouvaient dans la même pièce.

Cette fois, peut-être… Mais pour combien de temps encore ?

# - 7 -

La semaine suivante, Stevie se plongea encore davantage dans le travail. Ce jour-là notamment, elle s'occupait du jardin, nettoyant la pelouse et taillant quelques-unes des haies pour les aider à lutter contre la rudesse de l'hiver.

Penny était revenue au travail ce matin-là avec l'entière permission de son médecin. Elle s'était sentie soulagée de la revoir, en premier lieu parce que sa vieille amie lui avait manqué. Les conversations au téléphone ne faisaient décidément pas tout.

Demain, ce serait le réveillon du nouvel an et Fletcher partirait le jour suivant. Elle comptait presque les heures. Après ce qui avait failli se passer le soir de Noël, elle se sentait plus confuse que jamais à son sujet. Il était tellement… Enfin, tellement…

Incapable de trouver ses mots, même en pensée, elle donna un coup de pied rageur dans son râteau et poussa un grognement qui n'avait pas grand-chose d'humain.

— Hou là, commenta Penny qui revenait de la serre avec une poignée d'herbes aromatiques. Qu'est-ce qu'il t'arrive ?

— Rien du tout.

Elle reprit son râteau dans l'espoir de couper court, mais Penny ne l'entendait pas de cette oreille. Elle lui posa sa question suivante d'un air si innocent que Stevie y aurait presque cru.

— Tu ne penses pas à ce gentil M. Richmond, par hasard ?

« Gentil », Fletcher ? Sûrement pas ! Elle aurait plutôt dit « énervant » ou « frustrant », mais ce n'était pas encore assez fort pour décrire ce qu'il lui inspirait…

« Exaspérant ». Voilà le mot qui convenait. Fletcher était l'homme le plus exaspérant qu'elle ait jamais rencontré.

*Et aussi le plus sexy*, lui souffla une petite voix intérieure.

Ah, non ! Voilà qu'elle recommençait à rêver de lui. Stevie s'empressa de plonger sous un buisson pour cacher ses joues empourprées.

— Pas du tout, finit-elle par répondre en sortant de sous les feuilles. J'ai seulement une de mes crises de jardinage habituelles.

— Bien sûr.

— Au fait, comment va ta main ? demanda-t-elle pour changer de sujet.

— Elle va mieux que ce que j'espérais. Mes séances de rééducation commencent la semaine prochaine, donc tout reviendra bientôt à la normale.

Penny reprit son petit sourire en coin, et Stevie comprit qu'elle n'en avait pas terminé avec elle.

— À propos de ce M. Richmond… Quand vas-tu te décider à lui sauter dessus ?

Stevie en lâcha son râteau.

— Je te demande pardon ?

— Ça va, ne fais pas l'innocente. Je ne suis pas aveugle. N'importe qui aurait remarqué les étincelles entre vous. Je vois bien que tu fais tout ton possible pour les ignorer, mais pourquoi ne te laisses-tu pas aller tout simplement ?

Stevie fut tentée de lui demander à quoi elle devait se laisser aller, mais elle songea qu'elle s'exposait à une réponse bien plus détaillée que nécessaire et renonça aussitôt.

— Je ne me laisse pas aller, comme tu dis, parce que je ne le veux pas. Tu sais que je n'ai pas envie de me relancer dans une aventure avec qui que ce soit.

— C'est dommage, commenta Penny d'un air dépité. Quel gâchis de laisser filer un homme aussi séduisant.

Cette fois, elle se sentit piquée.

— Si tu le trouves aussi à ton goût, tu n'as qu'à le garder pour toi-même.

— Oh là là ! s'exclama Penny en riant. Tu es encore plus entichée de lui que je le croyais. Si tu veux mon avis, passe à l'action avant qu'il soit trop tard.

— Je ne passerai à rien du tout.

Stevie se détourna et commença à empiler son tas de mauvaises herbes dans la brouette qu'elle avait amenée. Au bout de quelques secondes, elle entendit Penny pousser un grognement.

— Quoi ? demanda-t-elle d'un ton sec.

— T'es-tu au moins demandé si tu allais le regretter ?

— Comment ça ?

— Chaque fois que j'ai envie de faire ou d'acheter quelque chose, je me demande toujours si je risque de le regretter en ne le faisant pas. Si la réponse est non, je passe mon chemin, mais si c'est oui…

— Est-ce comme cela que Cliff et toi avez commencé à sortir ensemble ?

Le visage de Penny s'éclaira d'un large sourire.

— Plus ou moins, et c'était la meilleure décision de ma vie. Crois-en mon expérience, ma grande. Tu ferais mieux de dépenser ton énergie avec quelqu'un qui l'appréciera plutôt que de t'escrimer sur ces pauvres herbes.

Songeuse, Stevie la suivit du regard jusqu'à ce qu'elle

ait disparu derrière la porte de la cuisine. Son amie ne savait pas de quoi elle parlait. Penny ignorait tout ce qu'elle avait perdu dans son premier mariage : non seulement sa personnalité joyeuse, mais aussi ses rêves et ses ambitions.

Elle avait enfin appris à vivre pour elle-même sans se plier aux exigences de quelqu'un d'autre, et bien qu'elle en mourût d'envie, elle refusait de suivre les conseils de Penny. Elle ne pouvait pas prendre ce risque.

Sa vie lui plaisait avec elle seule aux commandes, et elle n'avait pas la moindre intention d'y changer quoi que ce soit.

À Asheville, le soir du nouvel an, les hôteliers se relayaient tous les ans pour organiser la soirée de réveillon.

Stevie était soulagée que ce ne soit pas son tour cette année-là. Pour la deuxième fois de suite, elle passerait une soirée tranquille chez elle et cela lui convenait parfaitement. Elle n'avait pas le courage de rester debout jusqu'à minuit pour souhaiter la bonne année à une myriade de gens qui ne comptaient pas pour elle.

Honteuse de sa mauvaise humeur, elle se rendait bien compte qu'elle n'avait rien contre les gens qui feraient la fête ce soir-là, bien au contraire. Chacun s'amusait comme il en avait envie. Seulement, depuis qu'elle avait refermé pour la dernière fois la porte de la maison qu'elle avait partagée avec Harrison, elle s'était promis que sa priorité serait désormais de se faire plaisir à elle-même.

De l'égoïsme ? Peut-être, mais dans son cas, c'était une question de survie après ce qu'elle avait vécu. Elle avait fait les quatre volontés de la famille Reed pour se voir rejetée par eux lorsqu'elle aurait eu besoin de leur soutien.

Pendant des années, elle avait rêvé d'appartenir à cette famille conventionnelle. Elle se rendait compte à présent qu'elle n'aurait jamais pu se sentir à l'aise chez eux. Les membres de sa propre famille avaient toujours été un peu excentriques, anticonformistes dans leurs choix, mais heureux. Tout ce qu'elle souhaitait maintenant, c'était de retrouver ce genre de bonheur.

Elle avait bien conscience qu'elle devait créer elle-même la vie qui la rendrait heureuse. Pour le moment, et peut-être pour toujours, cela passait par une bonne dose de solitude.

Stevie tendit l'oreille. Ses clients devisaient joyeusement par petits groupes en sortant de l'hôtel, la plupart d'entre eux pour emprunter la navette qui les emmènerait vers le lieu des réjouissances. Ils ne rentreraient sans doute pas avant l'aube.

Puisque tout le monde était parti, elle décida de passer dans les chambres pour faire un brin de ménage avant le service de chambre habituel du matin. Ses hôtes seraient probablement contents de trouver des serviettes propres et une chambre impeccable en rentrant de leur soirée.

Ensuite, elle s'était prévu une soirée de détente qui la faisait sourire d'avance : un long bain parfumé avec un verre de vin ou deux, peut-être aussi un livre. Elle comptait bien se glisser dans l'eau chaude dès la minute où elle serait certaine que tous ses clients étaient partis.

Le service complet des chambres lui prit à peine trois quarts d'heure. Elle avait gardé celle de Fletcher pour la fin, comme elle en avait pris l'habitude ces derniers jours. Passer dans sa chambre sans le voir était devenu un moment qu'elle redoutait.

Depuis le jour de Noël, Fletcher avait occupé ses journées et la plupart de ses soirées en dehors de l'hôtel. Stevie ne doutait pas qu'il fût parti réveillonner avec les autres. Elle frappa tout de même à la porte, s'annonça à voix haute et finit par entrer en voyant que personne ne lui répondait.

Comme elle s'y était attendue, la chambre était vide. Elle commença par fermer les rideaux en les tirant vers le bas pour s'assurer qu'ils retombaient parfaitement. Ensuite, elle se mit en devoir de refaire le lit, lissant les draps du plat de la main après avoir soigneusement bordé l'épaisse couverture. Une fois les oreillers bien arrangés, elle y déposa une truffe au chocolat provenant de la confiserie d'Asheville en guise de touche finale. Il ne lui restait plus qu'à faire un tour dans la salle de bains et elle aurait terminé.

Stevie poussa la porte et se trouva aussitôt enveloppée dans un nuage de vapeur.

— Je suis désolée ! s'exclama-t-elle en ressortant aussi vite qu'elle était entrée.

Mais le mal était fait. Elle avait eu le temps d'apercevoir Fletcher, superbement nu et ruisselant d'eau derrière la paroi vitrée de la douche. Il lui avait même semblé qu'il lui adressait un sourire en coin avant qu'elle se précipite hors de sa chambre.

Elle dévala l'escalier en maudissant les douches sans rideau, les salles de bains modernes et l'excès de zèle qui l'avait poussée à faire le ménage ce soir-là. Refermant la porte de son bureau derrière elle, Stevie ferma les yeux et prit une longue inspiration.

Elle ne penserait pas à Fletcher. Elle oublierait le souvenir de son torse musclé recouvert d'une fine toison brune, de ses épaules larges, de ses hanches ciselées qui attiraient le regard un peu plus bas, jusqu'à…

*Stop ! Arrête-toi tout de suite, Stevie.*

Malheureusement, une certaine partie d'elle-même avait pris le dessus et les images de son corps parfait revenaient en boucle dans sa tête. Elle se demandait ce qu'il se serait passé si elle avait osé tendre la main pour le caresser.

*Tout cela est parfaitement normal*, se répéta-t-elle pour se rassurer. *Tu es une femme jeune et en bonne santé qui réagit normalement face à un homme séduisant.*

Normalement ? Cette chaleur au creux de son ventre, cette impression que son soutien-gorge avait rétréci d'une taille, ce désir intense qu'elle ne se souvenait pas d'avoir jamais ressenti, tout cela était-il vraiment normal ?

Fixant sans le voir l'écran de son ordinateur, elle se repassa les moindres détails de ce qu'elle avait aperçu. Le corps de Fletcher n'était fait que de muscles parfaitement affûtés. Elle avait toujours soupçonné qu'il était en forme, dans le genre mince et athlétique, avec une force latente dans tous ses gestes.

La réalité avait de loin dépassé ses rêves. La moindre parcelle de son corps était absolument, merveilleusement parfaite. Elle le désirait à un point qu'elle n'aurait même pas cru possible.

Fermant les yeux, elle laissa retomber sa tête sur son bureau en poussant un grognement de frustration.

— Est-ce que tout va bien ?

La voix de Fletcher, toute proche, lui fit l'effet d'une décharge électrique. Elle se redressa brusquement sur sa chaise et ne put que constater sa présence de l'autre côté de son bureau.

La chaleur traîtresse revint se loger en elle lorsqu'elle

le vit ainsi, les cheveux encore humides, sentant délicieusement bon grâce aux produits de douche qu'elle avait soigneusement choisis pour garnir les chambres.

Elle ne pourrait plus jamais sentir cette odeur sans penser à lui. Il allait falloir qu'elle change de fournisseur ou qu'elle se résigne à perdre sa tranquillité pour toujours, décida-t-elle avec un brin d'exagération.

— Stevie ?

— Que… Oui, excuse-moi. Tout va bien. Je suis désolée d'être entrée dans la salle de bains tout à l'heure, poursuivit-elle en reprenant peu à peu ses esprits. Je pensais que tu étais parti avec les autres. Si tu veux, je peux rappeler la navette pour t'emmener à la soirée.

— C'est gentil, mais j'ai prévu de rester ici ce soir.

*Zut.*

— Vraiment ? demanda-t-elle avec l'énergie du désespoir. Tu n'as pas envie de faire la fête pour terminer l'année ?

— Je veux la terminer comme je l'ai commencée, avec calme et concentration.

Quelque chose dans sa manière de prononcer ces mots, dans son regard posé sur elle la fit frissonner d'excitation.

— Avec concentration ? répéta-t-elle, les yeux toujours rivés aux siens.

— Exactement.

Fletcher tendit la main et, sans parvenir à s'en empêcher, elle y glissa la sienne. Il la remit doucement sur ses pieds et l'attira à lui.

— Fletcher…

— Ne dis rien, murmura-t-il.

L'instant d'après, ses lèvres se posaient sur les siennes. L'instant était parfait et si naturel qu'elle répondit instinctivement à son baiser. Elle oublia le reste du monde pendant quelques secondes de bonheur, puis sa raison vint la frapper en pleine figure et elle s'écarta aussitôt.

— Arrête, lui demanda-t-elle d'une voix étranglée. S'il te plaît, arrête.

Fletcher eut l'air bouleversé.

— Je suis désolé, Stevie. J'ai cru que nous étions sur la même longueur d'onde.

Il secoua la tête et fit un pas en arrière, puis deux, laissant le plus de distance possible entre eux.

— Ces quinze jours ici m'ont apporté deux choses. D'abord, une occasion de me remettre les idées en place, et ensuite un désir pour toi qui n'a fait que grandir depuis deux semaines. J'ai eu l'impression que tu partageais ce sentiment et j'aurais regretté de partir demain sans avoir ne serait-ce qu'essayé de le confirmer. Si je me suis trompé, je tiens à m'excuser. Je te promets que plus jamais je n'abuserai de ton espace personnel ni de ton temps.

Il sortit aussitôt de la pièce et Stevie resta plantée là, muette, l'esprit toujours plein de la sensation d'avoir été dans ses bras. Ce baiser avait été un paradis et un enfer tout à la fois. Elle avait goûté à ce dont elle rêvait par-dessus tout, et maintenant, elle en voulait plus.

À la fin, pourquoi s'empêchait-elle de franchir le pas ? Pourquoi laissait-elle la peur mettre des barrières entre elle et ce qu'elle voulait – ce qu'ils voulaient tous les deux ? Elle venait de passer près de deux ans à reprendre le contrôle de sa vie, de ses actes et de ses désirs. Ce qu'elle désirait à présent c'était Fletcher. Alors…

La réponse était sous ses yeux. Une nuit avec lui, rien qu'une seule, puisqu'ils n'en auraient pas d'autre. C'était son choix. Sa décision.

À peine capable de croire ce qu'elle s'apprêtait à faire, Stevie se passa la main dans les cheveux, lissa le devant de son chemisier et grimpa l'escalier jusqu'au deuxième étage. Deux minutes plus tard, elle se trouvait devant la porte de la suite Beaumont. Son cœur tambourinait dans sa poitrine et sa main trembla lorsqu'elle frappa à la porte.

Fletcher l'ouvrit presque aussitôt.

— Stevie ?

— Tu ne t'es pas trompé. Je *veux* que tu abuses de mon espace personnel.

# - 8 -

Fletcher eut l'impression que son cerveau avait cessé de fonctionner. Il fixa Stevie qui se tenait sur le pas de sa porte, incapable de comprendre s'il rêvait ou si elle était vraiment là, mais elle finit par le rejoindre à l'intérieur et refermer la porte derrière elle.

Lorsqu'elle passa les bras autour de son cou et se haussa sur la pointe des pieds pour l'embrasser, il comprit que la situation était délicieusement réelle.

Ses lèvres effleurèrent les siennes, d'abord hésitantes, puis audacieuses à mesure qu'elle prenait confiance. Sa bouche était si douce contre la sienne qu'il luttait pour ne pas prendre le contrôle et lui montrer exactement ce qu'il ressentait. Ce baiser était un merveilleux cadeau qu'elle lui faisait, et il ne voulait pas risquer de le gâcher en allant trop vite.

Il la laissa poursuivre ses caresses, l'effleurer du bout de la langue et le mordiller, puis il entrouvrit les lèvres lorsqu'il devint clair que Stevie en voulait davantage. Il ne put retenir un grognement sourd lorsqu'elle s'écarta de lui et se mit à caresser son visage et ses lèvres du bout des doigts avec une douceur infinie.

Il prit sa main dans la sienne, embrassa ses doigts un à un avant de laisser courir sa langue le long de son pouce, lentement, jusqu'au creux de son poignet. Le regard de Stevie s'assombrit et il la sentit frissonner contre lui.

— J'aimerais beaucoup faire la même chose à d'autres endroits, lui murmura-t-il.

— J'aimerais beaucoup aussi.

Elle s'écarta imperceptiblement de lui et reprit d'une voix plus ferme :

— Je veux juste clarifier les choses. Ce soir restera la première et la dernière fois. Tu repars demain et moi, je reste ici, alors profitons de cette nuit… D'accord ?

Il lui répondit d'un hochement de tête. Aussitôt, ses lèvres revinrent se poser sur les siennes, plus exigeantes que la première fois. Il répondit à chacune des caresses de sa langue tandis qu'elle passait les doigts dans ses cheveux.

Fletcher n'arrivait pas à croire ce qu'il était en train de vivre. Enfin, il tenait dans ses bras la femme extraordinaire qui l'attirait follement depuis des années.

— Fletcher… Emmène-moi dans ton lit.

Il la souleva dans ses bras et la déposa doucement entre les colonnades du lit, ce même lit qui l'avait vu rêver d'elle pendant deux semaines. Il défit sa ceinture et se déshabilla le plus vite possible en maudissant chaque seconde qui l'éloignait d'elle.

Complètement nu, il se tourna à nouveau vers le lit et prit un instant pour la contempler. Stevie avait retiré son haut et son soutien-gorge. La peau crémeuse de ses seins contrastait avec celle de ses tétons, d'un rose soutenu et merveilleusement pointés vers le haut. Il mourait d'envie de les goûter.

Sans perdre une minute de plus, Fletcher aida Stevie à se débarrasser de son pantalon et de son tanga. Elle l'attira à elle et passa les bras autour de sa taille pour se serrer contre lui.

La sensation de sa peau contre la sienne était un délice.

Il ne se souvenait pas d'avoir jamais vécu un instant aussi parfait. Une chaleur accueillante émanait de son corps pressé contre le sien. Il pencha la tête pour déposer un baiser dans son cou, inspirant à fond son parfum, gravant chaque seconde dans sa mémoire.

Il ne se faisait aucune illusion. Le lendemain, il serait de retour à Norfolk et sa vie reprendrait son cours sans Stevie Nickerson. Elle avait exprimé très clairement ce qu'elle en pensait. Quand bien même il aurait voulu continuer, chercher un moyen de poursuivre une relation à distance, elle ne souhaitait pas le revoir après cette nuit. Il ne pouvait que prendre ce qu'elle lui offrait – et il avait bien l'intention de le faire.

Il prit son temps pour explorer son corps, écoutant sa respiration qui s'accélérait, ses soupirs de plaisir lorsqu'il laissa courir sa main le long de ses épaules. Ses doigts caressèrent le contour de sa gorge, de ses bras puis de ses seins avant d'effleurer ses tétons l'un après l'autre. Les hanches de Stevie se mirent à onduler contre son entrejambe.

— Ça te plaît ?

— Beaucoup, répondit-elle dans un souffle.

Ses lèvres s'étirèrent en un sourire malicieux avant de venir se poser sur l'un de ses tétons durcis. Il le prit dans sa bouche, le caressa du bout de la langue et sentit son corps se raidir comme si elle avait reçu une décharge électrique.

— Et ça ? demanda-t-il en levant à peine la tête.

— Encore mieux.

Il posa une main contre son sein pour s'occuper de l'autre, puis ses lèvres descendirent lentement le long de son ventre, semant une pluie de baisers partout où il passait. Son corps était incroyablement beau. Chaque courbe que ses lèvres effleuraient était à la fois généreuse, féminine et parfaite, depuis ses hanches jusqu'à ses cuisses en passant par les lignes argentées qui striaient son bas-ventre.

Juste en dessous, une fine toison brune ornait l'espace entre ses cuisses. Il sentit son corps se tendre tandis qu'il jouait avec elle, effleurant à peine son point le plus sensible sans vraiment le toucher.

Stevie se redressa sur les coudes, ses beaux yeux noirs flambant de désir et d'impatience.

— Est-ce que tu essaies de me torturer ?

— Oui. Est-ce que ça fonctionne ? demanda-t-il en appuyant plus fermement sur son clitoris.

Pour toute réponse, elle poussa un gémissement et se laissa retomber sur les oreillers. À partir de cet instant, il oublia le reste du monde et se concentra uniquement sur le plaisir de Stevie. Il voulait rendre ce moment aussi inoubliable pour elle qu'il l'était déjà pour lui.

Son odeur musquée et enivrante l'attirait irrésistiblement. Il s'agenouilla entre ses cuisses et se mit à l'embrasser, la caresser, la lécher tandis que ses hanches ondulaient de plaisir contre sa bouche. Elle était délicieuse et il ne pouvait se rassasier de la goûter encore et encore.

Stevie se mit à gémir, puis à crier, et il accéléra ses caresses jusqu'à ce que son corps se raidisse contre le sien. Il la lécha une dernière fois avec douceur avant de remonter pour la regarder dans les yeux. Son regard était voilé par le plaisir et sa poitrine se soulevait au rythme encore effréné de sa respiration. Mais ce n'était que le début, lui promit-il silencieusement.

Il l'embrassa avec douceur, puis leur baiser se fit plus exigeant, sa langue jouant avec la sienne jusqu'à ce qu'il se sente incapable de tenir plus longtemps. Il savait déjà que la table de chevet contenait des préservatifs. Sans cesser de l'embrasser, il en prit un et se protégea rapidement.

— Ça va toujours ? lui demanda-t-il.

Stevie lui décocha un sourire ravageur avant de lui répondre :

— Laisse-moi te montrer à quel point.

L'instant d'après, elle était à califourchon sur ses cuisses. Sa main glissa le long de son torse, puis de son ventre avant de venir guider son érection jusqu'à elle. Lorsqu'elle se laissa retomber sur lui, lentement et sans le quitter des yeux, il crut devenir fou.

Elle était si serrée, si chaude autour de lui qu'il dut lutter pour ne pas la prendre par les hanches et accélérer le rythme. La tentation était forte, mais il s'obligea à la laisser faire, profitant du moment. Elle jouait délicieusement avec lui, contractant ses muscles autour de son érection, un sourire rêveur aux lèvres.

Lorsque son sourire laissa la place à une expression presque animale, il comprit qu'elle avait fini de jouer. Elle posa les mains sur ses épaules et se laissa retomber sur lui une première fois, puis une autre, de plus en plus vite. Fletcher ferma les yeux et répondit à chacun de ses mouvements par un coup de reins, allant toujours plus profondément en elle.

Toute pensée cohérente l'abandonna. Incapable de rien contrôler, il s'abandonna à un orgasme puissant, sentant à peine Stevie se contracter autour de lui et crier de plaisir à son tour.

Elle se laissa retomber sur sa poitrine et il l'enveloppa de ses bras. Son cœur battait à l'unisson du sien, d'abord furieusement, puis de plus en plus calme à mesure qu'ils retrouvaient leur souffle. Elle déposa un baiser dans son cou et il voulut parler, mais un son inintelligible sortit de ses lèvres.

Être avec elle ainsi dépassait de loin ses rêves les plus audacieux. Il aurait voulu que ce moment dure toujours.

— Plutôt pas mal pour une première fois, commenta Stevie d'un air malicieux.

Elle se pencha pour effleurer son torse de ses lèvres avant de mordiller l'un de ses tétons. Un frisson de plaisir le parcourut aussitôt et il se sentit durcir à nouveau en elle.

— Comment ça, pas mal ? finit-il par répondre d'une voix rauque. Il me semble que tu es au-dessous de la vérité.

— Je suis sûre que nous pouvons faire encore mieux, rétorqua-t-elle d'une voix tellement sensuelle que son entrejambe se réveilla complètement.

— Donne-moi un instant, dit-il en s'écartant d'elle à regret. Je reviens tout de suite pour voir ce que nous pouvons faire.

Stevie le regarda s'éloigner en direction de la salle de bains, contemplant son dos et ses fesses avec délices. Elle s'étira voluptueusement sur les draps emmêlés. Chaque cellule de son corps vibrait d'anticipation. Faire l'amour avec Fletcher avait été la meilleure fois de sa vie, et elle se sentait heureuse et fière d'être venue jusqu'à sa chambre.

Dire que cette nuit serait la première et la dernière…

Stevie secoua la tête, consciente qu'elle faisait ce choix pour de bonnes raisons. Elle avait un but précis à atteindre. Sortir avec quelqu'un ne ferait que la ralentir. Si elle voulait faire de son hôtel une destination à succès, elle devait se concentrer à cent pour cent.

Cela dit, en termes de distractions, Fletcher Richmond était probablement la meilleure qu'elle puisse imaginer.

Il revenait justement dans la chambre, magnifiquement nu, son désir impossible à ignorer. Elle tendit la main vers son entrejambe aussitôt qu'il l'eut rejointe sur le lit.

— C'est pour moi ? lui demanda-t-elle en souriant.

Fletcher éclata de rire et elle l'imita. Jamais encore elle n'avait été aussi joyeuse au lit. C'était la première fois qu'elle se sentait à ce point libre et sensuelle, la première fois aussi qu'elle prenait autant de plaisir.

Elle était heureuse de connaître enfin ce bonheur ne fût-ce qu'une fois dans sa vie. Plus que cela, elle était heureuse que ce soit avec lui.

— C'est tout pour toi, lui confirma Fletcher en caressant doucement sa hanche. Qu'est-ce que tu voudrais lui faire ?

Stevie eut un petit frisson d'excitation. Faire l'amour était une chose, mais *parler* de ses désirs ? Elle n'avait jamais osé.

— J'aimerais d'abord te prendre dans ma main, murmura-t-elle. Sentir ta chaleur contre ma paume, te serrer fort, te caresser plusieurs fois de haut en bas jusqu'à ce que j'en aie assez.

— Je vois, souffla Fletcher d'une voix rauque. Et ensuite ?

— Ensuite..., commença-t-elle, laissant une longue pause pour le plaisir de voir l'impatience dans son regard fiévreux. Ensuite, je voudrais te caresser du bout de la langue, tout doucement pour commencer, puis mes lèvres viendraient t'embrasser et je te prendrais tout entier dans ma bouche.

Elle plongea son regard dans le sien, désireuse de lui montrer qu'elle pensait chacun des mots qu'elle venait de prononcer.

— Je crois que tout cela me plairait, tu sais.

— Dans ce cas, pourquoi sommes-nous encore en train de parler ?

— J'allais te poser la même question.

Fletcher s'allongea sur le lit et elle vint se placer à califourchon sur ses cuisses, prenant aussitôt son sexe dans sa main. Elle le caressa exactement comme elle le lui avait décrit. Le contraste entre la dureté de son érection et la douceur de sa peau lui plaisait infiniment.

Lorsqu'elle resserra sa main autour de lui sans arrêter ses caresses, elle sentit ses muscles se tendre et l'entendit pousser un grognement.

— C'était trop ? demanda-t-elle doucement en ralentissant ses mouvements.

— Plutôt pas assez. S'il te plaît, ne t'arrête pas.

Elle ne se fit pas prier et changea légèrement de position pour s'asseoir un peu plus bas sur ses cuisses. Sa main toujours serrée autour de son sexe, elle pencha la tête et vint lui donner un léger coup de langue. Il gémit de nouveau, mais cette fois, elle ne s'arrêta pas. Elle le prit tout entier dans sa bouche et recommença à aller et venir autour de lui.

Lorsqu'elle sentit ses mains lui agripper les cheveux, elle accentua encore ses caresses, sa langue caressant son sexe dans sa bouche, ses lèvres l'aspirant doucement.

Sans ralentir ses mouvements, elle ne put s'empêcher de lever les yeux pour épier ses réactions. Le regard de Fletcher captura le sien et ils restèrent ainsi, les yeux dans les yeux, jusqu'à ce qu'il se laisse aller sur l'oreiller et cède enfin au plaisir dans un long gémissement.

Elle adoucit progressivement ses caresses et déposa un baiser sur sa hanche avant de remonter légèrement pour se serrer contre lui, la tête sur sa poitrine, écoutant le tumulte de son cœur qui battait à toute vitesse après l'orgasme.

C'était *elle* qui lui avait donné ce plaisir, pensa Stevie avec une pointe de fierté. Elle s'était occupée de lui comme il l'avait fait pour elle quelques instants plus tôt, et elle avait adoré ce moment. Fletcher passa un bras autour de sa taille et la serra contre lui comme s'il ne voulait plus jamais la lâcher.

Ils sombrèrent dans un demi-sommeil et furent réveillés un peu plus tard par le vacarme des feux d'artifice au-dehors. Enveloppés dans le drap, ils se levèrent pour aller contempler le spectacle à la fenêtre. Lorsque les dernières lueurs colorées s'éteignirent, Fletcher la prit dans ses bras et pencha la tête vers elle.

— Bonne année, murmura-t-il contre ses lèvres.

Il l'embrassa d'une manière différente cette fois, plus intensément, avec une émotion qu'elle refusait de chercher à comprendre. Elle savait qu'elle aurait dû s'écarter de lui et retourner dans sa chambre. Malheureusement, son corps ne la laissait pas faire.

Encadrant son visage de ses mains, elle s'abandonna à leur baiser comme si rien au monde ne compterait plus jamais après cela.

Fletcher la souleva de nouveau dans ses bras et elle se laissa emporter jusqu'au lit. Il se protégea et vint lentement en elle. Elle accueillit chacun de ses mouvements, ondulant lentement à sa rencontre, profitant de chaque seconde qui leur était offerte.

Ils prirent le temps de se caresser, de s'embrasser, de bouger ensemble jusqu'à céder à un orgasme dont la beauté et l'intensité rivalisaient avec celles des feux d'artifice.

Fletcher eut à peine le temps de tirer la couverture sur eux que Stevie sentit le sommeil la gagner. Ils s'endormirent ainsi, encore enlacés, comme s'il s'agissait de la chose la plus naturelle au monde.

Le jour filtrait à travers les rideaux lorsque Stevie s'éveilla en sursaut. Elle comprit qu'elle s'était laissé surprendre et qu'elle n'avait pas regagné sa chambre la veille comme elle en avait eu l'intention.

Elle s'écarta doucement de Fletcher, encore endormi, et une sensation curieuse entre ses jambes éveilla ses soupçons. Elle baissa les yeux et comprit aussitôt ce qu'il s'était passé. Entre les draps se trouvait le dernier préservatif qu'ils avaient utilisé la veille. Fletcher n'avait pas eu le temps de le jeter avant de s'endormir.

Une sensation de panique la prit à la gorge. Elle ne pouvait pas tomber enceinte avec si peu, se répéta-t-elle pour tenter de se rassurer. Le destin ne serait pas aussi cruel.

Faisant de son mieux pour ignorer les battements précipités de son cœur, Stevie ramassa ses vêtements éparpillés au sol et commença à s'habiller. Elle sortit discrètement de la suite et passa par l'escalier de service pour rejoindre sa chambre. Là, elle fila aussitôt dans la salle de bains et prit une douche brûlante, se savonnant encore et encore comme si ses efforts avaient pu changer quelque chose.

Elle ne *pouvait pas* tomber enceinte. Pas maintenant.

# - 9 -

*Six semaines plus tard*

— Joyeuse Saint-Valentin, claironna le docteur. Vous êtes bel et bien enceinte, madame Nickerson. Félicitations.

— Non, murmura Stevie. Non, ce n'est pas...

Elle s'arrêta avant de terminer sa phrase, bien consciente que la situation était tout sauf impossible, bien qu'elle eût souhaité le contraire de tout son cœur. Son cycle avait toujours été irrégulier. Pourtant, lorsqu'elle avait repéré les premiers symptômes de grossesse associés à un retard de règles, elle avait eu peu de doutes sur ce qui l'attendait.

Elle devait maintenant affronter son pire cauchemar.

— J'ai déjà eu un bébé, dit-elle au docteur d'une voix tremblante. Chloe est née porteuse de la trisomie 18 et je l'ai perdue à quatre semaines de vie. Quels sont les risques que cela m'arrive de nouveau ?

Une expression de vive sympathie se peignit sur les traits du docteur.

— Je suis vraiment navré pour votre petite fille. Comme vous le savez probablement déjà, il est très difficile de prédire le risque d'une maladie génétique, mais je vais voir si je peux trouver de quoi vous rassurer.

Il tapa quelques mots sur son clavier d'ordinateur, cliqua plusieurs fois et tourna l'écran vers Stevie.

— Vous voyez ce chiffre ici ? Il y a environ un pour

cent de risques que votre futur bébé soit porteur de la trisomie 18. Cette mutation génétique se transmet rarement par les parents. En général, c'est une anomalie qui se produit lors de la formation des cellules. Il est beaucoup plus probable que vous ayez une grossesse sans complication et que votre enfant aille très bien.

— Mais il n'y a aucune garantie, n'est-ce pas ?

— Malheureusement, je ne peux pas vous le promettre, répondit doucement le docteur. Je vous conseille de vous concentrer sur ces quatre-vingt-dix-neuf pour cent de chances que votre bébé aille bien. Au vu de ce qui vous est arrivé, je peux vous orienter vers un suivi psychologique pour discuter des options qui s'offrent à vous.

Stevie prit une grande inspiration et redressa les épaules.

— Je crois que ça va aller. J'ai simplement besoin d'encaisser la nouvelle.

— Je comprends. Dans ce cas, si vous n'avez pas d'autres questions, je vous reverrai dans quelques semaines pour l'échographie de datation.

Stevie se retrouva dans la rue sans savoir comment elle y était arrivée, serrant désespérément dans son poing l'ordonnance de vitamines que le docteur lui avait rédigée. Elle était encore sous le choc.

Comment allait-elle s'y prendre ? Que faire, vers qui se tourner ? Excepté Penny et Cliff, elle n'avait personne pour l'aider. Elle serait complètement seule si elle décidait de poursuivre cette grossesse.

*Et Fletcher, alors ?* lui souffla une petite voix.

Elle sentit son sang se glacer dans ses veines. Comment allait-elle annoncer la nouvelle à Fletcher ? Elle savait que le plus tôt serait le mieux, mais par où commencerait-elle ? Quels mots choisir ? Comment réagirait-il ?

Ces questions tournaient en boucle dans sa tête sans qu'elle y trouve la moindre réponse.

Au moins, elle avait son adresse postale grâce au registre des clients de l'hôtel. Ce n'était pas le genre de nouvelle que l'on pouvait annoncer au téléphone. Un peu plus tard cette semaine-là, elle avait prévu une présentation de la Maison Nickerson dans une entreprise à Virginia Beach, qui se trouvait justement à une demi-heure de Norfolk.

Elle apporterait les plans du futur spa et des photos de l'hôtel. Avec un peu de chance, les têtes pensantes de cette multinationale riche à millions accepteraient de signer avec elle pour de futures retraites d'entreprise. Les acomptes lui permettraient de rembourser l'extension de prêt qu'elle avait enfin demandée à la banque après des semaines de plans et de calculs.

Lorsqu'elle avait organisé ce voyage à Virginia Beach, avant de savoir qu'elle était enceinte, Stevie avait été tentée de prévoir un détour par Norfolk pour voir si l'étincelle entre Fletcher et elle était toujours aussi présente. Elle s'était aussi rappelé qu'ils vivaient dans deux univers différents. Elle ne quitterait jamais Asheville, et lui avait son entreprise à diriger.

Le voir de temps en temps sans attaches ne lui semblait pas une bonne idée. Malgré tout, ils allaient peut-être se trouver obligés de nouer une relation à présent, quelle que soit sa nature.

Stevie récupéra ses vitamines à la pharmacie et rentra aussitôt à la maison. Une fois arrivée à bon port, elle fonça tout droit dans sa chambre pour éviter le regard inquisiteur de Penny et réfléchit à ce qui l'attendait.

Durant sa première grossesse, elle avait souffert d'anémie et s'était sentie épuisée en permanence. Nul doute que les choses se passeraient de la même manière cette fois. Pourtant, elle refusait d'abandonner ses rêves et ses plans concernant l'hôtel. Elle allait devoir s'organiser si elle voulait réussir à tout faire.

D'abord, la plus difficile des tâches l'attendait : celle de prévenir Fletcher.

Stevie sortit de la salle de conférences en rayonnant d'enthousiasme. La présentation s'était déroulée à merveille. Elle avait pourtant perdu l'habitude de ce genre d'exercice, mais dès qu'elle avait enfilé son tailleur dans sa chambre d'hôtel ce matin-là, elle s'était sentie prête à relever le défi.

Ses données, ses calculs et ses plans d'avenir étaient parfaitement au point, et cela s'était ressenti dans les commentaires qu'elle avait reçus à l'issue de la présentation. L'entreprise n'avait pas encore signé de contrat, mais elle se sentait plutôt confiante. La Maison Nickerson accueillerait très probablement ses salariés à la prochaine belle saison.

Il ne lui restait plus qu'une chose à faire à présent. Elle devait passer voir Fletcher.

Avant de partir, elle avait pris ses renseignements et savait désormais où il travaillait. Elle avait téléphoné un peu plus tôt pour prévenir qu'elle passerait dans la journée. S'il n'était pas au bureau ce jour-là, ce ne serait pas si grave, se dit-elle lâchement. Elle pourrait toujours le rappeler dans la soirée si son courage ne l'avait pas abandonnée d'ici là.

Le taxi la déposa devant la porte de l'imposant immeuble flanqué du logo de Richmond Construction. Elle prit une grande inspiration, redressa les épaules et entra. Un panneau lui apprit que les bureaux se trouvaient au dernier étage. Après un trajet bien trop court à son goût, elle sortit de l'ascenseur et se trouva face à une réceptionniste souriante.

— Bonjour, que puis-je faire pour vous ?

— Stevie Nickerson, se présenta-t-elle. Je viens voir M. Richmond.

— Lequel ? Nous en avons deux.

— Fletcher Richmond.

Le simple fait de prononcer son nom lui donnait la nausée. Comment trouverait-elle la force de lui parler du bébé ?

— J'imagine que vous aviez rendez-vous ? demanda la réceptionniste.

— Pas vraiment. J'ai téléphoné tout à l'heure pour dire que je viendrais, mais je suis un peu en avance.

— Je suis désolée, madame Nickerson. M. Richmond n'a pas confirmé votre rendez-vous. Peut-être voudriez-vous…

— Je peux emmener Mme Nickerson voir Fletcher, interrompit soudain une femme qui venait d'entrer derrière elle. Je sais qu'il est libre en ce moment.

— Mais elle n'a pas rendez-vous, insista la réceptionniste.

— Ce n'est pas grave. Je suis sûr qu'il la recevra.

La jeune femme se tourna vers elle et lui sourit.

— Venez avec moi. Le bureau de Fletcher est au bout du couloir.

Stevie fronça les sourcils. Le visage de l'inconnue lui était vaguement familier sans qu'elle puisse s'expliquer pourquoi. Enfin, elle comprit : il devait s'agir de Lisa Richmond, la plus jeune sœur de Fletcher.

Elle lui emboîta le pas et, tout en marchant, la remercia pour son intervention.

— Avec plaisir. Au fait, je ne me suis pas présentée. Je m'appelle Lisa. Je suis la petite sœur de Fletcher.

— Enchantée.

Elles étaient arrivées devant le bureau de Fletcher. Lisa frappa brièvement et poussa la porte sans attendre de réponse.

— Tu as de la visite, annonça-t-elle en s'effaçant pour la laisser entrer.

Stevie fit un pas timide en avant, puis un autre, et se trouva face à un Fletcher très différent de celui qu'elle avait quitté le jour du nouvel an. Elle le voyait dans son environnement naturel ici. Oubliés, les jeans et les pull-overs confortables ! Il portait un costume impeccable avec une cravate et une chemise d'un blanc immaculé. Ses cheveux étaient coiffés à la perfection, et il n'y avait plus trace de la barbe de trois jours qu'elle lui avait connue pendant ses vacances.

— Stevie ? J'ai reçu ton message à l'instant, lui dit-il en se levant pour venir à sa rencontre. Je ne m'attendais pas à te revoir de sitôt.

Les mots sortirent de ses lèvres avant même qu'elle ait eu le temps d'y réfléchir.

— Je suis enceinte.

Horrifiée, elle porta une main à ses lèvres. Elle avait pourtant préparé cette conversation, réfléchi à ce qu'elle allait dire et comment elle le dirait, et voilà qu'elle perdait tous ses moyens. Le fait de le voir ainsi, dans son bureau et au beau milieu d'une journée de travail, lui donnait l'impression qu'elle se trouvait face à un étranger. L'angoisse qu'elle avait plus ou moins réussi à maîtriser revenait à présent avec plus de force que jamais.

Fletcher écarquilla les yeux, puis son regard glissa par-dessus l'épaule de Stevie.

— Je pense que je vais vous laisser, dit Lisa avant de refermer la porte derrière elle.

Incapable de tourner la tête ni de faire le moindre mouvement, Stevie resta figée sur place, s'apercevant à peine qu'elle tremblait sur ses talons hauts.

— Viens t'asseoir, lui dit Fletcher en la guidant doucement vers un canapé.

Elle se laissa tomber parmi les coussins et ferma les yeux. Le canapé s'enfonça légèrement et elle sentit Fletcher passer un bras autour de ses épaules.

— Stevie, tu trembles comme une feuille. Est-ce que tu veux boire quelque chose ?

— Non merci, ça va aller. Je suis désolée de t'avoir annoncé la nouvelle comme ça. Je ne savais pas comment te le dire.

— Pour me l'annoncer, tu me l'as annoncée, fit-il avec un petit sourire. Es-tu sûre que… ? Mais oui, évidemment que tu en es sûre. Tu n'aurais pas fait tout ce chemin pour me le dire sinon.

— J'ai pensé qu'il valait mieux que nous discutions de vive voix, simplement pour clarifier certaines choses.

Elle le sentit se raidir contre son épaule.

— Quelles choses ?

— Je ne sais pas, soupira-t-elle. Je ne sais pas quoi faire, Fletcher. Il y a tellement de choses à décider.

— Je suis sûr que nous y arriverons ensemble. Après tout, c'est notre bébé.

Ce ne fut qu'après avoir prononcé ces mots que Fletcher comprit réellement ce qui était en train de se passer. Des souvenirs lointains lui revenaient à l'esprit, et il songea qu'il avait dû dire à peu près la même chose bien des années auparavant, lorsqu'il avait failli devenir père pour la première fois.

C'était vers la fin du lycée. Laura, sa petite amie de l'époque, était tombée enceinte par accident. Ses parents avaient pris le contrôle de la situation et lui avaient clairement fait comprendre que lui, Fletcher, n'aurait pas voix au chapitre. Ils lui avaient interdit de voir Laura ou de communiquer avec elle de quelque manière que ce soit.

Par une de ses amies, il avait appris que le problème avait été « réglé » et que Laura et ses parents avaient aussitôt déménagé dans une autre région. Il regrettait encore aujourd'hui de ne pas avoir pu prendre la décision avec elle. Pendant des années, il avait porté le deuil de l'enfant qui aurait pu être le sien.

Aujourd'hui, cependant, la situation n'avait rien de comparable. Stevie et lui étaient deux adultes indépendants. Personne ne pourrait l'empêcher de prendre son rôle. Déjà, il ressentait un besoin instinctif de protéger le bébé et sa mère.

Tout se passerait bien cette fois. Il n'y aurait pas de mensonges comme il en avait connu chez ses parents, pas d'exclusion, pas de regrets. Stevie et lui trouveraient le moyen de s'en sortir. Avec le temps, ils parviendraient peut-être même à construire une famille heureuse.

— Nous devrions nous marier, lâcha-t-il tout à trac.

— Je te demande pardon ?

Stevie avait l'air complètement sidérée, mais il n'en continua pas moins son argumentation.

— C'est la solution la plus simple. En nous mariant, je pourrai prendre soin de toi et du bébé. Je te promets que tu ne manqueras de rien. Je ne te laisserai pas assumer toute seule, Stevie. Nous traverserons tout cela ensemble.

— Il est hors de question que je me marie avec toi,

contra-t-elle. Je t'ai prévenu parce que j'aurais trouvé injuste de ne pas le faire, mais pour le reste, j'ai encore du mal à digérer la nouvelle. Je ne sais pas encore à quel point je veux t'impliquer dans tout cela.

— À quel point *tu* veux m'impliquer ? répéta-t-il, incrédule. Ce n'est pas à toi de le décider. Ce bébé est le mien aussi.

— Je ne prétends pas le contraire, mais j'ai aussi mon mot à dire, Fletcher. Je refuse que quelqu'un décide de ma vie à ma place. Je l'ai déjà vécu, et crois-moi, je ne me laisserai plus faire.

Sa voix s'était affermie et son regard lançait des éclairs. Fletcher se promit qu'il reviendrait à la charge, mais pour l'heure, il jugea plus prudent de détourner la conversation.

— Comment est-ce que c'est arrivé ? Nous nous sommes protégés à chaque fois.

— Après les feux d'artifice, tu t'es endormi avant d'avoir eu le temps de… Enfin, tu vois.

— Je suis vraiment désolé, murmura-t-il. J'aurais dû faire plus attention.

— Écoute, ce bébé est là maintenant. Tout ce que je peux faire, c'est gérer la situation aux mieux.

— Tout ce que *nous* pouvons faire, corrigea-t-il aussitôt.

Stevie lui lança un regard irrité.

— Tu vas trop loin. C'est mon corps, mon enfant dont tu parles.

— Et le mien aussi, au cas où tu l'aurais oublié.

— Comment pourrais-je l'oublier ? Cette grossesse est la pire chose qui pouvait m'arriver. Ne peux-tu le comprendre ? Que se passera-t-il si quelque chose tourne mal ?

Stevie paraissait hors d'elle. Il fronça les sourcils, cherchant vainement à comprendre le sens de ses paroles.

— Je ne te suis pas. Pourquoi les choses tourneraient-elles mal ?

— Tu n'as pas idée, murmura-t-elle avec un regard triste.

Elle secoua la tête et reprit d'une voix plus ferme :

— Je vais rentrer à l'hôtel.

— Où es-tu descendue ? Je peux peut-être te ramener ?

— Merci, mais je vais prendre un taxi. Je rentre à Asheville demain matin. Je voulais seulement te mettre au courant, et maintenant c'est fait. Je te rappellerai dès que je saurai un peu mieux où j'en suis.

Il la regarda sortir de son bureau, impuissant. Il aurait voulu la rattraper, la faire rasseoir sur son canapé et lui expliquer jusqu'à ce qu'elle comprenne sa vision des choses, mais il savait que Stevie ne fonctionnait pas de cette manière. Elle l'écouterait encore moins s'il la brusquait. Pire, il la croyait capable de couper entièrement les ponts avec lui, ce qui serait bien sûr une catastrophe.

Avec un peu de recul, il comprenait pourquoi elle s'était opposée à l'idée du mariage avec tant de véhémence. Harrison n'avait jamais été du genre à prendre en compte les points de vue des autres. Soit on était d'accord avec lui, soit on prenait la porte. En tant qu'ami, il s'était toujours accommodé de cet état des choses, mais Stevie avait été mariée avec lui et en avait probablement souffert.

Il soupçonnait que son mariage n'avait été qu'une succession de moments où on ne l'avait pas écoutée, où ses souhaits n'avaient pas été pris en compte. Sa réaction avait donc été parfaitement compréhensible. Maintenant qu'elle avait retrouvé sa liberté de choisir, il était bien normal qu'elle se batte pour la préserver.

S'il voulait faire partie de sa vie et de celle du bébé, il allait devoir trouver un moyen de communiquer avec elle sans la brusquer. Il devrait lui montrer qu'il ferait tout pour eux. Stevie et son enfant étaient devenus sa priorité.

La porte de son bureau s'ouvrit à nouveau. L'espace d'une seconde, il espéra que Stevie était revenue, mais il fut rapidement désillusionné.

— Voilà qui était intéressant, commenta Lisa, l'air très intriguée par ce qu'elle avait entendu. Tu m'expliques ?

— Pas maintenant, Lisa.

— J'imagine que tu es le père du bébé en question.

— Au risque de me répéter, je n'ai pas envie d'en parler.

Sa sœur haussa une épaule.

— Il va bien falloir que tu en parles à un moment, Fletch. Je serai là quand tu auras besoin de moi.

Face à son silence, elle sortit et referma doucement la porte derrière elle. Fletcher se passa les mains dans les cheveux et poussa un grognement de frustration. Que pouvait-il faire pour prouver à Stevie qu'il n'était pas le méchant de l'histoire ? Il n'avait pas encore de réponse à cette question, mais une chose était sûre : il ne baisserait pas les bras. Il ferait tous les efforts nécessaires jusqu'à ce qu'elle comprenne.

Chaque décision concernant ce bébé serait prise par Stevie *et* par lui. Il s'en faisait la promesse.

# - 10 -

Stevie sortit de la douche et s'enveloppa dans la serviette moelleuse fournie par l'hôtel. Elle était à bout de forces. La route jusqu'à Virginia Beach la veille avait été longue, sans compter le stress de la présentation, mais c'était surtout sa conversation avec Fletcher qui l'avait épuisée.

Elle aurait pourtant dû se douter qu'il réagirait de cette façon. Il n'y avait rien d'étonnant dans ce qu'il s'était passé, mais malgré tout, leur discussion l'avait immanquablement ramenée à l'époque de son mariage. Elle avait retrouvé la terrible sensation de ne pas avoir le choix.

Depuis longtemps, Stevie avait accepté l'idée qu'elle avait eu une part de responsabilité dans ce qui lui était arrivé avec Harrison. Elle l'avait laissé gouverner sa vie au point de ne plus prendre la moindre décision sans le consulter d'abord. En regardant les choses d'où elle se trouvait aujourd'hui, elle comprenait que tout cela venait de son enfance.

Après la mort de ses parents, elle avait été élevée par sa grand-mère, une femme forte au caractère bien trempé. Elle s'était efforcée de devenir une enfant sage et tranquille par peur de compromettre le peu de sécurité qu'elle trouvait à la maison. Lorsqu'elle avait rencontré Harrison, elle avait aussitôt perçu une nouvelle forme de sécurité en lui, autant financière qu'émotionnelle.

D'aucuns auraient pu dire qu'il l'avait maltraitée pendant leur union. Ce n'était peut-être pas complètement faux, mais elle savait qu'elle l'avait laissé lui marcher sur les pieds parce qu'elle avait eu désespérément besoin que l'on s'occupe d'elle, même si cela impliquait de renoncer à son indépendance.

Seule la naissance de Chloe l'avait réveillée de sa torpeur. Face au comportement odieux de Harrison envers sa propre fille, elle avait enfin ressenti le besoin de se battre. Il lui avait fait payer cher cette rébellion.

Le matin du jour où il avait trouvé la mort, ils s'étaient disputés pour la énième fois. Harrison lui avait répété qu'elle devait passer à autre chose et cesser de penser à Chloe. Pour lui, elle n'avait été qu'un encombrement, une enfant défectueuse, et il fallait plutôt se réjouir qu'elle soit morte aussi rapidement.

Stevie avait éclaté en paroles injurieuses, lui disant exactement où il pouvait mettre sa cruauté insoutenable envers sa fille. Ses paroles avaient résonné longtemps dans son esprit alors que Harrison partait pour l'héliport – les derniers mots qu'elle lui avait dits.

Elle s'en était voulu par la suite, mais elle avait fini par faire la paix avec elle-même dès le jour où elle était rentrée à Asheville. Elle avait déposé l'urne funéraire de Chloe dans la concession familiale au cimetière et s'était promis que, pour sa fille, elle continuerait à vivre sans regrets.

Aujourd'hui, elle prenait ses propres décisions et se sentait fière d'avoir à nouveau le contrôle. Cette grossesse inattendue venait perturber ses plans, mais avec un peu de soutien et une organisation solide, elle était certaine de pouvoir continuer à gérer l'hôtel. Elle avait seulement besoin d'obtenir ce deuxième prêt à la banque et tout irait bien.

Stevie ouvrit sa valise, en sortit la robe et les bottes à talons qu'elle avait emportés et se prépara pour descendre dîner au restaurant de l'hôtel. Elle avait pensé à commander un plat dans sa chambre, mais elle était toujours curieuse de tout découvrir lorsqu'elle dormait dans un hôtel qui n'était pas le sien.

Elle traversait le hall d'entrée pour rejoindre la salle à manger lorsqu'elle repéra Fletcher, debout devant le bureau d'accueil.

— Fletcher ? Que fais-tu ici ?

Il se tourna vers elle et elle retint une exclamation de surprise. Il avait les traits tirés, le teint pâle, les yeux cernés et pleins d'angoisse. Était-ce elle qui avait provoqué ce changement radical avec leur conversation un peu plus tôt ? En tout cas, elle ne l'avait jamais vu aussi mal en point.

— Stevie, Dieu merci, tu es encore là. Je voulais vraiment te parler avant que tu rentres à Asheville.

— Je m'apprêtais à aller dîner au restaurant. Veux-tu te joindre à moi ?

— Volontiers.

Aussitôt qu'ils eurent passé commande, Fletcher aborda le sujet qui semblait peser lourd sur son esprit.

— Je tiens à m'excuser d'avoir réagi de la sorte tout à l'heure. J'étais sous le choc, et je me suis emballé sans chercher à comprendre ta vision des choses.

— J'accepte tes excuses et j'apprécie que tu aies fait l'effort de venir. Malgré tout, cela ne change rien. Je ne veux absolument pas me marier.

— Accepterais-tu au moins d'entendre mes arguments ?

— Ce n'est pas comme si j'avais le choix, remarqua-t-elle. Tu es assis à ma table.

Fletcher soupira.

— Je suis désolé de me montrer si insistant. L'année passée a été incroyablement difficile pour ma famille, et je crois que je suis encore désorienté. Ça a été un choc pour nous tous de découvrir que le mariage de mes parents était illégal. Au début, j'ai cru que cette partie-là de l'histoire ne comptait pas, mais j'ai été profondément blessé. Les fondations de ma vie étaient bâties sur une série de mensonges.

Fletcher s'interrompit et but une gorgée d'eau avant de reprendre :

— Je veux que notre bébé grandisse avec un père qui soit vraiment là pour lui. Le mien était parti la moitié du temps et je n'étais jamais sûr qu'il allait venir lorsque j'avais des événements importants. Je refuse de faire vivre la même chose à mon enfant, de lui faire subir des week-ends et des vacances alternées. Je veux qu'il grandisse dans une famille stable avec de l'amour et de la sincérité. Est-ce que c'est trop demander ?

Stevie s'apprêta à répondre, mais le serveur choisit justement ce moment pour apporter leurs entrées. Elle se mit à jouer avec la nourriture du bout de sa fourchette, choisissant soigneusement ses mots.

— Je conçois que ton histoire familiale t'a traumatisé, Fletcher, mais ta vision des choses est un peu archaïque. Beaucoup d'enfants grandissent avec des parents séparés de nos jours. La plupart du temps, ils n'en gardent pas de cicatrices à vie. Les choses peuvent aussi très bien se passer.

— Je comprends ton point de vue, mais j'ai besoin de jouer un rôle actif dans la vie de mon enfant. Je veux être présent pour chacune des décisions qui le concernent. Partant de là, il serait plus simple que nous soyons ensemble, tu ne trouves pas ?

— Plus simple peut-être, mais quel genre d'exemple donnerions-nous à cet enfant en nous mariant sans nous aimer ? Le mariage n'est pas une solution miracle à tous les problèmes de la vie. Crois-en mon expérience, ajouta-t-elle avec une pointe d'amertume.

— Je suis d'accord avec toi. Cependant, je suis certain qu'en gardant l'esprit ouvert nous pourrions faire fonctionner les choses. L'amour est aussi quelque chose qui se construit. Nous finirions très probablement par nous aimer avec le temps. D'abord, nous serions liés par notre enfant, et il n'y a pas de lien plus fort que celui-ci.

Stevie fixa désespérément son assiette, les souvenirs affluant à son esprit en un flot ininterrompu. Elle aussi avait cru autrefois qu'avoir un bébé ensemble était le lien le plus fort qui puisse unir un couple.

— Je ferais n'importe quoi pour t'aider, Stevie. Que ce soit avec l'hôtel ou avec le bébé, physiquement ou émotionnellement, tu n'as qu'à me dire ce qu'il te faut et je serai là.

— Avoir un bébé représente un engagement à plein temps, tu sais ? lui demanda-t-elle. Il faut être là nuit et jour quoi qu'il arrive – même s'il arrive quelque chose de grave.

Voilà, elle l'avait dit. Elle ne pouvait plus revenir en arrière à présent. À en juger par l'expression stupéfaite de Fletcher, il n'avait jamais pensé à cette éventualité. Il vivait dans un univers parfait où tout se passait toujours bien.

Quelques jours auparavant, elle avait hésité à attendre l'échographie du quatrième mois pour lui annoncer la nouvelle. C'était lors de cet examen que le médecin saurait si son bébé était atteint d'une trisomie. Ensuite, elle s'était ravisée, songeant que n'importe quel autre problème pouvait survenir à n'importe quel stade de la grossesse.

Comment Fletcher gérerait-il la situation ? Comment réagirait-il si leur enfant venait à mourir ?

Elle sentit une vague d'émotion la prendre à la gorge et reposa sa fourchette sur la table. La dernière chose qu'elle souhaitait, c'était de pleurer devant lui. Elle refusait de montrer la moindre faiblesse.

— Je suis désolée, mais je ne peux pas parler de tout ça maintenant.

— Stevie, tu ne vas pas pouvoir repousser cette conversation chaque fois qu'elle prend une direction qui ne te convient pas. La réalité est là, que tu le veuilles ou non. Nous allons être parents tous les deux.

Elle ignora ses mots une fois de plus et se leva de table en évitant son regard. Pour le moment, elle savait qu'elle était incapable de prendre les décisions qu'il lui demandait. Elle avait besoin de temps et de solitude.

— Le dîner est déjà réglé, alors profites-en autant que tu veux. Je te promets que nous reprendrons cette conversation bientôt.

Elle sentit les larmes lui monter aux yeux et fit un effort pour ne pas courir jusqu'à l'ascenseur. Par chance, une cabine était déjà au rez-de-chaussée. Un coup d'œil par-dessus son épaule lui apprit que Fletcher l'avait suivie, mais son visage était empreint de résignation lorsque les portes de l'ascenseur se refermèrent.

Elle savait qu'elle l'avait blessé. Pour autant, elle ne pouvait tout simplement pas accepter ce qu'il lui proposait. Elle était toujours décidée à ne plus jamais se marier, et encore moins s'il ne s'agissait que d'un arrangement financier ou d'un pseudo-remède à leur situation complexe.

À la fin de cette semaine-là, Fletcher bouillonnait d'impatience et de frustration. Il avait essayé plusieurs fois de contacter Stevie. Après deux messages vocaux et un e-mail sans réponse, il avait fini par se résigner et comprendre qu'il devait lui laisser le temps dont elle avait besoin.

Il avait de toute manière bien d'autres soucis à résoudre. L'un des fournisseurs habituels de Richmond Construction venait de faire faillite et de mettre la clé sous la porte, ce qui les prenait de court à quelques semaines de la date où ils auraient dû terminer un chantier pour un client important. Ils ne pouvaient pas se permettre de rendre ce projet en retard.

Malgré tout, Fletcher ne parvenait pas à mettre de côté la situation avec Stevie. Il avait donc travaillé nuit et jour cette semaine-là pour pouvoir se permettre de partir en week-end dès le vendredi après-midi. Puisque la montagne ne répondait pas à son appel, c'était lui qui irait chercher la montagne.

Il se gara devant la Maison Nickerson en début de soirée. La pluie n'avait cessé de tomber pendant le trajet. Entre la concentration dont il avait eu besoin pour conduire et sa semaine éprouvante au bureau, Fletcher était au bord de l'épuisement.

Il monta les marches du perron, poussa la porte d'entrée et fit tinter la petite clochette posée sur le comptoir. Un bruit de pas se fit aussitôt entendre du côté de la cuisine, des pas qui se rapprochèrent de plus en plus, puis ralentirent au moment même où Stevie l'eut reconnu.

— Salut, Stevie.

— Fletcher ? Je ne m'attendais pas à te voir.

Elle se mit à rougir et il planta son regard dans le sien. Il apprécia la nuance sombre de ses yeux, ses lèvres entrouvertes sous l'effet de la surprise. Ses longs cheveux ondulaient librement le long de son dos. Comme il aurait aimé la prendre dans ses bras et inspirer leur parfum...

Fletcher enferma ses sensations à double tour et se concentra sur le but de sa visite.

— J'imagine bien que tu ne t'y attendais pas, finit-il par répondre. Comment aurais-tu fait pour le savoir puisque tu n'as pas daigné répondre à mes appels ? Maintenant, j'aimerais bien terminer notre conversation, s'il te plaît.

— Es-tu en train de me dire que tu as fait tout ce chemin juste pour discuter ?

— Puisque tu ne me répondais pas, que pouvais-je faire d'autre ?

— J'espère que tu ne comptais pas loger ici. Nous sommes...

— Complets ? C'est drôle, je m'y attendais, ironisa-t-il. J'irai dormir dans un hôtel en ville.

— Lequel ?

— Quelle importance ? fit-il en haussant une épaule. Ce qui compte, c'est que je sois là et que nous puissions parler. Aurais-tu un moment à m'accorder ?

— Je m'apprêtais à me mettre à table.

Il attendit patiemment qu'elle lui propose de partager son dîner, mais l'invitation tardait à venir. Fletcher avait toujours cru aux vertus du silence dans de pareils cas. Il se contenta donc de la regarder, sans rien dire, jusqu'à ce qu'elle soupire d'un air résigné.

— Puisque tu as fait tout ce chemin, tu peux aussi bien te joindre à moi.

Fletcher se retint de faire le moindre commentaire sur cette invitation des plus chaleureuses. Après tout, il cherchait à passer du temps avec elle, pas à l'agacer délibérément. Il se contenta donc de la remercier et la suivit jusqu'à la cuisine.

— Penny n'est pas là aujourd'hui ?

— Elle a emporté sa part du repas pour dîner tôt avec Cliff. Il travaille de nuit ce soir.

Sur un geste de Stevie, Fletcher s'installa à table et l'observa découper plusieurs tranches d'un appétissant rosbif. Elle les déposa sur une assiette et ajouta de la sauce, de la purée de pommes de terre et une généreuse portion de haricots verts à la vapeur.

— Et voilà, déclara-t-elle en posant son assiette devant lui d'un geste brusque. J'espère que tu aimes la purée.

— J'adore ça, mais je ne me souviens pas de la dernière fois que j'en ai mangé.

Il attendit que Stevie ait pris sa fourchette pour commencer à manger. Le repas était simple mais délicieux, ce qu'il s'empressa de lui dire.

— Notre Penny est une magicienne, répondit Stevie avec un demi-sourire. Bon… Il me semble que tu voulais me parler ?

— En effet. Je me demandais si tu avais eu le temps de réfléchir à ma proposition.

— Oui, je l'ai eu.

— Et alors ? finit-il par demander en voyant qu'elle ne lui en dirait pas davantage.

— Et alors, c'est toujours non, Fletcher. Je suis décidée à ne jamais me remarier.

— Pourquoi, si je peux me permettre ?

— J'ai complètement perdu ma personnalité lorsque j'ai épousé Harrison. Je l'ai laissé me changer, me modeler jusqu'à devenir une personne complètement différente. Pas une seule fois je n'ai cherché à l'en empêcher. Je refuse de reprendre ce risque.

— Tu dis que tu l'as laissé faire, mais nous savons tous les deux à quel point il pouvait être persuasif. J'irais même jusqu'à employer le mot « manipulateur ».

— Tu ne t'imagines pas à quel point je lui faisais confiance. Lorsqu'il me disait que j'étais trop faible pour m'en sortir seule, que j'avais besoin de lui, je le croyais... Enfin, tout cela est dans le passé maintenant, reprit-elle d'une voix ferme. Je suis la meilleure version de moi-même aujourd'hui. Je suis forte, indépendante et je n'ai pas besoin d'un homme pour régler ma vie à ma place.

Fletcher hocha la tête lentement, prenant en compte chacun des mots qu'elle venait de prononcer.

— Je respecte tout cela, Stevie. J'admire beaucoup ce que tu fais à la Maison Nickerson. Malgré tout, je ne peux pas m'empêcher de me poser une question : Comment comptes-tu t'occuper d'un hôtel et d'un nouveau-né à la fois ?

— Je m'en inquiéterai quand le problème se posera. Je peux toujours engager des extra pour les jours où ce sera vraiment nécessaire. Et puis, si j'obtiens ce nouveau contrat, je serai en mesure d'engager plus de salariés à mi-temps qui pourront me remplacer si besoin.

— Et si tu n'obtiens pas le contrat ?

— Il y a bien d'autres entreprises auxquelles je peux présenter mon projet, à commencer par la tienne d'ailleurs, rétorqua-t-elle avec une note de défi dans la voix. Si aucune n'est intéressée, je n'aurai pas beaucoup plus de clients que maintenant, donc pas beaucoup de travail. Je me débrouillerai avec Penny et Elsa comme je l'ai toujours fait.

— Est-ce vraiment ce que tu souhaites ? Te « débrouiller » ?

— Comme je te l'ai déjà dit, c'est à moi et à moi seule de décider comment je veux gérer la situation.

— Très bien, je te demande pardon, fit-il en levant les mains en signe de reddition. Je vois que tu as déjà réfléchi à tout et je t'admire pour cela, mais ce n'est pas tout. Les bons côtés de la vie de couple ne t'attirent-ils pas ? Le partage d'idées, la connexion des cœurs… Ou des corps ?

Il entendit nettement l'inspiration brusque de Stevie, remarqua ses joues qui rougissaient. Son corps réagit immédiatement en réponse. Le besoin qu'il avait d'elle, ne fût-ce que de la serrer dans ses bras, refit surface avec plus de force que jamais. Il s'était pourtant promis qu'il resterait concentré. Cette conversation devait montrer à Stevie à quel point il avait l'intention de prendre soin d'elle.

— Toute cette histoire de couple est nettement surcotée, finit-elle par répondre en jouant distraitement avec sa fourchette. Je ne comprends pas pourquoi c'est si important pour toi. La plupart des hommes seraient trop heureux de pouvoir se débarrasser du… Disons du problème.

— Eh bien, je ne dois pas être la plupart des hommes, comme tu dis. J'ai de très bonnes raisons de vouloir faire partie de la vie de mon enfant.

— Si ces raisons sont si importantes, pourquoi ne me les racontes-tu pas au lieu de me harceler dans l'espoir que j'accepte ?

Il s'apprêtait à protester contre son choix de vocabulaire, mais en y réfléchissant une seconde, il s'aperçut qu'elle avait raison. Il ne faisait que lui répéter sa proposition sans prendre en compte ce que Stevie lui disait.

— Je suis désolé, Stevie. Je n'ai jamais eu à me battre pour obtenir quelque chose que je désirais.

Elle eut un petit rire incrédule.

— Jamais ? C'est impossible.

— Cela ne m'est arrivé qu'une fois, et la défaite a été si douloureuse que je me suis juré de ne plus jamais échouer.

— Comme si le célèbre Fletcher Richmond pouvait échouer à quoi que ce soit…

— Fais attention, rétorqua-t-il avec un petit sourire. Je vais finir par croire que tu m'admires.

— Je n'y croirais pas trop si j'étais toi. Mais trêve de bêtises, ajouta-t-elle en le regardant dans les yeux. Raconte-moi cette histoire dont tu me parlais.

Il prit un moment pour rassembler ses idées. De toute sa vie, il n'avait parlé qu'à une ou deux personnes de ce qui lui était arrivé au lycée. De l'eau avait coulé sous les ponts, et pourtant, la douleur était toujours aussi vive. Il sentait déjà l'émotion lui nouer la gorge.

Il détestait raconter cette histoire. Chaque fois qu'il l'avait fait, il avait ressenti de nouveau cette terrible impuissance, cette colère envers ceux qui avaient décidé à sa place en prétendant qu'il s'agissait de la meilleure chose à faire.

Fletcher prit une grande inspiration et rassembla tout son courage. Garder le contrôle de ses émotions n'allait pas être facile, mais il savait toute l'importance de cette conversation.

— J'ai failli devenir père il y a des années. Malheureusement, je n'ai pas eu cette chance.

# - 11 -

Stevie resta sous le choc, incapable de parler. Les mots de Fletcher lui faisaient l'effet d'une bombe. Comment aurait-elle pu imaginer qu'il avait perdu un enfant ?

Ses yeux se remplirent de larmes, des larmes de compassion pour ce qu'il avait subi et qu'elle ne comprenait que trop bien. Elle aurait voulu tendre la main par-dessus la table pour la poser sur la sienne. Cependant, quelque chose dans le regard de Fletcher la retint. Il semblait replié sur lui-même, perdu dans les méandres d'un passé qu'il gardait visiblement bien enfoui. Elle sentait que son geste ne serait pas le bienvenu.

— Fletcher, je suis terriblement désolée, articula-t-elle avec peine. Je ne savais pas…

— L'affaire n'a pas été ébruitée à l'époque. Quant à moi, lorsque je suis entré à l'université, j'avais déjà appris à cacher mes souvenirs et mes émotions.

— Est-ce que tu veux en parler ? Si tu ne préfères pas, je comprends très bien.

— Maintenant que j'ai commencé, autant continuer. C'est important pour moi que tu sois au courant.

Il marqua une pause, sembla chercher ses mots et reprit :

— Laura était ma petite amie en dernière année de lycée. Nous avions tout un plan d'avenir ensemble, des rêves et des projets, mais tout a changé lorsqu'elle est tombée enceinte.

Stevie se livra à un rapide calcul.

— Tu avais à peu près dix-huit ans, c'est juste ?

— Dix-sept. Une année de plus aurait peut-être changé les choses, ajouta-t-il en secouant la tête. Nous aurions peut-être mieux su nous défendre. Quoi qu'il en soit, les parents de Laura ont refusé ne serait-ce que de discuter avec les miens. Ils prétendaient qu'elle était leur responsabilité, et qu'eux seuls pouvaient s'occuper du problème, comme ils l'appelaient.

L'amertume dans sa voix était si nette que Stevie commença à entrevoir la fin de l'histoire.

— Pendant des mois, j'ai frappé à leur porte plusieurs fois par semaine. Ils ne m'ont jamais laissé la voir. Ils avaient confisqué son portable et elle n'allait plus au lycée. Même ses amies avaient pour consigne de bloquer mon numéro. L'une d'elles a quand même réussi à me dire que Laura voulait s'enfuir avec moi, garder le bébé, commencer une nouvelle vie ailleurs. J'ai de nouveau couru jusque chez elle ce jour-là. Cette fois, ses parents ont menacé d'appeler la police.

— Tout cela a dû être terriblement difficile pour toi, dit-elle avec douceur.

— Ce n'était pas le pire. Une semaine plus tard, j'ai découvert que Laura et ses parents avaient déménagé. Je n'avais plus aucun moyen de la contacter. Pendant des mois, je n'ai eu aucune nouvelle, puis l'une de ses anciennes amies m'a pris en pitié. Elle m'a appris que les parents de Laura l'avaient forcée à faire adopter le bébé.

Il se tut un instant et ferma les yeux. Lorsqu'il les rouvrit, son regard était empreint d'une tristesse infinie.

— Si elle l'avait gardé, ses parents l'auraient jetée dehors. Ils lui avaient également dit qu'ils ne paieraient pas un centime pour ses études universitaires si elle essayait de me recontacter. Elle n'a pas eu le choix. Quant à moi, je ne savais même pas si c'était un garçon ou une fille. Lorsque j'ai reçu la nouvelle de l'adoption, mon père était en voyage comme la moitié du temps et ma mère m'a simplement demandé de ne plus jamais en parler.

Il eut un soupir de frustration avant de reprendre :

— Dès que je l'ai pu, j'ai engagé un détective privé pour tenter d'en savoir plus. J'ai découvert que le bébé était un garçon. Pour le reste, il s'agissait d'une adoption plénière et je n'ai pu obtenir aucune information sur lui. Je peux toujours espérer qu'il souhaitera me contacter un jour, mais en attendant, j'ai un fils qui ne sait rien de moi et dont je ne sais rien.

Stevie soupira à son tour, ne sachant que répondre. Elle se sentait impuissante. Fletcher était de toute évidence encore en colère contre son père qui ne l'avait pas soutenu, sans compter la peine de ne pas connaître son fils.

Comprenant que rien de ce qu'elle aurait pu dire ne l'aiderait à se sentir mieux, elle se leva et commença à débarrasser la table en silence. Elle se prépara une tasse de thé et un café pour Fletcher.

Aussi immobile qu'une statue, le regard fixe, il ne fit pas un mouvement lorsqu'elle revint s'asseoir en face de lui. Elle posa la tasse de café devant lui et il sursauta comme si elle l'avait réveillé d'un long sommeil.

— Je suis profondément désolée que tu aies dû subir tout cela, lui dit-elle doucement. Je sais à quel point c'est difficile de perdre un enfant. On se sent détruit de l'intérieur.

— Je ne savais même pas que Harrison et toi aviez eu un enfant jusqu'à son enterrement. J'imagine que vous avez été dévastés tous les deux. De mon côté, je sais qu'il ne se passe pas un jour sans que je pense à mon fils. Tu comprends mieux à présent pourquoi j'ai tant besoin de faire partie de la vie de notre enfant.

— Je comprends et je te remercie de m'en avoir parlé. Pour être tout à fait honnête avec toi, l'idée d'avoir un deuxième enfant me terrifie, ajouta-t-elle, la gorge nouée. Je sais à quelle vitesse les choses peuvent mal tourner.

Elle se tut un instant, cherchant désespérément à remettre de l'ordre dans ses pensées.

— Je te promets de continuer à y réfléchir, mais j'ai du mal à voir une solution, Fletcher. Comment pourrions-nous être parents ensemble en vivant à six cents kilomètres l'un de l'autre ?

— Nous finirons par trouver une solution. Tant que nous sommes sur la même longueur d'onde, nous y arriverons.

*C'est-à-dire si j'accepte la moindre de ses demandes…*

Stevie secoua la tête, chassant cette pensée injuste de son esprit. Fletcher lui avait déjà prouvé qu'il n'était pas comme Harrison. Certes, il pouvait se montrer têtu, mais il avait de bonnes raisons pour cela et son but restait de trouver une solution qui leur conviendrait à tous les deux.

Pourtant et malgré sa bonne volonté, la situation ne changerait pas. Son travail et sa famille étaient en Virginie. Quant à elle, son univers entier se trouvait à Asheville.

— Nous en rediscuterons demain matin, si tu veux bien. Il se fait tard et tu dois encore trouver un endroit où dormir. À moins que…

— Oui ? demanda-t-il en levant la tête.

Elle ferma les yeux l'espace d'une seconde, incertaine. Était-ce vraiment une bonne idée ?

— À moins que tu ne veuilles rester dormir ici.

Il haussa les sourcils d'un air moqueur.

— Je croyais que l'hôtel était complet.

— Il est possible que j'aie exagéré un peu. La suite que tu avais réservée la dernière fois est disponible.

— Tu es sûre ? Je ne voudrais pas te rajouter du travail.

— Fletcher, prends la chambre, d'accord ? répondit-elle avec une bonne dose d'irritation.

— D'accord, je te remercie. Nous reparlerons de tout cela demain. Es-tu libre au petit déjeuner ?

— Sans problème. Je dois d'abord accompagner des clients qui prennent la navette du domaine skiable, mais après cela, je serai tout à toi.

Elle croisa le regard de Fletcher et regretta aussitôt les mots qu'elle venait d'employer. Comment réagirait-il si elle était réellement tout à lui ? Se passerait-il la même chose que lors de leur dernière nuit ensemble ? Le désir se répandit de nouveau en elle, brûlant et impérieux, mais elle s'empressa de détourner le regard. Ils ne pouvaient pas recommencer. Ça aurait été de la folie.

Elle refusait de se laisser entraîner par ce qu'elle commençait à ressentir pour lui, dût-elle prendre une douche froide chaque fois qu'elle le voyait pour se calmer.

Le lendemain matin, les bonnes résolutions de Stevie s'étaient déjà affermies. Elle venait d'accompagner ses clients à l'arrêt de bus et elle se sentait prête à affronter Fletcher sans se laisser influencer.

*Tu parles*, insinua une petite voix dans son esprit. *Si tu es prête comme avec Harrison, on imagine déjà le résultat.*

Stevie secoua la tête, refusant de se laisser gagner par d'inutiles pensées négatives. Elle se gara sur le parking à l'arrière de la maison et poussa la porte de la cuisine. À sa grande surprise, elle y trouva Fletcher aux fourneaux, visiblement occupé à préparer une *tortilla* sous la supervision de Penny.

— Alors, je ne mets vraiment rien d'autre ? demanda-t-il à la cuisinière en versant de fines tranches de pomme de terre dans une poêle remplie d'huile chaude. Pas de poivrons, pas d'oignons ?

Il cassa des œufs dans un bol et se mit à les fouetter comme si la poule avait été son ennemie jurée. Penny éclata de rire.

— J'ai dit « battre les œufs », pas « les envoyer sur Mars », commenta-t-elle en souriant. Ajoutes-y une bonne pincée de sel maintenant – voilà, comme ça. Pour ce qui est d'ajouter des ingrédients, tu peux le faire, bien sûr. La cuisine est une affaire de créativité. En revanche, je te déconseille de raconter à un Espagnol que tu as mis autre chose que des œufs et des pommes de terre dans une *tortilla*.

Stevie accrocha son sac à main au portemanteau et se tourna de nouveau vers le duo de cuisiniers.

— Penny, je ne savais pas que nos clients devaient préparer leur petit déjeuner eux-mêmes.

— Je teste mon menu pour les futurs week-ends « Cuisine dans les montagnes », expliqua-t-elle sans la moindre trace de culpabilité. Ne me dispute pas, c'est Fletcher qui a eu l'idée.

Elle haussa un sourcil, peu surprise de constater que les « M. Richmond » et le vouvoiement avaient rapidement disparu.

— Je suis content que l'idée te plaise, Penny, disait justement Fletcher avec un grand sourire. Ce sera un succès, surtout si tu trouves un nouveau thème chaque semaine.

— Nous n'avons pas encore décidé si nous allons

mettre en place ces cours de cuisine, intervint alors Stevie. Penny et moi devons en discuter.

— Pas besoin de faire de grands discours, commenta Penny de son air pragmatique habituel. C'est une bonne idée. Il n'y a qu'à essayer et arrêter si ça ne fonctionne pas. De toute manière, ces cours n'engendrent aucun frais supplémentaire.

— Peut-être, mais ce n'est pas dans cette direction que je voulais orienter la Maison Nickerson.

— Ce serait probablement une bonne étape pour y arriver. Les petits commerces doivent faire preuve de souplesse, énonça calmement Penny.

Elle reporta alors son attention sur Fletcher, lui expliquant comment vider une partie de l'huile pour ajouter ensuite à la poêle le mélange d'œufs et de pommes de terre.

— En principe, je devrais laisser reposer le mélange un moment avant de le faire cuire, mais j'imagine que tu as faim et que tu préférerais ne pas attendre.

Fletcher hocha la tête avec enthousiasme. Penny le laissa donc gérer la cuisson de la *tortilla* tout en faisant revenir des tranches de chorizo à cuire dans une autre poêle. Quand arriva le moment crucial du retournement des œufs, Fletcher s'en tira haut la main.

Il fit ensuite glisser la *tortilla* sur un plat et Penny en coupa deux parts généreuses. Elle les disposa chacune sur une assiette, y répartit le chorizo et ajouta un peu de sauce tomate sur le côté.

— Et voilà le petit déjeuner, annonça-t-elle gaiement. Bon appétit.

— Tu ne manges pas avec nous ? lui demanda Fletcher.

— Non, j'ai du travail dans la serre. Profitez-en bien.

Elle enfila sa veste et s'éclipsa par la porte de service.

Soupçonneuse, Stevie se tourna vers Fletcher en fronçant les sourcils.

— Pourquoi Penny n'est-elle pas restée manger avec nous ?

— Je lui ai dit que nous devions discuter tout à l'heure.

Aussitôt, elle sentit une colère sourde monter en elle. Que lui avait-il dit exactement ? Elle ne se sentait pas encore prête à parler de sa grossesse à qui que ce soit, pas même à Penny. C'était bien trop tôt et les choses étaient encore trop fragiles, ou plutôt, *elle* était trop fragile.

— Qu'est-ce que tu lui as raconté ? Je ne lui ai pas encore dit que j'étais enceinte, Fletcher. J'espère que tu n'as pas…

— Non, bien sûr que non. Jamais je ne trahirais ta confiance de cette manière.

— Je vois, dit-elle piteusement. Je suis désolée d'avoir tiré des conclusions hâtives.

— Je crois que tu portes un fardeau trop lourd, Stevie. Tes épaules sont solides, je le sais, mais se faire aider de temps en temps n'est pas interdit.

— C'est mon hôtel, Fletcher. En tant que propriétaire d'une entreprise, tu dois comprendre l'importance de garder le contrôle de la situation.

— De la situation peut-être, mais pas des employés.

— Je te demande pardon ? s'exclama-t-elle, indignée.

— Être un bon patron, c'est aussi savoir déléguer. Penny est incroyablement douée en cuisine et l'idée de ces week-ends lui plaît énormément. Pourquoi ne pas lui laisser le champ libre ? Comme elle le disait si justement, tu n'as rien à perdre.

— J'y réfléchirai.

— Je n'en doute pas. En attendant, à table, déclara-t-il en tirant une chaise pour qu'elle puisse s'asseoir. Le petit déjeuner va refroidir.

Sa mauvaise humeur s'évanouit aussitôt qu'elle eut goûté la *tortilla*.

— C'est délicieux, Fletcher. Qu'est-ce qui t'a donné l'idée de demander cette recette à Penny ?

Il goûta son plat et y ajouta une pincée de sel avant de répondre :

— J'avais envie de tester de nouvelles choses. À force de cuisiner toujours les mêmes plats, je commençais à m'ennuyer.

— Je reconnais qu'avec Penny je n'ai jamais le temps de m'ennuyer, commenta-t-elle avec un petit sourire. Dis-moi, ce n'est pas trop dur pour toi de vivre seul ? Est-ce que tu as beaucoup de… de compagnie ?

Elle savait très bien qu'elle n'avait pas le droit de lui poser de questions sur sa vie privée, mais d'un autre côté, Fletcher était le père de son bébé. S'il sortait avec cinq femmes différentes dans la semaine, il ne serait pas le meilleur modèle de stabilité qu'elle pouvait imaginer pour un enfant.

— Je ne suis sorti avec personne depuis que Tiffany m'a quitté, et avant cela, j'étais avec elle depuis deux ans.

Stevie sentit aussitôt sa tension se relâcher. Fletcher aurait pu lui dire de se mêler de ses affaires ou la taquiner sur sa curiosité, mais au lieu de cela, il avait répondu calmement et simplement. Elle allait devoir apprendre à se détendre en sa présence. Après tout, il était vraiment quelqu'un de bien.

— Écoute, Stevie, reprit alors Fletcher. Je comprends que tu aies peur des changements qui pourraient arriver dans ta vie. Tu en as déjà connu beaucoup ces deux dernières années, mais justement, cela signifie que tu es aussi quelqu'un qui sait s'adapter. Tu es une femme intelligente et pleine de ressources. Si tu veux mon avis, tu seras aussi une maman formidable. Tu mérites d'être heureuse à nouveau.

— Je suis déjà heureuse.

— Vraiment ? Je vois bien ton air fatigué quand tu crois que personne ne te regarde. Il faut absolument que tu apprennes à te ménager. Lorsque le bébé sera là, tu n'auras pas le choix.

— Si je comprends bien, c'est là que tu entres en scène. Tu te proposes de m'aider avec le bébé pour que je puisse continuer à gérer l'hôtel.

— Eh bien, oui, si tu me laisses faire.

— Et ton travail, alors ? J'imagine que tu devras être à Norfolk la plupart du temps. Mon enfant mérite mieux qu'un père qui ne peut le voir que pendant les vacances, Fletcher.

— Je suis d'accord avec toi.

— Dans ce cas, quel est ton plan ? As-tu l'intention de déménager Richmond Construction à Asheville ? De transporter mon hôtel en Virginie ?

— Je n'ai pas de solution magique, Stevie. Il faut que nous en discutions.

Penny choisit précisément ce moment pour revenir dans la cuisine. À en juger par le regard sans équivoque qu'elle posa sur eux, la tension dans la pièce devait être palpable. Elle se garda bien de leur adresser la parole et, le dos tourné, se mit à nettoyer en chantonnant les légumes qu'elle venait de ramasser.

— En effet, il y a encore pas mal de choses en suspens, répondit-elle à Fletcher. Je dois commencer ma tournée des chambres. Quand as-tu l'intention de partir ? Nous pourrions peut-être faire une randonnée cet après-midi.

— Volontiers. Je reste jusqu'à demain midi. Est-ce que je peux t'aider avec le ménage ?

— Non merci. Elsa est de retour, sans compter que ce serait contraire à la politique de confidentialité de l'hôtel de laisser entrer un client dans la chambre d'un autre.

— C'est vrai, je n'y avais pas pensé. Dans ce cas, à tout à l'heure vers 1 heure de l'après-midi, si cela te convient.

— C'est parfait.

— Merci de prendre ce temps pour moi, Stevie.

— Ce n'est pas seulement pour toi, murmura-t-elle en posant instinctivement la main sur son ventre à peine bombé.

Le dimanche après le repas du midi, Fletcher remonta dans sa chambre et fourra ses vêtements pêle-mêle dans son sac de voyage. Stevie et lui avaient passé du temps ensemble et beaucoup discuté. Pourtant, ils n'avaient pas résolu la grande question qui l'avait amené à Asheville ce week-end : comment réussirait-elle à lui faire une place dans sa vie ?

La frustration commençait à occuper une place bien trop importante dans son esprit. Certes, il avait toujours ressenti une attirance indéniable pour Stevie, mais cette envie physique se transformait peu à peu en quelque chose de bien plus profond. Il commençait à comprendre tous les éléments qui faisaient d'elle une personne complexe et extraordinaire.

La veille, elle lui avait longuement parlé de son enfance à Asheville avec sa grand-mère et Penny comme modèles. Elle avait aussi abordé plus en détail la question de son mariage. Il s'était senti d'autant plus stupide de ne jamais avoir vu par-delà la façade de bonheur parfait que lui avait présentée Harrison.

En revanche, elle n'avait pas reparlé une seule fois de son premier bébé. La douleur était probablement encore trop vive. Fletcher était encore plus décidé à tout faire pour la convaincre qu'il pouvait l'aider, lui faciliter la vie, la soutenir.

Malgré tout, Stevie et lui n'avaient toujours pas trouvé de solution à leur problème de kilomètres. Elle était fermement décidée à ne pas bouger de Nickerson House. Elle avait tout de même accepté qu'il ouvre un fonds de placement au nom de leur futur enfant. L'argent ne réglait pas tout, mais c'était un bon début. Il voulait le meilleur pour lui et pour elle.

Fletcher remonta la fermeture de son sac, vérifia rapidement qu'il n'avait rien oublié et descendit à la réception. Un groupe de touristes rendait les clés de leurs chambres. À en juger par les compliments qu'ils adressaient à Stevie, ce ne serait probablement pas leur dernier séjour à la Maison Nickerson, ce qui ne le surprit pas.

Les petites touches personnelles que Stevie apportait à la décoration et au service donnaient envie aux clients de revenir. C'était d'ailleurs son cas à lui aussi, bien que pour des raisons légèrement différentes…

Il attendit patiemment que le groupe fût sorti, puis s'approcha du comptoir à son tour et sortit sa carte de crédit.

— Fletcher, je t'en prie, protesta-t-elle aussitôt. C'est moi qui t'ai proposé de rester.

— J'ai bloqué la suite pendant deux nuits, et je n'ai pas l'intention de te faire perdre de l'argent.

Elle sembla sur le point d'argumenter à nouveau, puis se mordit la lèvre et glissa la carte dans l'appareil.

— Voilà. Satisfait ? grommela-t-elle en lui tendant un reçu.

— Pas vraiment. Nous sommes loin d'avoir fini notre conversation, tu ne crois pas ?

— En effet, fit-elle avec un long soupir.

— Dans ce cas, pourrais-tu me réserver la suite pour le week-end prochain ?

Elle pianota quelques secondes sur son clavier et annonça :

— Voilà, c'est fait.

— Merci beaucoup. Je vais y aller, j'ai une longue route devant moi.

— Bien sûr. Je t'accompagne dehors.

Lorsqu'elle passa devant lui, il inspira le parfum enivrant de ses cheveux qu'elle avait rejetés par-dessus son épaule. Elle descendit l'escalier avec lui et, une fois arrivée sur la dernière marche, leva la tête pour le regarder.

— Merci d'être venu, Fletcher. Et merci de m'avoir parlé de… de ce que tu as vécu.

Il lui répondit d'un hochement de tête. Raconter son histoire n'avait pas été facile, mais il avait appris depuis bien longtemps qu'il était parfois nécessaire d'affronter des moments douloureux pour obtenir ce que l'on désirait. Ce qu'il désirait, c'était Stevie – non seulement elle mais aussi une vie avec elle.

Il s'en était rendu compte la nuit précédente. À force de fixer le plafond pendant des heures sans pouvoir dormir parce qu'il pensait trop à elle, il en avait tiré les conclusions qui s'imposaient.

Plongeant son regard dans le sien, il contempla l'immensité brune de ses iris et s'y perdit l'espace d'un instant. Ces yeux lançaient souvent des éclairs. Pourtant, il se souvenait surtout des moments où il les avait vus s'assombrir encore davantage sous l'effet du désir…

Quand avait-il décidé qu'il allait l'embrasser ? Il n'aurait su le dire, mais il n'avait aucune envie de s'en empêcher. Il se pencha vers elle, sentit son souffle chaud contre sa joue et posa doucement les lèvres sur les siennes.

Tout lui sembla merveilleusement familier : le goût légèrement sucré de ses lèvres, la réaction immédiate de Stevie à son baiser, ses bras passés autour de son cou et sa bouche capturant la sienne comme si elle l'avait attendu pendant des millénaires. Il reconnut instinctivement ce sentiment puisqu'il le vivait aussi.

Une vague d'émotion intense le parcourut, faisant battre son cœur plus vite et enflammant chaque cellule de son corps tandis qu'il profitait de cette connexion pure, magnifique qu'ils partageaient. Ce n'était pas le bon moment. Il détestait l'idée de la quitter après ce qu'il venait de se passer, mais il n'avait pas le choix. Il devait retourner à sa vie.

Posant les mains sur les siennes, il les détacha de son cou à regret et l'embrassa une dernière fois.

— Pense à nous, Stevie, lui dit-il d'une voix si chargée d'émotion qu'il la reconnut à peine. Pense à tout ce que nous pourrions être ensemble.

Il démarra le moteur et prit la route en direction de Norfolk, résistant furieusement à la tentation de faire demi-tour à chaque kilomètre.

# - 12 -

Tout l'après-midi, Stevie resta sous le choc de ce baiser. Jamais encore elle n'avait vécu un moment aussi intense. Elle aurait voulu se souvenir de chaque détail, le savourer encore et encore, le garder bien enfoui dans sa mémoire pour les jours de pluie. Toutes les deux minutes, elle portait la main à ses lèvres comme pour chercher à le revivre.

Elle savait pourtant que c'était impossible sans Fletcher. Heureusement, il serait bientôt de retour. Elle attendait ce moment autant qu'elle l'appréhendait. Lorsque Fletcher reviendrait, il aurait besoin d'une réponse de sa part, une réponse qu'elle était loin d'avoir trouvée.

En plus de ses tâches quotidiennes, elle tenta de se distraire en discutant avec Penny du projet « Cuisine dans les montagnes ». Elle fut surprise de voir à quel point son amie avait déjà réfléchi à la question. Penny lui parlait de budgets, de produits locaux et de menus à thème pour les différentes fêtes du calendrier.

Le mercredi, elles étaient tombées d'accord. Stevie lança la publicité pour le projet et créa même une page dédiée sur les réseaux sociaux. Les gens pouvaient y consulter les différents thèmes de cuisine à venir et s'inscrire pour participer aux prochains week-ends.

Elle avait eu une légère hésitation au moment de bloquer toutes les réservations des chambres pour les dates qu'elles avaient décidées. Parfois, le week-end, même un ou deux clients de dernière minute pouvaient faire la différence sur son bilan financier. Et si elle était en train de commettre une grosse erreur ?

Malgré tout, elle surmonta sa panique et termina l'opération dans le système de réservation. S'il y avait bien une chose que son métier lui avait apprise, c'était que pour savoir si une idée en valait la peine, il fallait l'essayer à cent pour cent.

Penny rayonnait d'enthousiasme, et à force de passer du temps avec elle, Stevie elle-même se sentit gagnée par son optimisme. Peut-être pourraient-elles garder l'idée des week-ends de cuisine en même temps que les retraites au spa pour les entreprises. Après tout, savoir cuisiner de bons plats sains faisait aussi partie du bien-être, non ?

Son esprit fourmillait encore de projets lorsqu'elle s'installa à son bureau pour consulter ses e-mails. Elle avait reçu plusieurs demandes de réservation, un message de la banque et un autre de l'entreprise qu'elle était allée démarcher la semaine précédente.

Comme toujours, elle s'occupa d'abord des réservations et renvoya aux clients un e-mail de confirmation avec leur numéro de suivi. Ensuite, elle resta indécise devant les deux messages qui restaient. Fallait-il d'abord ouvrir celui de la banque ou celui de Maisel Electronics ?

Finalement, ce dernier gagna la bataille. Elle prit une grande inspiration, compta jusqu'à trois et cliqua sur le bouton « ouvrir ».

Elle parcourut l'e-mail avec une joie grandissante. L'entreprise lui confirmait son intérêt pour des séjours de ses employés à la Maison Nickerson. Ils lui demandaient d'organiser une réunion avec eux pour discuter plus en détail des services proposés, ainsi que d'envoyer un contrat par e-mail à leurs avocats avant la réunion en question.

Stevie laissa échapper un petit cri d'enthousiasme. Cet e-mail était tout ce qu'elle avait espéré, la première marche de l'échelle qui amènerait la Maison Nickerson vers le succès. Elle avait réussi !

Bondissant de sa chaise, elle s'autorisa une petite danse de la joie avant d'aller prévenir Penny dans la cuisine. Elle but un verre de limonade avec son amie pour fêter la nouvelle et revint s'asseoir derrière son ordinateur. Là seulement, elle se souvint de l'e-mail de la banque qu'elle n'avait pas encore ouvert.

Elle laissa planer le curseur au-dessus du message pendant une bonne minute avant de trouver le courage de l'ouvrir. Ses yeux parcoururent rapidement le texte, puis plus attentivement, cherchant désespérément l'accord dont elle avait besoin. Mais rien n'y faisait.

Elle avait beau relire le message encore et encore, les mots « nous regrettons de ne pouvoir répondre favorablement à votre demande » restaient bien là.

Elle eut l'impression qu'une pierre s'était logée dans son estomac. Comment allait-elle s'en sortir ? Excepté peut-être le financement participatif, elle avait épuisé toutes les possibilités imaginables pour trouver davantage de fonds.

Presque tout l'argent qu'elle avait reçu à la mort de Harrison était parti dans les rénovations des chambres et de la cuisine. Quant au reste, elle devait le garder de côté pour assurer les salaires de ses employés quoi qu'il arrive. Et voilà ce qui arrivait…

Les deux jours suivants passèrent comme dans un brouillard. Les nuits n'étaient pas vraiment mieux, puisqu'elle les passait à se retourner dans tous les sens en se demandant ce qu'elle allait bien pouvoir faire.

Le plus gros problème restait son contrat avec Maisel Electronics. Elle savait qu'elle avait mis la charrue avant les bœufs en promettant des services qu'elle n'avait pas encore les moyens d'assurer, mais elle avait voulu montrer à la banque qu'elle s'activait pour faire passer l'hôtel au niveau supérieur.

Heureusement, Fletcher arrivait ce soir, se rappela-t-elle avec un soupir de soulagement. Il aurait peut-être des suggestions et cette fois, elle était prête à l'écouter. Elle essayait sans succès de se convaincre qu'elle ne se réjouissait pas particulièrement de le revoir. En vérité, elle avait pensé à lui pratiquement toute la semaine.

Était-ce la raison pour laquelle il l'avait embrassée avant de partir ? Pour se frayer un chemin dans ses pensées, s'assurer qu'elle ne l'oublie pas ?

Ce baiser avait été à la fois imprévu et inéluctable. Pendant chaque minute qu'ils avaient passée ensemble, les souvenirs de leur nuit s'étaient imposés à elle et son corps avait été sous tension en permanence.

Elle savait qu'elle aurait dû chercher à repousser cette attirance toujours croissante, mais Fletcher était un amant merveilleux et elle ne pouvait nier qu'elle passait de bons moments en sa compagnie. Une amitié comme la sienne devait être précieuse. Le problème, c'était que Fletcher voulait davantage qu'une amitié. Il voulait un engagement de sa part et elle ne pouvait tout simplement pas le lui donner.

Stevie termina sa tournée des chambres, rassembla les draps dans un panier pour la laverie et retourna dans la cuisine juste à temps pour décrocher le téléphone qui sonnait.

— Maison Nickerson, que puis-je faire pour vous ?

— Stevie, c'est Fletcher.

Son cœur se mit aussitôt à battre plus vite.

— Salut, comment vas-tu ? Es-tu déjà en route ?

— Justement non, c'est pour cela que je t'appelle. J'ai une urgence au travail et je ne pourrai finalement pas venir ce week-end.

— Oh.

Elle aurait voulu en dire plus, mais une émotion violente lui serrait la gorge et ses yeux brûlaient de larmes contenues.

— Stevie ? Est-ce que ça va ?

— Bien sûr, tout va bien, réussit-elle à articuler avant qu'un sanglot ne lui échappe.

Elle tenta désespérément de reprendre le contrôle, mais le stress et les émotions négatives s'étaient accumulés en elle depuis qu'elle avait lu le refus de la banque, et tout ressortait maintenant qu'elle savait que Fletcher ne viendrait pas.

— Excuse-moi, finit-elle par dire lorsqu'elle se fut un peu calmée. J'ai eu une semaine difficile et j'imagine que je comptais un peu trop sur ta présence ce week-end. Mais ne t'en fais pas, ce n'est pas grave, ajouta-t-elle aussitôt. Dis-moi si tu as un autre moment de libre dans les prochaines semaines, d'accord ? Je dois te laisser.

À peine le téléphone raccroché, elle se laissa tomber sur une chaise, plongea la tête dans ses mains et céda au désespoir qui faisait couler ses larmes comme si elles ne devaient plus jamais s'arrêter.

Fletcher fixait l'écran de son téléphone avec consternation. Stevie avait pleuré. Quelque chose de grave s'était passé, il en était certain. Un problème avec le bébé ?

Rien qu'à imaginer cette éventualité, il sentit son cœur se serrer. Non, ce ne pouvait pas être vrai. Stevie lui aurait tout de suite dit si quelque chose n'allait pas. Il pressa le bouton « rappeler » sans presque s'en rendre compte tant il était inquiet.

— Stevie, c'est encore moi. Que se passe-t-il ? Est-ce qu'il y a un problème avec le bébé ?

Elle garda le silence pendant un instant qui lui sembla une éternité. Enfin, il entendit un long soupir et Stevie se mit à parler à toute vitesse.

— Non, cela n'a rien à voir avec le bébé. J'ai seulement reçu de mauvaises nouvelles de la banque. Ma demande de prêt a été refusée, ce qui me met dans une position délicate puisque j'ai déjà obtenu ce contrat, mais maintenant je n'ai plus l'argent nécessaire pour faire les rénovations dans l'aile est et je… je ne sais pas quoi faire.

L'impuissance dans sa voix lui brisait le cœur. Il comprit que Stevie avait eu besoin de lui ce soir-là, et qu'il n'avait pas été là pour elle.

— Laisse-moi faire, déclara-t-il. Je trouverai une solution.

— Ce n'est pas ton problème à toi, Fletcher.

— Si c'est ton problème, c'est le mien aussi. J'y réfléchis et je te recontacte. D'accord ?

— D'accord.

Il raccrocha, mais reprit presque aussitôt son téléphone pour passer d'autres appels. La situation au travail s'était dégradée ces derniers jours. Après la faillite de leur premier fournisseur, le deuxième avait brusquement décidé d'augmenter ses prix, puis refusé de livrer à temps en prétextant une autre commande prioritaire sur la leur.

Comme si tout cela n'avait pas suffi, sa mère se sentait mélancolique et l'appelait tous les jours. Il avait déjà trop à faire entre sa famille et son travail. Malheureusement, cela ne laissait que peu de place à Stevie et au bébé.

Il avait résolu un peu plus tôt de rester au bureau ce week-end pour tenter d'amortir la catastrophe. Mais était-ce vraiment la bonne décision ? Il soupira et se mit à faire les cent pas dans son bureau, déchiré entre ses obligations professionnelles et celles qui l'attendaient à Asheville.

Enfin, il parvint à une décision. Richmond Construction devrait l'attendre un jour de plus. Dans l'intervalle, il demanderait à son frère de le remplacer.

Le lendemain matin, à 7 heures tapantes, il se trouvait devant la porte de service de la Maison Nickerson. Il entendait Stevie aller et venir dans la cuisine. Lorsqu'elle lui ouvrit la porte, ses yeux s'écarquillèrent.

— Fletcher ? Mais comment… Est-ce que tu as conduit toute la nuit ?

— Non, j'ai pris l'hélicoptère. Je n'ai pas beaucoup de temps à disposition. Pouvons-nous discuter ?

— Tu as pris un hélicoptère pour discuter avec moi ? répéta-t-elle d'un air stupéfait. Ce n'était pas la peine.

— Bien sûr que si. Tu étais bouleversée hier.

— C'est vrai, mais tout ce dérangement…

— Cela ne dérange personne, je te le promets. J'ai emprunté l'hélicoptère de l'entreprise. Je voulais te parler de vive voix. Depuis hier, j'ai réfléchi à ton problème et je préférais ne pas en discuter au téléphone. Mais avant tout, pourrais-je avoir un café, s'il te plaît ?

Elle lui fit signe d'entrer et lui servit un café avec du lait et du sucre, juste comme il l'aimait.

— Préfères-tu que nous discutions ici ou dans mon

bureau ? lui demanda Stevie qui semblait toujours se demander s'il était bien réel ou non.

— J'aimerais que nous puissions discuter en privé si possible. Nous serions probablement mieux dans ton bureau.

Aussitôt qu'il se fut installé en face d'elle, il s'assura que la porte était bien fermée et commença sans préambule :

— J'ai bien réfléchi à ton problème. D'après moi, tu as trois options différentes. Toutes impliquent que je soutienne financièrement la transformation de la Maison Nickerson en un centre de bien-être haut de gamme.

— Que *tu* la soutiennes ? Non, Fletcher. C'est hors de question. Je vais trouver une autre solution.

— Stevie, la banque qui gère déjà ton hypothèque et qui te connaît bien t'a refusé un second prêt. Je ne vois pas comment une autre pourrait te l'accorder. De mon côté, je cherche seulement à te faciliter la vie, t'aider à réaliser ton rêve. Est-ce que je peux t'expliquer ces trois options dont je te parlais ?

Elle hocha la tête d'un air peu convaincu.

— La première serait que j'achète des parts de l'hôtel et que je devienne ton investisseur silencieux. Tu pourras utiliser l'argent pour faire les rénovations dont tu rêves. De mon côté, avec le potentiel de la Maison Nickerson, je suis persuadé qu'il s'agit d'un bon investissement. Sinon, je pourrais t'accorder un prêt à taux zéro que tu me rembourserais sur une période aussi longue que nécessaire. Tu te sentirais peut-être plus libre de cette façon. Bien sûr, je ne te demanderais pas de commencer à me rembourser avant que le spa te rapporte de l'argent.

Stevie avait commencé à secouer la tête dès qu'il lui

avait exposé sa première idée, mais à présent, elle le regardait avec un mélange de curiosité et de méfiance.

— Et la troisième option ?

— La troisième serait de nous marier. Nous pourrions mettre notre argent en commun et tu l'utiliserais pour l'hôtel. Je sais ce que tu en penses, ajouta-t-il en la voyant prête à l'interrompre, mais écoute-moi quand même. La mort de mon père et le départ de Tiffany ont complètement chamboulé ma vie. J'ai commencé à tout remettre en question. Les ragots, les gens qui disaient que notre famille était fausse m'ont épuisé. Je sais qu'il n'y a rien de mal à faire partie d'une famille atypique de nos jours, mais je ne veux pas que notre enfant subisse tout cela, Stevie.

— Non, Fletcher, je ne peux pas être d'accord avec toi. Le bonheur d'un enfant ne dépend pas du fait que ses parents soient ensemble ou non. Une famille reste une famille, recomposée, monoparentale ou quoi que ce soit d'autre. Le mariage n'est pas la solution. Qui plus est, la mise en commun des biens n'est pas en usage en Caroline du Nord. J'en ai suffisamment fait les frais.

— Que veux-tu dire ?

— La plupart de l'argent que possédait Harrison était lié aux comptes de ses parents, ainsi que la maison dans laquelle nous vivions. Ils m'ont donné un mois pour faire mes valises. Quant à l'argent, j'ai eu le droit d'emporter la moitié de ce que nous avions économisé depuis notre mariage. Tout le reste appartenait à ses parents.

— Je n'y crois pas. Ils t'ont vraiment chassée de chez toi après tout ce que tu avais traversé ?

— Je n'y croyais pas non plus, et pourtant…, fit-elle en secouant la tête d'un air las. Tu comprends donc pourquoi cette idée de mariage me fait horreur. Je crois que même si j'aimais quelqu'un au point que la question se pose, je ne voudrais pas l'épouser.

Fletcher comprenait à quel point elle avait été blessée. Sa mission serait de lui faire admettre qu'il ne cherchait qu'à l'aider, sans rien attendre en retour.

— Je comprends bien, Stevie. Oublions le mariage. Il te reste tout de même deux options.

Son téléphone se mit alors à sonner dans sa poche et il le sortit pour regarder qui cherchait à le joindre. Il s'agissait du pilote de l'hélicoptère.

— Je suis vraiment désolé, mais je dois répondre.

— Pas de problème.

Comme il l'avait craint, les nouvelles n'étaient pas brillantes. Le temps avait changé au cours de la matinée. Ils devaient donc reprendre la route vers Norfolk beaucoup plus tôt que prévu, au risque d'être bloqués par les conditions météo et de mécontenter davantage son frère, à qui il avait promis de revenir au bureau en fin de journée.

Il retourna vers Stevie, lui expliqua la situation et s'excusa de devoir partir si tôt.

— D'un autre côté, cela te laisse du temps pour réfléchir à ce que tu veux faire. Je ne te presse pas, mais plus vite tu auras pris une décision, plus vite je pourrai faire les démarches nécessaires.

Stevie était rongée par l'indécision. L'idée de laisser Fletcher, ou n'importe qui d'autre, prendre le moindre contrôle sur elle la terrifiait. D'un autre côté, il lui avait dit et répété qu'il n'attendrait rien de sa part en échange. Si elle exceptait sa manie de parler mariage, ses propositions paraissaient plutôt sensées et logiques.

La première option l'effrayait trop pour pouvoir l' accepter. Avec un partenaire d'investissement, elle devrait accepter une perte de contrôle sur son hôtel qui lui répugnait, même s'il n'aurait théoriquement pas voix au chapitre. Il lui restait donc l'option numéro deux.

Franchement, qui aurait été assez stupide pour refuser un prêt sans intérêts ?

— La deuxième option, s'écria-t-elle alors que Fletcher avait déjà la main sur la poignée de la porte. Je prends la deuxième option.

Son visage fatigué s'éclaira d'un sourire.

— Je m'occupe des détails administratifs dès lundi, lui promit-il. En attendant, il faut vraiment que j'y aille.

— Merci beaucoup d'être venu.

— Avec plaisir. Essaie de ne pas trop t'inquiéter, d'accord ?

Il inclina la tête, lui donna un baiser merveilleux et bien trop court puis rejoignit la voiture qu'il avait dû louer à l'héliport. L'instant d'après, il avait disparu. Stevie sentit enfin la bise froide qui la faisait frissonner et s'empressa de regagner la cuisine.

Penny était occupée à confectionner des petits pains aux herbes qui accompagneraient la soupe à la citrouille du dîner.

— Eh bien, la visite était courte, commenta-t-elle en mettant de côté sa pâte pour la laisser reposer.

— Je crois qu'il voulait rester plus longtemps, mais la météo l'a obligé à repartir. Il est venu en hélicoptère.

— C'est beaucoup de chemin pour un baiser aussi court, tu ne trouves pas ?

— Il n'est pas venu pour m'embrasser, rétorqua Stevie en sentant ses joues rougir.

— Je m'en doute bien. Alors, pourquoi ?

Penny se frotta les mains l'une contre l'autre pour en faire tomber la farine, puis se tourna vers elle avec un regard inquisiteur. Stevie hésita une seconde. Elle n'était pas certaine de vouloir discuter de ses problèmes financiers, mais d'un autre côté, Penny l'avait soutenue dans toutes ses périodes difficiles et elle ne voulait rien lui cacher.

— La banque a refusé ma nouvelle demande de prêt, ce qui signifie que je n'ai pas l'argent nécessaire pour les rénovations de l'aile est. Fletcher a proposé de me prêter la somme et j'ai accepté.

Simple et efficace, songea Stevie. Tout cela n'avait rien de bien dramatique. Pourtant, elle se sentait comme au bord d'un précipice, attendant le moment de la chute.

— Si seulement tous nos clients pouvaient être aussi généreux, remarqua Penny avec un petit sourire en coin. Mais il est bien plus qu'un client, n'est-ce pas ? Quand vas-tu te décider à me raconter le reste ?

— Quel reste ?

— Je ne suis pas née de la dernière pluie. Tu es enceinte, n'est-ce pas ?

Une boule d'émotion se forma dans sa gorge et elle ne put que hocher la tête.

— Lui as-tu parlé de Chloe ?

— Oui, mais pas de… Je ne lui ai pas expliqué pourquoi elle était partie.

— Il a le droit de savoir, je pense.

— Bien sûr. Je n'ai pas encore trouvé le bon moment, mais je vais le faire. Bientôt.

— Je suis contente que tu aies enfin ouvert ton cœur. Tu n'es pas faite pour rester seule, ma grande.

— Qui a dit que mon cœur avait quelque chose à voir là-dedans ?

Penny secoua la tête et poussa un soupir.

— Il tient à toi, Stevie. C'est clair comme le jour. Il n'y a qu'à voir la manière dont il te regarde.

— Peut-être, mais… S'il arrivait quelque chose au bébé ? Le risque est faible, mais après tout, il l'était aussi pour Chloe. Imagine que Fletcher rejette notre enfant.

*Imagine qu'il me rejette, moi*, souffla une petite voix dans sa tête.

— Si cela arrive, je serai là pour toi et tu t'en sortiras comme tu l'as toujours fait. Fletcher ne m'a pas l'air du genre à ignorer ses responsabilités. Il a tout laissé tomber pour venir te voir ce matin, et en hélicoptère par-dessus le marché. Ce n'est pas ton mari qui aurait fait une chose pareille.

— Il était son meilleur ami, je te rappelle. Il doit forcément lui ressembler d'une manière ou d'une autre. Harrison et lui étaient toujours en compétition. Peut-être que Fletcher fait tout cela pour être meilleur que lui, pour se venger, pour…

— Dieux du ciel, Stevie ! s'exclama Penny d'un ton de reproche. Est-ce que tu t'entends parler ? Cesse donc de trouver des excuses pour ne pas lui faire confiance. Il n'y a rien, absolument rien de commun entre Harrison et Fletcher Richmond. Il me paraît sincère et généreux. Ne prends pas le risque de lui faire du mal.

— Je n'en ai pas l'intention.

Et son cœur à elle, dans cette histoire ? Que devait-elle penser de cette étincelle de joie qu'elle ressentait chaque fois qu'elle le voyait, une joie qui se mêlait rapidement d'un besoin irrépressible de se nicher dans ses bras, de sentir sa force, de se reposer sur lui ?

Rien de tout cela ne lui convenait. Depuis plus d'un

an, son unique point d'ancrage était elle-même et la maison dans laquelle elle se trouvait. Rien ni personne d'autre ne pourrait remplacer cela – pas même Fletcher Richmond.

# - 13 -

Le trajet de retour jusqu'à Norfolk prit plus de temps que prévu. La météo les avait obligés à faire un détour de plus de cent kilomètres vers le nord, puis à s'arrêter pour refaire le plein d'essence avant de remettre le cap vers la Virginie.

Il était 16 heures passées lorsque Fletcher arriva chez lui. Vu l'heure et son état de fatigue, il avait abandonné l'idée de passer au bureau ce jour-là. Il eut la surprise de trouver deux voitures déjà garées dans son allée, celle de Mathias et celle de Lisa. Son frère et sa sœur avaient chacun une clé de sa maison. En entrant, il entendit leurs voix dans la cuisine et les y rejoignit.

— Enfin, te voilà ! s'exclama sa sœur en croisant les bras sur sa poitrine.

— J'avais prévenu Mathias que je ne serais pas là ce matin.

— Peut-être, intervint son frère, mais tu m'avais aussi dit que tu viendrais au bureau cet après-midi pour que nous discutions du problème des fournisseurs. Tu ne répondais pas à ton téléphone. Lisa et moi avons fini par débarquer ici, croyant que tu t'étais assommé en glissant dans ta baignoire ou une autre bêtise de ce genre.

Mathias ouvrit le réfrigérateur, puis le referma aussitôt avec une moue dédaigneuse.

— Il n'y a jamais rien à manger chez toi. Et puis, Fletch,

quand vas-tu enfin te décider à acheter des meubles ? On ne croirait jamais que quelqu'un vit dans cette maison.

Fletcher ferma les yeux et poussa un grognement. À la fatigue qu'il ressentait déjà venait s'ajouter une bonne dose de culpabilité. Son travail et sa famille avaient toujours été ses priorités, mais aujourd'hui, il avait négligé les deux.

— Je suis vraiment désolé, finit-il par répondre. J'ai été retenu aujourd'hui.

— Par la femme qui est venue au bureau il y a quelques semaines te dire qu'elle était enceinte ? demanda Lisa.

Maudissant la perspicacité de sa sœur, il poussa un profond soupir pour toute réponse.

— C'est à cause d'elle que tu es si absent ces derniers temps ? insista Lisa.

— « Elle » s'appelle Stevie, et oui, j'imagine.

— Eh ! protesta Mathias. Pourquoi est-ce que Lisa a droit à des réponses et pas moi ?

— Parce que tu poses des questions stupides, rétorqua sa sœur en lui décochant un coup de coude dans les côtes. Il y a un carton de doughnuts dans ma voiture si tu as faim.

Mathias disparut en un éclair. Lorsqu'il revint chargé des précieuses pâtisseries, Lisa avait fait du café, et ils s'installèrent tous les trois à la table de la cuisine.

— Allez, Fletch, raconte-nous. Où étais-tu donc ce matin ? lui demanda son frère la bouche pleine.

— Je suis allé à Asheville.

— Asheville, en Caroline du Nord ? C'est au moins à six cents kilomètres d'ici, non ?

— Exactement. La météo nous a surpris au retour et nous avons dû faire une escale, d'où mon retard.

— La vraie question, intervint Lisa, c'est *pourquoi* y es-tu allé ?

— Stevie avait besoin de moi.

— Attends une minute. Tu as rencontré cette femme il n'y a pas si longtemps, il me semble. Elle te dit qu'elle a besoin de toi, et tu prends l'hélicoptère de l'entreprise pour voler à son secours, sans te préoccuper de ce qu'il se passe au bureau ?

— J'ai pensé que vous pouviez gérer tous les deux sans problème. Après tout, je vous ai bien formés, ajouta-t-il pour rappeler son statut d'aîné dans une conversation où il se sentait particulièrement petit.

Lisa secoua la tête avec impatience.

— Je veux la suite de l'histoire, Fletch. Je me doutais bien en la croisant au bureau que je finirais par entendre parler d'elle. Elle avait l'air morte d'inquiétude. J'en déduis que tu es le père de son bébé ?

— Pardon ? s'exclama Mathias d'un ton indigné. Comment se fait-il que je ne sois au courant de rien ? Qu'est-il arrivé à notre promesse d'être toujours là les uns pour les autres ?

— Je suis désolé de ne vous avoir rien dit, grommela Fletcher. Si vous me laissez finir mon café, je vais tout vous expliquer.

Il se lança alors dans le récit de ses retrouvailles avec Stevie et de tout ce qu'il s'était passé depuis, glissant très rapidement sur la nuit qu'ils avaient passée ensemble.

— Je ne pensais pas la revoir un jour, mais elle est venue me trouver pour m'annoncer qu'elle était enceinte. Nous cherchons à organiser la suite des événements. Il y a encore un peu de travail, mais nous allons finir par y arriver.

— Un peu de travail ? demanda Lisa en se resservant du café. J'ai l'impression que c'est un euphémisme.

— Stephanie Reed, répéta Mathias d'un air songeur. Je l'ai rencontrée un soir en sortant avec toi, il y a peut-être sept ou huit ans. Elle m'avait semblé un peu ennuyeuse dans le genre « femme au foyer modèle ».

— Stevie n'a rien d'une femme au foyer ennuyeuse, protesta Fletcher, aussitôt sur la défensive. Je sais qu'elle était différente à l'époque, mais elle avait de bonnes raisons.

— Lesquelles ?

— Il semble que Harrison l'ait épousée dans le seul but de pouvoir la transformer en femme modèle. Parce qu'elle l'aimait, Stevie a complètement changé de personnalité. Il lui a volé toute sa liberté et son indépendance.

— Incroyable, souffla Mathias, le visage empreint d'une gravité qui ne lui était pas familière. Je n'ai jamais apprécié ce type, de toute façon. Je me demandais comment tu pouvais être ami avec lui. Comment va Stevie maintenant ?

— Elle va beaucoup mieux. Bien sûr, sa grossesse surprise risque de chambouler pas mal de choses, mais elle a reconstruit sa vie et son indépendance. Beaucoup d'indépendance, d'ailleurs, ajouta-t-il en soupirant. Elle a du mal à accepter de l'aide ou des conseils de ma part.

— Des conseils, vraiment ? demanda Lisa. Tu es sûr que tu n'essaies pas de lui forcer la main pour faire les choses comme tu l'entends ?

— Je te demande pardon ? s'exclama-t-il, outré. Quand est-ce que j'ai forcé la main à qui que ce soit ?

— J'exagère peut-être un peu, admit Lisa. Je voulais seulement dire que tu as tendance à jouer les héros, à vouloir régler les problèmes de tout le monde à leur place. Nous t'avons toujours connu comme ça, et pour être franche, nous comptons peut-être un peu trop sur toi. C'est pour cela que nous étions si surpris de ne pas te voir au bureau aujourd'hui. Au fait, nous avons réussi à régler le problème de fournisseurs. On dirait bien que nous sommes capables de faire notre travail, finalement.

Lisa adoucit ses mots d'un sourire, mais son expression redevint sérieuse lorsqu'elle reprit la parole.

— As-tu seulement demandé à Stevie ce qu'elle voulait faire ?

— Tout ce que je sais, c'est qu'elle refuse d'envisager notre avenir en tant que parents. Je ne sais plus comment lui en parler. Je veux faire partie de la vie de mon enfant, de la sienne aussi. Je ne supporterai pas de revivre ce qu'il s'est passé avec Laura.

— Dans ce cas, commence peut-être par l'écouter, suggéra Lisa. Essaie de comprendre pourquoi elle est si réticente. Stevie doit être incroyablement forte si elle a réussi à se reconstruire après ce que son mari lui a fait. Elle n'a probablement pas besoin d'un chevalier qui vienne à sa rescousse, mais plutôt d'un partenaire pour l'aider et la soutenir au quotidien.

Fletcher s'apprêtait à dire que c'était exactement ce qu'il lui avait proposé, mais il comprenait l'argument de sa sœur. Il s'était précipité à la rescousse de Stevie sans qu'elle lui ait rien demandé, sans écouter son ressenti d'abord.

— Tu as des sentiments pour elle, n'est-ce pas ? demanda Lisa avec douceur.

— Je crois que j'en ai eu dès le jour où je l'ai rencontrée.

— Et alors, que vas-tu faire ? questionna Mathias.

— Je vais m'en sortir, comme toujours. Merci d'être

venus tous les deux et merci d'avoir assuré au bureau. Maintenant, je crois que j'ai pas mal de choses à méditer.

Depuis qu'elle avait reçu le contrat envoyé par Fletcher, Stevie hésitait entre le signer et le jeter à la poubelle.

Son avocat n'avait rien trouvé à redire au document. Il s'agissait d'un simple contrat de prêt à taux zéro, prévoyant une série de petits remboursements qui commenceraient vingt-quatre mois après la date de signature. Ces conditions lui laissaient largement le temps de terminer la construction du spa et de commencer à gagner de l'argent grâce à ses nouveaux services.

Malgré tout, elle ne parvenait pas à signer le contrat. Elle aurait eu l'impression de trahir la promesse qu'elle s'était faite à elle-même de reconstruire sa vie, autant que la Maison Nickerson, de ses propres mains.

Quelques jours auparavant, elle avait reçu des artisans qui lui avaient fourni un devis pour les futures rénovations. Elle n'avait qu'à signer et tout se mettrait en place. Cela paraissait presque trop facile. Elle avait besoin d'en reparler avec Fletcher, et c'était la raison pour laquelle elle venait de se garer devant chez lui.

*Dis plutôt que tu meurs d'envie de le voir…*

Stevie repoussa la petite voix dans un coin de sa tête et sortit de sa voiture, son sac de voyage solidement arrimé sur l'épaule. Elle prit une grande inspiration avant de franchir le portail, s'obligea à parcourir l'allée qui menait au perron et gravit les marches jusqu'à la maison. Elle n'avait pas eu le temps de soulever le heurtoir de cuivre que Fletcher ouvrait déjà la porte.

La fatigue imprimée sur ses traits ne lui ôtait rien de son charme. Comment s'y prenait-il pour lui faire perdre toute maîtrise de ses sensations chaque fois qu'il lui souriait ?

Une petite flamme s'épanouit au creux de son ventre lorsqu'elle croisa son regard. Les gens qui prétendaient que les yeux gris étaient froids n'avaient jamais vu ceux de Fletcher. À cet instant précis, ils recelaient tant d'ardeur qu'une simple caresse de sa part aurait probablement pu l'enflammer tout entier, le rendre fou de désir…

Stevie s'arracha tant bien que mal à ses pensées et s'obligea à sourire poliment.

— Salut, Fletcher. Merci d'avoir accepté de me voir aujourd'hui.

— Je suis content de te voir, lui dit-il avec chaleur. Je commençais à craindre que tu aies changé d'avis à propos du prêt.

— Je n'ai pas vraiment changé d'avis, dit-elle prudemment. Disons plutôt que je ne suis pas encore totalement décidée.

— Entre, je t'en prie. Je répondrai volontiers à tes questions si tu en as.

Il était si agréable, si gentil que Stevie se demanda pour la millième fois comment elle pouvait encore douter. Malgré tout, Fletcher lui rappelait encore Harrison de bien des façons, à commencer par la maison dans laquelle elle venait d'entrer.

Elle se trouvait dans le plus beau quartier de Norfolk. D'après ce qu'elle pouvait en voir depuis le hall d'entrée, la construction datait des années 1920. Elle avait les hauts plafonds et les lignes architecturales typiques de cette période. La maison paraissait immense, bien que curieusement vide. C'était typiquement le genre d'habitation grandiose qui aurait plu à Harrison.

— Allons dans la cuisine, proposa Fletcher. C'est plus ou moins le seul endroit où s'asseoir.

— Est-ce que tu viens d'emménager ?

— Non, je vis ici depuis un peu plus de deux ans. J'ai acheté la maison dans l'espoir d'y accueillir ma famille. Je cherchais à retrouver l'esprit de l'endroit où j'ai grandi avec mon frère et ma sœur, avec une chambre pour chaque enfant, mais aussi de grandes pièces pour inviter des amis. J'ai emménagé ici avec Tiffany et c'est elle qui a pris la plupart des meubles lorsqu'elle a rompu nos fiançailles. Je me dis toujours que je devrais prendre une décision, meubler la maison ou la revendre, mais j'ai eu tellement à faire au travail que cette histoire est passée très loin dans mes priorités.

Stevie s'assit à la table de la cuisine, en face de Fletcher, et promena son regard autour d'elle.

— C'est tellement dommage de ne pas faire vivre cette maison, elle a beaucoup de potentiel. Je comprends pourquoi tu l'as choisie. Je suis sûre que tu pourrais en faire un hôtel haut de gamme, avec le quartier d'affaires à quelques minutes d'ici. C'est bien plus joli qu'une chaîne d'hôtels. Combien y a-t-il de chambres ?

— Cinq, toutes équipées de salles de bains.

— Si tu décides de te reconvertir, tu sais déjà quoi faire, le taquina-t-elle. Enfin, je suis venue pour discuter du contrat de prêt que tu m'as envoyé. Je l'ai lu, mon avocat aussi, tout semble en ordre, et pourtant je n'arrive pas à le signer. J'ai toujours l'impression qu'il y a un piège quelque part.

Fletcher leva les mains en signe de reddition.

— Il n'y a aucun piège, c'est promis. Vois-le comme un coup de main d'un ami à une amie.

Elle ne put s'empêcher de sourire.

— Je crois que nous avons dépassé le stade amical depuis un moment, non ? En tout cas, mon avocat était inquiet que tu ne me demandes pas d'intérêts, pour toi bien sûr.

— C'est gentil de sa part, mais je ne fais pas cela pour l'argent. Je veux simplement t'aider. Je n'attends rien de ta part en échange.

— Pas de chantage non plus ? demanda-t-elle d'une petite voix.

Fletcher eut l'air indigné.

— Sérieusement ? Tu crois vraiment que je ferais ce geste pour te forcer à quoi que ce soit ?

— Eh bien, étant donné que nous sommes dans une impasse concernant le bébé…

— Peut-être, mais cela n'a rien à voir. Je souhaiterai toujours t'aider à atteindre tes objectifs quelle que soit la situation de ce côté.

Comment pouvait-elle en être sûre ? Son instinct lui disait qu'elle pouvait lui faire confiance, mais son expérience lui avait appris que cette confiance comportait des risques.

— Place tes options dans la balance, suggéra Fletcher. D'un côté, tu as l'argent dont tu as besoin, sans contrepartie et en toute liberté, donc tu peux faire les rénovations nécessaires au développement de l'hôtel. De l'autre, tu attends d'être plus stable financièrement pour alourdir encore ton hypothèque auprès de la banque en devant verser des intérêts. Ton projet sera en attente pendant une durée impossible à estimer, avec le risque que quelqu'un d'autre lance le même genre de services dans la région. Qu'est-ce que tu préfères ?

— Tu as raison, répondit-elle fermement. Je ne sais pas comment j'ai pu hésiter.

Elle fourragea dans son sac et en sortit le contrat. Tournant les pages rapidement, elle arriva à la dernière et griffonna sa signature avant de tendre le document à Fletcher.

— Félicitations, lui dit-il avec un sourire. Tu ne le regretteras pas.

Elle jeta un coup d'œil à sa montre et soupira.

— Je vais devoir y aller si je veux trouver une chambre quelque part.

— Tu peux rester ici si tu veux, lui proposa-t-il. Je viens de refaire le lit dans ma chambre.

— Et toi, où dormiras-tu ?

— Sur le canapé.

— Fletcher, j'ai vu ton salon. Tu n'as pas de canapé. Je vais bien trouver un hôtel, ne t'en fais pas. Ce n'est pas la haute saison.

Elle se leva et enfila son sac sur son épaule. Fletcher se planta devant elle et, à sa grande surprise, prit ses mains dans les siennes et la regarda dans les yeux.

— Tu pourrais aussi dormir avec moi.

Stevie sentit un frisson d'excitation parcourir son épine dorsale. Avait-elle bien entendu, bien compris ? Le regard de Fletcher recelait une telle avidité qu'elle ne se posa plus aucune question. Ce désir qu'elle ressentait elle aussi chaque fois qu'elle le voyait ne semblait pas vouloir diminuer avec le temps. Au contraire, elle ne comptait plus le nombre de fois où elle s'était laissée aller à des rêveries en plein jour, revivant encore et encore la nuit qu'ils avaient partagée.

— Pas de conséquences ? demanda-t-elle d'une voix tremblante.

— Aucune. Juste toi et moi, tout simplement.

Stevie hésita l'espace d'une seconde. Elle s'était

promis de ne plus s'engager dans la moindre relation, et pourtant, Fletcher continuait à la faire douter. Quelque chose en lui l'attirait corps et âme. Ce quelque chose faisait battre son cœur plus vite, lui donnait envie de mettre son indépendance de côté pour céder à ce désir profond d'être avec lui.

Aucune conséquence ? C'était impossible. Cependant, les conséquences n'étaient pas nécessairement un piège. Il n'y avait plus qu'une réponse possible pour elle.

— D'accord.

# - 14 -

Fletcher resta abasourdi pendant un bon moment. Il avait du mal à croire ce qu'il venait d'entendre. Enfin, sa raison refit surface et il prit la main de Stevie dans la sienne.

— Je vais te montrer la chambre, mais d'abord, as-tu besoin de quelque chose dans ta voiture ?

— Non, j'ai tout ici, dit-elle en soulevant son sac de toile.

— Je m'en occupe.

Il mit le sac sur son épaule et entraîna Stevie vers l'escalier, sa main toujours dans la sienne. Il vivait chaque seconde dans l'attente du moment où elle changerait d'avis. Lorsqu'elle referma la porte de sa chambre sur eux d'un geste résolu, il sut qu'elle resterait. On aurait dit qu'elle voulait les isoler du reste du monde, les protéger de tout ce qui pouvait les faire souffrir, la crainte, le chagrin, les doutes.

Stevie se débarrassa de ses chaussures et, posant délicatement les pieds sur l'épais tapis qui recouvrait le sol, traversa la chambre pour se poster devant les fenêtres. Elle ferma les rideaux et se retourna vers lui.

— Qu'est-ce que tu fais encore si loin ?

— Je te regarde, répondit-il doucement.

Il n'aurait jamais osé le lui dire, mais en réalité, il

tentait de graver dans sa mémoire chaque image d'elle dans sa maison, dans sa chambre, dans son univers.

Incapable d'attendre plus longtemps, il la rejoignit et lui ouvrit les bras. Son corps se nicha contre le sien et ses bras minces entourèrent sa taille. Pour la première fois depuis des semaines, Fletcher se sentit en paix avec le monde.

Stevie leva la tête vers lui et entrouvrit les lèvres. Il comprit l'invite silencieuse qu'elle lui faisait et l'embrassa. Son corps épousait le sien comme s'ils avaient été faits l'un pour l'autre, et lorsqu'elle approfondit leur baiser pour venir caresser sa langue de la sienne, il perdit toute notion du temps et de l'espace.

Sa main posée sur la joue de Stevie glissa doucement le long de sa gorge. Il effleura la base de son cou, sentit la pulsation effrénée de son cœur qui battait aussi vite que le sien. Elle posa les mains sur sa taille, tira rapidement sa chemise hors de son pantalon et se mit à caresser son ventre, son torse, ses hanches d'un geste léger qui le fit frissonner d'impatience et de plaisir tout à la fois.

Il passa une main dans son dos et fit glisser la fermeture de sa blouse. Ce fut ensuite le tour du T-shirt qu'elle portait en dessous, puis des leggings assortis qui moulaient ses fesses à la perfection.

Il prit son temps pour la déshabiller. Stevie lui retirait un vêtement chaque fois qu'il enlevait un des siens, jusqu'à ne lui laisser que son caleçon. Son érection pressait presque douloureusement contre le tissu. Il rêvait de l'allonger sur le lit, de se perdre en elle et d'oublier tout le reste.

Depuis la dernière fois qu'il l'avait vue ainsi, son corps avait déjà changé. Ses seins étaient légèrement plus ronds et plus tendus qu'auparavant. Il en traça le contour du bout des doigts, sourit lorsqu'elle laissa échapper un soupir de plaisir.

— Tu es la plus belle femme du monde, murmura-t-il, émerveillé par ses courbes magnifiques.

Il l'embrassa de nouveau et elle se serra davantage contre lui, peau contre peau, la plus délicieuse des sensations. Il laissa courir sa main le long de son dos puis de ses fesses. Sa peau était merveilleusement chaude et douce, son corps souple et musclé.

Il n'avait pas menti en disant que Stevie était la plus belle femme du monde à ses yeux. Elle l'avait toujours été. Maintenant qu'il la tenait enfin dans ses bras, il devait trouver un moyen de l'y garder sans qu'elle se sente prisonnière. Il comprenait sa réticence à s'engager après ce qu'elle avait vécu. Cependant, il espérait qu'en restant ce soir-là elle commençait à s'ouvrir à lui, à lui faire une place dans sa vie et avec un peu de chance dans son cœur.

Le désir qu'il avait ressenti pour elle étant plus jeune n'était rien face aux sentiments qui l'agitaient à présent. Il ne parvenait pas à se l'avouer mot pour mot, encore moins à le lui dire, mais il pouvait lui montrer à quel point elle était devenue importante pour lui.

Il l'entraîna sur son lit et ils se caressèrent lentement, explorant chaque facette du corps de l'autre comme s'ils le découvraient pour la première fois. Elle poussa un long gémissement lorsqu'il vint en elle avec toute la force des sentiments qu'il ne pouvait exprimer. Il profita de sa chaleur autour de lui, de sa féminité vibrante qui le retenait en elle, et enfin, il commença à bouger.

Stevie tendit les bras et s'agrippa à ses épaules, les yeux fermés, accrochée à lui comme s'il était son phare dans la tempête. Son dernier cri de plaisir acheva de l'emporter à son tour dans un orgasme dévastateur.

Il roula sur le côté et la garda serrée contre lui un long moment, la tête posée sur son épaule, écoutant le rythme de leurs cœurs qui ralentissait peu à peu. Il tendit le bras le plus doucement possible pour ne pas la déranger et ramena la couverture sur leurs corps enchevêtrés.

Avant de sombrer dans le sommeil, il se demanda pourquoi, puisqu'ils étaient si bien ensemble, Stevie et lui devraient passer ne fût-ce qu'une seule nuit de plus loin l'un de l'autre.

Stevie ouvrit les yeux et contempla le visage de Fletcher encore endormi. Dans le sommeil, il perdait toute l'anxiété accumulée au cours des dernières semaines, et ses traits semblaient plus détendus que jamais.

Elle eut un pincement au cœur en songeant à ce qu'elle venait de faire. Ne pensant qu'à son propre désir, elle avait cédé et passé de nouveau la nuit avec lui. Elle savait qu'elle aurait dû s'en tenir à sa résolution. Une fois le contrat signé, elle aurait dû partir aussitôt au lieu de compliquer encore les choses entre eux.

Se dégageant des couvertures aussi doucement que possible, elle rassembla ses vêtements et passa dans la salle de bains attenante pour prendre une douche et s'habiller. Il faisait encore nuit noire et un coup d'œil à sa montre lui apprit qu'il n'était que 5 heures.

Stevie avait l'habitude de se lever tôt, mais même pour elle, cela faisait un peu trop. Elle sentit la fatigue alourdir chacun de ses gestes lorsqu'elle enfila ses vêtements. Elle récupéra son sac et ses chaussures en marchant sur la pointe des pieds et descendit l'escalier éclairé par les lampadaires de la rue à travers les fenêtres sans rideaux.

Le salon principal semblait encore plus désert sous cette lumière fantomatique. La maison était belle, mais elle n'avait aucune personnalité. Comment Fletcher pouvait-il y habiter dans ces conditions ? On aurait dit qu'il se moquait complètement de l'environnement dans lequel il vivait. Avait-il l'intention de recevoir leur enfant dans cette maison lorsqu'il ou elle lui rendrait visite ?

Secouant la tête, elle fit une brève incursion par la cuisine pour y chercher quelque chose à grignoter avant de reprendre la route. Elle pourrait être de retour à Asheville avant midi si elle partait rapidement. Le problème, qui l'inquiétait de plus en plus, était qu'elle n'avait aucune envie de rentrer.

Une nouvelle vague de remords l'envahit en repensant à ce qu'il s'était passé la veille. Elle savait qu'elle lui avait envoyé le mauvais message en restant, elle en était convaincue à la manière dont il lui avait fait l'amour. Ce qu'ils avaient partagé allait bien au-delà du sexe et elle en avait peur.

Un craquement du côté de l'escalier l'avertit de la présence de Fletcher. Il avait enfilé un pantalon de jogging et une veste qu'il n'avait pas fermée, exposant son torse et son ventre. Elle détourna le regard pour tenter de maîtriser le désir incendiaire qui couvait déjà en elle.

C'était précisément ce genre de réaction qu'elle voulait à tout prix éviter. Son attirance pour lui finirait par l'entraîner en territoire dangereux si elle la laissait contrôler ses réactions. Elle devait s'obliger à garder ses distances.

Fletcher la rejoignit dans la cuisine et démarra la machine à café.

— Tu t'es réveillée tôt. Tu n'arrivais pas à dormir ?

— Je me lève toujours assez tôt, répondit-elle sans parvenir à le regarder. Écoute, Fletcher, j'ai quelque chose à te dire. Je suis désolée si j'ai paru t'envoyer un signe en restant cette nuit. Ce n'était pas mon intention.

— Quel message crois-tu que j'aie interprété de travers ?

— Je pense que tu as… Enfin, tu as peut-être cru qu'il pouvait y avoir davantage entre nous que ce qu'il se passe actuellement. Rien n'a changé en ce qui me concerne.

Les traits de son visage se durcirent aussitôt.

— Rien n'a changé ? Je ne suis pas d'accord, Stevie. J'ai des sentiments pour toi. J'en ai toujours eu, pour être honnête. J'ai essayé de le cacher autrefois, mais je crois que Harrison l'a toujours su, voire qu'il était fier d'avoir quelque chose que je ne pouvais pas lui prendre. À l'époque, je ne faisais que te désirer de loin. Ce que je ressens aujourd'hui est à la fois plus complexe et infiniment simple. Il y a de toute évidence une connexion profonde entre nous. À mon avis, nous nous devons à nous-mêmes et à notre enfant de chercher à creuser ce lien.

— Ce n'est rien de spécial, contra-t-elle aussitôt. Une attirance physique, rien de plus.

— Vraiment ? Est-ce aussi ce que tu pensais la nuit dernière ? Tu peux toujours essayer de le nier, mais il y avait bien plus que cela, Stevie. Pourquoi te mentir à toi-même alors que tu pourrais avoir une chance d'être heureuse ? Si seulement tu laissais parler tes sentiments, si tu nous laissais une chance…

— Non, l'interrompit-elle brusquement. Je refuse d'envisager une relation plus sérieuse avec toi. Nos bêtises m'ont déjà fait trahir la promesse que je m'étais faite de ne plus jamais, jamais avoir d'enfants.

Elle porta une main à sa bouche, mais il était trop tard.

Fletcher avait entendu chacun des mots qu'elle n'aurait pas dû prononcer.

— Je crois que tu ferais mieux de m'expliquer.

Étourdie, elle se laissa tomber sur une chaise et accepta la tasse de café décaféiné que Fletcher lui apportait. Les mots ne parvenaient pas à sortir. Il s'installa en face d'elle, l'angoisse se peignant peu à peu sur ses traits face à son silence.

— Stevie, s'il te plaît. Raconte-moi ce qui est arrivé à ton premier bébé.

— Ma fille s'appelait Chloe Elizabeth Reed. Elle est née avec une anomalie des chromosomes appelée la trisomie 18. Cette maladie cause des retards de développement importants qui vont jusqu'au décès de l'enfant au cours de sa première année de vie. Chloe n'avait que quatre semaines quand elle a rendu son dernier souffle dans mes bras.

Sa voix se brisa et elle dut s'arrêter de parler, vaincue par un sanglot. Raconter l'histoire de sa fille ne devenait pas plus facile avec le temps.

— Stevie, je suis terriblement désolé, murmura Fletcher. Harrison et toi avez dû vivre un enfer.

— Harrison ? Oh que non. Tu es loin du compte. Il a été scandalisé la première fois qu'il a vu Chloe. Il ne l'a jamais nourrie, jamais changée, jamais baignée. Du moment qu'elle n'était pas l'enfant parfaite qu'il aurait dû avoir, il ne voulait rien avoir à faire avec elle. Aucun de ses amis n'était au courant du *problème*, ajouta-t-elle, la voix tremblante de colère. Il ne l'avait annoncé qu'à ses parents.

Stevie prit une gorgée de café, puis une autre, respirant profondément pour tenter de calmer ses émotions.

— Lorsque Chloe est née, il a refusé toutes les

visites en prétendant qu'il y avait eu des complications à la naissance et que les visiteurs n'étaient pas admis. Il ne s'imaginait pas que je pourrais avoir besoin de soutien. Le jour de sa mort, il m'a dit mot pour mot : « Tu devrais être soulagée que nous n'ayons parlé d'elle à personne. Imagine ce qui se passerait si nous devions leur expliquer *ça*. »

Fletcher la contemplait en silence, les sourcils froncés sous l'effet de l'incrédulité.

— Tu penses qu'il n'aurait pas été capable de dire des choses pareilles ? C'est mal connaître l'homme qu'il était devenu avant sa mort. Bien avant que je tombe enceinte, Harrison était déjà bien différent de la personne que j'avais cru épouser, mais je pensais bêtement qu'avoir un enfant ensemble changerait les choses entre nous. Lui voulait seulement prouver aux électeurs qu'il était un père de famille modèle pour gagner davantage de popularité. Il m'a fallu la mort de Chloe pour m'en rendre compte.

Stevie secoua la tête, envahie par le regret et l'amertume.

— Le matin du jour où Harrison est mort, je l'ai prévenu que je comptais demander le divorce. Sais-tu ce qu'il m'a répondu ? Il m'a ri au nez. Il a éclaté de rire, puis m'a dit à quelle heure il comptait rentrer pour s'assurer que le dîner serait prêt à temps. Nous nous sommes violemment disputés avant qu'il parte. J'étais déjà en route vers Asheville lorsque l'assistant de son père m'a appelée pour me prévenir de son décès. Il n'avait même pas la décence de me le dire lui-même.

Elle marqua une pause, inspira profondément et regarda Fletcher dans les yeux.

— Après l'enterrement, je suis rentrée à Asheville

avec les vêtements que je portais et l'album photo de Chloe, rien d'autre. J'ai poussé la porte de la maison et je me suis juré que jamais, plus jamais je ne retournerais dans cet enfer.

# - 15 -

Fletcher était sous le choc. Il comprenait à présent pourquoi Stevie refusait d'envisager un avenir avec lui. De toute évidence, elle souffrait encore du traumatisme qu'elle avait vécu.

Une colère sourde monta soudain en lui. Il en voulait terriblement à celui qu'il avait cru son ami, autant qu'il s'en voulait à lui-même pour ne pas l'avoir percé à jour. Il se demandait comment Stevie n'avait pas complètement sombré après un pareil traitement de la part de celui qui aurait dû la chérir plus que tout.

Cela dit, elle gardait évidemment des séquelles de cette période de sa vie et il se devait de les prendre en compte. Sa volonté de ne pas avoir d'autres enfants, après ce qu'elle avait vécu avec sa petite Chloe, était parfaitement compréhensible. Elle attendait pourtant un bébé et le responsable n'était autre que lui-même.

Il voulait lui montrer qu'il ferait tout pour elle et pour l'enfant, qu'elle comptait immensément à ses yeux, mais il voyait bien que son cœur était aussi impénétrable qu'une forteresse. Il ne pouvait qu'attendre et espérer. Avec le temps et une loyauté sans faille de sa part, Stevie comprendrait peut-être qu'elle pouvait lui faire confiance.

Fletcher s'éclaircit la gorge pour tenter de faire passer le nœud d'émotion qui l'empêchait de parler.

— Stevie, quoi qu'il arrive, je serai là pour toi et pour

le bébé. Si tu me laisses faire, je suis prêt à te trouver les meilleurs médecins pour suivre ta grossesse et te rassurer.

— Je te suis très reconnaissante pour tout ce que tu fais, mais sache que cela ne change rien à ce que nous sommes toi et moi. Je suis désolée si ce que nous avons partagé cette nuit t'a fait croire le contraire.

— Ne t'en fais pas, je suis très au clair sur tes sentiments à ce sujet.

— Très bien. Dans ce cas, je vais rentrer. Un groupe de touristes débarque ce soir pour un séjour de deux nuits. Je dois m'assurer que tout soit prêt avant leur arrivée.

— Bien sûr, je comprends. Je vais te raccompagner jusqu'à ta voiture.

Il faisait un froid mordant au-dehors, et Fletcher sentit ses pieds nus se glacer dans l'herbe encore humide. Il ouvrit la portière du côté passager et la retint après que Stevie se fut installée au volant.

— Fais bon voyage et préviens-moi quand tu arrives.

— Tu n'as pas besoin de t'inquiéter pour moi, contra-t-elle.

*Je m'inquiète tous les jours pour toi…*

— Fais-moi plaisir et envoie-moi un message en arrivant, d'accord ?

— Très bien, grommela-t-elle en levant les yeux au ciel. Tu ferais peut-être mieux de rentrer avant de te transformer en glaçon.

Il parvint à lui sourire, mais le cœur n'y était pas. Il se sentait découragé. Le départ de Stevie lui donnait l'impression de perdre le contrôle sur la partie la plus importante de sa vie. C'était comme s'il n'allait plus jamais la voir, plus jamais la tenir dans ses bras. Alors…

— Juste une dernière chose, murmura-t-il.

Il pencha la tête vers elle, posa une main sur sa joue

et l'embrassa. Il mit tout son cœur dans ce baiser, tous les sentiments qu'il ne pouvait exprimer autrement, et à son grand soulagement, Stevie l'embrassa en retour.

Il s'écarta d'elle avec douceur et referma la portière. En regardant sa voiture s'éloigner le long de l'allée, il se remémora l'expression de son regard et se demanda si elle n'avait pas trouvé ce baiser aussi bouleversant que lui.

Le 4x4 de Stevie avala les kilomètres sans problème jusqu'à Asheville. Il n'y eut aucun incident particulier sur la route, et elle eut tout le loisir de ruminer sa conversation avec Fletcher. Si elle avait été plus jeune, plus naïve, elle aurait accepté sa proposition sans même y réfléchir.

Cette version optimiste et innocente d'elle-même n'existait plus. Elle portait des blessures profondes, des douleurs qu'elle n'avait aucune envie de ressentir à nouveau en faisant les mêmes erreurs que par le passé.

Plus elle approchait de la Maison Nickerson, plus elle se sentait en sécurité. Cet endroit était devenu son sanctuaire. Quoi qu'il puisse arriver, elle ferait tout pour préserver la maison qui était dans sa famille depuis des générations.

Il s'agissait certes d'une responsabilité importante, mais elle la prenait avec joie et fierté parce que cette maison resterait toujours la sienne. Elle se gara à sa place habituelle et se sentit aussitôt en paix. Posant une main sur son ventre, elle murmura :

— Ça y est, bébé. Nous sommes à la maison.

Comme promis, elle écrivit à Fletcher qu'elle était bien arrivée et il lui renvoya une émoticône levant les pouces en l'air. Elle ne put se défendre d'un petit sourire. Elle avait eu bien plus de mal que prévu à partir de chez lui ce matin-là, ce qui ne présageait rien de bon.

Penny se matérialisa sur le seuil de la cuisine alors qu'elle sortait de sa voiture.

— Contente que tu sois bien rentrée. Alors, est-ce que tu as rapporté des échantillons de l'hôtel où tu as dormi ?

— J'ai dormi… Enfin, je ne suis pas allée à l'hôtel.

— Je vois. Oserais-je émettre une supposition quant à l'endroit où tu as passé la nuit ?

Stevie se sentit rougir et évita soigneusement le regard de son amie.

— J'imagine que la supposition serait correcte, finit-elle par répondre.

— Alors, ça y est ? demanda Penny d'un air joyeux. Est-ce que vous êtes enfin ensemble ?

— Absolument pas.

— Il n'est pas aussi doué de ses mains qu'il en a l'air, c'est ça ?

— Penny !

— Bon, bon, ne monte pas sur tes grands chevaux. C'est un problème fréquent. Parfois, l'emballage est joli mais trompeur, insinua-t-elle avec un petit sourire en coin.

— Je suis allée le voir pour discuter du prêt, il était tard et Fletcher m'a prêté son lit. Il n'y a rien de plus à raconter.

Le ton sec qu'elle avait employé eut l'effet escompté sur la curiosité de Penny.

— Eh bien, j'en suis désolée. Il avait l'air gentil.

— Tu sais déjà ce que j'en pense et je préférerais que nous n'en parlions plus. Rappelle-moi plutôt à quelle heure le bus de touristes doit arriver, s'il te plaît.

Penny lui fit un résumé rapide des informations qu'elles avaient reçues de la part de l'agence touristique.

— Les chambres ont été aérées et fournies de produits de toilette neufs. J'imagine que tu voudras faire une dernière inspection, mais tout est déjà prêt.

— Et le dîner spécial de ce soir ? Est-ce que tout est sous contrôle ? Je peux te donner un coup de main.

— Ne t'en fais pas, Elsa et moi nous occupons de tout. J'ai engagé deux filles pour faire le service.

— Parfait, je te remercie. Je vais aller jeter un coup d'œil là-haut et je serai dans mon bureau si tu as besoin de moi.

Penny hocha la tête et sortit dans le jardin, probablement pour y ramasser des légumes de la serre. Stevie la regarda s'éloigner et poussa un soupir. Elle savait que son amie voulait la voir heureuse, mais parfois, sa curiosité dépassait les bornes.

Elle gravit l'escalier de service et abandonna son sac de voyage dans sa chambre avant de vérifier celles des clients. Comme Penny le lui avait dit, tout était impeccable. Elle ne doutait pas que le petit groupe de retraités apprécierait la nouvelle gamme de cosmétiques écologiques qu'elle disposait dans les chambres.

D'ailleurs, les hôtes des dernières semaines avaient tellement plébiscité ces produits qu'elle avait décidé de les vendre en grand format à la réception, à la grande joie de leur fabricante qui tenait un petit commerce dans le centre d'Asheville.

Stevie avait toujours travaillé avec les artisans locaux depuis qu'elle avait commencé les rénovations de la Maison Nickerson. Elle prenait particulièrement soin du lien qu'elle avait tissé avec les commerçants. À sa grande satisfaction et en partie grâce au soutien de tous ces gens, ses efforts commençaient à être récompensés.

En se mettant au lit ce soir-là, elle ne put s'empêcher de vérifier ses messages, espérant contre toute attente que Fletcher lui aurait écrit. Mais pourquoi l'aurait-il fait ? Elle s'était montrée parfaitement claire sur ses intentions à son égard lorsqu'elle l'avait quitté ce matin-là.

Pourtant, les images de la nuit précédente ne cessaient de tourner en boucle dans son esprit. Elle revoyait le corps de Fletcher pressé contre le sien comme s'ils avaient formé deux moitiés d'un tout, comme s'ils avaient été créés pour se retrouver un jour.

Pourquoi le tenait-elle à distance ainsi ? Était-ce réellement la bonne solution ? La logique qui gouvernait ses actions lui disait que oui, mais une petite voix au fond de son cœur semblait la presser de changer d'avis. Il faudrait bien, d'une manière ou d'une autre, qu'elle lui laisse une place dans sa vie lorsque le bébé serait né.

Elle ne voulait pas, ne *pouvait* pas y penser. Elle ne voulait penser à rien.

Faisant appel à toute sa volonté, elle réussit à repousser le problème dans un coin éloigné de son esprit, s'étendit dans son grand lit solitaire et ferma les yeux.

Le matin suivant ne lui apporta pas une miette du calme qu'elle avait espéré. Elle se sentait tendue comme une corde prête à se rompre. L'heure était venue, elle le savait, de prendre des décisions drastiques.

Elle s'assit en face de Penny à la table du petit déjeuner, ruminant toujours ses pensées.

— As-tu mal dormi ? s'inquiéta son amie en lui versant une deuxième tasse de thé.

— J'ai beaucoup réfléchi cette nuit. J'ai décidé de ne pas accepter le prêt de Fletcher.

— Je vois, souffla Penny. Eh bien, étant donné les cernes sous tes yeux, je me doute que tu as pris le temps d'y penser. Je sais à quel point tu voulais faire ces rénovations. La décision n'a pas dû être facile.

Stevie poussa un soupir de soulagement. Elle avait redouté le jugement de Penny, elle qui s'était montrée si enthousiaste à l'idée de développer l'hôtel.

— J'ai toujours l'intention de construire le spa, mais je le ferai selon mes propres moyens, même si cela doit prendre plus de temps.

— Je comprends. Et Maisel Electronics ? demanda Penny après une seconde de réflexion. Que vas-tu leur dire ?

— La vérité, j'imagine. Je leur dirai que je ne suis plus en mesure d'assurer mes engagements pour le moment à cause de circonstances indépendantes de ma volonté. J'espère seulement qu'ils ne me feront pas de mauvaise publicité.

— Comment Fletcher a-t-il réagi ?

— Je ne lui ai pas encore annoncé que j'annulais le contrat, mais je vais le faire bientôt. D'ailleurs, je sais que tu l'aimes bien, mais je pense que ce serait mieux que je ne le voie plus avant un petit moment.

Tant qu'elle n'aurait pas repris le contrôle de ses sentiments pour lui, elle ne voulait pas le revoir. Le quitter la veille avait été si difficile qu'elle ne savait plus où elle en était. Elle aurait dû être capable de maîtriser ses émotions. Pourtant, elle pensait à lui à chaque moment de la journée, plus encore la nuit, lorsqu'elle se retournait dans ses draps sans arriver à s'endormir. Peut-être pouvait-elle rejeter la faute sur les hormones de la grossesse.

Aussitôt son petit déjeuner terminé, Stevie appela son

avocat et lui demanda de signifier à Fletcher par courrier express qu'elle se retirait de leur accord. Tout cela n'était que logique, se répéta-t-elle pour la dixième fois. Si elle n'était pas prête à s'engager dans une relation avec lui, elle ne devait pas accepter son argent.

Elle passa ensuite à la réception et fut heureuse de se perdre dans le travail pour le restant de la journée.

Le lendemain, Stevie raccrocha le téléphone avec un soupir de soulagement. Son entretien avec Maisel Electronics s'était bien passé. Bien sûr, ils n'avaient pas été ravis d'apprendre qu'elle ne pouvait plus honorer leur contrat, mais ils s'étaient montrés compréhensifs et elle avait bon espoir de les compter parmi ses clients dès lors que le spa serait construit.

Le téléphone sonna de nouveau et elle décrocha, l'esprit ailleurs, sans vérifier l'identité de l'appelant.

— Maison Nickerson, que puis-je faire pour vous ?

— Stevie, qu'est-ce qui te prend ? répondit une voix douloureusement familière. Pourquoi as-tu annulé le contrat de prêt ? Je t'ai fait cette offre en toute bonne foi, tu le sais.

— J'ai bien réfléchi, Fletcher. Je trouve que ce ne serait pas juste de ma part d'accepter cet argent.

— Je ne comprends pas. Il n'y avait aucun risque pour toi, aucune condition excepté la date du premier remboursement. Tu semblais bien décidée il y a deux jours. Qu'est-ce qui a changé ?

Elle soupira, consciente qu'elle lui devait une réponse franche. Les pensées et les émotions se bousculaient dans sa tête. Enfin, elle trouva le courage de lui avouer :

— Ce n'est pas ta faute, Fletcher. La dernière nuit

que nous avons passée ensemble m'a fait comprendre beaucoup de choses. Je ne peux pas rester une minute avec toi sans vouloir rester pour toujours.

— Je ne vois pas pourquoi c'est une mauvaise chose.

— C'est une mauvaise chose parce que je risque de tomber amoureuse de toi à en oublier tout le reste, tout ce que j'ai construit, tout ce que je suis devenue aujourd'hui. J'ai travaillé trop dur pour prendre ce risque.

— Attends une minute. Après tout ce temps, tu crois toujours que je suis comme Harrison ?

Il avait l'air en colère, pas seulement un énervement passager, mais plutôt une déception profonde qui durcissait sa voix et lui faisait peur. Elle avait toujours détesté le conflit et s'efforçait en général de l'éviter le plus possible – mais elle n'était plus cette Stevie effacée et timorée. Elle était capable de défendre ses opinions.

— Je suis désolée, mais je ne me fais pas confiance à moi-même, et je n'ai pas non plus entièrement confiance en toi malgré tout ce que tu as fait. Je comprends que ce soit douloureux pour toi et je m'en excuse. Je ne peux rien y faire. C'est pour cette raison que j'ai décidé de ne pas accepter ton offre de prêt.

— Ne crois-tu pas que j'aurais mérité d'avoir voix au chapitre ? Tu dis que tu es désolée, mais tu ne nous as même pas laissé une chance !

— J'ai trop peur pour prendre ce risque, Fletcher. Je ne veux plus jamais dépendre d'aucun homme. J'ai enfin la vie dont je rêvais, ici à la Maison Nickerson. Je n'ai besoin de rien ni de personne pour la rendre parfaite.

— Et le développement de l'hôtel, alors ? Comment comptes-tu t'en sortir sans les rénovations ?

— Je les ferai en temps et en heure. L'hôtel survivra, Fletcher, et moi aussi. Je ne suis tout simplement pas prête à abandonner mon indépendance alors que je viens de la retrouver. Pour ce qui est du bébé, ne t'inquiète pas, ajouta-t-elle en luttant contre l'émotion qui lui serrait la gorge. Je ne te refuserai jamais le droit de voir ton enfant. Nous trouverons une solution équitable pour tous les deux. Je te tiendrai au courant du déroulement de la grossesse, mais pour l'instant, je te dis au revoir.

# - 16 -

Fletcher passa le reste de la journée comme dans un brouillard. Il avait cru jusqu'alors que les choses allaient mieux entre Stevie et lui, qu'elle avait commencé à lui faire une place dans son cœur, surtout après la nuit merveilleuse qu'ils avaient passée ensemble. Il trouvait infiniment triste qu'elle laisse son passé l'empêcher d'être heureuse avec lui.

Il mourait d'envie de sauter dans sa voiture et d'aller la voir. Après tout, elle lui avait dit qu'elle voulait passer tout son temps avec lui chaque fois qu'elle le voyait, non ?

Oui, mais s'il utilisait cet aveu contre elle, il s'agirait de manipulation et il ne vaudrait pas mieux que Harrison.

Serrant les poings sous son bureau, Fletcher poussa un grognement frustré. Il avait besoin de se défouler sur un punching-ball ou un tapis de course. Peut-être passerait-il à la salle de sport un peu plus tard.

— Tout va bien ? demanda Mathias, planté dans l'encadrement de la porte.

Il sursauta comme un gamin pris en faute. Son frère referma la porte derrière lui et s'assit de l'autre côté de son bureau, l'air inquiet.

— Il faut qu'on parle, Fletch. Par chance pour toi, c'est moi qui ai tiré la paille la plus courte, alors tu évites les sermons de notre charmante sœur.

Son frère marqua une pause et secoua la tête.

— Tu as loupé la réunion avec Logan et Keaton à Seattle hier. Je ne veux même pas savoir pour quelle raison, ni pourquoi tu n'as pas jugé bon de t'excuser. Tout ce que j'ai besoin de te dire, c'est qu'il faut absolument que tu te reprennes. Ton état d'esprit ces derniers temps impacte toute l'entreprise.

— Je le sais et j'en suis désolé. Je commence à me rendre compte que je ne peux pas tout gérer à la fois, soupira Fletcher. Ce travail ne peut pas être fait à moitié, et pourtant, c'est tout ce que j'ai été capable de fournir ces dernières semaines. J'ai bien conscience que je ne peux pas me permettre de relâcher mes efforts en ce moment.

Fletcher aurait sincèrement voulu ne pas en arriver là. La situation avec Stevie impactait son travail, tout ce qui comptait pour lui. Mais… son travail était-il réellement important à ses yeux ? Était-ce la raison pour laquelle il se levait chaque matin ?

Une certitude se fit alors jour dans son esprit. Depuis la mort de son père, il avait été si occupé à gérer des catastrophes dans tous les sens qu'il avait cessé d'aimer ce qu'il faisait. Tout lui était devenu une corvée plutôt qu'un défi à relever.

Richmond Construction n'était pas son rêve. Son désir le plus profond restait de fonder une famille heureuse, pas de travailler toujours plus pour gagner de l'argent dont il ne savait que faire.

Mathias s'éclaircit la gorge, l'air gêné.

— Tout n'est pas de ta faute, Fletch. Lisa et moi nous sommes beaucoup trop reposés sur toi au début. Tu as accompli le travail de deux personnes, au moins. Il faut que nous trouvions une meilleure répartition des tâches.

— Ce n'est pas le seul problème. Honnêtement, j'ai perdu mon intérêt pour ce que je fais. La satisfaction de décrocher un nouveau contrat ou de terminer un chantier à temps a complètement disparu.

— Dis-moi que tu ne veux pas démissionner, s'exclama son frère. Tu as probablement besoin d'une pause. Nous nous organiserons mieux à ton retour, c'est promis. Lisa et moi…

— Non, Mathias, l'interrompit-il doucement. Je suis désolé de ne pas l'avoir reconnu plus tôt, mais je n'aime plus mon métier ici. J'ai besoin de passer à autre chose pour le bien de tout le monde.

— C'est à cause de cette histoire avec Stevie Nickerson, n'est-ce pas ? demanda son frère avec sympathie.

— Pas seulement. J'avais déjà des doutes avant de partir en vacances en décembre dernier. Aujourd'hui, ces doutes sont devenus des certitudes.

— Je vois. Que pouvons-nous faire pour t'aider ?

— Je crois que j'ai besoin de prendre un peu de recul, d'évaluer mon rôle dans l'entreprise et de trouver quelqu'un qui pourra me remplacer en partie. Tu as raison de dire que j'ai fait le travail de deux personnes. Nous allons devoir réfléchir à une meilleure organisation, peut-être même créer un autre poste de direction. Je n'ai pas l'intention de vous laisser tomber du jour au lendemain. En revanche, j'espère que dans les mois qui viennent, Richmond Construction sera en mesure de se passer de moi.

— Penses-tu rester dans la région et chercher un autre travail, ou aller vivre à Asheville ?

— Je vais rester à Norfolk pour le moment. Mon enfant va naître et grandir à Asheville et je voudrais me rapprocher de lui ou d'elle, mais je ne veux pas forcer la main à Stevie. Je vais devoir trouver un moyen de faire ma place en douceur si je veux être activement impliqué dans la vie du bébé.

— Tu es plus courageux que je ne le serai jamais, soupira Mathias.

— Ce n'est pas du courage. Je suis simplement convaincu que je regretterai toute ma vie de ne pas avoir pris cette décision si je ne le fais pas maintenant.

Dans les semaines qui suivirent, Fletcher passa son temps en réunions avec Lisa, Mathias et d'autres responsables pour faciliter la transition de Richmond Construction vers le moment où il ne serait plus là. Il avait espéré régler toutes ces questions en quatre semaines. En tout, il en fallut six.

Durant cette période de changement, Fletcher eut tout le temps nécessaire pour réfléchir à la suite de son histoire. Il arriva à la conclusion que le métier de consultant lui irait le mieux. Après tout, résoudre les problèmes des autres était sa passion et son talent le plus remarquable. Il pouvait exercer cette activité depuis n'importe où dans le monde et il aimait l'idée de travailler en voyageant.

Sa mère avait commencé par s'énerver en apprenant qu'il « abandonnait sa famille », mais elle s'était calmée lorsqu'il lui avait appris l'existence du bébé. De son côté, il attendait avec impatience ce nouveau chapitre de sa vie. Il avait même fini par acheter des meubles et appréciait enfin de passer du temps chez lui.

Au milieu de tous ces changements, Stevie n'était jamais bien loin de ses pensées. Il avait constamment envie de l'appeler ou d'aller la voir. Malgré tout, il savait qu'il devait lui laisser l'espace dont elle avait besoin.

Installé sur son nouveau canapé devant un bon feu de

cheminée, il se remémora la soirée de Noël qu'il avait passée en sa compagnie, profitant simplement d'être ensemble. Pour la première fois, il accueillit ses sentiments pour elle au lieu de les repousser dans un coin de sa tête comme s'ils n'avaient pas existé.

Il était éperdument amoureux de Stevie Nickerson. Il voulait la soutenir et la protéger, mais aussi la voir atteindre ses objectifs et se sentir fière d'elle. Elle occupait ses pensées de la minute où il se réveillait le matin au moment où il s'endormait le soir.

Comme par magie, son téléphone se mit à vibrer dans sa poche et le nom de Stevie s'afficha sur l'écran. Il ouvrit le message et resta confus devant la photo floue en noir et blanc qu'elle lui avait envoyée. Et puis, il comprit.

Il avait sous les yeux une image d'échographie.

La gorge nouée par l'émotion, il traça du bout des doigts les contours de la tête et des bras minuscules de son bébé.

Il répondit aussitôt au message.

Merci beaucoup, Stevie. Cette photo est incroyable.

Il attendit quelques minutes, puis au moment même où il avait cessé d'espérer une réponse, elle l'appela. Il se força à adopter un ton détaché pour répondre :

— Merci pour la photo. Est-ce que tout va bien ?

— Je l'espère. J'ai passé les tests pour la trisomie 18 la semaine dernière lors de l'échographie.

— Et alors ?

— Je n'ai pas encore le résultat. C'est pour cela que je t'appelle, poursuivit-elle d'une voix hésitante. Le docteur m'a convoquée demain pour en discuter. Je sais que je te le demande à la dernière minute, mais je ne veux pas y aller seule. Je pourrais demander à Penny de m'accompagner, mais tu es le père du bébé et j'aimerais que tu sois là.

— Dis-moi le lieu et l'heure et j'y serai. À moins que tu ne préfères que je t'y conduise ?

— J'aimerais mieux, si ça ne te dérange pas trop. J'ai rendez-vous à 15 heures.

— Je passerai te prendre à 14 h 30, d'accord ?

— Merci, Fletcher. J'apprécie sincèrement que tu viennes.

— Tu peux compter sur moi. Je serai toujours là pour toi, Stevie. Je te le promets.

# - 17 -

Stevie était assise tout au bord de sa chaise tandis que Fletcher, à côté d'elle, s'étalait dans la sienne comme s'il n'avait pas la moindre inquiétude. Elle savait pourtant que cet air détendu n'était qu'une façade. Avec le temps, elle avait appris à distinguer les signes de stress chez lui, depuis sa mâchoire serrée jusqu'au léger froncement de ses sourcils.

Le souvenir d'un autre rendez-vous de ce genre lui revint en mémoire, le jour où elle avait appris, seule avec le médecin, la maladie de Chloe. Harrison n'avait pas daigné l'accompagner.

En voyant Fletcher assis avec elle dans le bureau du docteur, elle fut bien obligée de reconnaître qu'il n'avait décidément rien de commun avec feu son mari. Elle s'était efforcée de le croire pour protéger son cœur, mais aujourd'hui, elle avait besoin de lui et il était là.

Fletcher avait également respecté sa demande de garder ses distances pendant quelque temps. Il ne lui avait mis aucune pression, n'avait imposé aucune exigence, mais il accourait dès qu'elle le lui demandait. Être avec lui dans ce bureau semblait la chose la plus naturelle du monde. Elle commençait à s'en vouloir de ne pas l'avoir appelé pour sa première échographie la semaine précédente.

La porte s'ouvrit alors pour laisser passage au Dr Martin,

qui s'installa derrière son bureau avec un large sourire aux lèvres.

— Stevie, je suis très heureux de vous annoncer que vos analyses ne montrent aucun risque particulier de trisomie 18 pour votre bébé. Il ou elle semble en parfaite santé. Bien sûr, nous ferons l'examen du deuxième trimestre dans un mois, mais je vous conseille de vous reposer et de profiter tranquillement de votre grossesse.

Stevie sentit les larmes couler le long de ses joues sans même chercher à les arrêter. Le médecin poussa gentiment une boîte de mouchoirs vers elle.

— Merci, docteur.

Jamais de sa vie elle n'avait ressenti un tel soulagement. Bien sûr, il existait encore une possibilité que quelque chose se passe mal, mais elle savait maintenant que sa grossesse n'était pas à risque. C'était tout ce qu'elle avait espéré. Elle pouvait enfin s'attacher à son bébé.

Encore sous le choc, mais souriante, elle se tourna vers Fletcher et lui prit la main.

— Ce sont de bonnes nouvelles, n'est-ce pas ?

— Les meilleures nouvelles du monde, répondit-il en soulevant sa main pour y déposer un baiser.

Lorsqu'ils arrivèrent sur le parking, avant de monter en voiture, Fletcher la prit dans ses bras et la garda longtemps serrée contre lui. Sa force silencieuse apaisait les dernières angoisses qui s'étaient logées dans son cœur depuis l'échographie. Elle comprenait à présent le soulagement que l'on pouvait ressentir en partageant ses responsabilités avec quelqu'un, en ayant le soutien inconditionnel d'une personne sur laquelle on pouvait compter.

Infiniment soulagée, elle ferma les yeux et lui rendit son étreinte jusqu'à ce qu'une voiture klaxonne joyeusement en passant devant eux. Fletcher émit un petit rire contre son oreille et elle s'écarta à regret pour le regarder dans les yeux.

— Heureusement que tu étais avec moi, lui dit-elle. Je ne sais pas comment j'aurais fait si j'avais entendu de mauvaises nouvelles en étant seule.

— Tu es plus forte que tu ne le crois, Stevie. Tu t'en serais très bien sortie. Cela dit, rappelle-toi que tu ne seras jamais seule. Penny sera toujours là pour toi, moi aussi et, quand tu seras prête, sache que ma famille se réjouit de te rencontrer. Ma mère a hâte de devenir mamie. Lisa ne parle que du bébé, et même Mathias m'a avoué qu'il avait acheté un ours en peluche auquel, je cite, il était incapable de résister. Mon frère, rends-toi compte ! ajouta-t-il en riant.

Stevie fut envahie par une nouvelle vague d'émotion. Elle avait si peu espéré ce soutien de la part des Richmond qu'elle se sentait presque dépassée par les événements.

— Merci, murmura-t-elle avant de fondre en larmes une deuxième fois.

Fletcher la prit aussitôt dans ses bras, caressant ses cheveux jusqu'à ce que ses sanglots s'apaisent.

— Tu sais quoi ? Nous devrions fêter ces bonnes nouvelles, proposa-t-il. Que dirais-tu de dîner ensemble ce soir ?

— J'aimerais beaucoup.

Fletcher lui ouvrit la portière du côté passager et s'installa à son tour au volant.

— As-tu un restaurant préféré ? C'est moi qui invite.

— J'espère que cela ne te dérange pas, mais je n'ai pas envie d'être au milieu d'étrangers ce soir. Je préférerais cuisiner quelque chose de bon à la maison.

Il lui sourit avec une tendresse qui lui fit oublier toute

l'angoisse qu'elle avait ressentie depuis qu'elle avait coupé les ponts avec lui, tout en allumant une étincelle de désir qui la surprit par son intensité.

— Ce sera parfait. En attendant, je vais te ramener chez toi.

Une pensée traversa alors son esprit et elle s'en voulut de ne pas l'avoir eue plus tôt.

— Je suis désolée, je ne t'ai même pas proposé une chambre à la Maison Nickerson. Est-ce que…

— Ne t'inquiète pas, j'ai déjà réservé dans un hôtel en ville. À quelle heure est-ce que je peux venir pour le dîner ?

— Vers 18 h 30, ça te va ?

— J'y serai. Qu'est-ce que j'apporte ?

— Simplement toi, répondit-elle avec un sourire.

Penny masqua difficilement son enthousiasme lorsqu'elle entendit ce que Stevie avait prévu pour la soirée. Elle l'aida à préparer tout ce qui pouvait l'être et s'éclipsa dès 6 heures du soir. Elles avaient décidé de servir le dîner dans la cuisine, préférant leur espace habituel à l'atmosphère trop formelle de la grande salle à manger.

Stevie vérifia pour la énième fois son reflet dans le miroir. Après s'être demandé pendant une bonne demi-heure si elle devait se coiffer ou laisser ses cheveux détachés, elle avait opté pour un compromis, avec un chignon flou et quelques mèches folles qui encadraient son visage. Elle avait l'air d'une héroïne de roman du XIXe siècle.

Pour aller avec l'esprit bohème de sa coiffure, elle avait opté pour une robe vaporeuse qui s'arrêtait juste au-dessus de sa cheville. Elle posa une main sur son estomac et chercha à distinguer un changement. Son ventre était à peine bombé, mais elle ressentait déjà un lien incroyablement fort avec son bébé, la conséquence de sa première nuit avec Fletcher.

Soulagée par les nouvelles qu'elle avait reçues un peu plus tôt, elle avait passé le reste de la journée comme sur un nuage. Fletcher avait été dans ses pensées en permanence. Non seulement il la rassurait et la comprenait, mais en plus, il se montrait toujours sincère et authentique avec elle. Il lui avait manqué bien plus qu'elle ne voulait l'admettre ces dernières semaines.

Stevie se détourna du miroir et recourut à sa technique préférée, celle de repousser ses pensées au loin dans l'espoir qu'elles finiraient par disparaître. Elle sentait pourtant qu'elle ne faisait que retarder l'inévitable. Un jour ou l'autre, elle devrait trouver la force de sauter le pas – de lui faire confiance, de s'ouvrir à lui, peut-être même de l'aimer. En aurait-elle le courage ?

Fletcher entra dans le hall juste au moment où elle atteignait la dernière marche de l'escalier. Son expression admirative lui fit chaud au cœur.

— Bienvenue à la Maison Nickerson, lança-t-elle avec un sourire joueur.

— Merci beaucoup, Stevie. Voilà pour toi.

Il lui tendit un magnifique bouquet de fleurs des champs.

— Tu n'aurais pas dû.

— Bien sûr que si. J'ai aussi d'autres choses qui devraient t'intéresser.

Il sortit de derrière son dos une boîte de ses chocolats préférés et une bouteille de vin sans alcool.

— Merci, Fletcher. Tu es adorable. J'espère que cela ne te dérange pas de manger dans la cuisine, ajouta-t-elle en ouvrant la marche.

— Au contraire, c'est une de mes pièces préférées ici.

Ils trinquèrent à la santé du bébé et Stevie servit les entrées, parlant de choses et d'autres sans trouver le courage de lui dire toute la gratitude qu'elle ressentait envers lui. Vers la fin du plat principal, un poulet à la moutarde accompagné de pommes de terre sautées et de brocolis à la vapeur, elle n'y tint plus et posa ses couverts. Fletcher l'imita aussitôt et leva les yeux de son assiette avec inquiétude.

— Quelque chose ne va pas ? Je sais que ce n'est pas la nourriture, en tout cas. Tout était délicieux.

— Merci beaucoup. Je voulais juste te dire que je te suis très reconnaissante d'avoir pu venir aujourd'hui. Je t'ai prévenu à la dernière minute et… Enfin, je te remercie.

— Tu n'as vraiment pas à me remercier, Stevie. Tu as mon soutien inconditionnel. Je serai toujours là quand tu auras besoin de moi et toujours prêt à te laisser de l'espace si tu préfères. Nous parviendrons à trouver un compromis qui nous conviendra à tous les deux et me permettra d'être présent pour toi et le bébé, j'en suis certain.

— Et ton travail ? ne put-elle s'empêcher de demander. Lisa et Mathias vont finir par protester si tu continues à t'absenter.

— Je ne crois pas qu'ils auront grand-chose à dire. J'ai démissionné de Richmond Construction.

— Pardon ? s'exclama-t-elle, stupéfaite. Ce n'est pas à cause de moi, j'espère ?

— Pas seulement.

Fletcher lui expliqua alors comment il était devenu consultant commercial et à quel point sa nouvelle carrière lui plaisait.

— J'ai toujours aimé trouver des solutions pour

aider les entreprises en difficulté. Par exemple ici, à la Maison Nickerson…

Il repéra aussitôt son regard indigné et eut un petit rire.

— Je ne te donnerai pas mon avis si tu ne le souhaites pas, bien sûr.

— Continue, lui demanda-t-elle, curieuse malgré elle.

— Tu sais à quel point j'aimerais te voir réussir, par toi-même bien sûr. J'ai réfléchi à ton projet de retraite bien-être et j'ai pensé qu'en attendant les rénovations, tu pourrais peut-être lancer un partenariat avec le centre thermal d'Asheville. Les clients viendraient à l'hôtel pour manger, dormir et randonner en montagne, et ils iraient là-bas pour profiter des jacuzzis et des massages. Je sais que ce n'était pas ton projet d'origine. Pourtant, entre les week-ends « Cuisine dans les montagnes » et cette idée, je suis sûr que l'hôtel serait plein à craquer en permanence.

— Alors, c'est devenu ton métier de trouver des solutions pour les autres ?

— Tu détestes mon idée, fit-il en secouant la tête.

— En fait, je crois bien que je l'adore. Je me demande comment je n'y ai pas pensé moi-même. Merci infiniment, Fletcher.

— Je t'en prie. Je veux seulement que tu aies le meilleur dans tous les domaines. Tu le mérites.

Prise de court par l'émotion qu'elle ressentait, elle s'éclaircit la gorge et poursuivit ses questions.

— De ce que j'ai compris, tu es toujours basé à Norfolk ?

— Oui, je travaille depuis la maison. D'ailleurs, tu serais fière de moi. J'ai enfin acheté des meubles.

Il lui décocha un petit sourire avant de prendre une gorgée de vin. Sans même s'en rendre compte, elle se mit à fixer sa bouche, passant involontairement la langue sur ses lèvres en se demandant quel goût il aurait si elle l'embrassait.

Non, décidément, elle ne pouvait pas être avec lui plus de deux minutes dans la même pièce. Elle avait trop envie de lui, de son corps autant que de son âme, et elle craignait de se laisser emporter par son désir et de s'y perdre.

Le dessert qu'elle avait préparé, une tarte aux myrtilles accompagnée de glace à la vanille maison faite par Penny, suscita encore plus de compliments que le repas. Stevie attendit qu'il ait terminé sa deuxième part et lui posa la question qui la taraudait.

— Ce changement de carrière a l'air de te convenir à merveille, mais… Pourquoi maintenant ?

— Si tu veux le savoir, c'est toi qui m'as inspiré. Tu as eu le courage de recommencer à zéro après le traumatisme que tu as subi. J'admire profondément ta capacité à reprendre les rênes de ta vie, à laisser de côté les besoins des autres s'ils mettent ton indépendance en péril. J'espère que nous pourrons chercher à devenir de bons amis pour être de meilleurs parents.

Ses mots avaient été si simples, si efficaces qu'elle se sentait en paix avec lui et avec leur situation. Fletcher se leva pour débarrasser la table et nettoyer la cuisine à ses côtés. Tout était naturel et chaleureux.

Lorsqu'il partit après avoir déposé un baiser sur sa joue, elle se sentit terriblement seule. Elle eut l'impression de perdre une partie d'elle-même et décida qu'il était temps d'affronter ses sentiments. Le regard perdu dans la nuit qui tombait derrière la fenêtre de sa chambre, elle pensa à lui.

Fletcher n'était décidément pas celui qu'elle avait cru.

Il n'essayait jamais de la manipuler ni de la changer. Il voulait simplement être avec elle, la vraie version de Stevie.

Convaincue de toucher juste sur ce point, elle se mit à examiner ses propres sentiments. L'idée de ne plus jamais revoir Fletcher, qui l'avait effleurée bien des fois durant ces six dernières semaines, l'avait rendue malade d'angoisse.

La vérité se fit enfin jour dans son esprit. Elle l'aimait. Malgré les défenses qu'elle avait érigées autour de son cœur, celui-ci avait enfin compris qui était réellement Fletcher Richmond : un homme avec qui elle pourrait passer toute sa vie, le père de son enfant, son amant et ami tout à la fois.

Refusant de perdre une seconde de plus, elle attrapa son téléphone et appela Fletcher. Il répondit à la première sonnerie.

— Stevie, que se passe-t-il ?

— Pourrais-tu revenir ici ?

— Bien sûr. Vers quelle heure seras-tu disponible demain ?

— Pas demain, maintenant, lui répondit-elle avec une fébrilité qui sembla le convaincre.

— Je serai là dans cinq minutes.

Fletcher raccrocha et elle se laissa tomber sur son lit, soulagée. Il ne lui avait même pas demandé pourquoi elle voulait le revoir. Elle avait besoin de lui et cette raison lui suffisait. Si elle avait encore eu des doutes, elle pouvait être certaine désormais qu'il serait toujours là pour elle.

Pendant le dîner, il avait employé le terme « inconditionnel ». Cela pouvait-il signifier qu'il l'aimait ? Elle n'osait espérer, et pourtant…

Entendant le moteur de sa voiture, elle dévala l'escalier, ouvrit la porte d'entrée et courut jusqu'au parking pour se jeter dans ses bras. Elle l'embrassa de toutes ses forces et de tout son être, avec tout ce qui faisait d'elle une femme compliquée et têtue, mais une femme qui l'aimait éperdument. Elle s'écarta de lui à regret et attendit que leurs respirations s'apaisent avant de lui demander :

— Suis-moi.

— Stevie, que se passe-t-il ?

Pour toute réponse, elle agrippa le devant de sa chemise, l'entraîna jusque dans le hall d'entrée et l'embrassa de nouveau. Prenant son visage entre ses mains, elle s'écarta légèrement pour le regarder dans les yeux.

— Fletcher, est-ce que tu m'aimes ?

Son regard s'assombrit et elle crut y distinguer une lutte intérieure, comme s'il hésitait à lui avouer ses sentiments de peur d'être rejeté de nouveau. Enfin, après une minute d'agonie, son expression se fit plus confiante et il répondit :

— Je t'aime de tout mon cœur.

— Je voudrais que tu restes.

— Ce soir ? demanda-t-il avec une confusion visible. Je croyais que tu avais besoin d'espace.

— Pas ce soir, mais pour toujours. Je n'ai pas besoin d'espace. Je veux que tu fasses *partie* de mon espace pour le restant de mes jours. Je t'aime, Fletcher. Je t'en prie, reste avec moi.

Il poussa un grognement et l'attira contre lui.

— Tu ne t'imagines pas à quel point je rêvais de te l'entendre dire. Je te promets que je passerai chaque jour de ma vie à faire en sorte que tu ne le regrettes pas.

— J'en ai fini avec les regrets, déclara-t-elle fermement.

Elle referma la porte d'entrée et laissa leurs vies d'avant sur le seuil. Désormais, ils pouvaient commencer une nouvelle existence ensemble, confiants dans leur avenir et dans la force de leur amour.

Vous avez aimé *Incontrôlable désir* ?
Retrouvez sur Harlequin.fr les autres membres de la famille Richmond !

1. *Cette douce méprise* : Logan
2. *Un patron si tentant* : Keaton
3. *Irrésistibles retrouvailles* : Kristin
4. *Incontrôlable désir* : Fletcher

BRENDA HARLEN

# Père pour Noël

*Traduction française de*
MURIEL LEVET

PASSIONS

HARLEQUIN

*Titre original :*
MAVERICK CHRISTMAS SURPRISE

# Prologue

*Dallas, Texas*
*24 décembre*

Beth Ames ne pouvait s'empêcher de fredonner les chants de Noël qui passaient à la radio. Elle avait toujours adoré les fêtes de fin d'année, qui seraient encore plus belles cette fois-ci, parce que ce serait le premier Noël de son neveu. Le petit Cody, quatre mois, était l'amour de sa vie, et elle était ravie, bien qu'un peu surprise, que sa sœur l'ait invitée à fêter ce grand événement avec eux.

La relation qu'elle entretenait avec sa sœur Leighton avait toujours été un peu tendue. Un problème qu'à son grand regret elle ne pouvait pas régler toute seule. Or sa sœur avait toujours mis de la distance entre elles. Jusqu'à ce qu'elle lui confie qu'elle était enceinte.

Leighton, à l'évidence, était terrorisée par la perspective d'élever seule son enfant, à présent que le père ne faisait plus partie de sa vie. Naturellement, Beth l'avait interrogée au sujet de cet homme, mais Leighton avait refusé de répondre à ses questions, lui assurant que ce dernier n'avait absolument aucune envie de devenir papa.

Comment sa sœur pouvait-elle en être aussi certaine si elle n'avait rien dit au père de l'enfant ? Toutefois elle s'était bien gardée de poser la question, car même si elle estimait que le père avait le droit de savoir, elle ne voulait pas prendre le risque de compromettre cette accalmie dans ses relations avec Leighton.

Aussi s'était-elle contentée de tout faire pour aider et soutenir sa sœur tout au long de sa grossesse. Elle l'avait encouragée durant les seize heures qu'avait duré l'accouchement et avait passé tout son temps libre avec le bébé et la jeune maman les premières semaines. Jusqu'à ce que sa sœur se rétablisse et lui reproche de se montrer trop envahissante.

Néanmoins, Beth avait compris qu'un enfant représentait un changement de vie important pour Leighton qui avait toujours vécu de façon très insouciante. Aussi avait-elle continué de l'aider en essayant de se faire plus discrète. Mais plus les semaines passaient, plus sa sœur paraissait fatiguée et malheureuse.

Par bonheur, les préparatifs des fêtes de fin d'année avaient paru raviver la bonne humeur de Leighton qui, visiblement touchée par l'esprit de Noël, l'avait invitée à passer le réveillon chez elle.

Et Beth était donc là, avec des tas de cadeaux dans sa voiture et de quoi préparer un délicieux repas de fête.

La voiture de sa sœur n'était pas sur sa place de parking attitrée. Comme elle possédait un double des clés, elle n'hésita pas à entrer pour ranger les courses au frais. Puis elle alluma les guirlandes du sapin et mit sur son téléphone sa station de radio préférée qui diffusait des chansons de Noël.

Impatiente, elle décida d'appeler sa sœur pour savoir quand elle allait rentrer. Mais la sonnerie du portable de Leighton retentit dans la chambre de cette dernière. Intriguée, elle s'y rendit. Le téléphone était là, branché à son chargeur, sur la table de chevet.

Quelle étourdie d'avoir oublié son téléphone !

Elle s'apprêtait à sortir quand quelque chose retint son attention. Un papier plié en deux, près du chargeur, avec son nom inscrit dessus.

Soudain animée d'un mauvais pressentiment, elle le lut.

*Changement de plan. Désolée. Je t'expliquerai quand je pourrai.*

*Joyeux Noël*

*Bisous*

*L*

Changement de plan ?

Comment ça ?

Où était sa sœur ?

Et surtout, où était Cody ?

# - 1 -

*Rust Creek Falls, Montana*
*25 décembre*

*Et encore un de tombé*, songea Wilder en écoutant sa famille, autour de la grande table, féliciter Hunter et Merry pour leurs fiançailles.

Mais il était heureux, parce que son frère et sa future belle-sœur paraissaient radieux et que la petite Wren, six ans, semblait pour sa part ravie d'avoir eu le cadeau qu'elle avait demandé au Père Noël, à savoir, une nouvelle maman.

Ses frères, Logan, Xander, Knox, Finn et à présent Hunter paraissaient sincèrement heureux d'avoir trouvé quelqu'un de spécial avec qui partager leur vie. Cela dit, il n'était nullement pressé de suivre leurs traces. Il était parfaitement satisfait de la vie qu'il menait.

Max, leur père, semblait tout aussi satisfait ; il rayonnait littéralement.

Quand ce dernier avait décidé de quitter Dallas avec sa famille pour Rust Creek Falls, six mois plus tôt, il s'était démené pour trouver une partenaire à chacun de ses fils, allant même jusqu'à demander à une organisatrice de mariage de faire office d'entremetteuse pour la somme faramineuse d'un million de dollars. Avec les fiançailles de Hunter et Merry, il devait avoir le sentiment d'être tout proche d'avoir atteint son objectif.

Cinq sur six. C'était une belle réussite. Mais son père allait être déçu s'il s'attendait à un six sur six car lui, il n'avait aucune intention de se marier, songea Wilder.

— Aïe, murmura-t-il soudain.

— Qu'est-ce qu'il y a ? lui demanda Hunter en se tournant vers lui.

— Rien. C'est juste que je viens de réaliser que j'étais le dernier Crawford célibataire.

L'annonce de cette inconfortable vérité fut suivie par une série de ricanements et de quolibets de la part de ses frères et de leurs compagnes.

— Oh ! s'exclama Merry. Avec tout ce qui s'est passé, j'ai oublié de vous dire. Le jour du spectacle de Wren, j'ai appris…

Mais il leur faudrait apparemment attendre un peu pour en savoir plus. Car quelqu'un venait de frapper à la porte.

Sourcils froncés, Wilder observa à tour de rôle chacun des convives. La famille était au grand complet. Qui pouvait bien venir frapper sans s'être annoncé le jour de Noël ? Il se leva en même temps que Hunter et tous deux se dirigèrent vers la porte.

Au moment où Hunter l'ouvrit, Wilder aperçut brièvement un éclat de rouge. Le temps qu'il comprenne qu'il s'agissait d'une voiture, le véhicule avait passé le portail. Plissant les yeux, il essaya de déchiffrer l'immatriculation, mais la voiture était déjà trop loin. La seule chose qu'il put voir fut l'État : Texas.

— Ils ont dû se tromper d'endroit, murmura-t-il, bien qu'il ait l'étrange sentiment de connaître cette voiture.

— Ou alors, ils ont fait ce qu'ils avaient à faire et ils sont partis, dit Hunter.

Décontenancé, Wilder jeta un regard interrogateur à son frère qui lui indiqua quelque chose, par terre. Un siège-auto. Avec un bébé dedans !

— Mais qu'est-ce que… ?

— Il y a une lettre, dit Hunter en s'accroupissant pour prendre l'enveloppe qui dépassait de la couverture du bébé.

Le message avait été rédigé à la main, avec une écriture distinctement féminine. Hunter se mit à lire à haute voix.

— « Wilder… »

Il s'interrompit pour lui adresser un regard suspicieux avant de poursuivre :

— « C'est notre bébé. J'ai fait de mon mieux pendant quatre mois mais je n'en peux plus. Un garçon a besoin de son père et tu es celui de Cody, donc à ton tour, maintenant. Prends bien soin de lui. » C'est signé « L ».

Hunter se tourna vers lui.

— Eh bien, frérot, on dirait que tu viens d'avoir un bébé pour Noël ! Bienvenue au club des pères !

Une fois le choc passé, Wilder lui arracha la lettre des mains pour la lire lui-même. Il regarda fixement les mots comme s'il pouvait les faire changer par la simple force de sa volonté. Ou au moins les comprendre. Car rien de tout cela ne faisait sens. Il était tout simplement impossible qu'il soit le père de cet enfant.

— Qu'est-ce qui se passe ? demanda leur père qui venait de les rejoindre. Mais… c'est un bébé !

— Le bébé de Wilder, précisa Hunter avant de retourner à l'intérieur.

— Puis-je avoir une explication ? demanda Max en plantant son regard dans celui de Wilder.

— J'aimerais pouvoir t'en donner une. Je n'ai jamais vu ce bébé de ma vie.

— Mais il est de toi.

— C'est ce que dit la lettre.

— Et tu crois que c'est faux ?

— Je ne sais que croire, papa.

Totalement décontenancé, il se passa une main sur le visage. C'était une plaisanterie. Même s'il n'y avait absolument rien de drôle là-dedans.

— Qui pourrait abandonner son bébé devant chez quelqu'un en plein milieu de l'hiver ? marmonna-t-il.

— Tu n'es pas quelqu'un. Tu es son père.

— Ce n'est pas possible, répondit-il en secouant la tête.

— Tu n'as jamais couché avec une femme ?

— Mais je fais attention ! Toujours !

— Il se produit parfois des accidents, fils.

— Je sais.

— D'après la lettre, ce bébé a quatre mois, Wilder. Plus neuf, ça fait treize. J'en déduis qu'il a été conçu aux alentours du mois de novembre de l'année dernière. Avec qui étais-tu à ce moment-là ?

— Comment veux-tu que je m'en souvienne ? répliqua-t-il en haussant les épaules. C'était il y a longtemps.

Mais il se rendit immédiatement compte que ce n'était pas une chose à dire à son père en de telles circonstances.

— Écoute, fils. Je ne te demande pas d'être amoureux de toutes les femmes avec qui tu couches, mais tu devrais au moins les connaître et les respecter suffisamment pour te souvenir de leur prénom.

— Laisse-moi me remettre de mes émotions. J'ai tellement de choses dans la tête que c'est un miracle que je me souvienne encore de mon propre nom !

— En tout cas, ce bébé a l'air d'un Crawford.

— Ce bébé a l'air d'un bébé !

Son expérience sur le sujet était certes limitée, mais de son point de vue, tous les bébés avaient l'air de poupons aux joues rebondies. Des petits êtres qui faisaient beaucoup de bruit !

Comme s'il avait lu dans ses pensées, le bébé se mit soudain à sangloter puis à crier.

Instinctivement, Wilder recula.

— Prends-le et emmène-le à l'intérieur, lui ordonna son père.

— Moi ? s'exclama-t-il, horrifié.

Tout en soupirant, son père se pencha pour prendre le siège-auto et le sac à langer. Arrivés dans la cuisine, ils trouvèrent Avery qui venait à leur rencontre.

— Hunter m'a dit qu'il y avait un bébé sur le pas de la porte, dit-elle d'un air soucieux.

Mais quand elle vit l'enfant, son visage s'adoucit.

— Il y a vraiment un bébé…, murmura-t-elle avant de se tourner vers Wilder. Pourquoi ne pas nous avoir dit que tu étais papa ?

— Parce que je ne le suis pas ! Cet enfant n'est pas de moi !

— Il est dans le déni, intervint Genevieve, la femme de Knox.

Manifestement, l'annonce de Hunter avait fait lever tout le monde de table.

— Je pense qu'il a faim, dit Lily.

— Oui, renchérit Hunter. Il a son poing dans la bouche. C'est un signe clair : il a faim.

Hunter étant le seul de ses frères à avoir une véritable expérience avec les bébés, Wilder décida de se fier à son expertise. Mais identifier le problème était une chose, le régler en était une autre.

— Il a faim, c'est sûr, dit Sarah, tandis que les pleurs du bébé se changeaient en sanglots.

— Voyons s'il y a un biberon dans le sac, murmura Merry.

Il y en avait deux. Un plein et l'autre vide.

Après avoir détaché le bébé, Avery le prit dans ses bras. Les pleurs cessèrent presque immédiatement, et dès qu'elle lui présenta le biberon, il se mit à téter goulûment.

Comme tout le monde semblait parler en même temps, Wilder en profita pour étudier le bébé qui ne paraissait plus aussi intimidant, à présent qu'il était calme. Curieusement, le bébé semblait le dévisager, lui aussi.

Cet enfant était-il vraiment de lui ?

— D'où il vient, le bébé ? demanda soudain la petite Wren.

— Quelqu'un l'a laissé sur le pas de la porte, lui répondit Hunter.

— C'est peut-être un cadeau du Père Noël…

— Je ne pense pas, non, dit Hunter en riant.

— Il me fait vraiment penser aux photos de Wilder bébé, murmura Logan, l'aîné des frères Crawford.

— N'importe quoi, répliqua Wilder, mais sans grande conviction.

De toute façon, personne ne semblait lui prêter la moindre attention. À l'exception de son père qui se rapprocha un peu de lui.

— La lettre est signée de la lettre « L ». Ça te dit quelque chose ? demanda-t-il.

— Non.

Il n'avait aucune envie de se souvenir. S'il était dans le déni, tant pis, il était très bien comme ça. Dans le déni, sa vie était facile, insouciante, sans la responsabilité de ce bébé qu'on lui avait mis dans les bras.

Et pourtant, au milieu du chaos qui régnait autour de lui, de brumeux souvenirs commençaient lentement à lui revenir en mémoire. Une soirée à Dallas, beaucoup de cocktails et une jolie blonde, très audacieuse, nommée Leighton Ames. Le prénom correspondait à l'initiale de la lettre.

Ils avaient passé de bons moments ensemble, pas seulement cette nuit-là, les semaines qui avaient suivi aussi. Et tout à coup, juste après le réveillon du nouvel an, elle avait coupé les ponts. Dans un premier temps, il avait été un peu déçu, mais il y avait plein d'autres femmes dans le monde. Et il n'avait plus pensé à elle depuis.

Jusqu'à cet instant.

Leighton était-elle la mère de ce bébé ? En était-il le père ? Et si c'était ce qu'elle pensait, pourquoi ne lui avait-elle jamais dit qu'elle était enceinte ?

Il n'y avait que deux réponses possibles : soit elle n'était pas sûre qu'il soit le père, soit elle avait pensé qu'il n'assumerait pas ses responsabilités.

Il les aurait assumées, bien sûr. Certes, il aurait été paniqué, mais il aurait fait ce qu'il fallait. Le problème était qu'elle ne pouvait pas le savoir, parce qu'ils ne parlaient jamais sérieusement. Leurs conversations se résumaient généralement à « Chez toi ou chez moi ? ». Et une fois cette question réglée, le dialogue était encore plus limité.

Mais si elle avait pensé qu'il n'assumerait pas ses responsabilités, pourquoi lui avait-elle laissé le bébé ?

Il s'éloigna du petit groupe et passa en revue sa liste de contacts pour voir s'il avait conservé son numéro.

Aussitôt qu'il le trouva, il appela.

— Allô ? répondit une femme qui semblait tendue.

— Euh… bonjour. Je cherche à joindre Leighton Ames.

— Alors nous sommes deux !

— C'est bien son numéro ? demanda-t-il, intrigué.

— Oui, mais elle a oublié son téléphone quand elle est partie. Ou peut-être qu'elle ne l'a pas oublié.

Il ne comprenait rien de ce que cette femme racontait, mais peu importait.

— Eh bien, quand vous la reverrez, pourriez-vous lui demander de rappeler Wilder Crawford ?

— Pourquoi ? Quelles sont vos relations avec ma sœur ?

Sa sœur ?

Il ne se souvenait pas que Leighton lui ait parlé d'une sœur, mais si elle en avait une, elle était certainement bien placée pour savoir si elle avait un bébé.

Sans lui laisser le temps de poser la question, la jeune femme se remit à parler.

— Attendez… Vous avez bien dit Wilder Crawford ? J'ai trouvé votre nom et une adresse sur un post-It dans l'appartement de Leighton. Je pense qu'elle a l'intention d'aller chez vous. Elle doit être sur la route.

À ces mots, il sentit tous les muscles de son corps se crisper.

— Elle est déjà passée, dit-il. Et elle m'a laissé quelque chose.

— Comment ça, quelque chose ? demanda-t-elle d'un air paniqué.

— Un bébé. Est-ce qu'elle… ?

— Cody ! s'exclama-t-elle sans lui laisser le temps de finir. Vous avez Cody ?

— C'est le nom qui est mentionné dans la lettre.

— La lettre ?

— Ce bébé a été laissé sur le pas de ma porte avec une lettre.

— Je ne comprends pas. Pourquoi aurait-elle laissé son bébé ?

— Je n'en ai aucune idée.

— Vous êtes le père de Cody ?

— Apparemment, c'est ce que pense votre sœur.

— Vous ne l'avez pas vue ? Vous ne lui avez pas parlé ?

— Pas depuis l'année dernière.

— Mais Cody est avec vous ? À l'Ambling A Ranch, dans le Montana ?

— C'est exact.

— Très bien. J'arrive !

— Attendez ! Vous…

Mais elle avait déjà raccroché.

— Alors ? lui demanda son père quand il retourna s'asseoir à table.

— La mère est Leighton Ames. J'ai parlé à sa sœur, mais elle ne sait ni où elle se trouve, ni pourquoi elle a laissé le bébé ici.

— Sûrement parce qu'elle voulait qu'il soit avec son papa, marmonna son père.

— Tu veux de la glace avec ta tarte ? lui demanda Merry.

Car, pour le reste de sa famille, il s'agissait toujours d'un jour de fête. Et on en était au dessert.

— Oui, merci, répondit-il.

Il n'était pas sûr de pouvoir manger, mais il ne voulait pas que sa famille voie combien il était effrayé par l'arrivée de ce bébé. Refuser le dessert les aurait alertés.

Quand Merry lui eut donné son assiette, il coupa sa boule de glace en deux pour la partager avec Wren. Sa nièce leva alors les yeux vers lui en lui adressant un sourire radieux.

— Ce n'est pas pour rien que je suis ton oncle préféré.

— Dis, tonton, tu avais commandé un bébé pour Noël ?
— Non.
— Ah. Alors c'est juste que tu as de la chance.

La maison se vida rapidement après le dessert, et Wilder et son père ne tardèrent pas à se retrouver seuls avec le bébé. Mais même son père finit par partir, pour aller chercher un lit à barreaux qu'avait accepté de leur prêter l'un des nombreux cousins qu'ils avaient en ville. Wilder avait proposé d'aller lui-même le chercher, mais son père avait insisté pour qu'il reste surveiller le bébé.

La première demi-heure se déroula à merveille. Pour la bonne raison que le bébé dormait. Mais quand il se réveilla…

On ne pouvait pas dire qu'il pleurait. Ce n'était pas vraiment ça. Mais son visage était tout crispé et il se tortillait bizarrement. Wilder, angoissé, redoutait le moment où les cris allaient commencer.

— Avery m'avait promis que tu dormirais quelques heures, murmura-t-il.

Ces paroles eurent le mérite d'attirer l'attention du bébé, qui fixa ses grands yeux bleus sur lui.

— Tu ne peux pas avoir faim. Tu as bu tout un biberon il y a une heure à peine.

Comme s'il était triste ou souffrant, le bébé continuait de grimacer. Quand sa lèvre se mit à trembler, Wilder comprit qu'il devait se préparer au pire.

— Je suis désolé, mais je ne sais pas quoi faire.

— Tu devrais essayer de le prendre dans tes bras.

Surpris, Wilder se retourna et trouva Hunter sur le pas de la porte.

— Je croyais que tu étais rentré chez toi, dit-il.

— Je suis rentré. Et je suis revenu. J'ai pensé que tu aurais peut-être envie de parler à quelqu'un qui est déjà passé par là.

En d'autres circonstances, Wilder lui aurait certainement répliqué que personne n'avait déposé de bébé sur le pas de sa porte, à lui. Mais il était beaucoup trop soulagé par sa présence pour se risquer à dire quelque chose qui aurait pu le pousser à partir.

— Pourquoi fait-il cette tête-là ? s'enquit-il.

— Il est probablement désemparé parce qu'il ne sait pas où est sa maman.

— Alors nous sommes deux.

— Et quand les bébés sont désemparés, ils ont besoin d'être réconfortés.

— Vas-y, je t'en prie. Réconforte-le.

— C'est à toi d'intervenir.

— Je serais intervenu des mois plus tôt si Leighton m'avait dit qu'elle était enceinte.

— Alors pourquoi te montres-tu si réticent maintenant ?

— Parce que je n'ai pas la moindre expérience des bébés.

— Comme tous les parents d'un premier enfant.

Dans un soupir de résignation, Wilder finit par se pencher pour prendre dans ses bras le petit garçon qui, aussitôt, cessa de gémir. Il le regardait désormais avec de grands yeux. Comme s'il attendait quelque chose de sa part. Mais quoi ?

— Je me débrouille mal, c'est ça ? demanda-t-il.

— Les bébés n'aiment pas qu'on les tienne à bout de bras.

Wilder ramena donc ses bras vers son torse jusqu'à se trouver quasiment nez à nez avec le bébé.

— Plus près, précisa Hunter. Et sur le côté pour qu'il puisse regarder par-dessus ton épaule.

Mal à l'aise, Wilder fit de son mieux pour suivre ces instructions.

— C'est bien, Wilder. Tu progresses.

— Il est tellement petit, murmura-t-il, émerveillé. Tellement fragile.

— C'est normal d'avoir peur. J'étais terrifié, la première fois que j'ai pris Wren dans mes bras. Et je peux t'assurer qu'elle était beaucoup plus petite que Cody.

— Mais tu as eu neuf mois pour te préparer à son arrivée, répliqua Wilder, même s'il ne pensait pas que l'on puisse se préparer réellement à un tel moment.

— C'est vrai. Maintenant, assieds-toi et détends-toi.

Se détendre ? Il n'y parviendrait pas tant qu'il y aurait ce bébé sous son toit !

Et comme la lettre de Leighton ne donnait aucune indication sur la date de son retour, il n'avait d'autre choix que de prier pour qu'elle revienne très vite.

Hunter s'assit par terre en face de lui, étendant ses longues jambes sur le tapis. Manifestement, se détendre n'était pas un problème pour lui.

— Où est papa ? demanda-t-il.

— Il est parti chercher un lit à barreaux.

— Ah oui, c'est vrai. Il nous avait dit qu'il essaierait d'emprunter à la famille les choses dont tu vas avoir besoin.

— Malheureusement, je ne pense pas qu'une nourrice figure parmi ces choses.

Hunter se mit à rire.

— Non. Pour papa, ce bébé relève de ta responsabilité.

— Bon sang ! Nous ne sommes même pas sûrs qu'il soit de moi.

— Nous, non. Mais apparemment, sa mère, si. Ce

que je ne comprends pas, c'est comment elle a fait pour te retrouver puisque vous aviez perdu le contact.

— C'est exactement la question que je me suis posée. Et la meilleure réponse que j'ai trouvée, c'est Malcolm. La dernière fois que je lui ai parlé, il y a quelques semaines, il m'a raconté que l'une des filles que nous avions rencontrées à cette fameuse soirée, en novembre dernier, était venue à son bureau l'interroger sur moi. Il m'a dit ça avant Thanksgiving, et comme il ne s'était rien passé depuis…

— Jusqu'à maintenant.

— Jusqu'à maintenant.

— Nous avons donc répondu à la question du « qui » et du « comment ». Mais nous ne savons toujours pas pourquoi. Au-delà de l'évidence.

— Quelle évidence ? demanda Wilder, intrigué.

— Celle que Leighton a énoncée dans sa lettre : « un garçon a besoin de son père. »

— Ce qui prouve qu'elle ne me connaît pas. Si ça avait été le cas, elle aurait su que je n'ai pas l'étoffe d'un père.

— Ou bien elle te connaît mieux que tu ne te connais toi-même. Enfin, comme je suis un garçon gentil, je vais te donner un cours accéléré de change et de biberon.

— Super, marmonna Wilder.

— Je peux aussi te laisser te débrouiller tout seul.

— Non ! J'ai besoin de ton aide.

— Tu t'en sors bien, jusqu'ici.

— Parce que je ne fais rien du tout !

— Tu as réussi à te détendre, ce qui a permis à Cody de se détendre lui aussi.

Wilder regarda le petit bonhomme niché au creux de son bras et qui, en effet, avait l'air détendu. Il était content d'être celui qui avait été à l'origine de cet évident bien-être. Mais ce sentiment de satisfaction n'était certainement pas assez fort pour apaiser la vague de panique qui continuait de monter en lui.

— Je ne suis pas prêt pour ça, reprit-il. Je pensais avoir encore au moins dix ans de vie insouciante devant moi avant de commencer à envisager une relation sérieuse avec une femme. Et encore quelques années de plus avant de commencer à m'inquiéter de devenir papa.

— Tu verras, c'est merveilleux d'être papa.

Son frère venait tout juste de prononcer ces mots quand le bébé se tourna dans ses bras, appuyant sa joue contre sa chemise, juste à l'endroit où il commençait à sentir son cœur se gonfler de joie dans sa poitrine.

La vérité lui apparut alors dans toute sa clarté : il ne savait pas ce qui allait se passer ensuite, mais il ne laisserait pas tomber cet enfant.

# - 2 -

Beth alluma la radio et ouvrit la fenêtre de quelques centimètres pour laisser l'air glacé de décembre revigorer son cerveau fatigué et son corps ensommeillé. Pressée d'arriver à Rust Creek Falls, elle avait quitté Dallas presque aussitôt après avoir raccroché avec Wilder Crawford et ne s'était arrêtée que pour refaire le plein et aller aux toilettes. Vingt-huit heures de route plus tard, elle était épuisée et affamée, mais résolue à ne céder à aucun de ces deux besoins avant d'avoir atteint sa destination. Et retrouvé Cody.

Heureusement, son trajet touchait à sa fin.

Elle avait tellement hâte de revoir Cody ! Elle s'était beaucoup inquiétée quand elle avait trouvé la lettre de Leighton, mais depuis sa discussion avec Wilder Crawford, elle était rassurée sur le sort de son neveu. En revanche, elle n'avait aucune idée de ce qui était arrivé à sa sœur.

Quand elle avait compris que Leighton était partie dans le Montana, où résidait apparemment le père potentiel de l'enfant, elle avait pensé que sa sœur envisageait de se réconcilier avec son ex. Ce qui aurait été la meilleure solution pour Cody.

Mais si ce que Wilder Crawford lui avait dit était vrai, Leighton ne lui avait pas parlé depuis près d'un an et avait abandonné son bébé sur le pas de sa porte sans même chercher à le voir.

Leighton avait peut-être besoin d'oublier quelques jours les responsabilités quotidiennes que représentait Cody. Mais dans ce cas, pourquoi ne pas lui avoir demandé de le garder ? Pourquoi avoir traversé la moitié du pays, au beau milieu de l'hiver, pour le confier à un étranger qui n'était même pas au courant de son existence ?

Plus elle se posait de questions, plus elle se sentait blessée. Elle avait fait beaucoup d'efforts pour soutenir sa sœur depuis qu'elle avait appris qu'elle était enceinte, sans la juger, lui offrant son aide sans rien attendre en retour. Et elle avait pleuré de joie avec elle quand Cody avait poussé son premier cri.

Elle était prête à tout pour son neveu. Y compris conduire trente heures d'affilée sur des routes enneigées ou verglacées pour aller le chercher.

À son grand soulagement, elle finit par passer le panneau « Rust Creek Falls ». Dans les petites rues de la ville, tous les magasins, décorés de guirlandes et de branches de houx, étaient fermés. En ce lendemain de Noël, les habitants de la ville devaient tous être bien au chaud chez eux, à profiter de leur famille et de leurs cadeaux.

C'était d'ailleurs ainsi qu'elle s'était elle-même imaginé passer les fêtes. Certainement pas à parcourir mille cinq cents kilomètres la peur au ventre. Mais qu'elle ait manqué la magie de Noël importait peu. La seule chose qui comptait était Cody.

Une fois qu'elle serait avec son neveu, elle essaierait de retrouver sa sœur. À moins, bien sûr, que Leighton ne soit déjà revenue chercher son fils.

Continuant de suivre les instructions du GPS, elle finit par s'engager dans une longue allée sinueuse.

Le chemin avait été dégagé, mais partout autour

d'elle, la blancheur éblouissante de la neige éclairée par le faisceau des phares se détachait sur le noir de la nuit.

L'horloge du tableau de bord affichait 22 h 14 quand elle vit se dresser devant elle une bâtisse imposante. Elle se gara à côté d'un pick-up noir mais ne vit nulle part la voiture de Leighton.

Au moment où elle sortit de sa voiture, l'air glacial lui fit l'effet d'une gifle. Sa tenue, adaptée à l'hiver texan, n'était pas vraiment appropriée pour le froid polaire du Montana !

Une lampe à détecteur de mouvements s'alluma. Aucune lumière, cependant, dans la maison. Mais ce n'était pas cela qui allait l'arrêter.

Des branches de pin et de houx avaient été disposées sur la façade pour la décorer. Encore un rappel de ce Noël qu'elle n'avait pas pu fêter. Tout en soupirant, elle monta les marches et, après un moment d'hésitation, décida de frapper.

Comme elle n'obtint aucune réponse, elle recommença un peu plus fort.

Puis plus fort encore.

Enfin, des lumières finirent par s'allumer à l'étage. Un instant plus tard, la porte s'ouvrit et elle se retrouva face à un homme qui n'avait pas l'air content du tout. Un homme très très grand, car il lui fallut faire un pas en arrière et relever la tête pour voir son visage… déformé par la colère.

Il portait un pantalon de pyjama en flanelle qui tombait bas sur ses hanches et un T-shirt gris tendu sur les imposants muscles de ses épaules. Les bras croisés sur son large torse, il portait sur elle un regard sombre et mauvais.

Déstabilisée, elle se demanda si elle avait bien fait de

venir frapper à la porte d'un ranch isolé au beau milieu de la nuit. Et si les battements effrénés de son cœur étaient la manifestation d'une angoisse ou d'une attirance immédiate pour l'homme si sexy qui se trouvait devant elle.

— Je ne sais pas d'où vous êtes, ma belle, mais ici, les gens ne viennent pas frapper aux portes au beau milieu de la nuit.

Le timbre grave de sa voix virile la fit frissonner.

Ou peut-être était-ce juste la fraîcheur de l'air.

— Je viens de Dallas, répondit-elle. Et je ne suis pas venue frapper pour rien. Je suis là pour mon neveu.

— Vous êtes la femme qui a répondu au téléphone de Leighton.

— Lisbeth. Mais la plupart des gens m'appellent « Beth ». Vous devez être Wilder ?

Tout en acquiesçant, il lui fit signe d'entrer.

Laissant ses bottines humides sur le paillasson, elle ouvrit son fin manteau et s'enfonça avec Wilder Crawford dans la maison, dont le décor chaleureux formait un bien agréable contraste avec le froid glacial qui régnait dehors.

— Où est Cody ? s'enquit-elle.

— C'est votre sœur qui vous a demandé de venir le chercher ?

— Non. Je n'ai toujours pas de nouvelles de Leighton. Je commence à craindre qu'il ne lui soit arrivé quelque chose.

— Je pense plutôt qu'elle s'est lassée de ses responsabilités de mère, dit-il en lui tendant un papier.

En dépliant la feuille, elle reconnut aussitôt l'écriture de sa sœur. Le cœur battant, elle se mit à lire attentivement.

— Je… je ne comprends pas, balbutia-t-elle.

— Moi non plus.

Instinctivement, elle releva les yeux vers lui. Son ombre

de barbe et ses cheveux emmêlés étaient des signaux clairs : il sortait tout juste du lit. Et il était indéniablement sexy, avec un côté mauvais garçon. Tout à fait le genre de sa sœur.

Ce qui n'expliquait cependant pas pourquoi elle sentait de délicieux frissons la parcourir quand il la regardait… comme il le faisait à cet instant.

Tout en s'éclaircissant la gorge, elle lui rendit la lettre.

— J'aimerais voir Cody, s'il vous plaît, dit-elle.

Il sembla hésiter, et l'espace d'un instant, elle crut qu'il allait refuser. Mais il dut sentir qu'elle n'abandonnerait pas, que malgré son état d'épuisement elle était prête à remuer ciel et terre pour le retrouver. Car il finit par acquiescer.

Elle le suivit donc dans le grand escalier. Au bout d'un long couloir, il s'arrêta devant une porte ouverte, dans l'embrasure de laquelle elle vit un lit à barreaux éclairé par une veilleuse.

— Je vois que vous avez préparé son arrivée, murmura-t-elle, sans chercher à dissimuler son étonnement.

— Ce lit vient de nous être prêté par des cousins.

Sur la pointe des pieds, elle entra dans la chambre et poussa un soupir de soulagement en voyant son neveu qui dormait paisiblement.

— Tout va bien, Cody. Je vais te ramener à la maison maintenant, dit-elle d'une voix douce en se penchant pour le prendre dans ses bras et le serrer contre sa poitrine.

Sans émettre la moindre protestation, Cody se nicha contre elle. Tout en souriant de bonheur, elle tourna les talons pour partir. Mais devant la porte, Wilder, les bras croisés sur son torse impressionnant, lui bloqua le passage.

— Vous n'irez nulle part avec ce bébé, dit-il d'une voix basse mais menaçante.

— Comment ça ? Je suis sa tante. Sa place est avec moi.

— Si c'était ce que pensait sa mère, pourquoi aurait-elle traversé la moitié du pays pour me l'amener *à moi* ?

— Je ne sais pas, répondit-elle, décontenancée.

— Voilà comment je vois les choses. Si Leighton n'a pas voulu vous confier son bébé, c'est qu'il y a une raison.

— *Son* bébé ? Vous ne pensez pas que c'est le vôtre aussi ?

— Je ne sais pas quoi penser. Je sais juste qu'il est tard et que cette conversation devrait être remise à demain matin.

— Demain matin ? Je serai presque arrivée à Dallas, demain matin !

— Quand avez-vous dormi pour la dernière fois, Beth ?

— Je… je ne m'en souviens plus.

— C'est bien ce que je pensais, dit-il en hochant la tête avant de pointer du doigt le rocking-chair. Asseyez-vous là. Je vais faire le lit dans la chambre qui est en face.

— Ah. Euh… merci.

Elle ne s'attendait pas à une invitation à rester. Certes, le ton qu'il avait emprunté évoquait plus un ordre qu'une invitation amicale, mais elle lui en fut tout de même reconnaissante. Serrant dans ses bras son neveu, elle alla donc s'installer dans le fauteuil.

Il n'y avait pas de mot pour exprimer le bonheur qu'elle éprouvait de pouvoir sentir Cody contre elle, savoir qu'il était sain et sauf. C'était l'angoisse et le désespoir qui l'avaient fait tenir tout au long du trajet, et à présent qu'elle était là, elle se sentait complètement vidée.

Vidée… et soulagée de ne plus avoir à reprendre la route. Ne serait-ce que pour se rendre dans un motel en ville.

Un petit somme ne pourrait pas lui faire de mal avant qu'elle se lance dans le trajet du retour.

Il ne fallut pas beaucoup de temps à Wilder pour préparer la chambre d'amis, mais il ne fut pas surpris, en retournant dans la chambre d'en face, de trouver Beth endormie dans le rocking-chair, le bébé dans les bras.

S'il ne voyait aucune raison de douter qu'elle était la sœur de Leighton, il ne percevait aucune ressemblance physique entre les deux jeunes femmes. Leighton était une blonde pétillante, voluptueuse, radieuse et pleine de joie de vivre. Beth, avec sa queue-de-cheval de travers et son manteau informe, était une brune sérieuse, et semblait aux antipodes de sa sœur.

Et pourtant, il y avait chez elle quelque chose qui l'attirait instinctivement. Peut-être était-ce l'affection qu'elle portait à son neveu. Elle était immédiatement partie de Dallas quand elle avait appris qu'il était là, ce qui l'amenait à la question suivante : pourquoi Leighton avait elle-même parcouru tout ce chemin pour lui laisser son bébé, alors qu'elle avait une sœur qui aurait à l'évidence été ravie de s'en occuper ?

Hélas, ce ne serait pas ce soir qu'il aurait la réponse à cette question. Ou aux autres.

Il se pencha pour prendre le bébé, dans l'intention de le recoucher dans son lit, mais immédiatement, Beth resserra son étreinte autour de son petit corps, et ses yeux s'ouvrirent brusquement. On aurait dit une guerrière prête à combattre.

— Du calme. Je voulais juste le remettre dans son lit pour que vous puissiez aller dans le vôtre, dit-il.

Sans répondre, elle cligna des yeux plusieurs fois.

Ses yeux… Ils avaient une couleur magnifique, comme du chocolat noir, et ils étaient encadrés de cils incroyablement longs.

Enfin, elle sembla recouvrer ses esprits.

— Ah. D'accord, murmura-t-elle. Je crois que je suis plus fatiguée que je ne le pensais.

— Vous pouvez dormir, maintenant, lui dit-il tandis qu'elle se levait.

— Merci de m'avoir permis de rester pour la nuit.

Il se garda bien de lui dire que cette invitation découlait en réalité d'une nécessité : il ne pouvait pas la laisser frapper à la porte de la pension Strickland à cette heure tardive. Et le Maverick Manor était complet pour les fêtes de fin d'année.

— Allez-y, dit-il en l'accompagnant jusqu'à la chambre qu'il venait de préparer.

— Merci.

Après avoir jeté un dernier coup d'œil au bébé, et soupiré de soulagement en constatant qu'il semblait dormir paisiblement, il retourna dans sa chambre.

Grâce aux attentions et aux efforts de sa famille, l'enfant avait été bien dorloté, mais au bout du compte, chacun était reparti chez soi, et son père et lui s'étaient retrouvés seuls avec le bébé.

Son père, qui était père de six enfants, était loin de manquer d'expérience en ce domaine, mais après lui avoir de nouveau affirmé que ce bébé relevait de sa responsabilité, il l'avait laissé se débrouiller et était allé se coucher.

Et il était resté seul avec ses questions et son angoisse.

Était-il vraiment le père de cet enfant ?

C'était tout à fait probable… et cette possibilité le remplissait d'effroi.

Mais comment Leighton avait-elle pu déposer cet enfant devant sa porte ? Qu'est-ce qui lui était passé par la tête ?

De toute évidence, rien, car de son propre aveu, Leighton n'était pas du genre à planifier son avenir. Elle trouvait bien plus amusant, disait-elle, de vivre l'instant présent et de savourer toutes les belles surprises que la vie avait à lui offrir.

Pour sa part, il n'avait jamais aimé les surprises. Et encore moins celle que Leighton venait de lui faire !

# - 3 -

Beth s'endormit dès qu'elle eut posé la tête sur l'oreiller.

Quand elle rouvrit les yeux, le réveil sur la table de chevet affichait 12 h 48.

Persuadée que l'heure était mal réglée, elle consulta sa montre pour vérifier.

12 h 48.

Sidérée, elle se redressa vivement. Elle avait dormi près de quatorze heures !

Puis elle pensa aussitôt à Cody.

D'un bond, elle se leva pour traverser le couloir. Et son cœur, qui battait furieusement dans sa poitrine, finit par s'apaiser. Son neveu était bien là, dans le petit lit. Il dormait comme un bienheureux.

Elle allait en profiter pour se laver.

Dans la luxueuse salle de bains en mosaïque, elle resta un long moment sous la douche, laissant l'eau chaude apaiser sa fatigue de la veille.

En sortant, elle s'enveloppa dans une grande serviette toute douce. Manifestement, rancher était une profession qui rapportait plus d'argent que celle d'enseignant. Elle n'aurait cependant jamais troqué sa classe de petits pour un troupeau de vaches, mais il lui semblait que sa sœur n'aurait pas été si prompte à écarter l'idée de passer le reste de sa vie avec un cow-boy si elle avait su que Wilder avait un niveau de vie si aisé !

Évidemment, penser à Leighton l'inquiéta, mais comme elle n'avait aucun moyen de la contacter, elle ne pouvait rien faire d'autre que surveiller ses comptes sur les réseaux sociaux, interroger ses amis et attendre qu'elle l'appelle. Et s'assurer que Cody soit bien dorloté en attendant le retour de sa maman.

Car Leighton allait revenir. Quoi qu'elle ait pu écrire dans sa lettre, Beth savait que sa sœur n'abandonnerait pas son bébé. Elle l'aimait beaucoup trop pour ça.

Rassurée, elle s'habilla. Et elle terminait tout juste de se sécher les cheveux quand elle entendit une voix qui semblait provenir de la chambre temporaire de son neveu.

Grave et virile, elle murmurait doucement.

La voix de Wilder.

Son cœur se mit à battre à tout rompre, exactement comme la veille au soir, quand il lui avait ouvert la porte… Un mètre quatre-vingt-dix de pure virilité qui avait immédiatement éveillé le désir en elle, malgré sa fatigue et son anxiété.

Même s'il devait s'attendre à sa venue, dans la mesure où elle lui avait dit qu'elle arrivait, elle avait débarqué chez lui en pleine nuit… et sans y avoir été invitée. Et elle devait admettre qu'il s'était montré plutôt accueillant.

À moins, bien sûr, qu'il n'ait été tout simplement soulagé de la voir arriver. Parce qu'à le regarder évoluer dans la chambre de Cody, il lui semblait évident qu'il ne savait absolument pas comment s'occuper d'un bébé.

— Je comprends bien que tu ne peux pas le faire toi-même, disait-il à Cody. Mais un peu de coopération, serait-ce trop te demander ?

Beth garda le silence, l'observant attentivement tandis qu'il luttait pour sortir du pyjama la jambe de Cody. Ayant enfin réussi, il contempla la couche un instant.

— À moins que ce ne soit un genre de test que seul quelqu'un digne d'être appelé papa ou maman doive absolument réussir, poursuivit-il en détachant les rubans adhésifs. Et je pense que tu seras d'accord avec moi sur le fait que j'ai lamentablement échoué.

Beth s'apprêtait à lui dire que tous les jeunes parents tâtonnent au début, quand il retira la couche et se pencha pour en prendre une propre.

Cody eut alors la réaction que tous les petits garçons ont quand leurs parties génitales sont exposées à l'air frais… Et au moment où le jet d'urine fendit l'air, Wilder poussa un cri.

Sans pouvoir s'en empêcher, elle éclata de rire.

Au même instant, Cody et Wilder se tournèrent vers elle. Mais si le visage du bébé se fendit d'un sourire, celui du cow-boy paraissait profondément malheureux.

Luttant pour s'arrêter de rire, elle s'approcha.

— C'est la première fois que vous changez une couche ?

— Non. Mais je ne pensais pas qu'il le ferait à chaque fois.

— Il faut toujours garder les petits garçons couverts.

— Comment voulez-vous que je le garde couvert et que je change sa couche en même temps ? grommela-t-il en se remettant à fouiller dans le sac.

— Ce n'est pas difficile. Vous ne retirez pas la couche sale tant que vous n'en avez pas une propre sous la main.

Tout en poussant un soupir, il lui indiqua le sac à langer.

— Et apparemment, c'était son dernier pyjama propre.

— J'ai emporté des affaires pour lui quand j'ai quitté l'appartement de Leighton, expliqua-t-elle. Mais nos bagages sont restés dans ma voiture.

— Si cela ne vous ennuie pas de garder un œil sur lui, je vais aller les chercher.

Quand il fut parti, elle nettoya Cody et lui mit une couche propre, bavardant avec lui. Son neveu lui répondit par de joyeux gazouillis et des coups de pied enthousiastes. Et cela suffit à lui faire comprendre qu'il était heureux de la voir.

Après l'avoir enveloppé dans une couverture, elle s'assit avec lui dans le rocking-chair et se mit à fouiller dans le sac à langer.

— Je vois que maman ne t'a pas pris de jouets. J'espère que ça veut dire qu'elle envisage de revenir très rapidement.

Même si la lettre de Leighton laissait plutôt entendre le contraire, elle refusait de croire que sa sœur ait envisagé d'abandonner son fils plus de quelques jours.

Mais elle ne comprenait toujours pas ce qui avait poussé Leighton à confier Cody à Wilder. Ni pourquoi elle ne lui avait pas parlé de ses intentions. Notamment quand elles s'étaient mises d'accord pour fêter ensemble le premier Noël de Cody.

— Je me demandais pourquoi elle t'avait emmené dans le Montana, murmura-t-elle. Mais maintenant que j'ai vu le beau cow-boy qui pourrait être ton papa, je crois que je commence à mieux comprendre.

— Vous me trouvez beau ?

Sur le seuil de la porte, Wilder, un sourire espiègle aux lèvres, la regardait. Elle sentit le rouge lui monter aux joues. Il fallait absolument qu'elle trouve un moyen de minimiser l'impact de ses propos.

— Il s'agit plus d'un fait avéré que d'une opinion personnelle, fit-elle remarquer.

— Mais l'attirance est une chose très subjective.

— Je n'ai pas dit que j'étais attirée par vous, répliqua-t-elle vivement. J'ai dit que je commençais à comprendre pourquoi ma sœur avait été attirée par vous. Nuance.

— D'accord, répondit-il en posant à terre le sac de voyage.

Mais le sourire amusé qui étirait ses lèvres viriles montrait clairement qu'il n'était pas dupe.

Ravie d'avoir une bonne excuse pour se détourner, elle se mit à fouiller dans le sac.

— C'est glacé, murmura-t-elle.

— Il est resté dans votre voiture toute la nuit.

— Pourriez-vous le mettre sur un radiateur quelques minutes ? demanda-t-elle en lui tendant un pyjama.

Tout en haussant les épaules, il obéit, visiblement content d'avoir un prétexte pour la laisser avec cet enfant qu'il ne pensait pas être de lui. Avec un peu de chance, il finirait par comprendre tout le temps et toute l'attention qu'exige un bébé. Et il la laisserait ramener Cody à Dallas.

Quand il revint, elle passa le pyjama propre à Cody. Vert sapin brodé d'un adorable petit renne.

— Très festif, fit remarquer Wilder.

— Il a beaucoup de tenues de fête. À chacune de mes séances shopping, j'en trouve une nouvelle à laquelle je ne peux pas résister.

— Et tous ces cadeaux de Noël sur le siège arrière de votre voiture, ce sont aussi des choses auxquelles vous n'avez pas pu résister ?

— C'est mon seul neveu. Et c'est son premier Noël.

— Vous voulez que j'aille chercher les cadeaux ?

— Merci, mais je préfère fêter ça avec Cody à la maison. Et comme je suis bien reposée, à présent, grâce votre hospitalité, nous allons pouvoir partir.

— Je ne pense pas que ce soit une bonne idée.

— Ne me dites pas que vous voulez que nous restions.

— Ce que je veux n'a plus aucune importance depuis que Leighton a laissé ce bébé devant chez moi.

— Et compte tenu du dérangement que cela, à l'évidence, représente pour vous, pourquoi vous opposeriez-vous à notre départ ?

— Parce que je ne sais toujours pas pourquoi votre sœur a amené son bébé ici au lieu de le laisser avec vous à Dallas.

— Il n'y a que Leighton qui puisse répondre à cette question.

— Vous ne pouvez peut-être pas y répondre, mais vous avez sûrement une idée.

Elle garda le silence. Parce que effectivement elle avait une idée. Seulement elle n'avait aucune intention de faire part de ses suppositions à cet homme qui était peut-être, ou peut-être pas, le père de Cody et qui, de toute façon, n'avait aucun droit de s'immiscer dans les douloureux détails de sa relation parfois difficile avec sa sœur.

— Et tant que vous n'aurez pas répondu à cette question de façon satisfaisante, ce bébé n'ira nulle part, conclut-il, coupant court à ses pensées.

Furieuse, elle se redressa et le défia du regard.

— Et pourquoi devrais-je vous écouter ? Vous n'êtes même pas sûr d'être son père et vous ne savez pas vous occuper d'un bébé.

— Mais votre sœur m'a confié le sien.

— Il me semble évident qu'elle n'a pas les idées claires.

— D'accord avec vous, mais cela ne change rien au fait qu'elle a amené le bébé *ici*.

Cela lui faisait mal de l'admettre, mais il avait raison. Et ce qui lui faisait plus mal encore était l'idée que sa sœur n'ait pas eu suffisamment confiance en elle pour lui parler de ses intentions. Elle avait juste disparu, comme ça.

— Vous devez avoir faim, dit Wilder d'une voix plus douce. Quand avez-vous mangé pour la dernière fois ?

— J'ai pris un hamburger hier soir en faisant le plein.

— Je vais voir ce que je peux vous trouver.

— Je descends dans une minute, dit-elle en prenant son sac. Je vais juste me changer.

— Vous voulez que je mette vos vêtements sur un radiateur aussi ?

Si la perspective de se glisser dans des sous-vêtements glacés n'avait rien d'alléchant, elle la jugeait tout de même préférable à celle de remettre sa culotte et son soutien-gorge à un étranger. Un étranger si sexy qui avait sans nul doute retiré de la lingerie plus sexy encore du corps de sa sœur.

— Merci, mais ça va aller, répondit-elle.

— Très bien. Je descends.

Elle ne lui demanda pas de prendre Cody et il ne le lui proposa pas. Ses réticences étaient-elles dues à son manque d'expérience ou à un refus de reconnaître qu'il pouvait être le père de Cody ?

De toute façon, elle n'avait aucune intention de l'encourager à sortir de sa zone de confort. Plus vite il comprendrait qu'il n'était pas à même de veiller sur un bébé, plus vite elle pourrait retourner à Dallas avec son neveu.

Une fois habillée, elle essaya de se souvenir du chemin qu'elle avait emprunté la veille au soir. Mais il faisait sombre et elle n'avait regardé que la haute et large silhouette de Wilder devant elle. À la lumière du jour, elle pouvait désormais apprécier la décoration fine et chaleureuse de la maison dans laquelle il vivait avec…

Tout bien réfléchi, elle ne savait pas avec qui il partageait cette maison. Elle avait à l'évidence plus de questions que de réponses sur lui, mais elle espérait que les choses changeraient au cours du déjeuner.

Rien qu'à l'idée de manger, son estomac se mit à gargouiller.

En bas de l'escalier, elle tourna à droite et comprit immédiatement qu'elle s'était trompée de direction. Elle se trouvait à présent dans un grand séjour où des canapés en cuir faisaient face à une cheminée en pierres de taille. Un immense sapin qui touchait presque le plafond croulait sous les guirlandes multicolores.

— Regarde Cody, murmura-t-elle, émerveillée. Il est presque aussi grand que celui du centre commercial où on a vu le Père Noël.

Ce jour-là, Cody avait fini par s'endormir dans ses bras tandis qu'elle faisait la queue pour s'approcher. Elle n'avait pas osé le réveiller, de peur de le faire pleurer, mais elle avait à présent une merveilleuse photo de son neveu, en pyjama rouge et bonnet assorti, paisiblement endormi dans les bras du Père Noël.

Elle avait demandé deux exemplaires de la photo, qu'elle avait encadrés dans l'intention d'en offrir un en cadeau de Noël à sa sœur.

Elle chassa ce souvenir pour se concentrer sur le sapin. Non content d'être immense, il était aussi magnifiquement décoré. Et contrairement au sapin en plastique du centre commercial, celui-ci était réel. Elle pouvait sentir la fraîcheur de son parfum dans l'air.

— Vous êtes perdue ? fit soudain une voix derrière elle.

Surprise, elle sursauta.

Wilder lui souriait et, une nouvelle fois, elle le trouva incroyablement beau. Mais qu'est-ce qui n'allait pas chez elle pour qu'elle se sente aussi irrésistiblement attirée par cet homme qui avait toutes les chances d'être le père de son neveu ?

— Perdue ? Euh… oui et non. J'ai dû prendre la mauvaise direction. Et ensuite, je me suis laissé distraire. Votre maison est très jolie.

À leur arrivée dans la cuisine, Wilder lui tendit un biberon.

— Merci. Mais j'aurais pu le lui préparer, dit-elle.

— Ne vous inquiétez pas. Hunter, l'un de mes frères, m'a donné un cours accéléré.

— Il a des enfants ?

— Une fille de six ans.

— Il n'y a pas de meilleur enseignant que l'expérience. Mais en l'absence d'expérience, il existe de bons manuels pratiques qui peuvent aider. Leighton en avait cinq ou six à côté de son lit quand elle était enceinte.

Elle se garda bien d'ajouter que c'était elle qui avait acheté ces livres pour sa sœur qui les avait à peine feuilletés.

— Je dois vous avouer que cela me surprend un peu, fit-il remarquer. La Leighton que j'ai connue n'était pas vraiment du genre maternel.

— C'est ce que j'aurais pensé aussi, répondit-elle en s'installant à table pour donner son biberon à Cody. Seulement tout a changé quand elle a découvert qu'elle était enceinte.

— Mon père a fait du café. Vous en voulez ?

— Avec grand plaisir. C'est sa maison ?

— Oui. Quand nous avons emménagé, l'été dernier, mes frères Xander et Finn s'y sont installés aussi. Puis Xander et sa femme Lily ont acheté une propriété, de l'autre côté de la ville. Et Finn et sa femme Avery ont entrepris de rénover une petite maison, plus loin sur la propriété. Il ne reste donc plus que mon père et moi.

— Alors vous avez deux frères ?

Elle ne demandait pas cela uniquement pour faire la conversation. Elle était sincèrement curieuse d'en apprendre davantage sur sa famille, qui pouvait s'avérer être celle de son neveu également.

— Non. J'en ai cinq.

— *Cinq* ?

Il acquiesça.

— Six garçons ! Waouh ! s'exclama-t-elle, impressionnée. Votre mère devait avoir de quoi faire !

— C'est peut-être pour ça qu'elle est partie avant mon premier anniversaire.

# - 4 -

— Oh. Je suis désolée, dit Beth, l'air contrit.

— Vous n'avez pas à l'être, répondit Wilder. Vous ne pouviez pas savoir.

— Raison de plus pour ne pas parler sans réfléchir.

Comme pour faire oublier sa maladresse, elle s'empressa de changer de sujet.

— Comment sont vos frères ?

Soulagé de ne pas avoir à revenir sur le douloureux sujet de l'abandon de leur mère, il lui répondit de bonne grâce :

— Logan, l'aîné, est marié à Sarah. Hunter a un an de moins. C'est lui qui a la petite fille de six ans, Wren. Il est à présent fiancé à Merry. Vient ensuite Xander qui est marié à Lily. Puis Finn, qui est marié à Avery, dont le bébé doit naître au printemps. Et enfin Knox, qui est marié à Gen.

— Alors tous vos frères sont soit mariés soit fiancés ?

— Exact.

— Et vous n'avez pas envie de les imiter ?

— Absolument pas ! Je suis parfaitement satisfait de ma vie telle qu'elle est.

Instinctivement, il regarda Cody qui tétait son biberon. Et quand il releva la tête vers elle, il vit qu'elle avait compris que ce qu'il voulait dire était qu'il était parfaitement satisfait de sa vie telle qu'elle était, *avant*.

Fuyant son regard, il se tourna vers le réfrigérateur.

— Je vous ai promis à manger. Que diriez-vous d'un sandwich à la dinde ? suggéra-t-il.

— Très appétissant.

Il sortit du réfrigérateur le plat couvert de cellophane.

— Ça fait beaucoup de dinde, murmura-t-elle.

— Toute la famille était réunie, pour Noël. Papa a donc insisté pour que l'on en prenne deux afin qu'il y ait suffisamment de restes pour faire des sandwichs. J'imagine que vous n'avez pas fait de repas de réveillon.

— J'ai seulement carburé au café.

*Ça se voit*, songea-t-il en observant sa frêle silhouette. Il préférait généralement les femmes qui ressemblaient à des femmes, avec des courbes plutôt que des angles. Beth était tout en angles, et pourtant, elle avait quelque chose... de spécial. Une douceur chaleureuse et naturelle, par laquelle il se sentait attiré.

Mais il ne devait pas se laisser aller à de telles pensées. Car elle ne comptait pas parmi les femmes qu'il pouvait convoiter. Elle était la tante de Cody. La sœur de Leighton.

— Vous savez, je suis très doué pour les sandwichs.

— Votre frère vous a donné un cours accéléré ? s'enquit-elle d'une voix taquine.

— Ce serait plutôt à moi de lui donner des cours sur ce sujet !

— Vous avez de la chance d'avoir une famille aussi prévenante.

— Prévenante, je ne sais pas. J'aurais plutôt dit fouineuse et indiscrète.

— Il est parfois difficile de trouver le bon équilibre dans les relations familiales.

— Comment est votre famille ?

— Il n'y a que Leighton et moi. Et Cody, maintenant.

Nos parents ont été tués dans une banque au cours d'un hold-up qui a mal tourné, il y a presque dix ans de ça.

Si elle avait prononcé ces mots d'une voix égale, l'expression de son visage montrait clairement que le passage du temps n'avait rien fait pour atténuer sa souffrance. Ayant lui-même grandi sans sa mère, il savait combien la douleur du deuil est persistante et regrettait de ne rien pouvoir faire pour l'aider.

— Je suis désolé, dit-il.

— Merci.

Le biberon étant vide, elle le sortit de la bouche du bébé qu'elle fit ensuite glisser contre son épaule pour lui masser doucement le dos.

Était-ce l'instinct maternel qui permettait aux femmes d'anticiper les besoins des bébés et d'y répondre ? Qu'en était-il de l'instinct paternel ? Visiblement, il en était totalement dépourvu.

Après avoir déposé sur la table les deux sandwichs et le coleslaw, il prit le bébé des bras de Beth pour le poser dans son siège-auto et vint s'installer à table avec elle.

Il s'attendait à moitié à ce qu'elle grignote mais fut surpris de la voir entamer son sandwich avec appétit. Puis fermer les yeux pour pousser le genre de soupir de plaisir qu'il avait plus l'habitude d'entendre dans une chambre à coucher que dans une cuisine…

— Ce sandwich est délicieux, dit-elle. Vous êtes doué.

Ce n'était pas la seule chose pour laquelle il était doué. Il y en avait beaucoup d'autres qu'il aimait faire pour satisfaire les femmes. Il aurait d'ailleurs été ravi de lui montrer !

Non. Il ne pouvait pas laisser son esprit divaguer ainsi. Il ne pouvait pas penser à elle de cette façon.

— Je n'ai fait qu'assembler les ingrédients, répondit-il en s'éclaircissant la gorge. C'est Lily qui a cuisiné la dinde.

— Si mes souvenirs sont bons, Lily est la femme de Knox.

— Xander. Elle a lancé son entreprise, Lily's Home Cookin', mais auparavant, elle était cuisinière pour Nate Crawford, au Maverick Manor.

— Un parent à vous ?

— Éloigné.

— Vous avez beaucoup de famille à Rust Creek Falls ?

— On ne peut pas se balader dans la rue sans tomber sur un Crawford. Voire deux ou trois. D'un certain côté, l'anonymat de la vie citadine me manque, mais de l'autre, il y a quelque chose dans ce lieu qui fait que je me sens chez moi.

Elle prit une bouchée de sandwich avant de reprendre :

— Je ne me souviens même pas de la dernière fois que j'ai mangé de la dinde. Ce qui est sûr, c'est que ce n'était pas si bon.

— Même pas à Noël dernier ?

— J'avais fait un rôti de porc. Leighton n'est pas très amateur de dinde.

— Vous vous adaptez toujours aux goûts de votre sœur ?

— Pas toujours. Mais j'admets que je lui cède plus souvent que je ne le devrais.

— Et j'imagine que plus vous lui cédez, plus elle cherche à en profiter.

Manifestement gênée, elle fronça les sourcils, mais ne chercha pas à le contredire. Sentant qu'il s'était aventuré sur un terrain sensible, il décida de changer de sujet.

— Vous désirez autre chose ? s'enquit-il.

— Non merci. C'était plus que suffisant.

— Tarte à la citrouille et crème fouettée à la vanille ?

— Vous êtes le diable incarné…

— Un très beau diable, d'après ce que disent les femmes, affirma-t-il en lui adressant un clin d'œil.

Elle ne répondit pas, pas même par un sourire. Elle prit même un air… désapprobateur.

Tout bien considéré, cette remarque taquine n'était peut-être pas vraiment appropriée compte tenu du fait qu'elle était la sœur de l'une de ses anciennes maîtresses et qu'elle pensait qu'il était le père de son neveu.

Embarrassé, il se leva pour servir les deux assiettes de tarte accompagnée de crème maison.

— Vous êtes plus âgée ou plus jeune que Leighton ?

— Plus âgée. De vingt-deux mois.

Il laissa échapper un petit rire.

— Qu'est-ce qu'il y a ? demanda-t-elle.

— C'est juste la façon dont vous avez dit « vingt-deux mois ». Je suis sûr que vous ne manquiez pas de le lui rappeler, quand vous étiez petites.

— Ce n'est pas vrai !

— Bien sûr que si. En tant que sœur aînée, vous ne pouviez probablement pas vous en empêcher. Mes frères ont toujours mis en avant leur maturité.

Comme pour mieux y réfléchir, elle garda le silence quelques instants avant d'acquiescer.

— C'est possible, avoua-t-elle. Mais ça s'est retourné contre moi. Depuis mes vingt-cinq ans, Leighton prend un malin plaisir à me faire remarquer qu'elle a vingt-deux mois *de moins* que moi.

— Exactement comme moi, quand je traite mes frères de vieux , maintenant ! dit-il en riant. Et en plus d'être vieux, ils sont mariés. Ou presque pour Knox, qui a déjà un pied dans la tombe.

Elle eut l'air troublée par cette affirmation.

— Tout le monde ne considère pas le mariage comme une sentence de mort, fit-elle remarquer en fronçant les sourcils.

— C'était une plaisanterie.

— Vous trouvez ça drôle ?

— Vous savez, maintenant que j'y repense, je me souviens que Leighton m'a bien parlé d'une sœur… qu'elle a qualifiée de rabat-joie.

— C'est bien moi.

Ce fut lui, cette fois, qui fronça les sourcils, déconcerté.

— Ce n'est pas drôle de lancer une pique à quelqu'un qui ne réplique pas, marmonna-t-il.

— Pourquoi ferais-je quelque chose de drôle alors que je suis une rabat-joie ? Et pour votre gouverne, elle me qualifie aussi de rat de bibliothèque et d'enquiquineuse.

— J'avais oublié, murmura-t-il, presque pour lui-même. En fait, je me rends compte qu'elle m'a plus parlé de vous que je ne le pensais, parce que je me souviens qu'elle m'a dit que vous étiez celle qui faisait toujours tout bien. La petite fille modèle.

— Ce ne sont pas vraiment des termes d'affection.

— Je n'en suis pas si sûr. Je crois qu'elle admirait vraiment sa sœur… de vingt-deux mois son aînée.

Cette remarque lui valut l'ombre d'un sourire. Elle était vraiment très belle quand elle souriait.

— Vous n'êtes pas censé travailler, dans un ranch ? demanda-t-elle.

— Hélas, non. Si le ranching est un métier à temps plein, le rythme est très ralenti l'hiver. En plus de soigner les bêtes tous les jours, on se concentre surtout sur la maintenance, la collecte du bois de chauffage et le déneigement.

— Ça semble tout de même beaucoup de travail.

— Ça l'est. Mais mon père m'a affirmé qu'il avait suffisamment de bras pour faire ce qu'il y avait à faire et que les miens devaient rester occupés à veiller sur le bébé.

— J'en déduis qu'il ne vous a pas vu essayer de le changer, répondit-elle d'une voix taquine.

— Les enfants, ce n'est vraiment pas mon truc, comme vous l'avez constaté.

— Il y a une solution toute simple à votre problème : vous me laissez ramener Cody à Dallas et vous faites comme si rien de tout cela n'était arrivé.

— Je ne vais pas vous dire que je ne suis pas tenté, mais je n'ai pas l'habitude de me débarrasser de mes erreurs.

— Cody n'est pas une erreur ! s'exclama-t-elle, choquée.

— Ce n'est pas ce que je voulais dire, répondit-il vivement, regrettant ses propos irréfléchis.

— Alors, que vouliez-vous dire ?

— Disons que je n'ai pas vraiment été ravi d'apprendre que j'étais *peut-être* le père d'un bébé dont je n'avais jamais entendu parler jusqu'ici. Et puis vos doutes sur ma paternité m'ont amené à me demander avec combien d'autres hommes Leighton était sortie pendant que nous étions ensemble.

Embarrassée, Beth baissa les yeux.

— Je ne peux pas vous le dire, murmura-t-elle. Elle ne me parle pas de ce genre de choses.

Sauf pour lui faire remarquer que, contrairement à elle, elle avait une vie privée. Ou pour lui lancer qu'elle était tellement ennuyeuse qu'aucun homme ne s'intéresserait à elle.

Laissant ces douloureux souvenirs de côté, elle se concentra de nouveau sur sa conversation avec Wilder.

— Par ailleurs, je n'ai jamais laissé entendre qu'il y avait eu d'autres hommes, pendant la période où elle était avec vous. Ma sœur n'est pas comme ça.

— Mon père semble convaincu que c'est un Crawford, mais je ne me laisserai pas prendre au piège sur une simple présomption.

— Si c'est votre attitude, j'espère vraiment que vous n'êtes pas le père de Cody.

— Vous pensez que je ne devrais pas demander de preuves ?

— Bien sûr que si. Mais plutôt que de vous inquiéter d'être *pris au piège*, vous devriez envisager le statut de père comme une opportunité, une chance, même.

— Alors je pense qu'il n'y a qu'une seule façon de décider de la prochaine étape, dit-il en sortant son téléphone de sa poche. Un test de paternité.

Quelques secondes plus tard, le rendez-vous semblait pris.

— Très bien, dit-il après avoir raccroché. Nous pouvons y aller demain matin à 11 heures. Plus vite le test sera fait, plus vite nous aurons les résultats.

Elle hocha la tête. Elle avait hâte, elle aussi, de connaître la vérité, même si elle la redoutait un peu.

— S'il s'avère que le bébé n'est pas de moi, reprit-il, je ne m'opposerai pas à ce que vous retourniez avec lui à Dallas. En attendant, il reste ici.

— Mais… les résultats vont probablement mettre plusieurs jours à arriver. Vous ne pouvez pas me demander de rester à Rust Creek Falls si longtemps !

— Vous pouvez partir quand vous voulez, mais si vous partez, ce sera sans le bébé.

# - 5 -

Wilder voyait bien que Beth était déstabilisée par ses propos. Il était surpris de sa décision, lui aussi. Si Beth était arrivée aussitôt après que Leighton avait laissé le bébé devant sa porte, il aurait volontiers remis le petit à sa tante. Mais à présent…

Il ne se sentait toujours pas prêt à accepter que l'enfant fût de lui et, pour le bien du petit garçon, il espérait vraiment que Leighton s'était trompée en l'identifiant comme le père. Mais il était bien déterminé à découvrir la vérité, et il ne prendrait pas de décision tant qu'il ne la connaîtrait pas.

— Mais… je travaille à Dallas, murmura Beth. Ma vie est à Dallas.

— Quel métier exercez-vous ?

— Je suis enseignante dans une école maternelle.

— Alors vous êtes en congés, non ?

— C'est vrai. Mais je n'avais pas prévu de passer mes vacances dans le Montana.

— Comme je vous l'ai déjà dit, vous pouvez partir quand vous voulez.

— Mais vous ne me laisserez pas emmener Cody avec moi.

— Non.

L'air résigné, elle soupira.

— Y a-t-il un hôtel en ville ? s'enquit-elle.

— Le Maverick Manor, dont je vous ai parlé. Seulement il est complet jusqu'au nouvel an. De toute façon, si vous envisagez de rester à Rust Creek Falls, je ne vois pas de raison à ce que vous partiez d'ici. La chambre dans laquelle vous avez dormi est inoccupée depuis que Finn a déménagé.

— Vous êtes sûr que cela ne dérangera pas le reste de votre famille ?

— Il n'y a plus que mon père et moi. Et pour tout vous dire, je n'aurais rien contre un peu d'aide pour le bébé.

— Cody.

— Je vous demande pardon ?

— Il s'appelle Cody.

— Je connais son nom, merci.

— Ah oui ? Alors comment se fait-il que je ne vous aie jamais entendu le prononcer ? Pas une seule fois ?

Elle avait raison, même s'il ne s'en était pas rendu compte jusqu'ici. Mais il n'avait aucune explication à lui fournir.

— Vous ne vous attacherez pas si vous ne l'utilisez pas, poursuivit-elle. Si vous continuez à l'appeler « le bébé » et qu'il s'avère qu'il n'est pas de vous, il vous sera ainsi plus facile de l'oublier. Je me trompe ?

Agacé par la perspicacité de ce commentaire, qu'il n'avait cependant aucune envie de considérer comme une vérité, il décida de contre-attaquer.

— Je commence à comprendre pourquoi Leighton a préféré amener son bébé ici plutôt que de le laisser avec vous, rétorqua-t-il.

Choc et douleur se reflétèrent clairement dans les beaux yeux sombres de Beth juste avant qu'elle se détourne de lui.

— Je suis désolé, dit-il vivement, contrit.

— Je ne suis pas sûre de vous croire, répondit-elle, les yeux brillants de larmes.

— J'ai parfois tendance à me montrer trop agressif quand je suis sur la défensive. Et il faut dire que vous m'avez poussé dans mes derniers retranchements.

— Et moi, j'ai parfois tendance à me montrer un peu trop protectrice envers ceux que j'aime. Je veux ce qu'il y a de mieux pour Cody, et apparemment, Leighton pense que ce qu'il y a de mieux pour lui, c'est vous. Alors il faut que vous vous engagiez vis-à-vis de lui et que vous vous comportiez comme son père.

— *Si* je suis son père.

Parce que, durant les quelques semaines qu'il avait passées avec Leighton, il n'y avait pas eu de préservatif oublié ou déchiré, aucune raison pour lui de croire qu'elle puisse être enceinte, quand leurs chemins s'étaient séparés.

Cependant, après ce temps passé avec le… avec Cody, il en était venu à accepter l'idée qu'un enfant n'était pas la pire chose qui pouvait lui arriver. Que le temps était peut-être venu pour lui de grandir un peu.

Des coups frappés à la porte interrompirent sa réflexion. Sans attendre d'y avoir été invitée, Avery entra.

— Pas de bébé sur le pas de ta porte, aujourd'hui ? lui demanda sa belle-sœur d'une voix taquine.

— Non. Et ce n'est pas drôle.

— J'ai trouvé ça plutôt drôle, pourtant, intervint Beth.

— C'est parce que vous avez un meilleur sens de l'humour que ce grincheux qui me sert de beau-frère, répliqua Avery en souriant.

— J'ai des raisons de l'être, marmonna-t-il. Je me suis réveillé je ne sais combien de fois dans la nuit à cause du bébé.

À ces mots, sa belle-sœur le regarda d'un air beaucoup plus compatissant.

— C'est normal qu'il ait eu une nuit agitée, Wilder. Dans une maison qu'il ne connaît pas, avec des gens qu'il ne connaît pas…

— Et par voie de conséquence, moi aussi, j'ai eu une nuit agitée, dit-il.

— En fait, c'est exactement pour cette raison que je suis passée. Pour voir si tu t'en sortais avec le bébé.

— Heureusement pour lui, j'ai de l'aide, maintenant.

Avery se tourna vers Beth.

— J'imagine que vous êtes la propriétaire de la voiture immatriculée dans le Texas.

Tout en acquiesçant, Beth lui tendit la main.

— Beth Ames. Je suis la tante de Cody.

— Enchantée. Je suis Avery, l'une des belles-sœurs de Wilder. Et comme je vois que ma présence est inutile, je vais retourner chez moi. Les meubles de la chambre du bébé ont été livrés ce matin, je brûle d'impatience de les monter.

— C'est Finn qui devrait le faire, fit remarquer Wilder, inquiet à l'idée que sa belle-sœur enceinte puisse manipuler des objets lourds.

— Finn est occupé à réparer la lieuse, ou je ne sais quoi. Et de toute façon, je suis parfaitement capable de monter ces meubles toute seule. Et je n'ai pas envie d'attendre.

Comprenant qu'il ne la ferait pas changer d'avis, il soupira.

— Bon. Si Beth est d'accord pour que je lui laisse *Cody*, je vais aller monter ces meubles, dit-il.

— Évidemment que je suis d'accord pour m'occuper de mon neveu ! s'exclama Beth, visiblement indignée.

Après le départ d'Avery, qu'elle trouva charmante, Beth emmena Cody dans le grand séjour où trônait le sapin de Noël.

Assise par terre en tailleur, elle chanta quelques comptines avant de jouer un peu avec Cody.

— Et si tu te mettais un peu sur le ventre ? demanda-t-elle en étendant sa couverture sur le tapis. Ça va t'aider à renforcer tes muscles pour pouvoir te redresser et te retourner.

Après l'avoir installé, elle s'allongea à son tour sur le ventre, face à lui, et continua à lui parler.

— J'ai beau avoir six fils, je ne me souviens plus de la dernière fois où j'ai vu deux personnes allongées ici par terre, fit soudain une voix derrière elle.

Embarrassée d'avoir été surprise dans une position si indigne, elle se hâta de se relever.

Quand bien même il n'y aurait pas eu cette référence à ses six fils, elle aurait immédiatement identifié cet homme comme le père de Wilder, rien qu'à le regarder.

Elle lui aurait donné une soixantaine d'années. Son beau visage, ridé et tanné, attestait de toute une vie passée à l'extérieur. Tout comme sa tenue de rancher : jean usé et chemise à carreaux.

— Euh… bonjour, dit-elle en prenant Cody dans ses bras. Je lui faisais juste passer un petit moment sur le ventre.

— J'ai entendu. Pour qu'il prenne des forces pour pouvoir se redresser et se retourner.

— Ça réduit également les risques de développer une zone plate à l'arrière du crâne, ce qui se produit parfois chez les enfants qui passent trop de temps sur le dos.

— On ne s'inquiétait pas de tout ça à l'époque où mes

fils étaient bébés. Sans doute parce que l'on recommandait de coucher les enfants sur le ventre.

— C'est sur le dos, maintenant.

— J'ai appris ça quand ma première petite-fille est née. Elle a six ans et demi, maintenant. Et c'est une vraie petite princesse.

— J'imagine que c'est à elle, dit-elle en sortant de sous le canapé la poupée qu'elle avait aperçue un peu plus tôt.

— Oui. Hunter m'a appelé hier pour me la réclamer. Je lui ai dit qu'elle n'était pas là. Mais je vois que je n'ai pas assez bien cherché. Merci pour elle.

— Je vous en prie. Au fait, je suis Beth. La tante de Cody.

— J'avais deviné. Wilder m'a dit que vous étiez arrivée hier soir. Je suis Maximilian Crawford. Mais vous pouvez m'appeler « Max ».

— Je suis désolée de m'être présentée chez vous sans y avoir été invitée. Mais quand Wilder m'a dit au téléphone que Cody était ici, je n'ai plus eu qu'une idée en tête : aller le chercher.

— Vous n'avez pas à vous excuser d'être attachée à votre neveu. Je trouve admirable que votre amour pour lui vous ait poussée à faire tout ce chemin depuis Dallas.

— Je ferais tout pour lui.

— Mais vous ne savez pas pourquoi sa mère l'a laissé ici avec son père.

La certitude qu'il y avait dans la façon dont il avait présenté Wilder comme le père de Cody l'intrigua.

— Vous pensez que Wilder est le père de Cody ? s'enquit-elle.

— Pas vous ?

— Je ne sais pas quoi penser.

— Pour ma part, ayant élevé seul mes six fils, je n'ai aucun doute sur le fait que ce petit gars est un Crawford.

— Je crains d'avoir besoin d'une preuve un peu plus scientifique qu'une simple conviction.

Comme s'il se retenait de sourire, il remua légèrement les lèvres.

— Vous êtes une sceptique, hein ?

— Je dirais que je suis prudente.

— C'est pour ça que vous n'êtes pas encore mariée et que vous n'avez pas encore d'enfants ?

Surprise par cette hypothèse et par la nature personnelle de la question, elle eut un léger mouvement de recul.

— Comment le savez-vous ? répliqua-t-elle.

— Vous avez traversé la moitié du pays le jour de Noël pour aller chercher le fils de votre sœur. J'en déduis que vous ne faisiez pas la fête avec votre propre famille.

Un raisonnement tout à fait logique…

— J'imagine que je n'ai pas encore rencontré la bonne personne, dit-elle. Mais pour l'heure, ce qui m'importe, c'est Cody. Il est ma priorité numéro un. La deuxième est de retrouver ma sœur.

— Vous n'avez aucune idée de l'endroit où elle aurait pu aller ?

— Je ne savais même pas qu'elle était venue ici.

— Vous n'êtes pas très proches.

Il s'agissait plus d'une constatation que d'une question. Toutefois elle décida tout de même de répondre.

— Pas aussi proches que j'aimerais qu'on le soit.

Elle regretta aussitôt ses paroles. Elle ne connaissait pas cet homme. Elle n'avait pas à lui dévoiler son cœur ou à lui parler de son histoire familiale. Et encore moins à lui présenter sa sœur sous un jour qui pourrait paraître négatif. Leighton avait abandonné son enfant sur le pas de sa porte. Le tableau était déjà suffisamment noir comme ça.

— J'ai six enfants, reprit Max. Je sais bien ce que sont les relations entre frères et sœurs.

— Vous savez, nous sommes devenues plus proches quand elle m'a confié qu'elle était enceinte de Cody. Et plus proches encore quand il est né.

— Ce qui ne l'a pas empêchée de quitter Dallas sans vous dire où elle allait.

Elle acquiesça. Il était inutile de nier. Et inutile de faire comme si cela ne l'attristait pas.

— Bien ! Je présume que vous envisagez de rester quelque temps, reprit Max.

— J'ai dit à Wilder que je pouvais dormir à l'hôtel, mais il a eu l'amabilité de m'inviter à loger ici. J'espère que cela ne vous dérange pas.

Une fois encore, les lèvres de son interlocuteur remuèrent comme s'il cherchait à s'empêcher de sourire.

— Je ne suis pas sûr que ce soit l'amabilité qui ait motivé sa proposition, dit-il. Mais vous êtes la bienvenue. Vous pouvez rester ici aussi longtemps que vous le souhaiterez.

— Merci. Seulement si je dois rester, j'aimerais me rendre utile d'une façon ou d'une autre.

— Ce n'est pas nécessaire.

— Je ne suis pas mauvaise cuisinière.

Il la regarda un instant sans rien dire.

— Sauriez-vous par hasard préparer du pain de viande ? demanda-t-il.

Une étincelle malicieuse semblait s'être allumée dans ses yeux.

— J'ai la recette de ma mère imprimée juste ici,

répondit-elle en désignant sa tempe. Et c'est la meilleure que je connaisse.

— Dans ce cas, il y a de la viande hachée au réfrigérateur.

Ravie de cette occasion de le dédommager un peu de son hospitalité, elle sourit.

— À quelle heure souhaitez-vous manger ?

# - 6 -

Wilder se sentait un peu coupable d'avoir laissé Cody aux bons soins de Beth pendant qu'il se rendait chez son frère. Et aussi soulagé, car plus il passait de temps avec ce bébé, plus il avait de doutes sur ses capacités à devenir père.

Il faisait des efforts, mais force était de constater… qu'il n'avait aucun instinct pour interpréter les besoins d'un enfant ! Logan affirmait qu'il pouvait savoir si Sophia avait faim, avait mouillé sa couche ou était fatiguée rien qu'en écoutant ses pleurs. Lui, il avait juste envie que le bébé cesse de pleurer.

Mais malgré son incompétence et ses faux pas, Cody se montrait vraiment mignon avec lui. La nuit dernière, quand il avait essayé de le bercer pour le rendormir, le petit l'avait regardé pendant un long moment. Et avait fini par lui sourire.

Il avait alors senti son cœur fondre.

Une réaction qui l'avait à la fois surpris et agacé.

Car s'il savait bien qu'il y avait de fortes chances pour qu'il devienne papa un jour, seulement ce jour était censé appartenir à un lointain avenir. Pas maintenant. Et certainement pas sans préparation.

Aussi avait-il pris son temps pour monter les meubles dans la maison de son frère avant de retourner chez lui.

En rentrant, il accrocha son chapeau à côté du manteau

de Beth. Elle ne pourrait pas s'aventurer bien loin avec ce manteau léger et ces bottes parfaitement inutiles qu'elle avait en arrivant. Si elle envisageait de rester à Rust Creek Falls quelque temps, ce qui était apparemment le cas, il allait falloir qu'elle se trouve des vêtements d'hiver convenables.

Après l'avoir cherchée dans plusieurs pièces, il la trouva assise dans le rocking-chair, le regard fixé sur le petit lit où Cody dormait paisiblement. Captivé par cette scène, il resta immobile quelques instants. Pourquoi cette femme et cet enfant lui paraissaient-ils si émouvants ? Et pourquoi regrettait-il tant que Beth, si intelligente et sexy, lui soit interdite ?

Quand elle remarqua sa présence, elle se leva et quitta la pièce avec lui.

— Vous avez terminé de monter le berceau chez votre belle-sœur ?

— Berceau, table à langer et commode.

— Avery avait l'air ravie de ne pas avoir à le faire.

— Vous pensez qu'elle est venue dans le but que je le fasse à sa place ? demanda-t-il en sortant deux mugs d'un placard.

Elle haussa les épaules et il ne put s'empêcher de regarder sa jolie poitrine qui remonta en suivant le mouvement de ses bras.

*Interdite, ne l'oublie pas.*

— Tout ce que je sais, c'est qu'elle est restée ici à bavarder tranquillement avec moi et que, quand elle est rentrée, tous ses meubles étaient montés, fit-elle remarquer.

— Elle est enceinte de presque sept mois. C'est normal qu'elle ne manipule pas d'objets lourds, répondit-il en prenant la cafetière. Qu'est-ce que ça sent ?

— Le café.

— Non. Il y a autre chose. Ça sent bon.

— Ah oui. Votre père m'a demandé de faire un pain de viande pour le dîner.

— Mon père vous a demandé un pain de viande ?

— Vous avez l'air surpris.

— Oui. Parce que ce n'est pas son plat préféré.

Mais c'était le sien, et son père le savait parfaitement. Pourquoi avait-il demandé à Beth de cuisiner son plat préféré ? C'était pour le moins inquiétant.

Son père tentait-il de jouer les entremetteurs entre son dernier fils encore célibataire et la tante de Cody ? Oserait-il faire une chose pareille ?

Naturellement, la réponse à ces deux questions était… oui. Avec son père, il fallait s'attendre à tout !

— Alors vous savez cuisiner ? demanda-t-il.

— Ma mère m'a appris les bases.

— À vous, mais pas à votre sœur. Je l'ai entendue dire qu'elle ne pouvait pas faire bouillir de l'eau sans suivre une recette.

— Cela ne l'intéressait pas.

— Elle préférait peut-être laisser les autres faire le travail à sa place.

— C'est une possibilité. Même si elle ne met pas vraiment en valeur la femme qui pourrait être la mère de votre enfant.

— J'appréciais votre sœur, mais j'ai bien vu qu'elle avait tendance à se montrer manipulatrice.

— Je croyais que vous ne la connaissiez pas beaucoup.

— La Leighton que j'ai connue n'était pas vraiment du genre subtil.

— Ce n'est pas tout à fait juste.

Il regretta ses paroles. Même si elle était parfaitement consciente des défauts de sa sœur, elle la défendrait bec et ongles si quelqu'un se risquait à la critiquer. Aussi décida-t-il de changer de sujet de conversation.

— Je suis curieux de savoir comment deux sœurs, nées des mêmes parents, ont pu devenir si différentes.

— Vous avez cinq frères. Ne me dites pas que vous êtes tous pareils.

— Bien sûr que non. Mais nous avons des points communs. Notamment le fait que toutes les femmes nous trouvent irrésistibles.

En guise de réponse, elle leva les yeux au ciel.

*La plupart des femmes*, ajouta-t-il mentalement.

— Leighton et moi avons des points communs aussi. On disait que c'était elle la plus jolie et moi la plus intelligente. En réalité, elle est aussi intelligente que moi. Peut-être même plus.

Ce raisonnement ne lui parut pas juste. Non pas parce qu'il avait des doutes sur l'intelligence de Leighton, mais parce que Beth était jolie, elle aussi. Peut-être ne jouait-elle pas de ses atouts comme le faisait sa sœur, mais sa beauté naturelle avait un attrait beaucoup plus puissant. Beaucoup plus excitant.

— Et comme elle était très intelligente, personne ne s'est aperçu qu'elle avait du mal à lire, poursuivit Beth. Il a fallu attendre qu'elle arrive au lycée pour que quelqu'un comprenne qu'elle était dyslexique.

— Mieux vaut tard que jamais.

— Oui. Quoi qu'il en soit, je pense que si elle n'a jamais appris à cuisiner, c'est parce qu'elle travaille au bar d'un restaurant où elle mange presque tous les jours.

— En tout cas, je suis ravi que vous, vous ayez appris, parce que votre pain de viande sent vraiment très bon.

Il en serait presque venu à comprendre comment un homme pouvait s'habituer, après une dure journée de travail, à rentrer dans une maison où on lui cuisinait un bon dîner tous les soirs. Notamment si ce dîner était préparé par une femme aussi sexy…

Mais que lui prenait-il d'avoir de telles pensées ? Il fallait absolument qu'il se ressaisisse.

Fronçant les sourcils, il regarda fixement son mug de café.

Certes, beaucoup de choses semblaient avoir changé dans sa vie depuis quelques jours. Mais son refus de se laisser passer la corde au cou n'en faisait pas partie.

Ils mangèrent une demi-heure plus tard.

Et tout fut délicieux. Wilder et son père se servirent même une seconde fois.

Quand les deux hommes eurent fini de manger, Max expliqua qu'il devait s'absenter pour la soirée, et Beth se retrouva seule avec Wilder.

— Au fait, j'ai oublié de te demander s'il y avait une baignoire quelque part, fit-elle.

— Tu veux prendre un bain ?

— Pas moi. Cody.

— Il y en a une dans la suite de mon père. Je suis sûr qu'il sera ravi d'apprendre que l'on s'en est servi pour Cody.

— Parfait. Peux-tu me trouver deux serviettes et un gant pendant que je vais chercher le savon et le shampoing ?

Quelques instants plus tard, ils traversaient ensemble une grande chambre à la décoration simple et masculine pour arriver dans une salle de bains… immense

— Waouh, murmura-t-elle, impressionnée.

— Mon père n'a reculé devant aucune dépense. Ses deux priorités étaient une douche hydromassante et une baignoire suffisamment grande pour y faire entrer son cheval !

Baissant les yeux vers l'immense baignoire en question, elle s'imagina étendue dans l'eau chaude au milieu de montagnes de bulles. Naturellement, il y avait largement la place pour deux, et sa traîtresse d'imagination ne tarda pas à inviter Wilder et son grand corps musclé à se joindre à elle…

Clignant des yeux, elle se hâta d'éliminer cette voluptueuse image de ses pensées.

— Je ne serais pas surprise de voir un cheval y entrer, dit-elle sans le regarder. Et ce qui est sûr, c'est que c'est beaucoup trop grand pour un bébé.

— Alors, qu'allons-nous faire ?

— Plan B !

— J'ai cru à une blague quand tu as parlé de l'évier de la cuisine, dit Wilder.

Tout en secouant la tête, elle tourna les robinets et vérifia la température de l'eau. Une fois l'évier rempli, elle prit l'une des serviettes pliées et l'installa au fond.

— Je pensais que c'était pour sécher Cody, fit-il remarquer.

— L'autre, oui. Celle-ci, c'est pour qu'il ne glisse pas .

— Pourquoi ai-je l'impression que tu as déjà fait ça ?

— Gagné ! répondit-elle en remontant ses manches. Un week-end où je devais garder Cody chez moi, j'avais oublié de prendre sa petite baignoire. Alors… plan B.

— Tu avais oublié sa baignoire ?

— Oui, répondit-elle en testant une dernière fois la température de l'eau avant d'y plonger le bébé.

— Ce n'est pas Leighton qui fait ses bagages ? demanda-t-il, sidéré.

— Pas toujours.

Une réponse étonnamment vague pour une femme qui semblait généralement ravie de parler de son neveu et de mettre en avant les qualités maternelles de sa sœur. Mais s'il était tenté de demander davantage de détails, il décida de laisser ce sujet en suspens. Au moins temporairement.

— Que puis-je faire pour t'aider ? demanda-t-il.

— Tu pourrais le laver pendant que je le tiens.

— Le laver me semble beaucoup plus compliqué que le tenir.

Elle lui sourit mais ne lui proposa pas d'échanger les tâches.

— Mouille le gant et passe-le doucement sur son visage et son cou, expliqua-t-elle. Sans oublier l'arrière de ses oreilles.

Il se sentait maladroit, inepte, et beaucoup trop conscient de l'enivrante odeur qui se dégageait des doux cheveux de Beth. Mais il suivit patiemment ses instructions, lavant et rinçant le petit corps de Cody.

— Ce sera beaucoup plus facile quand il pourra s'asseoir tout seul, dit-elle d'une voix rassurante.

Il lui semblait évident qu'elle avait accompli cette tâche des dizaines de fois auparavant et il s'estimait chanceux de l'avoir à ses côtés pour l'aider et le guider. Mais ses gestes assurés et l'affection manifeste qu'elle portait à son neveu l'amenaient encore une fois à s'interroger : si Leighton avait eu besoin de faire une pause, pourquoi n'avait-elle pas confié son bébé à Beth ?

Tandis qu'il réfléchissait à la question, elle avait séché, langé et habillé Cody.

— Voilà un petit garçon qui sent bien bon, murmura-t-elle en le serrant longuement dans ses bras avant de le déposer dans son siège-auto.

— Jusqu'à ce qu'il faille lui changer sa couche, ajouta-t-il en souriant.

Tout en secouant la tête, elle se retourna vers l'évier pour le vider.

Ce fut à ce moment-là qu'il remarqua que son chemisier était mouillé… et qu'il lui collait au corps comme une seconde peau.

Il aurait dû se détourner, mais il ne put se résoudre à arracher son regard de la délicate dentelle de son soutien-gorge, visible à travers le tissu devenu transparent, et des formes rondes et alléchantes de ses seins, qu'il devinait…

Quand elle sortit la serviette de l'évier et la tordit pour la sécher, cette voluptueuse poitrine se souleva dans l'effort, se collant un peu plus au tissu humide de son chemisier. Et à la regarder, il sentit une décharge de désir le traverser.

— … dans la machine à laver ?

Pour qu'elle ne le surprenne pas à la regarder, il se hâta de se détourner.

— Excuse-moi, qu'est-ce que tu as dit ?

— Je t'ai demandé si tu pouvais garder un œil sur Cody pendant que je vais mettre ces serviettes dans la machine à laver.

— Je vais y aller, répondit-il en lui prenant les serviettes des mains.

Et il se dépêcha de battre en retraite, ravi de cette occasion d'échapper à la tentation que représentait pour lui cette femme.

Plus tard ce soir-là, en descendant dans la cuisine, Max trouva Beth attablée devant une tasse de thé.

— Vous n'arrivez pas à dormir, vous non plus ? s'enquit-il.

— Non. J'espère que ma présence ici ne vous dérange pas.

— Je vais faire comme si je n'avais rien entendu, répondit-il en ouvrant le réfrigérateur pour se servir une part de tarte.

Visiblement rassurée, elle lui sourit.

— Voulez-vous une tasse de thé pour accompagner votre tarte ? demanda-t-elle.

— Merci, mais je préfère le lait, à cette heure-ci. Vous devriez en mettre une goutte dans votre thé, d'ailleurs. Cela vous aiderait à dormir.

— Il vaut mieux que je ne dorme pas trop profondément. Je veux pouvoir entendre Cody s'il se réveille.

— Wilder l'entendra. Si j'ai mis Cody dans la chambre voisine de la sienne, ce n'est pas pour rien.

Prenant son assiette et son verre, il alla s'installer en face d'elle.

— Wilder m'a dit qu'il avait pris rendez-vous à la clinique pour faire un test de paternité.

— Demain à 11 h 30, répondit-elle en hochant la tête.

— Pure perte de temps, si vous voulez mon avis.

— Je n'avais jamais entendu le nom de votre fils avant de le voir écrit sur un post-It dans l'appartement de ma sœur. Alors je vous avoue que j'ai fait quelques recherches sur lui.

— Et ?

— Et je me dis à présent que, compte tenu de la fortune de votre famille, si j'étais vous, je demanderais des preuves ADN avant d'accueillir un enfant sorti de nulle part.

— Cody n'est pas un enfant sorti de nulle part. C'est un Crawford.

— Eh bien, pour ma part, j'aimerais en avoir une preuve avant de laisser mon neveu ici.

Il l'observa un instant en silence et murmura :

— Ah. Il ne s'agit pas vraiment de Cody. Il s'agit de vous.

Elle but une gorgée de thé avant de répondre :

— J'ai promis à ma sœur que je serais toujours là pour lui.

— Et pourtant, c'est ici qu'elle l'a amené. Elle l'a abandonné et s'est déchargée de toutes ses responsabilités.

— Elle ne l'a pas abandonné. Elle a laissé Cody avec l'homme qu'elle croit être son père.

Il avait beau apprécier et admirer sa volonté de défendre sa sœur, les faits étaient là.

— Elle l'a laissé sur le pas de notre porte, reprit-il. Et je regrette si j'ai l'air de la juger trop durement, mais je dirais qu'une femme capable de laisser son enfant derrière elle ne mérite pas de l'avoir.

— De *l'avoir* ? répéta-t-elle d'un air surpris.

— Oui. Elle ne mérite pas Cody.

Lentement, elle hocha la tête, comme pour lui signifier qu'elle avait bien compris qu'ils ne parlaient plus de sa sœur. Ou plus uniquement de sa sœur.

Wilder avait-il évoqué devant elle la douloureuse histoire de leur famille ? Il y avait des chances, oui, car il ne voyait pas d'autre raison à son attitude prudente. Elle était au courant du départ de Sheila, pas de doute.

— Leighton a commis une erreur, dit-elle en se levant pour mettre son mug dans le lave-vaisselle. Mais elle reviendra chercher Cody. Vous verrez.

Il l'espérait de tout son cœur.

Il resta assis dans la cuisine avec ses seules pensées pour compagnie bien longtemps après le départ de Beth.

Il aurait dû aller se coucher, lui aussi. Le matin viendrait bien assez tôt et il aurait beaucoup à faire. Notamment parce qu'il avait ordonné à Wilder de ne pas venir travailler pour qu'il puisse passer du temps avec Cody. Naturellement, à présent que Beth était là, c'était elle qui assumerait certainement la plus grande partie des responsabilités. Mais cela ne ferait pas de mal à Wilder d'observer pour mieux apprendre, même s'il était toujours dans le déni de son lien de parenté avec l'enfant.

La réaction de son fils était compréhensible, compte tenu des circonstances, mais il semblait à Max qu'elle serait suivie de toute une gamme d'autres émotions. Ils n'en avaient pas encore discuté, mais Wilder devait être furieux que la mère de Cody ne se soit pas donné la peine de lui dire qu'elle attendait un enfant de lui. Furieux d'avoir manqué les quatre premiers mois de la vie de son petit garçon. Il devait en vouloir à cette Leighton de l'avoir privé de l'occasion d'être présent dès le départ auprès de son fils.

Tout comme lui-même avait privé Sheila de l'occasion d'être présente auprès de ses enfants…

En repensant à leur dernière conversation, la blessure qui n'avait jamais guéri se rouvrit.

En apprenant qu'elle l'avait trompé, il avait vu rouge. Peut-être aurait-il dû prendre le temps de se calmer, de réfléchir, de discuter avec Sheila. Mais il était trop blessé et trop furieux pour cela. Et puis il n'était pas dans sa nature de donner une seconde chance à une femme qui les avait trahis, lui et sa famille.

Mais au bout du compte, c'était lui qui avait été privé d'une seconde chance de sauver sa vie de famille. Car

Sheila avait signé les papiers de divorce qu'il lui avait envoyés, et immédiatement après, elle était morte à l'âge de trente-deux ans.

D'une myocardite, d'après les médecins.

Mais il connaissait la vérité : c'était lui qui l'avait tuée.

# - 7 -

Le lendemain matin, Beth était en train de donner sa bouillie de céréales à Cody quand Wilder entra dans la cuisine.

— Moi qui pensais que les ranchers étaient les plus matinaux, marmonna-t-il en passant une main sur ses joues rugueuses.

Le beau cow-boy portait une tenue semblable à celle qu'il avait le jour de son arrivée au ranch : pantalon de pyjama en flanelle et T-shirt en coton tendu sur les muscles saillants de son large torse. Même ombre de barbe, même cheveux emmêlés. Plus elle le contemplait, plus elle sentait la température de son corps grimper…

— Les ranchers n'arrivent pas à la cheville des bébés, répondit-elle en luttant pour ignorer la force de son désir.

— Oui, c'est ce que j'ai cru comprendre hier. Et avant-hier. Mais je n'ai rien entendu, ce matin.

— J'ai réussi à intervenir avant qu'il fasse trop de bruit.

— Je suis sûr que mon père l'a délibérément mis dans la chambre voisine de la mienne pour que ce soit moi qui lui donne son biberon et qui le change au milieu de la nuit.

— Et tu as fait tout ça avant-hier soir. Raison pour laquelle il me semblait normal de m'en charger cette nuit.

— Tu essaies toujours de te montrer juste, hein ?

— Peut-être.

Il avait prononcé ces mots comme s'il lui reprochait quelque chose. Comme si le sens de la justice était une sorte de défaut. Étrange.

Ou peut-être était-elle trop sensible.

— Tu veux que je fasse des œufs ? demanda-t-elle comme il venait d'ouvrir la porte du réfrigérateur.

— Je peux très bien me les préparer moi-même.

Si elle était prête à reconnaître qu'elle était susceptible, il lui fallait pour sa part admettre qu'il était arrogant.

— Je ne sais pas ce qui te prend, mais je n'ai aucune envie de jouer au papa et à la maman avec toi, ajouta-t-il.

— *Jouer au papa et à la maman* ? répéta-t-elle, vexée. Tu penses vraiment que ça m'amuse ? Tu penses qu'il y a quelque chose dans cette situation que je trouve drôle ?

Si elle s'était efforcée de ne pas parler trop fort pour ne pas perturber son neveu, elle n'avait rien fait pour dissimuler la fureur qu'avaient déclenchée en elle les propos de Wilder. Et lorsqu'elle se leva pour porter le bol vide de Cody jusqu'à l'évier, elle fut satisfaite de le voir reculer pour s'écarter de son chemin.

— Revenons sur les moments les plus *amusants*, poursuivit-elle. Celui où je suis arrivée chez ma sœur et où j'ai découvert qu'elle était partie sans me le dire. Celui où j'ai appris que mon neveu avait été confié à un étranger vivant à près de mille cinq cents kilomètres de chez moi. Les vingt-huit heures que j'ai passées au volant. Pour me retrouver prise en otage par un homme qui ne veut même pas croire qu'il est le père de Cody. Oui, tu as raison : c'est trop drôle !

Sur ces mots, elle tourna les talons et quitta la cuisine.

Il lui arrivait parfois de se comporter comme un abruti. Et apparemment, c'était le cas ce jour-là.

Wilder n'avait rien à dire pour sa défense. Certes, il aurait pu se trouver des excuses, et le fait que l'on ait laissé un bébé sur le pas de sa porte aurait dans ce cas figuré tout en haut de sa liste, mais ses actions et accusations étaient indéfendables.

Et pour être honnête avec lui-même, il devait reconnaître que ses interrogations sur son possible lien de parenté avec Cody n'étaient pas la seule chose qui l'avait tenu éveillé durant la nuit, générant ainsi cette mauvaise humeur matinale.

En se tournant et se retournant dans son lit, il avait pensé à Leighton aussi. Pourquoi ne lui avait-elle jamais dit qu'elle était enceinte ? Et même si elle avait une excuse valable à ce moment-là, pourquoi ne l'avait-elle pas contacté après la naissance de Cody ? Ou encore au moment où elle avait décidé de quitter Dallas pour Rust Creek Falls avec le petit ?

Et s'il avait longuement pensé à Leighton et à toutes les raisons qu'il avait d'être furieux contre elle, quand il avait fini par s'endormir, c'était de sa sœur qu'il avait rêvé !

Ce qui constituait un grave problème à ses yeux.

Car si Beth était une femme très séduisante, elle n'était pas du tout son type.

Sans parler du fait qu'elle était la tante de Cody. En qualité de père potentiel, il lui semblait déplacé de l'imaginer nue. Or, les rêves dans lesquels elle était apparue n'étaient pas de simples rêves. C'étaient des rêves érotiques. De merveilleux rêves érotiques dont il s'était réveillé avec une érection.

Et comme si ce n'était pas suffisamment gênant comme ça, quand il était arrivé dans la cuisine, elle était là. Avec ses yeux doux, son sourire chaleureux et ses « Tu veux que je te fasse des œufs ? ».

Alors naturellement, il s'était comporté comme un parfait abruti.

Et comme un abruti qu'il était, il n'avait pas pu s'empêcher de remarquer combien ses yeux étaient beaux même quand ils semblaient cracher des éclairs, combien ses lèvres semblaient appétissantes alors même qu'elle lui disait tout le mal qu'elle pensait de lui.

Mais à présent que la caféine commençait à agir sur son corps, il avait le bon sens de reconnaître qu'il s'était mal comporté et qu'il lui devait des excuses.

Quand Beth eut changé et habillé Cody pour sa visite à la clinique, elle était prête à admettre qu'elle avait peut-être eu une réaction excessive, tout à l'heure.

Elle était parfaitement en droit d'être en colère contre Wilder. Mais peut-être aurait-elle pu exprimer ses sentiments un peu plus calmement. C'était à cause de l'incertitude de la situation qu'ils étaient tous les deux à cran. Mais ils avaient un rendez-vous pour un test de paternité, et si elle savait qu'ils n'obtiendraient pas de réponse immédiate à leurs questions, c'était au moins un pas dans la bonne direction.

Elle retourna dans la cuisine, bien décidée à renouer le dialogue avec Wilder. Heureusement, il était toujours là.

— Que les choses soient claires, dit-elle. Je n'ai pas plus envie d'être ici que tu n'as envie que j'y sois.

— Je sais, répondit-il en mettant son assiette dans le lave-vaisselle. Assieds-toi, s'il te plaît.

Après avoir déposé Cody dans son siège-auto, elle s'exécuta. Un mug de café avait été posé à sa place, et à sa grande surprise, il posa une assiette devant elle.

— Qu'est-ce que c'est ? demanda-t-elle bien qu'elle

n'ait besoin d'aucune explication pour identifier des œufs brouillés au bacon.

— Mes excuses.

— Pour quelle raison penses-tu avoir à t'excuser ?

— Parce que je me suis défoulé sur toi, alors que c'est à ta sœur que j'en veux.

Son honnêteté, aussi surprenante que ses remords évidents, la toucha profondément.

— Excuses acceptées, dit-elle avant d'entamer ses œufs.

— C'est vrai ? Comme ça ?

— Je suis moi-même assez fâchée contre Leighton.

Car elle ne comprenait toujours pas pourquoi, si sa sœur trouvait sa tâche de maman si difficile, elle ne lui avait pas demandé son aide à elle.

Mais la question à peine formulée dans son esprit, elle en trouva la réponse. Pourquoi ? Parce que Leighton l'avait toujours considérée comme la préférée, celle qui respectait les règles et faisait toujours tout comme il fallait, y compris suivre les traces de leur mère en devenant institutrice. Leighton, au contraire, aimait enfreindre les règles. Elle avait même abandonné le lycée à l'âge de seize ans pour chanter dans un groupe. Après quoi elle s'était mise à travailler comme barmaid, se vantant de gagner plus d'argent en un soir de pourboires que Beth en une semaine de travail avec « ses petits morveux ».

— Alors on remet les compteurs à zéro ? demanda Wilder, la ramenant doucement à l'instant présent.

— On remet les compteurs à zéro.

Elle était un peu angoissée à l'idée d'amener Cody dans une clinique pleine de personnes potentiellement malades, mais à leur arrivée, elle fut rassurée de constater que les lieux étaient propres et lumineux.

Dans la salle d'examens, le médecin commença par leur expliquer comment était pratiqué le test. Wilder proposa de passer en premier.

Le médecin se contenta de frotter ce qui ressemblait à un coton-tige à l'intérieur de sa joue. Après quoi il déposa l'ustensile dans un tube.

Cody, lui, se montra moins coopératif, refusant de garder la bouche ouverte. Cependant, le médecin, habitué à ce genre de comportement de la part des nourrissons, ne tarda pas à obtenir un échantillon qu'il jugea satisfaisant. Et moins d'une demi-heure après leur arrivée, ils quittèrent la clinique.

— Ça paraît presque trop simple pour l'importance que ça a, murmura-t-elle tandis qu'ils retournaient vers le pick-up.

— Ne nous reste plus qu'à attendre qu'un ordinateur analyse cette salive et nous dise si je suis ou non le père de Cody. Mais je ne comprends pas pourquoi il faut attendre sept à dix jours pour ça. Enfin, j'imagine que c'est toi la plus embêtée.

— Je ne peux pas vraiment me plaindre de passer les vacances avec mon petit gars préféré.

— Je suis flatté !

Elle leva les yeux au ciel.

— Wilder, tu sais très bien que ce n'était pas de toi que je parlais.

— Oui, répondit-il en souriant. Mais j'aime bien te voir rougir.

— J'ai rougi ? J'ai le visage tellement gelé que je ne peux même pas m'en rendre compte.

Tout en riant, il lui ouvrit la portière passager.

— Tu as faim ? demanda-t-il une fois installé au volant.

— Un peu.

— Que dirais-tu d'aller au Gold Rush Diner ? C'est correct.

— Entendu. Je te fais confiance.

Le restaurant était situé non loin de la clinique. Il était tôt, mais beaucoup de clients étaient déjà attablés.

Pour pouvoir installer le siège de Cody sur la banquette, elle demanda un box. Pendant le court trajet en voiture, le petit garçon s'était endormi.

Elle passa rapidement en revue le menu, avant de se décider pour un sandwich au poulet épicé. Quand la serveuse arriva, elle commença à prendre leur commande, mais bien vite, Beth s'aperçut qu'elle n'écoutait plus ce qu'ils disaient. Le regard fixé sur le bébé endormi, la jeune femme s'était mise à soupirer.

— Tu as vu ? lui dit Wilder quand la serveuse se fut éloignée.

— Qu'est-ce que j'aurais dû voir ?

— La façon dont elle a regardé Cody.

— Ça arrive tout le temps. Il est tellement adorable.

— Mon père te dirait que c'est une preuve de plus que c'est un Crawford, dit-il en se rengorgeant.

Elle haussa les épaules et se mit à inspecter les lieux. Et elle eut la désagréable impression que les autres clients l'observaient.

— Pourquoi ai-je le sentiment que l'on nous regarde ?

— Parce que c'est probablement le cas, répondit-il en se mettant à son tour à jeter des coups d'œil autour de lui.

— Me voilà rassurée !

— À moins que ce ne soit moi qu'ils regardent. Rust Creek Falls est une petite ville. Les étrangers et les nouveaux venus sont rares. Les Crawford du Texas, comme certains nous appellent ici, ont fait beaucoup parler d'eux depuis qu'ils ont déboursé une petite fortune pour acheter l'Ambling A.

— Je vois. Mais si les autres clients te regardent, toi, Wilder Crawford du Texas, ils doivent aussi s'interroger sur ta relation avec ce bébé qui, à en croire ton père, a absolument tout d'un Crawford.

— J'imagine que les rumeurs vont bon train…, murmura-t-il pensivement.

— Et cela ne te dérange pas ?

— J'essaie de ne pas me laisser déranger par des choses que je ne peux pas contrôler, répondit-il en haussant les épaules.

— Très zen, comme attitude.

— Et il y a un avantage secondaire : si la rumeur prétend que j'ai fait un enfant à une femme et que j'ai fui Dallas pour échapper à mes responsabilités, cela devrait décourager les femmes d'ici qui envisageaient de mettre la main sur le dernier Crawford du Texas célibataire.

— Tu crois vraiment que les gens disent ça ? demanda-t-elle, soudain très inquiète pour sa réputation.

— Je ne sais pas. Mais je l'espère.

Consternée, elle secoua la tête.

— C'est vraiment si horrible que ça d'être courtisé par quelques jeunes femmes de Rust Creek Falls ?

— *Courtisé* ? Je dirais plutôt « pourchassé » ! Et tout ça parce que mon père a mis ma tête à prix.

— Je ne comprends pas.

— Mon père a offert à une entremetteuse une somme d'argent colossale pour trouver une femme à chacun de ses fils.

Elle avait peine à imaginer que l'un ou l'autre des frères Crawford ait pu avoir besoin d'aide pour attirer l'attention des femmes. Si elle ne les avait pas encore tous rencontrés, il y avait suffisamment de photos dans la maison pour prouver qu'ils étaient tous plus beaux les uns que les autres. Même si, à ses yeux, Wilder se détachait nettement du lot.

Mais il y avait autre chose dans l'explication qu'il venait de lui donner qui avait éveillé sa curiosité.

— Une vraie entremetteuse ? demanda-t-elle.

— Eh bien, officiellement, elle est organisatrice de mariages, ce qui ne l'a pas empêchée de relever le défi. Toutes ses tentatives se sont révélées infructueuses, et pourtant, chacun de mes frères s'est soit fiancé soit marié, depuis notre arrivée à Rust Creek Falls.

— Depuis combien de temps avez-vous emménagé ?

— Six mois.

— C'est une plaisanterie ?

— Absolument pas. À peine un mois après une rencontre fortuite dans le bureau de l'entremetteuse en question, Logan a épousé Sarah et est devenu un père de substitution pour la petite Sophia. Puis Xander est tombé amoureux de Lily, qui avait à l'origine été identifiée comme la partenaire idéale de Knox. Après ça, mon père a commencé à se vanter d'avoir réussi à fiancer deux de ses fils, alors Knox a épousé Gen par défi, pour lui faire comprendre qu'il n'avait pas à se mêler de ses affaires.

— C'est une réaction un peu excessive, non ?

— Je trouve aussi. Mais au final, elle a eu des conséquences inattendues : ils ont fini par tomber amoureux.

— Inattendues, mais heureuses alors.

— Peut-être. Ça dépend de quel point de vue on se place.

— Tu ne penses pas qu'ils soient heureux ?

— Si. Mais je ne pense pas que tomber amoureux soit toujours une conséquence heureuse.

— Tu es déjà tombé amoureux ?

— Je suis beaucoup trop bien campé sur mes deux pieds pour tomber, répondit-il en lui adressant un clin d'œil.

Elle leva les yeux au ciel.

— Bon. Ça fait trois sur six, dit-elle. Et les autres ?

— Finn a été le suivant. Ou peut-être était-il le premier, parce qu'il était sorti avec Avery à Dallas avant que l'on emménage dans le Montana, mais ils se sont mariés il y a seulement deux mois. Enfin, pour la deuxième fois, parce qu'ils s'étaient déjà mariés à la va-vite. Ça a été une grande fête. On avait convaincu Hunter d'embaucher une nourrice pour sa fille afin qu'il puisse s'amuser, et maintenant… il est fiancé avec la nourrice !

— D'accord. Mais pour en revenir à Logan et Sarah, tout a commencé avec le rendez-vous chez l'entremetteuse. Alors elle a peut-être joué un rôle plus important que celui que tu lui accordes.

S'il s'agissait d'une chose à laquelle elle n'avait jamais songé jusqu'ici, engager un professionnel pour l'aider à trouver l'homme de sa vie ne lui apparaissait pas du tout comme une mauvaise idée. Car bien qu'elle ait très envie de croire que l'homme de ses rêves l'attendait quelque part, à vingt-huit ans, elle commençait à douter de ses capacités à le trouver toute seule.

— Peut-être, répondit Wilder pensivement.

— Est-ce que cette entremetteuse essaie de te chercher quelqu'un en ce moment ?

— Je ne sais pas, mais elle peut toujours essayer. Parce que je n'ai aucune intention de me laisser manipuler par elle. Et encore moins par mon père.

— Leighton s'est toujours vantée de ne jamais se laisser dire ce qu'elle avait à faire, elle aussi. Raison pour laquelle j'ai été si surprise d'apprendre qu'elle avait emmené Cody ici, alors que, dès le premier jour, je l'avais encouragée à contacter le père.

— À ton avis, pourquoi a-t-elle fini par se décider à t'écouter ?

— Je ne sais pas. Mais je suis sûre qu'elle a fait ce qu'elle pensait être le mieux pour Cody.

— Tu penses vraiment qu'elle reviendra ?

— J'en suis certaine, répondit-elle en tentant d'insuffler plus d'assurance dans sa voix qu'elle n'en ressentait réellement.

Elle avait très envie d'y croire, mais après cinq jours sans la moindre nouvelle de sa sœur, elle commençait à douter.

À l'instant où la serveuse posa leurs assiettes et leurs boissons devant eux, Cody se réveilla. Beth lui donna sa tétine pour l'occuper. Cependant, il suivit du regard sa main quand elle prit une frite pour l'approcher de sa bouche.

— Je sais que tu aimerais bien goûter, lui dit-elle en riant. Mais il va falloir attendre que tu aies quelques dents avant de t'attaquer à ça. Même si, à la façon dont tu mâchonnes cette tétine, je ne serais pas surprise que les premières ne tardent pas à arriver.

— À quel âge les bébés ont-ils leurs premières dents ?

— En moyenne, six mois. Mais cela peut être trois mois ou un an.

— Comment se fait-il que tu en saches tant sur le sujet ?

— Je lis beaucoup.

— Ces livres que tu as achetés pour Leighton ?

Surprise par cette question, elle le regarda en plissant les yeux.

— Qu'est-ce qui te fait penser que c'est moi qui les ai achetés ?

— Ce n'est pas toi ?

— Si. Mais j'aimerais juste savoir comment tu en es arrivé à cette conclusion.

— Je ne vais pas te faire croire que j'ai bien connu ta sœur, mais du peu que j'ai pu en voir, elle n'était pas du genre à lire pour s'informer.

— Bien vu. Je pense que c'est pour ça qu'elle m'a demandé d'assister à l'accouchement. Elle n'est même pas allée aux cours de préparation qui lui étaient proposés. Parce qu'elle savait que j'avais beaucoup lu à ce sujet, et que je serais là pour tout lui expliquer.

— Tu étais vraiment là… quand le bébé est né ?

— Oui, répondit-elle en se tournant vers Cody.

Et elle sourit au souvenir de son petit visage rouge et fripé au moment où il avait poussé son premier cri.

— Comment était-ce ? demanda Wilder.

— La naissance ?

— Oui.

— Long, pénible et compliqué.

Elle s'interrompit, sourit, et conclut :

— Et aussi beau, magique, merveilleux.

— Combien de temps cela a-t-il pris ?

— Seize heures. Leighton n'a pas failli une seule seconde. À un moment, ils ont envisagé de pratiquer une césarienne, mais elle a insisté pour poursuivre le travail par voies naturelles et elle a fini par réussir.

Elle avait plus tard découvert que si sa sœur s'était à ce point opposée à la césarienne, c'était parce qu'elle avait peur d'une cicatrice qui l'aurait empêchée de porter un bikini.

D'aucuns auraient pu juger ce raisonnement absurde,

mais Beth comprenait les racines du manque d'assurance de sa sœur. Car si Leighton avait eu des difficultés à l'école, elle avait vite compris que sa beauté était un atout, qu'elle pouvait jouer là-dessus. Raison pour laquelle elle n'avait pas voulu d'une cicatrice qui aurait pu diminuer son estime d'elle-même.

— Mais Leighton s'est battue, reprit-elle. Et Cody a fini par venir au monde, avec ses deux kilos neuf et ses cinquante et un centimètres. Il avait beaucoup de cheveux et ses poumons fonctionnaient très bien.

Elle sourit au souvenir de ces poumons qui avaient annoncé avec tant de force son arrivée à toute la maternité. Mais ce sourire disparut aussitôt quand elle releva les yeux vers Wilder.

— Je suis désolée que tu n'aies pas eu la possibilité d'être là, dit-elle.

— Moi aussi.

— Aurais-tu souhaité être présent ? demanda-t-elle, à la fois surprise et touchée par les regrets sincères qu'elle avait perçus dans le ton de sa voix.

Il but une longue gorgée de soda avant d'acquiescer.

— Oui. J'aurais souhaité être là.

Sans lui laisser le temps d'ajouter autre chose, la serveuse s'approcha pour débarrasser.

— Puis-je vous proposer un dessert ?

— Rien pour moi, répondit Beth.

— Pour moi non plus, dit Wilder. Juste l'addition.

Quand la jeune femme leur présenta la note, il plongea la main dans sa poche pour en sortir son portefeuille. Mais Beth fut plus rapide, elle avait déjà sorti sa carte du sien.

— Qu'est-ce que tu fais ? s'exclama-t-il quand elle la tendit à la serveuse.

— J'offre le déjeuner. C'est le moins que je puisse faire, compte tenu du fait que je suis nourrie et logée gratuitement chez toi.

— Très bien. Je te laisse payer. Mais je t'interdis de sortir ton portefeuille pour le reste de la journée.

# - 8 -

— Tu m'as dit que tu voulais aller à l'épicerie, dit Beth tandis qu'ils poussaient ensemble les portes du magasin. Tu n'as pas précisé que c'était « l'épicerie Crawford ».

— Mais je t'avais bien dit qu'en marchant dans les rues on était certain de tomber sur un Crawford ou deux, répondit Wilder.

Tout en discutant, ils s'étaient approchés du comptoir, derrière lequel se trouvait une jolie blonde.

— Et je te présente ma cousine au cinquième ou sixième degré, ajouta-t-il.

— Mais vous pouvez m'appeler Natalie, précisa l'employée en lui souriant chaleureusement.

— Natalie, je te présente Beth.

— Enchantée, dit poliment Beth.

Mais la jeune femme avait déjà tourné son attention vers le siège-auto que Wilder tenait à la main.

— Et je présume que c'est Cody, murmura-t-elle en s'accroupissant pour mieux regarder le petit. Maggie m'a dit qu'il y avait un nouveau bébé à l'Ambling A.

Intriguée, Beth se tourna vers Wilder pour l'interroger du regard.

— Maggie est la femme du frère de Natalie, Jesse. Ce sont eux qui nous ont prêté le lit et le rocking-chair.

Reconnaissant les noms à présent qu'ils étaient replacés dans leur contexte, Beth hocha la tête.

— Alors, qu'est-ce qui vous amène aujourd'hui ? demanda Natalie. Vous faites le tour de la ville pour rencontrer la famille ?

— Beth a déjà suffisamment de mal comme ça à s'adapter au climat du Montana, répondit Wilder. Je ne pense pas qu'elle ait besoin d'être en plus présentée à notre famille.

— Les Crawford ne sont pas si mal, fit remarquer Natalie avant d'adresser un clin d'œil à Beth. Même si j'entends circuler beaucoup de rumeurs sur la branche texane de la famille.

— Nous sommes là parce que Beth a besoin de sous-vêtements.

Et soudain, Beth se sentit beaucoup moins à l'aise.

— Quoi ? s'exclama-t-elle.

Elle n'avait qu'une seule culotte de rechange dans son sac de voyage, puisqu'elle n'avait prévu de passer qu'une seule nuit chez sa sœur, mais comment pouvait-il le savoir ?

— Des sous-vêtements *longs*, précisa-t-il.

Gênée, elle évita son regard. Elle n'arrivait pas à croire que ce cow-boy qu'elle ne connaissait que depuis deux jours l'avait amenée ici pour acheter des sous-vêtements. Même s'il s'agissait de sous-vêtements thermiques.

— Beth est de Dallas, expliqua-t-il. Elle n'est donc pas préparée pour notre hiver.

— Combien de temps envisagez-vous de rester à Rust Creek Falls, Beth ? demanda Natalie.

— Sept à dix jours, je pense.

— Alors vous allez avoir besoin d'un vrai manteau. Et de bonnes chaussures aussi.

Instinctivement, Beth recroquevilla ses orteils congelés dans ses bottines.

— Avery m'a dit qu'elle pouvait lui prêter un manteau, intervint Wilder. Elle ne peut plus porter ses affaires, avec son petit ventre.

— Et elle doit avoir des dizaines de paires de bottes, aussi, dit Natalie.

— Oui, mais elle chausse plus grand que Beth.

— Comment le sais-tu ? demanda Beth, médusée.

— Parce que je le lui ai demandé.

— Mais tu ne m'as rien demandé, à moi.

— Non, mais j'ai regardé ta pointure sous tes chaussures. Tu fais du 37, Avery fait du 39. Mais Sarah m'a dit qu'elle avait une paire de bottes en 37 qu'elle pourrait te prêter.

— Une paire de chaussettes épaisses ne ferait pas de mal non plus, ajouta Natalie.

— Je pense aussi qu'elle en aura besoin, répondit Wilder.

Agacée, Beth secoua la tête.

— *Elle* apprécierait beaucoup de pouvoir décider par elle-même de ce dont *elle* a besoin ou pas, rétorqua-t-elle sèchement.

— J'essayais juste de t'aider, marmonna Wilder.

— Ce qui aiderait, dit Natalie, ce serait que tu ailles faire un petit tour au café.

— Je n'ai pas envie de café, répondit-il.

— Ce que je veux dire, c'est que je ne pense pas que Beth ait envie que tu sois derrière elle pendant qu'elle choisit ses sous-vêtements.

— Merci, murmura Beth, reconnaissante, quand Wilder quitta le magasin.

— Les hommes ont parfois du mal à comprendre les choses élémentaires, fit remarquer Natalie.

— C'est gentil de sa part de penser aux choses dont je

pourrais avoir besoin, mais c'est un peu gênant de discuter sous-vêtements avec un homme que je connais à peine.

— Je comprends. Bon, la clé pour survivre aux hivers du Montana repose dans le principe des couches. Les sous-vêtements longs se portent sur les sous-vêtements habituels et sous les vêtements.

— Je sais. C'est juste que…

— Tu t'es laissé déstabiliser par ce beau cow-boy qui te parlait sous-vêtements.

Beth sentit ses joues s'empourprer.

— Plus ou moins.

— Alors tu le trouves beau ? demanda Natalie en souriant.

— J'ai aussi besoin de sous-vêtements normaux, dit-elle pour éluder la question.

Elle n'avait aucune envie de discuter de la beauté de Wilder ou d'admettre, même en son for intérieur, qu'elle avait les genoux qui flanchaient à chaque fois qu'il se trouvait un peu trop près.

— Je ne pensais pas m'absenter plus d'un jour, expliqua-t-elle. Je n'ai pas pris beaucoup de vêtements de rechange.

— Nous n'en avons pas un grand choix. Les femmes qui veulent de la jolie lingerie vont à Kalispell ou achètent en ligne. Mais on a quelques ensembles en coton avec un peu de dentelle.

— Je ne recherche pas quelque chose de sexy. Personne d'autre que moi ne verra mes dessous.

— C'est dommage, répondit Natalie d'une voix taquine.

Et elle avait raison.

C'était dommage qu'elle ne se soucie pas du regard que pourraient porter les hommes sur ses sous-vêtements, parce que cela signifiait qu'elle n'avait aucune perspective d'avenir sur le plan sentimental. Mais tant qu'elle n'aurait pas réglé le problème de Cody, la situation demeurerait ainsi.

Quand Wilder retourna à l'épicerie après avoir pris son café, Beth se trouvait devant le comptoir.

— Qu'est-ce que tu fais ? lui demanda-t-il en la voyant sortir sa carte bleue.

— Je paie mes vêtements.

— Tu m'as dit que tu étais d'accord pour ne pas sortir ton portefeuille du reste de la journée.

— C'était avant que je sache que nous allions venir ici.

— Un marché est un marché, affirma-t-il en tendant sa propre carte à Natalie.

— Je n'aurais pas pris la moitié de ces affaires si j'avais su que tu allais me les offrir !

— Au moins, ça prouve que tu es différente des autres femmes avec qui Wilder a été vu en ville, fit remarquer Natalie tandis qu'il tapait son code.

— Comment ça ? demanda Beth, l'air méfiant.

— Il t'offre des vêtements au lieu de te retirer ceux que tu portes, répondit Natalie.

Agacé, Wilder lui arracha le ticket des mains.

— Merci de ton aide, Nat, dit-il ironiquement.

— Je t'en prie, répondit cette dernière en lui adressant un clin d'œil.

À leur retour à l'Ambling A, Beth laissa Wilder préparer le biberon de Cody pendant qu'elle portait ses achats dans sa chambre. Elle se sentait un peu gênée d'avoir laissé cet homme qu'elle connaissait à peine, et qui avait été l'amant de sa sœur, lui offrir des vêtements, mais les arguments qu'il lui avait donnés sur le trajet du retour n'étaient pas dépourvus de fondement : ce qu'il avait fait pour elle n'était rien comparé à tout ce qu'elle avait fait pour Cody.

Elle n'attendait pas de dédommagement, cependant. Tout ce qu'elle avait fait pour son neveu, elle l'avait fait par amour.

Une fois ses nouveaux vêtements rangés, elle se rendit dans la chambre de Cody pour demander quelque chose à Wilder. Mais elle oublia sa question aussitôt que son regard se posa sur le cow-boy qui donnait le biberon à Cody niché au creux de ses bras musclés.

Elle la voyait, désormais, la ressemblance physique entre l'homme et l'enfant qui, à en croire Max, était si évidente. Mais il n'y avait pas que ça. Ils semblaient… à leur place ensemble.

Père et fils.

Wilder avait beau répéter que le lien de parenté n'était pas prouvé, à voir le regard à la fois tendre et sérieux qu'il portait sur Cody blotti dans ses bras, elle n'avait plus aucun doute sur le fait qu'il avait de l'affection pour lui. Et même si elle en voulait toujours à Leighton pour la façon dont elle s'était comportée, elle commençait à se dire que sa sœur avait peut-être bien fait d'amener le petit garçon ici.

En regardant Wilder retirer le biberon de la bouche de Cody pour le hisser contre son épaule et masser doucement son petit dos, elle sentit son cœur se gonfler dans sa poitrine.

Mais même si Leighton avait fait ce qu'il fallait, où était-elle, à présent ? Et pourquoi était-elle injoignable ?

Qu'elle ne souhaite pas entrer en contact avec elle

était une chose, mais elle n'arrivait pas à comprendre pourquoi elle refusait également de parler à l'homme à qui elle avait laissé son bébé.

Comment se faisait-il qu'elle ne s'inquiète pas pour Cody ? Elle aurait tout de même dû se faire un peu de souci.

Cela dit, Wilder, à peine capable de changer une couche il y a quelques jours, s'en sortait plutôt bien, à présent.

Seulement Leighton n'avait aucun moyen de le savoir, vu qu'elle n'avait contacté personne.

Beth avait vérifié ses différents comptes sur les réseaux sociaux, envoyé des messages à ses amis et même appelé son employeur. En vain.

Désespérée par la situation, elle se rendit dans la cuisine pour réfléchir à ce qu'elle allait préparer pour le dîner.

Tapant des pieds pour dégager la neige de ses bottes, Max arriva quelques heures plus tard.

— D'après la météo, on pourrait bien avoir dix à douze centimètres de neige en plus dans la nuit, annonça-t-il.

— Quelle horreur ! s'exclama Beth.

Tout en retirant ses bottes, Max se mit à rire.

— Dallas vous manque déjà ?

— Dallas m'a manqué dès le moment où je suis arrivée à Colorado Springs.

— Qu'est-ce qui cuit ? demanda-t-il en accrochant son manteau à la patère.

— Du pot-au-feu.

— Ça sent bon.

— J'espère que ce sera bon.

— Ça l'est, intervint Wilder.

Intriguée par cette affirmation, elle lui jeta un regard interrogateur.

— Je me suis permis de goûter à des fins de contrôle de qualité, expliqua-t-il en haussant les épaules.

— Je t'interdis de procéder à de nouveaux contrôles, lui ordonna son père. J'aimerais qu'il y ait des restes pour mon déjeuner de demain.

— Vous ne serez pas là pour le dîner ? s'enquit Beth.

— J'ai d'autres projets, en effet.

— Quel genre de projets ? demanda Wilder.

Les joues ridées de Max prirent une teinte légèrement plus rose.

— J'ai… quelque chose… à Kalispell.

— *Quelque chose* ? répéta Wilder en plissant les yeux.

— J'ai rendez-vous avec quelqu'un pour le dîner.

— Une femme ?

— Je vais me doucher.

Ce fut la seule réponse qu'apporta Max à son fils avant de s'éclipser.

— Wilder, tu ne devrais pas taquiner ton père comme ça, fit remarquer Beth quand Max eut quitté les lieux.

— Je ne voulais pas le taquiner du tout. C'est juste que… j'ai été surpris d'apprendre ses projets. Il changeait de petite amie quasiment tous les mois, quand nous étions à Dallas, mais depuis que l'on est à Rust Creek Falls, il est tellement occupé par le ranch que je ne pensais pas qu'il avait eu l'occasion de rencontrer une femme.

— Il a peut-être envie de trouver l'amour, lui aussi. Comme ses fils.

— Peut-être.

Mais il paraissait en douter.

— Ça te gêne… que ton père voie des femmes ?

— C'est sa vie, marmonna-t-il en haussant les épaules.

— Alors pourquoi sembles-tu si soucieux ?

— Parce que ça ne lui ressemble pas de se montrer si secret à l'égard de ses projets.

— Alors c'est plus la possibilité qu'il ait rencontré une femme qui compte vraiment pour lui que le fait qu'il sorte avec des femmes qui t'inquiète.

— Derrière ses dehors austères, il a un cœur fragile. Le départ de ma mère l'a vraiment brisé.

— Seulement lui ?

Prenant un air détaché, il haussa les épaules.

— Je ne peux pas dire que cela m'ait vraiment touché dans la mesure où je n'étais qu'un bébé quand elle est partie, répondit-il. Je n'ai aucun souvenir d'elle.

Ne sachant pas vraiment quoi répondre et sentant que toute tentative de creuser un peu plus le sujet serait rejetée, elle garda le silence.

— Drôle de coïncidence, tu ne trouves pas, que la mère de Cody soit partie quand il était trop jeune pour se souvenir d'elle… exactement comme la mienne, reprit-il.

— Ce n'est pas vraiment la même situation.

— À mes yeux, si.

— Leighton n'est pas partie pour toujours, dit-elle.

— Le temps nous le dira.

De crainte que la situation ne dégénère en une autre dispute au sujet de sa sœur, elle décida de changer de sujet.

— Et si tu allais voir comment va Cody pendant que je sers le dîner ?

Au moment où elle se pencha pour sortir le pain du four, l'expression qu'il avait utilisée le matin lui revint à l'esprit. « Jouer au papa et à la maman. » S'il lui semblait toujours qu'il n'y avait rien de drôle dans la situation actuelle, tout bien considéré, être ici avec Wilder et Cody… n'était pas si désagréable.

Wilder prit une épaisse tranche de pain pour la tartiner de beurre.

— Beth, tu sais que la plupart des gens vont chez le boulanger, quand ils ont besoin de pain.

— Je ne vois pas pourquoi j'irais m'aventurer dehors dans ce froid sibérien pour quelque chose que je peux faire moi-même.

— Il m'a fallu du temps pour m'adapter au froid, moi aussi. Mais un rancher ne peut pas rester à l'abri chez lui quand il y a des animaux à soigner.

— Alors c'est une bonne chose que je ne sois pas rancher.

— Il faudrait tout de même que l'on sorte profiter de la neige.

— Ne compte pas sur moi !

— Tu as déjà fait une balade sur un traîneau tiré par un cheval ?

— Non. Et si la question suivante est « Aimerais-tu faire une balade sur un traîneau tiré par un cheval ? », la réponse est également non.

— Je parie que Cody adorerait ça.

— N'essaie pas de m'amadouer.

— Ce n'était pas mon but. Mais je suis surpris que tu laisses ton neveu manquer une activité sympa juste pour pouvoir rester au chaud.

Sachant qu'il avait gagné, elle poussa un lourd soupir.

— Très bien. On ira demain.

— N'oublie pas tes sous-vêtements longs, dit-il avec un grand sourire.

# - 9 -

Debout devant la fenêtre, Beth observait le paysage immaculé. Les dix à douze centimètres de neige promis pour la nuit étaient bien arrivés : tout était recouvert d'un lourd manteau blanc.

— C'est joli, hein ? dit-elle à Cody.

Elle le tenait dos contre elle pour qu'il puisse voir ce qu'elle voyait. D'un geste hésitant, il posa la main sur la vitre avant de la ramener vivement vers lui.

— C'est bien le problème, mon grand. Ça a beau être joli, ça doit être très froid pour que ça tienne comme ça.

Wilder, qui venait d'entrer dans la pièce, s'approcha d'eux.

— Il ne fait pas si froid, aujourd'hui, dit-il.

— La neige n'a pas fondu.

— Non. Et c'est pour ça que l'on va aller mettre nos manteaux et nos bottes pour que Cody puisse faire sa première balade en traîneau.

Elle aima la façon dont il prononça ces derniers mots. Comme s'il envisageait qu'il y ait une deuxième balade et une troisième. Comme s'il souhaitait que le petit garçon passe d'autres hivers avec lui dans le Montana. Et peut-être les autres saisons aussi.

Pour sa part, elle pensait que ce serait sa première et sa dernière balade en traîneau. Elle était persuadée qu'elle serait trop préoccupée par ses mains et ses pieds gelés pour l'apprécier. Mais une promesse était une promesse.

Conformément à ses instructions, elle enfila sur sa culotte et son soutien-gorge ses sous-vêtements thermiques avant de mettre un haut à manches longues, un pull épais, un jean et deux paires de chaussettes. Cody fut lui aussi revêtu de plusieurs couches superposées. Wilder avait emprunté pour lui un burnous doublé de polaire, des moufles et un bonnet.

Dans le hall, elle enfila le manteau prêté par Avery, les bottes prêtées par Sarah.

Quand, enfin prête, elle se tourna vers Wilder, il la regardait en souriant.

— Sortons avant que tu meures de chaud, dit-il.

Dehors, l'air frais lui fit l'effet d'une gifle, mais elle oublia le mauvais temps aussitôt que son regard se posa sur les deux énormes chevaux noirs attelés au traîneau. Noir également, il était décoré d'arabesques rouges et vertes.

— Tu l'as volé au Père Noël ? demanda-t-elle, émerveillée.

— Je ne ferais jamais une chose pareille. Pour tout te dire, c'est un ancien traîneau de médecin.

— Alors tu l'as volé à un médecin.

— Là encore, je ne ferais jamais une chose pareille. Mon père l'a acheté dans une vente aux enchères et l'a restauré.

— Il est magnifique, dit-elle en faisant glisser ses doigts gantés sur sa surface vernie.

— Et on y est merveilleusement bien. Monte, dit-il en lui tendant la main.

S'appuyant un peu sur lui, elle se hissa sur le traîneau.

— Il n'y a pas de ceinture de sécurité, fit-elle remarquer après s'être tournée de tous les côtés.

Délicatement, il déposa Cody sur ses genoux.

— Les ceintures de sécurité n'avaient pas été inventées, à l'époque où ce traîneau a été fabriqué. Mais il est parfaitement sûr, je te le promets.

Vaguement angoissée, elle se mordilla la lèvre en serrant Cody un peu plus fort contre elle.

— Tu n'es pas convaincue ? s'enquit-il.

— Je suis une rabat-joie, tu as oublié ?

— Il n'y a rien de mal à être prudent. Mais fais-moi confiance. Je n'aurais jamais proposé cette balade si je n'avais pas été sûr à cent pour cent que Cody ne courrait aucun risque. Mais si cela peut te rassurer, je peux toujours aller chercher des sangles pour vous faire des ceintures.

Ça l'aurait rassurée, oui. Mais il ne semblait pas y avoir suffisamment de place sur la banquette pour qu'ils y tiennent à trois côte à côte. Et puis, elle n'était peut-être pas obligée de se montrer aussi rigide tout le temps.

— Tu en es sûr à cent pour cent ? demanda-t-elle en le regardant dans les yeux.

— Oui, affirma-t-il en soutenant son regard.

— Et tu n'iras pas trop vite ?

— C'est toi qui donnes le rythme, répondit-il en lui adressant un clin d'œil.

Serrant un peu plus fort Cody dans ses bras, elle décida d'ignorer ces paroles équivoques.

— Bon, d'accord. Allons-y.

Après avoir pris place à côté d'elle, il s'empara des rênes et elle ressentit une petite décharge d'adrénaline quand les chevaux se mirent à avancer. Mais leur allure se fit bientôt lente et régulière, le glissement du traîneau était doux, et elle ne tarda pas à se détendre.

Tandis qu'ils avançaient sur le sol couvert de neige, Wilder lui montra les autres bâtiments de la propriété ainsi que les maisons qu'occupaient ses frères, et il répondit à ses nombreuses questions sur les vaches et les chevaux qu'elle discernait dans le lointain.

— Alors, ça ne valait pas le coup de quitter la maison ? lui dit-il en arrêtant le traîneau au sommet d'une colline qui surplombait l'ensemble de l'immense propriété.

— Largement, répondit-elle en tournant la tête de tous côtés pour mieux admirer la beauté immaculée du paysage. Tout ça est vraiment à toi ?

— Pas qu'à moi, non, répondit-il en souriant. Mais tout ce que tu peux voir jusqu'à cette clôture…

Il pointa du doigt une barrière dans le lointain.

— … appartient à l'Ambling A.

— Tu aimes vraiment cet endroit, hein ?

— Je pensais que la proximité de la ville me manquerait quand on a déménagé. Et ça a été le cas, au début. Mais je suis toujours surpris par la rapidité avec laquelle je me suis habitué à ce lieu.

— Ce lieu qui se trouve au milieu de nulle part.

— La vie est une question de choix. Mon père a choisi de venir ici, et il a beau me rendre fou parfois, j'avais envie de le soutenir dans son choix.

— Tu es un bon fils, Wilder.

— Merci. Mais ce n'est pas parce qu'on est un bon fils que l'on est un bon père, n'est-ce pas ?

— Pas nécessairement en effet. Mais avoir un modèle parental positif ne peut pas faire de mal. En tout cas, merci de nous avoir invités à cette promenade, Cody et moi.

— Tout le plaisir est pour moi, dit-il en souriant avant de jeter un coup d'œil au bébé endormi. Même si je ne suis pas sûr que Cody en ait beaucoup profité.

— Au moins, ça lui aura fait prendre l'air.

— L'une des choses que je préfère dans le ranching, c'est de travailler en extérieur. Je n'aurais jamais pu rester enfermé dans un bureau de 9 à 17 heures.

— Mais en tant que rancher, tu dois faire beaucoup plus d'heures de travail par jour, non ?

— Oui. Et sept jours sur sept.

— S'il s'avère que tu es bien le père de Cody, comment vas-tu concilier ton travail et tes responsabilités parentales ?

— Je ne sais pas. Mais je sais que ma famille m'aidera. Et mes amis. Ce qu'il y a de bien avec les petites villes comme Rust Creek Falls, c'est qu'il y a beaucoup d'entraide.

— À t'écouter parler, on ne croirait pas que tu as emménagé ici il y a seulement six mois.

— C'est vrai que j'ai l'impression d'avoir vécu ici toute ma vie.

— Ce n'est peut-être pas sans lien avec le fait que tu partages ton nom de famille avec la moitié des habitants de la ville !

Il éclata de rire, et elle frissonna. Et pas de froid.

— Pas tout à fait la moitié, mais tu as sûrement raison, répondit-il.

— Alors tu n'as pas le moindre doute ? Tu penses que tu seras capable de t'occuper de Cody ? demanda Beth.

— Tu plaisantes ? Des doutes, j'en ai des tonnes. Seulement je n'ai jamais reculé face à un défi.

Et comme il n'avait aucune envie de penser à tous ses doutes, il se rapprocha d'elle et lui releva doucement le menton.

— Regarde.

Ses yeux se mirent à scintiller d'un enthousiasme tout

enfantin et un doux sourire vint étirer ses lèvres pleines et sensuelles.

— Oh ! il neige…, murmura-t-elle.

Il admira son beau visage tandis qu'elle observait les gros flocons duveteux qui flottaient dans l'air.

— Je n'ai jamais vu de la neige comme ça, dit-elle en souriant tandis qu'un flocon s'écrasait sur sa joue. C'est tellement beau.

La joie qu'elle affichait face à cette chose toute simple avait quelque chose de juste. Elle avait raison. C'était beau. Et elle, elle était très belle.

— C'est beau jusqu'au moment où on doit déneiger, dit-il.

— Et c'est moi que l'on traite de rabat-joie ? répliqua-t-elle d'une voix taquine.

Et à ce moment-là, ses lèvres sensuelles lui parurent si tentantes qu'il eut envie d'y goûter pour voir si elles étaient aussi douces qu'elles en avaient l'air…

Mais naturellement, il ne le fit pas. Il ne pouvait pas.

Parce qu'elle était la tante de Cody, elle appartenait au domaine de l'interdit.

— Je plaide coupable, dit-il en reprenant le chemin du ranch.

— Au Texas, la neige est très rare, et pourtant, dans mon esprit, elle est étroitement associée à Noël.

— Ça paraît logique.

— Comme Cody et moi n'allons certainement pas retourner au Texas tout de suite, ça te dérangerait si on mettait les cadeaux sous le sapin, à notre retour ?

— Absolument pas, au contraire. Pendant que tu le feras, je préparerai du chocolat chaud.

De retour à la maison, pendant que Beth disposait les cadeaux de Cody sous l'arbre de Noël, il alluma un feu dans la cheminée puis, comme promis, se rendit dans la cuisine pour faire du chocolat chaud.

Il retourna dans le séjour avec les deux mugs fumants surmontés de marshmallows juste à temps pour surprendre Beth essuyant une larme qui coulait sur sa joue.

— Tout va bien ? demanda-t-il, inquiet.

— Compte tenu des circonstances, tout va très bien, oui.

— Alors pourquoi pleures-tu ?

— Je ne pleure pas, répondit-elle en prenant le mug qu'il lui tendait.

— Tu viens d'essuyer une larme sur ta joue.

— Ce n'est pas une larme qui fait des pleurs.

— Alors, qu'est-ce que c'était ?

— La preuve que les fêtes de fin d'année me rendent émotive. C'est ma période préférée de l'année. Mais c'est aussi un moment doux-amer pour moi, parce que je repense à tous les Noëls heureux de mon enfance, ce qui m'amène à penser à mes parents et à me dire qu'ils me manquent et…

La main sur la bouche comme si elle venait de dire une sottise, elle s'interrompit.

— Oh ! Wilder, je suis désolée.

— Pourquoi ?

— Parce que je sais que tu as perdu ta mère, toi aussi.

— Je ne l'ai pas perdue. Elle est partie.

— Et elle n'est pas restée en contact avec vous, après le divorce ?

— Elle est morte quelques jours après avoir signé les papiers.

Horrifiée par ce qu'elle venait d'entendre, Beth fut tentée de s'excuser d'avoir encore une fois soulevé ce sujet si délicat. Mais comme elle savait qu'il refuserait de reconnaître ses émotions, elle se contenta de dire qu'elle était désolée qu'il n'ait pas de souvenirs d'elle.

L'air détaché, il haussa les épaules.

— Comme ça, je n'ai rien à regretter, dit-il.

À son avis, c'était tout aussi triste.

— Et pour toi, comment se passaient les Noëls de ton enfance ? demanda-t-elle dans l'espoir qu'il puisse partager de joyeux souvenirs.

— Rien d'extraordinaire. Des cadeaux sous le sapin, une grosse dinde au dîner, des cookies de Noël.

Il s'interrompit, sourit, et reprit :

— Notre gouvernante faisait de délicieux cookies avec du glaçage et du sucre coloré.

La nostalgie qu'elle avait perçue dans sa voix la fit sourire.

— Et votre sapin ? Était-ce toujours un vrai ?

— Évidemment !

— Ils sentent bon, dit-elle en faisant glisser ses doigts sur l'une des branches.

— Tu n'achètes pas de vrai sapin ?

— Non. Mon appartement est au sixième étage. Je m'imagine mal en traîner un jusqu'à mon immeuble, le caser dans l'ascenseur, le tirer sur le palier, le tout en laissant une piste d'aiguilles derrière moi.

— Cette piste pourrait aider le Père Noël à te trouver plus facilement, fit-il remarquer en souriant. Qu'est-ce que tu as mis sur ta liste cette année ?

— Eh bien… les trucs habituels.

— Tu n'as pas fait de liste, c'est ça ?

— Non.

Il l'observa un instant en silence.

— Mais tu voulais quelque chose de particulier, dit-il.

— Je voulais juste passer les fêtes avec Leighton et

Cody. Faire partie des souvenirs heureux du premier Noël de mon neveu.

— Tu sais qu'il ne s'en rappellera pas, quand il sera plus grand ?

— Je sais. Mais je prends des photos de chaque événement important pour lui faire un album de sa première année de vie afin qu'il puisse le regarder plus tard et savoir, même s'il ne se souvient pas.

— Tu aurais dû me demander de prendre une photo de vous dans le traîneau.

— J'étais tellement fascinée par ce traîneau et ces chevaux que je n'ai même pas pensé à te le demander.

— La prochaine fois.

Mais ils savaient l'un comme l'autre qu'il n'y aurait pas de prochaine fois parce que les jours de Beth à l'Ambling A étaient comptés, et que le compte à rebours avait déjà commencé.

Tout en sirotant son chocolat, elle se demanda pourquoi elle n'était plus aussi enthousiaste à l'idée de rentrer à Dallas. Elle serait pourtant ravie de retourner dans un lieu où elle n'aurait pas besoin de sous-vêtements thermiques pour sortir. Le problème était que ses journées ici, avec Wilder, Max et les autres Crawford qui allaient et venaient dans la maison… lui manqueraient.

Écartant cette désagréable pensée de son esprit, elle reprit une gorgée de chocolat et savoura sa douce chaleur sucrée.

— Il est vraiment bon, dit-elle.

— C'est parce que je l'ai fait avec de la vraie crème fouettée et du chocolat noir. Sans oublier les marshmallows, bien sûr. D'ailleurs, tu en as un peu, ici, lui dit-il en désignant sa propre bouche.

Instinctivement, elle passa le bout de sa langue sur l'endroit qu'il avait indiqué.

— J'en ai encore ?

En guise de réponse, il s'approcha d'elle pour caresser le contour de ses lèvres du bout de son pouce. Et quand elle sentit les cales de sa peau contre la sienne, son cœur se mit à cogner dans sa poitrine et un délicieux frisson lui parcourut le dos.

Au moment où, tremblante, elle finit par relever les yeux, le regard de Wilder était fixé sur le sien, et l'espace d'une seconde, elle crut qu'il allait l'embrasser.

Mais brusquement, il s'écarta d'elle.

— Ça y est. C'est parti, marmonna-t-il.

Et au même instant, Cody se réveilla. Une bonne chose. Elle allait pouvoir se concentrer sur lui, éviter de trop penser à ce sentiment qui ressemblait bien à de la déception.

Après avoir fait quelques photos de Cody sous le sapin, elle confia son téléphone à Wilder pour qu'il prenne le relais tandis qu'elle aidait son neveu à ouvrir ses cadeaux.

Pyjamas, baskets, jouets, doudous…

— Essaie ça, dit-elle à Cody en lui retirant ses chaussettes pour lui enfiler les hochets de pieds qu'elle venait de déballer.

Après quoi elle lui fit bouger les jambes pour faire tinter les petites clochettes multicolores qui y étaient accrochées. Ses efforts furent récompensés par un sourire radieux de Cody.

Beth, qui paraissait euphorique, finit par se tourner vers Wilder en lui tendant un cadeau.

— Joyeux Noël, dit-elle.

— Qu'est-ce que c'est ?

— Un cadeau.

— Je sais que tu ne l'as pas acheté pour moi.

— Non. Mais c'est quelque chose que j'aimerais que tu gardes.

Intrigué, il le déballa et découvrit un joli cadre en argent gravé des mots « Premier Noël de Cody » et abritant une photo du petit garçon niché dans les bras du Père Noël.

— Quelle belle photo, dit-il, sincèrement touché par son geste. C'était un cadeau pour ta sœur ?

— Oui, mais je lui en ferai faire une autre.

— Si tu me l'as offerte, c'est parce que tu crois à présent que je suis le père de Cody ?

— Et toi, que crois-tu ?

Pensivement, il observa le petit garçon, à présent assis entre ses jambes étendues devant lui.

Que croyait-il ?

Les doutes qui subsistaient en lui n'étaient-ils que la manifestation de ses réticences à endosser ses responsabilités de père ? Responsabilités auxquelles il ne pourrait plus échapper si leur lien de parenté était confirmé. De toute façon, il n'avait pas réussi à échapper à grand-chose, depuis que le petit garçon était apparu sur le pas de sa porte et que son père lui avait ordonné de s'en occuper. Mais au-delà des doutes, plus il passait de temps avec Cody, plus l'idée d'être son père lui faisait peur.

Manifestement lasse d'attendre sa réponse, Beth reprit :

— Eh bien, s'il s'avère que tu n'es pas son père, tu pourras toujours me rendre la photo.

— Pour l'instant, je la garde.

— Bonne idée, dit-elle avant de se lever pour commencer à ramasser le papier cadeau des emballages.

Baissant les yeux vers Cody, il s'aperçut qu'il avait enlevé sa chaussette pour attraper son hochet du pied.

— Mais tu es pieds nus, dit-il en lui chatouillant la plante des pieds, lui tirant ainsi un joli rire cristallin.

Les bras chargés de papier cadeau, Beth se tourna vivement dans leur direction. Elle paraissait sidérée.

— Qu'est-ce que tu as fait ? demanda-t-elle.

— Moi ? Je lui ai juste chatouillé le pied.

Il recommença et Cody se mit à rire de plus belle.

— C'est la première fois que je l'entends rire, murmura Beth, visiblement émue.

Les mots étaient à peine sortis de sa bouche que ses yeux s'emplirent de larmes.

— C'est vrai ? demanda-t-il, surpris.

Elle acquiesça.

Tout en souriant, il se mit à faire glisser ses doigts sur la plante de pied de Cody, et le petit garçon réagit immédiatement en se remettant à rire.

L'air profondément attendrie, Beth soupira.

— Je n'ai jamais rien entendu de plus beau.

— C'est vrai que c'est magnifique, répondit-il, ému lui aussi.

— Ça me rend heureuse de savoir qu'il est heureux.

Sans pouvoir s'en empêcher, il chatouilla de nouveau la plante des pieds de Cody, déclenchant une nouvelle salve de rire argentin.

Beth se mit à rire, elle aussi, et leurs regards se croisèrent et restèrent fixés l'un sur l'autre durant un long moment. Un lien venait de se créer. Et quelque chose sembla passer entre eux.

Mais soudain, Cody agita ses pieds, faisant tinter les sonnettes de ses hochets. La magie de l'instant était rompue.

# - 10 -

Wilder resta éveillé un long moment cette nuit-là, à songer à la journée qu'il avait passée avec Cody et Beth. Il était en admiration devant la dévotion dont elle faisait preuve envers son neveu et sa volonté de surmonter ses peurs pour lui faire vivre de nouvelles expériences. Chacune de ses actions semblait motivée par les intérêts de Cody, qu'elle faisait passer avant ses propres besoins et désirs, un comportement en contradiction direct avec celui de sa sœur, qui n'avait apparemment eu aucun scrupule à abandonner son enfant.

Naturellement, il savait que l'instinct maternel n'était pas vraiment un instinct au sens propre du terme. Si nombre de parents tendaient instinctivement à prendre soin de leurs enfants, la naissance d'un bébé ne déclenchait pas nécessairement ce type de comportement. Si cela avait été le cas, sa mère ne serait jamais partie, laissant son père élever seul ses six fils.

Son père était-il pourvu d'un instinct paternel puissant ? Ou avait-il seulement fait ce qu'il fallait parce que le départ de son épouse ne lui avait pas laissé d'autre choix ? Il faudrait qu'il ait une petite discussion sur le sujet avec lui, un jour.

En attendant, il se demandait s'il allait être capable d'apprendre tout ce qu'il devait savoir pour élever Cody, s'il s'avérait que c'était bien son fils.

Pourquoi ne partageait-il pas la conviction de son père que ce bébé était bien un Crawford ? Était-ce parce qu'il n'avait pas envie d'être le père de ce petit garçon ? Ou avait-il peur d'échouer en ne donnant pas à Cody ce dont il avait besoin ?

Peut-être aurait-il ressenti un lien plus fort avec ce bébé s'il avait été mis au courant de son existence plus tôt. Si Leighton lui avait laissé l'occasion de préparer avec elle son arrivée. S'il avait été présent au moment où il avait vu le jour.

Il lui en voulait de l'avoir privé de cette chance. D'avoir délibérément choisi de lui cacher sa grossesse, de l'exclure de la vie de son enfant. Si Cody était bien son enfant.

Ruminant ses sombres pensées en sirotant son café, il avait toujours cette colère en lui le lendemain matin.

— Ça va ? lui demanda Beth.

— Oui. Pourquoi ?

— Parce que tu serres l'anse de ce mug si fort que je me demande pourquoi elle ne s'est pas encore cassée.

S'efforçant de desserrer un peu les poings, il posa la tasse sur le plan de travail.

— En fait, je commence tout juste à me rendre compte de tout ce que j'ai manqué en ignorant que Leighton était enceinte, avoua-t-il.

— Je pense que, dans un premier temps, si elle ne t'a pas contacté, c'est parce qu'elle n'était pas sûre de vouloir garder le bébé.

Troublé par cette idée, il lui jeta un regard étonné.

— Elle a envisagé de mettre un terme à sa grossesse ?

— Non ! répondit-elle vivement. Elle a toujours voulu mettre ce bébé au monde. Seulement elle ne savait pas si elle voulait l'élever.

— Tu veux dire qu'elle a pensé à le faire adopter ?

— Oui.

— Mais… pourquoi ?

— Parce qu'elle voulait qu'il ait une meilleure vie que celle qu'elle pouvait lui offrir en tant que mère seule. Elle voulait qu'il ait une famille.

— Elle n'était pas obligée d'être une mère seule. Si elle m'avait dit qu'elle était enceinte, j'aurais fait ce qu'il fallait.

— Tu penses que se marier pour le bien d'un enfant, c'est faire ce qu'il faut ? demanda-t-elle d'un air dubitatif.

— Parfois, oui.

— C'est peut-être pour ça qu'elle ne t'a rien dit.

— Comment ça ? répliqua-t-il, à la fois intrigué et vexé.

— Je ne connais aucune femme qui serait satisfaite de ce genre de proposition. En tout cas, ma sœur ne l'aurait certainement pas été.

— Tu penses qu'elle aurait refusé ?

— Je ne suis pas devin. Je ne peux pas te dire comment elle aurait réagi. Mais je pense que si elle ne t'a pas dit qu'elle était enceinte, c'est parce qu'elle ne te faisait pas confiance.

— Mais à toi, elle t'a fait confiance ?

— Je l'ai soutenue.

— Et pourtant, quand elle s'est sentie accablée par le poids de ses responsabilités, c'est à moi qu'elle a confié le bébé.

Beth se figea. La vérité que Wilder venait d'énoncer lui fit l'effet d'une gifle. Parce qu'il avait raison.

Elle avait pensé faire ce qu'il y avait de mieux pour sa sœur. Elle l'avait écoutée, consolée, encouragée. Et tout en lui promettant son soutien, elle l'avait orientée dans la direction qu'elle-même voulait la voir emprunter, lui promettant d'être toujours là pour elle, si elle décidait de garder le bébé.

Leighton était très certainement sincère quand elle exprimait ses réticences à l'idée de travailler comme barmaid tout en élevant un enfant seule. Elle voulait ce qu'il y avait de mieux pour son bébé : une véritable famille. Mais Beth avait mis en avant le fait qu'elles constituaient à elles deux une famille. Et ainsi, Leighton avait fini par se laisser convaincre de garder le bébé.

Mais à un moment ou à un autre, au cours des quatre mois passés, elle avait apparemment changé d'avis.

Ou peut-être s'était-elle mise à penser que sa grande sœur s'était trompée.

Dans un cas comme dans l'autre, Beth ne pouvait plus nier l'évidence : c'était de sa faute à elle si Cody avait été abandonné dans un ranch du Montana.

— Nous étions en train de parler du réveillon du nouvel an au Marwick Manor, dit Max à Beth quand elle redescendit dans la cuisine après avoir couché Cody pour sa sieste. C'est ce bel hôtel qui appartient à Nate Crawford. Vous avez dû le voir à votre arrivée en ville.

— Est-ce que tout dans cette ville appartient aux Crawford ? demanda-t-elle, amusée.

— Pas tout, répondit-il avant de lui adresser un clin d'œil espiègle. Ou du moins, pas encore.

Ces propos la poussèrent à sourire, même si elle le soupçonnait de ne plaisanter qu'à moitié. Le patriarche des Crawford lui apparaissait comme un homme capable de dominer le monde. Tout au moins une petite ville.

— Alors Beth, qu'en pensez-vous ? lui demanda-t-il.

— De quoi parlez-vous ?

— Du réveillon.

Cherchant une explication du côté de Wilder, elle jeta un regard interrogateur dans sa direction. Mais il se contenta de hausser les épaules.

— Ça a l'air sympa, répondit-elle d'une voix hésitante.

— Formidable ! s'exclama Max. Je vais dire à Nate d'ajouter votre nom à la liste d'invités.

Sous le coup de la surprise, elle se crispa un peu.

— Euh… je voulais dire, sympa pour vous, pas pour moi, précisa-t-elle.

— Vous n'aimez pas les fêtes ? demanda Max.

— Elle ne sait pas s'amuser, intervint Wilder.

Et si la lueur espiègle qui brillait dans ses yeux lui prouvait qu'il ne faisait que plaisanter, ses paroles étaient un écho trop proche des critiques répétées de sa sœur sur sa tendance à se montrer ennuyeuse.

— C'est exact, répondit-elle, consciente que le ton de sa voix était aussi raide que son sourire. Et par conséquent, si je trouve très gentil de votre part d'avoir pensé à m'inviter, je me vois dans l'obligation de refuser.

— Vous ne pouvez pas dire ça, dit Max, l'air profondément déçu.

Mais il ne fit aucune tentative pour essayer de la faire changer d'avis. Il avait dû comprendre que ce serait peine perdue.

À bout de nerfs, elle quitta la pièce pour aller se réfugier dans sa chambre, comme elle le faisait toujours, enfant, quand les insultes pleuvaient sur elle. « Rabat-joie. » « Rat de bibliothèque. » « Petite fille modèle. »

Les mots ne laissent pas de cicatrices visibles, mais ils peuvent faire très mal. Et plus encore quand ils vous sont adressés par votre propre sœur. Si Beth avait toujours adoré sa petite sœur, elle avait aussi toujours été consciente que cette affection n'était pas partagée. Aussi avait-elle redoublé d'efforts pour être appréciée par Leighton, être incluse dans ses activités, participer à sa vie.

De temps à autre, sa sœur l'invitait dans son cercle privé, l'autorisait à prendre part à ses activités. Mais il n'avait pas fallu bien longtemps à Beth pour comprendre que Leighton essayait surtout de la tester, et non de tisser des liens avec elle. Et comme il n'était pas dans la nature de Beth de fréquenter des personnes dont les activités étaient douteuses, dangereuses ou illégales, Leighton avait fini par cesser de l'inviter, confirmant ainsi son statut de paria et élargissant le fossé qui séparait leurs deux vies.

Elle était sur le point d'atteindre sa chambre quand elle entendit les pas de Wilder derrière elle.

— Je suis désolé, dit-il.

— Tu n'as fait qu'énoncer une vérité.

— Je ne pensais pas ce que j'ai dit.

— Si. Et tu as raison de le penser. Leighton a toujours été l'insouciante et j'ai toujours été la responsable. Ce qui ne m'a jamais vraiment gênée, jusqu'à ce que ses actions dépassent les bornes de l'irresponsabilité.

— Tu t'inquiètes pour elle ?

— Évidemment ! Et je m'inquiète aussi pour Cody. Et j'en veux énormément à Leighton de ne pas avoir l'air de s'inquiéter pour lui !

Elle se mit à arpenter le palier de long en large sans cesser de parler.

— Tu te rends compte qu'elle l'a laissé ici sans dire à personne où elle allait ni quand elle revenait ? Comment a-t-elle pu faire ça ? Et s'il lui était arrivé quelque chose ? Qu'adviendrait-il de Cody ?

— Beth, je comprends tes inquiétudes, mais même

dans le pire scénario possible, je suis certain que Cody ne souffrirait pas.

— Comment peux-tu dire ça ?

— Il aura toujours sa tatie. C'est une force sur laquelle on peut compter. Courageuse, tendre et loyale.

Elle n'aurait su dire pourquoi, mais soudain, elle sentit ses yeux s'emplir de larmes.

— Mais… qu'est-ce que j'ai dit de mal ? s'exclama-t-il en la regardant d'un air consterné.

Elle secoua la tête, mais elle ne put empêcher ses larmes de couler.

Wilder, lui, paraissait extrêmement mal à l'aise. Ce qui ne l'empêcha pas de la prendre dans ses bras et de la serrer contre son torse viril tandis qu'elle continuait de pleurer.

Naturellement, il essayait simplement de lui apporter un peu de réconfort. Mais, le visage appuyé contre sa chemise, elle ne put s'empêcher de remarquer combien la douce flanelle contrastait avec la dureté de ses muscles. Et de sentir son enivrant parfum boisé.

— Tu pourrais m'expliquer ce qui t'a fait passer de la colère aux larmes en un si bref laps de temps ? lui demanda-t-il, une fois qu'elle eut cessé de pleurer.

Elle secoua la tête.

— Tu ne sais pas ?

— Si. Mais je ne veux pas te le dire.

— Pourquoi ?

— Parce que tu me trouverais ridicule.

— Je ne vois pas comment je pourrais te trouver ridicule.

— C'est juste… quand tu m'as dit que j'étais courageuse, tendre et loyale…

— Oui ?

— Eh bien, personne ne m'avait jamais dit de choses si gentilles avant toi.

— Il faudrait alors que tu te trouves de meilleurs amis que ceux que tu as.

Ces paroles la firent sourire.

— Mes amis sont super, répliqua-t-elle. Seulement je n'ai pas l'habitude de leur ouvrir mon cœur et de me décharger de mon bagage émotionnel sur eux.

— Alors pourquoi sur moi ?

— Je ne sais pas. Tu as de la chance, c'est tout.

Son beau rire grave résonna dans le couloir.

— C'est exactement ce que ma nièce m'a dit quand on a laissé Cody sur le pas de ma porte ! dit-il. Et si j'étais très sceptique dans un premier temps, je commence à penser qu'elle n'avait peut-être pas tort.

— Les enfants sont parfois de grands devins, non ?

Il ne répondit pas et se contenta de demander :

— Alors, qu'est-ce que tu dirais de venir à la fête ?

Elle appréciait cette invitation. Elle était même un peu tentée d'accepter. Elle ne se souvenait plus de la dernière fois où elle était sortie pour fêter l'arrivée de la nouvelle année, et l'idée la tentait. Sauf qu'elle n'avait pas de tenue adaptée et qu'elle n'avait aucune intention de dépenser de l'argent dans des vêtements qu'elle n'allait sans doute jamais reporter. Et surtout, aucune envie de voir Wilder faire honneur à sa réputation, c'est-à-dire flirter avec toutes les jolies femmes des environs.

— Pour tout te dire, je n'ai pas très envie de me retrouver au milieu de tout un groupe de personnes que je ne connais pas, répondit-elle.

— Tu connais mes frères, mes belles-sœurs, mon père et moi. C'est déjà beaucoup !

Elle les connaissait, oui, et elle savait que, en dehors de

Wilder et de son père, ils étaient tous fiancés ou mariés. En d'autres termes, elle allait donc se retrouver cernée de couples heureux. Et quand l'horloge sonnerait les douze coups de minuit, chacun se tournerait instinctivement vers sa moitié pour l'embrasser, ce qui ne manquerait pas de lui rappeler, une fois de plus, qu'elle était seule au monde. Comme elle l'avait toujours été.

— Merci pour l'invitation, Wilder, mais je préfère rester à la maison avec Cody.

En plus de ne pas avoir l'habitude d'assister à ce genre de fête, elle avait sincèrement envie de passer du temps avec son neveu. Car elle commençait à se dire que si Wilder s'avérait être le père du petit garçon, il souhaiterait qu'il reste avec lui à Rust Creek Falls. Ce qui signifiait que ses jours et ses nuits avec Cody étaient comptés.

Le soir du réveillon, quand Wilder entra dans la cuisine alors qu'elle était occupée à préparer un biberon pour Cody, Beth sentit son cœur s'emballer. Car s'il était exceptionnellement beau avec les jeans et chemises à carreaux qu'il avait l'habitude de porter, avec ce costume et cette cravate, il lui mettait littéralement l'eau à la bouche. À le regarder, elle n'avait aucun mal à comprendre pourquoi sa sœur avait été si prompte à tomber dans son lit.

Mais elle, elle ne ferait jamais une chose pareille.

Pour la simple et bonne raison qu'elle n'en aurait pas l'occasion.

Car si son cœur avait tendance à s'emballer un peu quand elle se trouvait en présence de Wilder, ce dernier ne lui avait donné aucune raison de penser que cette attirance était partagée.

Sauf, peut-être, la fois où il avait caressé ses lèvres du

bout de son pouce en portant sur elle ce regard brûlant qui avait immédiatement embrasé son corps et son imagination. Mais elle avait dû se faire des idées. Il ne s'agissait que d'un geste parfaitement anodin, sans aucune arrière-pensée. Il n'était pas attiré par elle.

— Je vois que tu as sorti le costume du dimanche, dit-elle d'une voix légère pour ne pas lui laisser voir l'effet qu'il avait eu sur elle.

Sans répondre, il fit glisser son regard sur elle, comme pour observer à son tour ses vêtements : pull épais, leggings noirs et grosses chaussettes. Elle n'était pas du tout dans la même ambiance.

Ce fut à ce moment-là que Max entra dans la pièce.

— Est-il trop tard pour essayer de vous faire changer d'avis, Beth ? lui demanda-t-il.

Il était aussi bien habillé que son fils, et à l'observer, elle n'eut aucun mal à imaginer Wilder quand il aurait trente-cinq ans de plus. Il serait toujours beau. Très beau.

— Hunter et Merry restent chez eux ce soir avec leur fille, reprit Max. Ils m'ont dit qu'ils seraient ravis de garder Cody si vous vouliez sortir.

— Je ne veux pas sortir. Mais c'est très gentil de leur part de l'avoir proposé.

— Bon. Eh bien, bonne soirée, alors, dit Max en attirant son fils vers la sortie.

Après avoir verrouillé la porte derrière eux, elle commença à se préparer à passer une soirée tranquille avec son neveu.

Comme tous les 31 décembre, elle essaya de revenir sur toutes les belles choses qui s'étaient passées au cours de l'année sur le point de s'achever. Cette fois-ci, l'événement le plus marquant était incontestablement l'arrivée de Cody. Sa sœur devait certainement penser à lui, elle aussi. Il devait lui manquer.

Six jours s'étaient écoulés depuis qu'elle avait laissé Cody à l'Ambling A Ranch. Sept depuis que Beth était arrivée chez sa sœur le soir du réveillon de Noël, tout excitée à l'idée de passer les fêtes avec sa famille. Et durant tout ce temps, elle n'avait pas eu la moindre nouvelle de Leighton.

Elle pouvait comprendre que sa sœur ne veuille pas lui parler, notamment si elle n'avait pas envie de répondre aux questions qu'elle allait nécessairement lui poser. Ce qu'elle ne comprenait pas, c'est qu'elle ait cessé toute communication avec ses amis et son employeur. Et il y avait toute cette semaine d'absence des réseaux sociaux. C'était sans précédent.

Comme si elle pouvait ainsi pousser sa sœur à l'appeler, elle prit son téléphone, qui demeura silencieux. Elle ne savait pas où se trouvait Leighton, mais comme c'était le soir du réveillon, elle devait certainement faire la fête. Elle avait toujours adoré ça. Surtout les soirées complètement déjantées. Et les hommes qui allaient avec.

Pour sa part, Beth avait toujours été attirée par les hommes qui préféraient un simple dîner-cinéma à la musique assourdissante et aux cocktails des night-clubs. Ceux qui aspiraient à se marier et à fonder une famille plutôt qu'à acheter des voitures de sport et à multiplier les conquêtes. Elle voulait un homme simple avec des rêves simples.

Raison pour laquelle son attirance pour Wilder était non seulement inattendue mais aussi indésirable. Wilder était le genre de sa sœur, pas le sien. Une certitude qui, hélas, n'empêchait pas son cœur de battre à tout rompre à chaque fois qu'il s'approchait d'elle, des papillons de s'agiter dans son ventre à chaque fois qu'il lui souriait, son sang de se changer en lave à chaque fois qu'il la touchait.

En plus de ne pas être son genre, il était probablement le père de son neveu. Et même dans l'éventualité où le test ADN prouverait le contraire, elle ne pourrait pas oublier qu'il avait eu une relation intime avec sa sœur. Une relation qui s'était terminée il y avait bien longtemps, certes, ce qui ne l'empêcherait cependant pas d'avoir le sentiment de violer une sorte de code tacite.

Voire de code écrit, car sur le plan moral, convoiter l'amant de sa sœur équivalait incontestablement à convoiter la femme de son voisin.

Mais même si elle le faisait, il ne découlerait jamais rien de ses désirs, car Wilder ne serait jamais attiré par quelqu'un comme elle. Son passé avec sa sœur prouvait qu'il préférait un genre de femmes très différent.

Tous ses fantasmes resteraient donc… à l'état de fantasmes. De toute façon, elle était parfaitement satisfaite de sa vie. Elle avait un emploi formidable, un bel appartement, de bons amis, des voisins gentils. Et désormais, elle avait Cody.

La naissance de son neveu l'avait comblée bien plus qu'elle ne l'aurait imaginé. Mais à présent, elle devait faire face à une hypothèse tout à fait désagréable : si Leighton ne revenait pas et que le test prouvait que Wilder était bien le père, elle risquait de perdre Cody à tout jamais.

Certes, elle pourrait toujours demander sa garde en arguant qu'elle entretenait un lien plus fort avec son neveu. Mais les juges tendent toujours à favoriser les placements chez l'un des parents.

Et si elle pensait être mieux préparée à répondre aux besoins quotidiens de Cody, elle ne pouvait nier le fait que Wilder avait beaucoup de famille pour l'épauler, ici. Sans compter une fortune considérable.

Le scénario le plus probable était donc le suivant : Cody allait rester à Rust Creek Falls, elle allait retourner à Dallas. Et elle ne verrait plus son neveu qu'une ou deux fois par an.

À cette perspective, elle sentit une sourde douleur lui serrer le cœur. Violente. Insupportable.

Naturellement, si Leighton revenait chercher son bébé et que Wilder consentait à ce qu'elle retourne avec lui à Dallas, alors ce serait différent. Mais il se pouvait que Leighton décide de donner une deuxième chance à sa relation avec Wilder, pour offrir une famille à Cody. Beth en serait ravie, bien sûr. Pour Cody. Quant à elle…

Mais peut-être devait-elle en tirer une leçon : elle devait vivre sa propre vie et laisser Leighton vivre la sienne. Elle devait prendre des risques. Elle ne fréquentait quasiment plus d'hommes, s'étant lassée de faire des efforts pour rencontrer le bon et de voir ses espoirs déçus. Le courant ne passait avec personne. Ou, s'il passait, elle se rendait vite compte qu'elle avait été trompée par son prétendant qui s'était contenté de dire et faire tout ce qu'il fallait pour la mettre dans son lit et passer immédiatement à une autre conquête.

Le moment était peut-être venu de se montrer plus ouverte. De dire oui, la prochaine fois que Barry Kendrick lui proposerait de sortir avec lui. Peu importait que ce professeur de sciences ne lui fasse pas battre le cœur, ne la fasse pas frissonner de désir. Il était temps de grandir et de reconnaître que ces réactions physiologiques n’existaient pas en dehors des romans d’amour qu’elle aimait tant lire.

Sauf que les réactions de son corps à la présence de Wilder tendaient à prouver le contraire…

# - 11 -

En observant la salle de bal somptueusement décorée du Maverick Manor, Wilder se rendit compte qu'après toutes ces années et toutes ces fêtes, il ne voyait plus de différence. Les tenues scintillantes, les belles femmes, les bulles du champagne, tout se mêlait dans son esprit pour ne plus former qu'une bouillie informe.

Ses souvenirs du réveillon de l'année passée demeuraient cependant un peu plus clairs. Leighton et lui se voyaient depuis quelques semaines à ce moment-là, et il n'avait aucun mal à se rappeler la robe vert émeraude qui moulait ses courbes et ses hauts talons qui mettaient sa bouche à portée de la sienne. Mais tous les autres détails demeuraient flous.

Il savait qu'elle avait les cheveux blonds et les yeux vert d'eau, mais l'image qui ne cessait de lui revenir à l'esprit était celle d'une femme aux cheveux bruns et aux yeux sombres. Ses lèvres sensuelles étaient un peu plus pleines, et au lieu d'être fardées de rouge, elles étaient naturellement roses. Nues. Et beaucoup plus tentantes.

Les lèvres de Beth.

En observant toutes ces personnes vêtues de leurs plus belles tenues de fête, il eut soudain une idée : et si Beth avait refusé de venir uniquement parce qu'elle n'avait rien de convenable à porter ? Il aurait été ravi de l'emmener faire les boutiques, si elle le lui avait demandé. Mais à la façon dont il s'était comporté avec elle à l'épicerie, il n'était pas surpris qu'elle ne l'ait pas fait. Dommage. Il aurait bien aimé la voir avec quelque chose d'autre que des jeans ou des leggings et autres gros pulls qu'elle semblait privilégier. Et même avec rien du tout, d'ailleurs…

Gêné par la direction qu'avaient empruntée ses pensées, il s'approcha du bar. Il aperçut son père, en pleine discussion avec une femme blonde de son âge qu'il n'avait jamais vue auparavant.

Était-ce la mystérieuse femme qu'il avait emmenée dîner à Kalispell ?

Comme il était occupé à les observer, il remarqua à peine la jeune femme qui s'approcha de lui. Jusqu'à ce qu'elle lui pose cette question :

— Je peux t'offrir un verre ?

Aussitôt qu'il se tourna vers elle, il sourit. Ses cheveux bruns étaient relevés en un chignon flou dont quelques mèches s'échappaient pour retomber autour de son visage en forme de cœur. Ses yeux étaient aussi bleus que les saphirs qu'elle portait aux oreilles. Et brillants de désir.

Elle était belle, assurée et totalement dépourvue de subtilité quant à ses intentions. Le genre de femme qui le rendait généralement fou de désir. Et pourtant, quand il la regarda, il ne ressentit rien d'autre qu'un vague plaisir à la regarder.

Pour répondre à sa question, il leva la bouteille de bière qu'il tenait à la main.

— J'ai ce qu'il me faut.

— Alors j'imagine que c'est à toi de m'en offrir un.

Même s'il n'était pas intéressé, il n'était pas dans sa nature de se montrer impoli. Aussi fit-il signe au barman de s'approcher. Elle commanda un cocktail compliqué qui lui coûta vingt dollars. Un petit prix à payer pour un homme intéressé par ce qu'elle était à l'évidence prête à offrir. Mais il n'était pas cet homme-là. Pas ce soir.

Elle s'appelait Simone et habitait Billings, mais elle était venue à Rust Creek Falls pour rendre visite à une amie qui avait récemment été quittée par son compagnon. Sauf que ledit compagnon s'était apparemment ravisé et était revenu vers elle avec une bague de fiançailles. Et c'est ainsi que Simone s'était retrouvée seule pour fêter le nouvel an.

— Enfin, pas complètement seule…, murmura-t-elle, des étoiles plein les yeux.

— On n'est jamais seul dans une foule comme celle-ci, répondit-il en cherchant ses frères du regard dans le vague espoir que quelqu'un puisse venir à son secours.

Il finit par apercevoir Logan, occupé à danser avec Sarah et totalement inconscient du monde qui l'entourait.

— Ça ne va pas ? lui demanda Simone en se passant sensuellement la langue sur les lèvres. Tu as l'air soucieux.

— Désolé, dit-il en se forçant à lui sourire. Je pensais à autre chose.

— Ce n'est pas le genre de paroles qu'une femme a envie d'entendre quand elle flirte avec un bel homme, répondit-elle avec une moue boudeuse tout en faisant glisser ses ongles longs et vernis de rouge sur son avant-bras.

— Désolé. Cela n'a rien à voir avec toi. C'est moi.

La lueur chaude qui brillait dans ses yeux bleus s'éteignit brusquement.

— Je l'ai déjà entendue, celle-ci. Trop souvent, dit-elle en commençant à s'éloigner. Merci pour le cocktail.

Il aurait pu la rattraper. Il savait comment faire usage de son charme. Un sourire, un clin d'œil, et il se serait racheté. Et aurait pu l'embrasser quand les douze coups auraient sonné.

Mais il ne voulait pas qu'elle revienne. Il n'avait aucune envie de vivre une nouvelle aventure dépourvue de tout sens avec une étrangère.

Tandis qu'il se faisait ces réflexions, son frère Knox s'était approché de lui.

— Je rêve ou tu viens de te prendre un râteau ? s'enquit-il, moqueur.

— Tu rêves.

— De quoi parlez-vous ? demanda Xander, qui les avait rejoints.

— Notre petit frère vient de se prendre un râteau, répondit Knox.

— N'importe quoi.

— Ne me dis pas que cette jolie brune aux longues jambes ne vient pas de te laisser tomber.

— Elle m'a laissé tomber, en effet, mais seulement parce que je ne voulais pas qu'elle reste, expliqua Wilder.

— Tu t'es cogné la tête contre un mur, récemment ? s'enquit Xander en prenant un air faussement inquiet.

Agacé, Wilder soupira.

— Vous savez quoi ? Pensez ce que vous voulez.

Ses frères échangèrent un regard.

— Eh bien maintenant, je commence sérieusement à me dire que quelque chose ne va pas chez toi, murmura pensivement Knox.

— Tout va bien chez moi. C'est juste que je ne suis pas dans le bon état d'esprit pour passer une soirée avec une femme qui ne signifie rien à mes yeux.

— C'est pourtant comme ça que tu fonctionnes, normalement, fit remarquer Xander.

— Si tu arrêtes de coucher avec des femmes qui

ne signifient rien pour toi, tu ne coucheras plus avec personne, ajouta Knox.

— Sauf s'il a rencontré une femme qui pourrait signifier quelque chose pour lui, précisa Xander.

— Wilder ? s'exclama Knox d'un air incrédule. Impossible.

— Si tu t'occupais un peu plus de ta propre femme, tu te rendrais compte qu'elle essaie d'attirer ton attention, rétorqua Wilder.

À son grand soulagement, cette distraction eut pour effet de mettre un terme à l'embarrassante conversation. Xander et Knox retournèrent à la grande table où le reste de ses frères et leurs compagnes étaient installés. Et comme Wilder n'avait aucune envie de continuer à essuyer leurs taquineries, il décida de retourner à l'endroit où tout avait commencé.

Max regarda Wilder quitter seul la salle de bal. Son fils avait toujours adoré les fêtes, et pourtant, il ne fut pas surpris de le voir partir. Sa vie avait été complètement bouleversée depuis qu'il avait trouvé Cody sur le pas de sa porte, et s'il n'avait toujours pas admis que l'enfant était de lui, au fil de la semaine passée, son déni était devenu moins fréquent et moins véhément.

Max comprenait bien pourquoi Wilder n'avait pas accueilli le bébé à bras ouverts. Ce n'étaient pas uniquement ses responsabilités de père qu'il trouvait dérangeantes. Il y avait aussi les souvenirs réveillés par l'idée que la mère de Cody avait abandonné son fils. Tout comme Sheila avait abandonné ses enfants quand Wilder était à peine plus âgé que Cody.

Naturellement, Wilder n'avait aucun souvenir du départ

de sa mère, mais il avait grandi dans l'idée qu'elle avait préféré vivre avec un autre homme plutôt que rester avec ses enfants. Parce que c'était ce que Max avait voulu lui faire croire. Ce qu'il avait voulu faire croire à tous ses fils. Parce qu'admettre la vérité aurait été reconnaître que c'était de sa faute si ses six garçons avaient grandi sans leur mère.

— C'est l'un de tes fils ? lui demanda son amie, qui avait dû suivre son regard.

— Oui. Le plus jeune.

— Il a de la chance, dit-elle en lui adressant un audacieux clin d'œil. Parce qu'il est presque aussi beau que son père.

N'écoutant qu'à moitié ce qu'elle disait, il hocha la tête. Mais à l'évidence, elle était plus intuitive qu'elle n'en avait l'air…

— Qu'est-ce qui t'inquiète tant chez ton fils, Max ?

— Il traverse une période difficile en ce moment.

— En d'autres termes, tu me demandes de me mêler de mes affaires.

— Ce ne sont pas les miennes non plus. Je ne peux pas en parler.

— Bon. Alors pourquoi tu ne me raccompagnerais pas à mon appartement, où je pourrais t'aider à oublier tous tes soucis ?

Il ne pensait pas que quelque chose puisse lui faire oublier ses soucis, mais il était tout à fait disposé à essayer.

La maison était silencieuse depuis le départ de Wilder et Max.

Trop silencieuse.

Ou peut-être était-ce l'isolement du ranch qui rendait Beth un peu nerveuse.

Elle était citadine jusqu'au bout des ongles, habituée aux bruits et aux lumières du décor urbain. Dehors, tout était noir et elle n'entendait pas le moindre souffle de vent.

Pour avoir un fond sonore, elle alluma la télévision. Depuis qu'elle était seule avec Cody, elle se surprenait à sursauter à chaque grincement du plancher de la vieille maison. Elle se serait sentie beaucoup moins angoissée s'il y avait eu un chien. D'ailleurs, pourquoi n'y avait-il pas de chien, au ranch ?

Quand Cody eut pris son repas et son bain, elle lui lut deux des livres qu'elle lui avait offerts pour Noël. Au moment où elle referma le deuxième, les paupières du petit garçon commençaient déjà à se fermer.

— Regarde, Cody, il y a une grande fête à New York, lui dit-elle en pointant du doigt la télévision. Tu vois tous ces gens ?

Elle avait beau savoir que les écrans n'étaient pas recommandés pour de si petits bébés, elle ne se sentait pas encore prête à aller le coucher. Pour passer le réveillon du nouvel an seule, encore une fois. Mais Cody finit par s'endormir dans ses bras et elle n'eut d'autre choix que de le monter dans sa chambre.

De retour dans le séjour, elle passa quelques instants à zapper, profitant des fêtes dans diverses villes du monde. Elle commençait tout juste à se détendre un peu quand elle entendit ce qui ressemblait à des bruits de pas sous le porche.

Terrorisée, elle tendit l'oreille, en essayant de se rassurer. Mais les bruits de pas se répétèrent. Au moment où elle coupa le son de la télévision, il y eut un déclic, comme un verrou qui tournait, puis un craquement, comme une porte qui s'ouvrait.

Lâchant la télécommande, elle prit son téléphone, prête à appeler les secours. Mais combien de temps leur faudrait-il pour arriver dans un lieu si isolé ?

— Beth ?

Elle ferma les yeux et poussa un profond soupir de soulagement quand elle reconnut la voix de Wilder. Reposant son téléphone, elle ordonna à son cœur de se calmer.

— Je suis dans le séjour, répondit-elle en reprenant la télécommande pour remettre le son et prétendre que son retour précoce ne l'avait pas effrayée le moins du monde. Comment se fait-il que tu sois déjà là ?

— Il y avait un peu trop de bruit et un peu trop de monde à mon goût.

— C'est le principe même de la fête, non ?

— C'est vrai. Mais ce soir, j'avais juste envie d'être à la maison, répondit-il avant de jeter un coup d'œil au baby- phone. Cody dort ?

— Je viens de le coucher.

L'air intrigué, il consulta sa montre.

— Il est un peu tard pour lui, non ?

— Oui, mais c'est le réveillon et il avait envie de regarder la fête à New York avec moi.

Il eut un petit sourire espiègle. Celui qui lui donnait toujours de délicieux frissons.

— Il avait envie, c'est ça ?

— Oui. Très envie, affirma-t-elle, refusant d'admettre qu'elle avait délibérément tenu son neveu éveillé parce qu'elle ne voulait pas être seule.

Mais à présent, elle était seule avec Wilder. Et elle n'aurait su dire si c'était mieux ou pire.

Il lui sourit tout en desserrant le nœud de sa cravate et en défaisant le premier bouton de sa chemise.

Mieux et pire. C'était à la fois mieux *et* pire.

# - 12 -

Tandis que Beth regardait Wilder déboutonner sa chemise, elle sentit son cerveau se mettre en veille, sa bouche s'assécher, son corps s'embraser. Agilement, il défit le second bouton et, en imaginant les sensations que ses mains fortes et calleuses éveilleraient en elle au contact de sa peau, elle sentit une douce chaleur se répandre entre ses cuisses…

Elle avait envie qu'il en défasse un troisième, un quatrième pour qu'elle puisse découvrir si son large torse et son ventre plat étaient aussi ciselés qu'ils l'étaient dans son imagination. Parce que, oui, plus d'une fois, elle avait imaginé le beau cow-boy nu. Rêvé de lui, son corps enlacé au sien. Et s'était réveillée tout embarrassée de réaliser qu'elle pouvait éprouver un tel désir à l'égard de cet homme qui avait été l'amant de sa sœur. Et qui était très probablement le père de son neveu.

Ravalant sa salive avec peine, elle essaya de chasser de son esprit les voluptueuses pensées qui semblaient en affecter le bon fonctionnement.

— Je te demande pardon ? murmura-t-elle quand elle finit par se rendre compte qu'il avait dit quelque chose qu'elle n'avait pas entendu.

— Je t'ai demandé si cela ne te dérangeait pas que je reste un peu ici avec toi.

— Tu es chez toi.

— Mais c'est toi qui as la télécommande.

— Ce qui veut dire que c'est moi qui commande ?

Le ton ironique qu'elle avait emprunté le fit sourire.

— Au moins la télé, répondit-il.

— Il faut que j'aille me coucher, de toute façon.

— Il n'est même pas 22 h 30, répliqua-t-il, l'air amusé.

— Ah bon ?

Elle sentit ses joues s'empourprer. Parce que même une rabat-joie comme elle savait qu'aller se coucher à 22 h 30 le soir du réveillon était vraiment pitoyable.

— Alors je vais rester un peu, dit-elle. Mais je dois te présenter mes excuses par avance.

— Pour quelle raison ?

— Le fait que je vais probablement m'endormir avant les douze coups de minuit.

Feignant la consternation, il ouvrit grand les yeux.

— Le soir du réveillon ? s'exclama-t-il. Sacrilège !

— Cody s'est réveillé trois fois, la nuit dernière. À la façon dont il mâchonne sa tétine, je crois pouvoir dire sans me tromper que ses premières dents ne devraient pas tarder à percer.

— Écoute, si tu penses que tu ne pourras pas tenir jusqu'à minuit, on pourrait peut-être ouvrir une bouteille de champagne et trinquer au nouvel an sur le fuseau horaire de Chicago ?

— Ça me semble être une bonne idée.

Il alla chercher une bouteille qu'il ouvrit avec une dextérité qui semblait témoigner d'une longue expérience.

Il aurait pu s'asseoir n'importe où. Il y avait des tas de possibilités dans la vaste pièce : trois fauteuils et deux grands canapés ! Curieusement, il choisit de s'asseoir juste à côté d'elle, sur un canapé, si près que leurs cuisses se touchaient.

Après lui avoir tendu une flûte du champagne, il trinqua avec elle.

— Bonne année en avance !

— Bonne année en avance, répéta-t-elle avant de porter la flûte à ses lèvres.

— Alors, comment trouves-tu ce réveillon comparé à celui que tu as passé l'année dernière ?

— C'est presque pareil. Mais avec un bien meilleur champagne.

Et la compagnie d'un très beau cow-boy.

— Tu veux dire que tu es restée chez toi à regarder d'autres personnes faire la fête ?

— Je ne te mentais pas quand je t'ai dit que les fêtes n'étaient pas vraiment ma tasse de thé.

— Et pourquoi donc ?

— Je ne me suis jamais sentie à l'aise en présence de beaucoup de personnes. Je préfère les rassemblements plus intimes.

Réalisant tout à coup que ses paroles pouvaient être mal interprétées, elle se hâta de préciser :

— Enfin, intimes dans le sens de plus calmes. De plus petits groupes dans un cadre moins agité.

Pour s'empêcher de divaguer davantage, elle porta une nouvelle fois sa flûte à ses lèvres.

— L'intimité implique nécessairement un nombre restreint de personnes, affirma-t-il en lui adressant un clin d'œil. Ma préférence a toujours été au nombre de deux.

Elle ne pouvait pas acquiescer parce qu'il l'aurait sans doute interprété comme une tentative de séduction. Et elle ne pouvait pas nier non plus car si elle suggérait un nombre de trois ou quatre, il pourrait penser qu'elle essayait de lui vanter un mode de vie libertin qui n'était pas le sien.

— Ou un, dit-elle, parce que cela lui apparut soudain la réponse la plus fidèle à la réalité de sa vie.

Ce ne fut que lorsqu'il sourit qu'elle se rendit compte qu'elle avait été mal comprise.

— Tu aimes le faire toute seule, parfois, Beth ?

Elle sentit le feu lui monter aux joues. Elle devait à présent être écarlate. Pour se donner une contenance, elle prit une autre gorgée de champagne.

— Je crois que je ferais mieux de me taire, marmonna-t-elle.

Le beau rire grave de Wilder sembla glisser sur elle comme une caresse.

— Désolé. Je ne voulais pas t'embarrasser.

— Je crois que je me suis embarrassée toute seule.

Et elle lui fut reconnaissante quand il se mit à aborder des sujets de conversation plus neutres.

Ils parlèrent de livres, de films, des succès et des échecs des romans ayant fait l'objet d'adaptations cinématographiques. Après quoi ils se mirent à parler sport.

— Je vois que tu n'y connais rien du tout en basket, décréta-t-il.

Un peu vexée, elle le regarda en plissant les yeux.

— Sur quel critère te fondes-tu pour formuler une telle affirmation ? répliqua-t-elle. Le fait que je préfère le base-ball ?

— Et que regarder du base-ball est aussi passionnant que de regarder de la peinture sécher.

— Je vois que tu n'y connais rien du tout en base-ball.

— Ce que je sais, c'est qu'il est presque minuit et que tu es toujours bien éveillée, fit-il remarquer en reprenant la bouteille pour la resservir.

— Je suis aussi surprise que toi.

— Content de ne pas t'avoir barbée au point de t'endormir.

— Tu ne m'as pas barbée du tout. J'ai même beaucoup apprécié ta compagnie.

— Qui aurait cru que nous pouvions passer une soirée ensemble sans nous chamailler ?

— Ces derniers jours, on a passé beaucoup de temps ensemble sans nous chamailler.

— C'est vrai. Et j'ai découvert que tu n'étais pas aussi coincée que je l'avais pensé au départ.

— Et j'ai moi-même été agréablement surprise de constater que tu n'étais pas aussi immature et irresponsable que ma première impression m'avait portée à le croire.

— Ah… Enfin !

— Comment ça, enfin ? demanda-t-elle, intriguée.

— Tu as de la passion en toi, Beth. Mais en dehors du coup d'éclat de l'autre matin, je n'ai jusqu'ici pu la voir à l'œuvre que lors des moments où tu as défendu ta sœur et Cody. Je suis content de savoir que tu es capable de te battre pour toi-même.

— Je croyais que l'on essayait de ne pas se battre.

— En fait… j'adore nos joutes verbales.

Délicatement, il lui prit la flûte des mains pour la déposer sur la table basse.

Et il joignit ses lèvres aux siennes.

Ce ne fut pas un baiser profond et passionné. Cela évoquait davantage une exploration hésitante. Et pourtant, au moment où ses lèvres effleurèrent les siennes, une décharge de désir la traversa, laissant dans son sillage une douce sensation de chaleur.

En relevant les yeux, elle vit qu'il paraissait aussi surpris qu'elle par cette alchimie qu'il semblait avoir lui aussi perçue. Puis son regard finit par se fixer sur sa bouche, comme s'il voulait de nouveau y goûter.

Et comme elle en avait envie, elle aussi, ce fut elle qui prit l'initiative, cette fois-ci, en se penchant vers lui pour l'embrasser. Et il lui rendit son baiser. Glissant un bras autour de sa taille, il l'attira sur ses genoux. Au moment où elle se retrouva à califourchon sur lui, ses seins entrèrent en contact avec les muscles durs de son torse, et immédiatement, elle sentit ses tétons durcir de désir.

Se délectant de la fermeté de son corps, elle se serra un peu plus fort contre lui et passa fougueusement les mains dans ses cheveux.

— Je vais me mettre dans l'embarras si tu n'arrêtes pas ça, dit-il d'une voix rauque.

— Je n'ai pas envie d'arrêter, mais…

— Chut…, murmura-t-il en effleurant doucement ses lèvres des siennes. Ne commençons pas à réfléchir à toutes les raisons pour lesquelles ça pourrait être une erreur.

Il passa alors sa joue contre sa gorge, et la voluptueuse sensation de son ombre de barbe contre sa peau délicate la fit frissonner de plaisir.

— Mais ce serait une erreur, non ? fit-elle remarquer. En couchant ensemble, on ne ferait que compliquer une situation déjà compliquée.

— Pas sûr. On pourrait aussi la simplifier.

— Je ne vois pas comment.

— Le sexe est une chose simple, Beth. Le lien le plus primitif et le plus essentiel entre un homme et une femme, répondit-il en passant ses mains sous son pull pour prendre délicatement ses seins en coupe entre ses mains.

La sensation de ces mains calleuses contre sa peau

fut plus délicieuse encore que tout ce qu'elle aurait pu imaginer.

Ivre de désir, elle poussa un doux gémissement.

— J'adore ces bruits que tu fais quand je te touche, murmura-t-il.

— Alors continue de me toucher.

— Je n'avais pas l'intention de m'arrêter, dit-il en se levant, la hissant dans ses bras comme si elle ne pesait pas plus lourd qu'une plume.

Instinctivement, elle enroula les jambes autour de sa taille et ils montèrent ainsi à l'étage.

Elle avait l'impression d'être une héroïne de conte de fées dans les bras du prince charmant.

Sauf qu'ils ne se marieraient pas et n'auraient pas d'enfants.

Mais qu'y avait-il de mal à profiter de cette soirée magique ? Une parenthèse enchantée avant que les réalités du quotidien reviennent s'abattre sur eux.

Arrivé dans la chambre qu'elle occupait, il la reposa doucement sur ses pieds pour lui ôter sensuellement son pull et ses leggings.

— À toi, maintenant, murmura-t-elle en terminant de déboutonner sa chemise pour découvrir des pectoraux et des abdominaux fermes et bien dessinés.

Aussi ciselés qu'elle l'avait imaginé. Sensuellement, elle fit glisser sa langue sur les contours des muscles de son torse. Et aussi délicieux…

Tandis qu'elle commençait à explorer son corps, il se débarrassa du reste de ses vêtements. Il finit par l'allonger sur le lit, et après s'être hissé au-dessus d'elle, il captura sa bouche avec la sienne.

Il semblait savoir exactement où et comment la toucher pour amplifier son désir, optimiser son plaisir.

Impatiente de lui rendre la pareille, elle glissa son bras entre leurs deux corps pour prendre en main son sexe bandé. Aussitôt, elle le sentit palpiter dans sa paume et un sourd grognement fit vibrer son torse. Encouragée par son évidente approbation, elle commença à imprimer un mouvement de va-et-vient.

Passant les bras derrière son dos, il dégrafa son soutien-gorge, libérant ses seins. Ses tétons durcis de désir devinrent presque douloureux quand l'air frais lui caressa la peau.

Prenant l'un d'entre eux dans sa bouche, il se mit à aspirer doucement. Tout en gémissant de plaisir, elle se cambra contre lui. Et quand il passa à l'autre sein, lui procurant tout autant de délicieuses sensations, il se mit à explorer son corps de ses grandes mains qui l'emplirent d'un voluptueux plaisir à chacun de leur passage.

Délicatement, il finit par lui écarter les cuisses, l'exposant ainsi à des caresses plus intimes. Elle sentit ses doigts glisser sur la peau sensible de l'intérieur de ses cuisses, retraçant les contours de sa culotte de dentelle, lui arrachant des soupirs de plaisir. Et quand il posa son pouce sur son clitoris, à travers la fine barrière de dentelle, elle laissa échapper un petit cri.

Fiévreusement, il traça un chemin de baisers de sa bouche à ses seins jusqu'à arriver à sa culotte qu'il commença à faire descendre en la tirant avec ses dents. Et il continua ainsi, passant d'un côté à l'autre, faisant glisser la culotte le long de ses cuisses jusqu'à ce qu'elle se retrouve au niveau de ses chevilles. Alors, lui écartant largement les jambes, il enfouit son visage dans son sexe humide et brûlant de désir.

Le frottement de son ombre de barbe contre la peau délicate de son sexe lui procura une sensation étonnamment érotique. Et quand elle sentit sa langue se poser sur son clitoris, elle poussa un cri. Parce que le plaisir était, une fois encore, bien plus grand qu'elle ne l'avait imaginé.

Avec beaucoup d'habileté et de sensualité, il fit bouger sa langue et ses lèvres sur son sexe, la conduisant, très vite, vers l'orgasme qu'elle pouvait déjà presque sentir.

*Encore. Encore.*

Elle ne pouvait pas prononcer les mots, seulement gémir de plaisir. Mais elle n'avait pas besoin de les prononcer. Il savait ce qu'elle voulait et il le lui offrit. Encore et encore, jusqu'à ce qu'elle ne puisse plus tenir. Jusqu'à ce qu'elle sente le plaisir éclater en elle comme un véritable feu d'artifice de sensations intenses et voluptueuses.

Son corps tremblait encore du contrecoup de l'orgasme quand il sortit un préservatif de son pantalon resté à terre et en déchira l'emballage pour l'enfiler. Alors il se positionna entre ses cuisses et s'enfonça doucement en elle.

Instinctivement, elle enroula les jambes autour de sa taille, s'accrocha à ses larges épaules, pour le sentir plus près d'elle, plus profond en elle. Quand il se mit à se mouvoir, elle répondit à chacun de ses assauts, l'encourageant à atteindre un plaisir semblable à celui qu'il venait de lui donner.

Au bout de quelques secondes à peine, elle sentit le sien renaître, se renforcer. Alors il accéléra le rythme, plus fort, plus vite. Jusqu'à ce que le plaisir déferle de nouveau en elle, plus fort, plus intense encore que quelques minutes plus tôt. Et cette fois-ci, quand elle plongea, elle le sentit venir avec elle.

Wilder fut réveillé en sursaut par des pleurs de bébé. Il lui fallut un moment pour recouvrer ses esprits, s'accoutumer à l'obscurité et comprendre qu'il se trouvait dans la chambre d'amis, où il s'était endormi après avoir fait l'amour avec Beth.

Tout en refermant les yeux, il laissa échapper un juron, tandis que les souvenirs revenaient à lui.

Cela n'aurait jamais dû arriver.

Mais c'était arrivé. Et cela avait été merveilleux.

Il avait toujours préféré la compagnie des femmes qui recherchaient de courtes aventures plutôt qu'une relation sur le long terme. Beth était une femme du foyer et de la famille jusqu'au bout des ongles. Elle était le genre de femme que l'on choisit quand on souhaite se marier. Or, il n'avait aucune intention de se marier. Avec qui que ce soit.

Mais la veille au soir, comme à son habitude, il n'avait pensé qu'à ses propres désirs, avait pris égoïstement ce qui lui faisait envie sans se soucier des conséquences de ses actes.

Et à présent…

Un doux murmure s'ajouta au bruit des pleurs du bébé. Le son provenait du babyphone, sur la table de chevet. Beth, déjà debout, s'occupait de Cody.

Cody.

Encore une fois, il poussa un juron. Une nouvelle vague de culpabilité venait de s'abattre sur lui.

Une semaine plus tôt, il s'estimait très heureux de la vie qu'il menait, chanceux d'être libre comme l'air.

Parce qu'une semaine plus tôt il ignorait l'existence de Cody. À présent qu'il savait, ses préférences n'avaient plus aucune importance. Car si Cody était bien son enfant, il allait s'engager auprès de lui et s'efforcer de devenir le meilleur papa que l'on puisse rêver d'avoir.

Mais que Cody soit ou non son fils ne changeait pas

grand-chose. Il n'aurait jamais dû coucher avec sa tante. Car ce moment intime qu'ils avaient partagé n'avait fait qu'ajouter de la complication à une situation déjà très compliquée. Comme elle le lui avait d'ailleurs si bien fait remarquer la veille au soir.

S'il mettait en avant ses droits et réclamait la garde de Cody, il infligerait une horrible souffrance à Beth qui avait veillé sur son neveu depuis sa naissance.

Mais il était hors de question qu'il se sépare du petit garçon. Jamais il n'abandonnerait son fils, comme sa propre mère l'avait fait. Il ne laisserait jamais rien prendre plus d'importance à ses yeux que son enfant.

Ce qu'il avait fait la veille au soir, cela dit…

Égoïstement et fidèle à lui-même, il n'avait pensé qu'à lui et au désir qu'il avait pour Beth.

Quand il avait compris qu'il avait envie d'elle, il avait été un peu étonné. Et plus étonné encore par l'intensité des ébats qui avaient suivi.

Car en dépit de son comportement plutôt rigide dans la vie quotidienne, Beth était au lit étonnamment passionnée et désinhibée. Et s'il avait été le genre d'homme à vouloir s'engager dans une relation de couple, il aurait sûrement souhaité tenter sa chance avec elle.

Sauf qu'il n'était pas ce genre d'homme.

D'abord parce qu'il avait eu une histoire avec sa sœur. C'était une chose à laquelle il aurait dû penser la veille avant de retirer la petite culotte de Beth avec les dents. Peu importait que Leighton lui ait clairement fait comprendre que les choses étaient finies entre eux. Il ne pensait pas qu'elle serait contente d'apprendre qu'il avait commencé une relation avec sa grande sœur.

Mais pouvait-on vraiment parler de relation ?

Agacé par toutes ces questions sans réponses, il se

leva et s'habilla dans l'intention d'aller aider Beth à s'occuper de Cody.

Mais il s'arrêta sur le seuil de la porte pour l'observer. Sa silhouette fine et gracieuse, faiblement éclairée par la veilleuse, était penchée au-dessus du corps du petit garçon allongé sur la table à langer. Tout en lui murmurant des paroles douces et apaisantes, elle changeait sa couche mouillée. Une fois cette tâche terminée, elle descendrait lui préparer un biberon pour qu'il ait le ventre plein et qu'il puisse ainsi dormir tranquillement quelques heures de plus.

Mais Wilder pouvait aussi s'en charger pour elle. Il avait à présent suffisamment d'expérience pour ne plus avoir à lire les instructions sur la boîte de lait. Cependant, si assumer les responsabilités à tour de rôle lui semblait tout à fait normal dans la journée, un tel partage des tâches au cours de la nuit lui apparaissait comme quelque chose de différent. Quelque chose… de plus fort.

Quelque chose qui ferait d'eux un papa et une maman. Une famille.

Et comme il n'était même pas sûr d'être le père de Cody, et que Beth n'était pas sa mère, prétendre qu'ils étaient une famille serait une erreur. Plus grande encore que celle qu'ils avaient commise la veille au soir.

Alors, au lieu de lui proposer son aide, il retourna dans sa chambre, comme le lâche qu'il était.

# - 13 -

— Alors, mon grand, murmura Beth en retirant la couche de son neveu dans l'espoir de l'apaiser sans réveiller le beau cow-boy qui dormait de l'autre côté du couloir. Qu'est-ce qui t'arrive ?

Les grands yeux bleus de Cody étaient humides de larmes, de même que ses longs cils noirs. Mais les coins de ses lèvres tremblantes se relevèrent pour dessiner un léger sourire.

— Je parie que tu as faim, en plus d'être mouillé, dit-elle en lui remettant une couche propre. Parce que ça fait presque six heures que tu dors.

Elle s'interrompit, bâilla.

— Malheureusement, pour ma part, je n'ai dormi que la moitié de ce temps. Alors si tu pouvais te rendormir sans trop faire d'histoires, je t'en serais très reconnaissante.

En guise de réponse, Cody enfonça son poing dans sa bouche.

— Mais évidemment, je vais te donner un petit encas avant, reprit-elle en lui remettant son pyjama. Voilà. C'est mieux, comme ça, non ?

Elle descendit sans faire de bruit dans la cuisine.

La lumière l'aveugla quand elle ouvrit le réfrigérateur pour en sortir l'un des biberons qu'elle avait préparés la veille. Elle s'apprêtait à le réchauffer quand elle se souvint de ce que l'une de ses collègues, maman de trois enfants, lui avait un jour dit à ce sujet : tous ses enfants les préféraient froids quand ils faisaient leurs dents.

— Bon. On va essayer, dit-elle en présentant la tétine à Cody. Qu'est-ce que tu penses de ça ?

Il n'en pensait que du bien, apparemment, car il se mit immédiatement à téter goulûment.

— Tu n'as pas peur d'essayer de nouvelles choses. Ce qui prouve que tu as hérité du caractère aventurier de ta maman.

Et comme toujours, penser à Leighton l'amena à s'inquiéter pour elle. Elle aurait aimé pouvoir adopter la philosophie de Wilder, ne pas se soucier des choses qu'elle ne pouvait contrôler, mais cela lui semblait impossible.

— Je n'ai pris aucune résolution cette année, dit-elle, toujours à l'attention de Cody. Mais il n'est peut-être pas trop tard. Si je fais des efforts, ta maman et moi finirons peut-être par apprendre à mieux communiquer.

Seulement voilà, si elle avait vraiment voulu avoir une meilleure relation avec sa sœur, elle aurait dû commencer… par ne pas coucher avec son ex !

Cependant, avec un peu de chance, Leighton ne découvrirait jamais ce qui s'était passé. Beth n'avait absolument aucune intention de lui en parler et elle n'imaginait pas Wilder soulever le sujet devant Leighton. Et comme elle était presque sûre que leurs ébats étaient le résultat du champagne, elle était confiante : cela ne se reproduirait pas.

Et c'était tant mieux, car quand Leighton reviendrait et verrait combien Wilder avait été formidable avec Cody, peut-être déciderait-elle d'offrir une deuxième chance à leur relation. Pour offrir à leur fils une véritable famille.

C'était ce que Beth avait toujours voulu pour Cody. Alors pourquoi l'idée que sa sœur partage la vie de Wilder et son lit lui faisait-elle si mal ?

En cinq jours seulement, elle n'avait pas pu développer de véritables sentiments pour le cow-boy ? C'était impossible.

Si. C'était possible. Et c'était même vrai. Parce que, au cours de cette courte période, elle avait eu de très nombreuses occasions de découvrir la véritable personnalité de Wilder.

Certes, il ne savait pas d'instinct comment se comporter en papa, mais il avait prouvé qu'il était disposé à apprendre et déterminé à faire des efforts. Et s'il avait une réputation de séducteur, depuis qu'elle était au ranch, il semblait avoir fait de Cody sa priorité numéro un.

D'ailleurs, la veille au soir, il était rentré tôt de la fête du nouvel an. Il avait dit ne pas s'être laissé gagner par l'ambiance de la fête, mais elle le soupçonnait d'être rentré pour Cody. Car, même s'il n'était pas encore prêt à l'admettre, le petit bonhomme avait déjà conquis son cœur.

Wilder Crawford était tellement plus profond que le portrait du cow-boy déjanté et désinvolte que sa sœur lui avait brossé. Il était indéniablement l'homme le plus beau qu'elle ait jamais rencontré, mais au-delà de son physique exceptionnel, il était intelligent et charmant, fin et cultivé. Il avait un bon sens de l'humour et un puissant sens de la loyauté familiale.

Et après seulement cinq jours à l'Ambling A et une nuit dans la chaleur de ses bras, elle courait un grave danger : celui de lui laisser son cœur.

— Pourquoi ne m'as-tu pas dit que Cody avait fait sa première dent ? demanda Wilder à Beth à son retour à la maison.

Il avait appris la nouvelle de la bouche de son père qui l'avait annoncée avec toute la fierté que l'on peut attendre d'un grand-père.

— Tu es parti ce matin sans me laisser le temps de te dire quoi que ce soit, répondit-elle.

— Il fallait que j'aille contrôler l'état des clôtures.

— Je comprends, dit-elle en donnant une cuillerée de bouillie à Cody.

Quand le petit garçon eut avalé, elle se servit du bout de la cuillère pour tirer doucement sur sa lèvre inférieure, révélant aux yeux de Wilder la petite dent qui avait commencé à émerger de sa gencive.

— Regardez ça ! s'exclama-t-il, en sentant sa poitrine se gonfler d'orgueil, comme s'il avait une part de responsabilité dans cette étape importante. Il a une dent !

— Elle n'est pas encore complètement sortie, mais maintenant qu'elle a percé la gencive, il devrait être un peu moins bougon.

— Super.

Mais il se demandait bien pourquoi elle était elle-même si bougonne. Même s'il croyait connaître la réponse. Que les propos qu'elle tint ensuite ne firent que confirmer.

— Tu ne penses pas que l'on devrait parler de ce qui s'est passé hier soir ? suggéra-t-elle.

— Si tu veux.

— Ce que je voudrais, c'est que nous ne soyons pas gênés l'un vis-à-vis de l'autre.

— Tu trouves qu'on l'est ?

— Difficile à dire, vu que nous ne sommes pas restés

ensemble plus de cinq minutes depuis. Mais peut-être doit-on voir dans ce fait la réponse à ta question ?

— Je n'ai pas cherché à t'éviter. Hunter m'a envoyé un message ce matin pour me demander de venir l'aider.

— Ah. Alors j'ai peut-être eu une réaction excessive. Je n'ai pas beaucoup d'expérience pour… ce genre de choses.

— Tu n'as qu'à me dire ce que tu as envie de me dire.

— D'accord. Je pense que ce qui s'est passé hier soir a été une erreur. Enfin… c'était super, mais cela n'aurait pas dû se produire. On n'aurait pas dû… se laisser emporter.

— Tu penses que l'on s'est laissé emporter ?

Pourquoi le mépris dont elle faisait preuve envers leurs ébats le gênait-il autant alors qu'il en était lui-même arrivé aux mêmes conclusions qu'elle ?

— Tu ne penses pas ?

— Si, répondit-il. Cela n'aurait jamais dû arriver et cela ne se reproduira plus.

— Très bien, alors.

— Si tu n'as plus rien à ajouter, je vais aller me faire un sandwich et repartir aider mon frère.

Et il se hâta de s'en aller. Ou plutôt de fuir.

— Wilder, qu'est-ce qui se passe entre toi et Beth ? lui demanda son père le lendemain matin.

— Qu'est-ce que tu veux dire, exactement ?

— Tout à l'heure, elle est allée à l'écurie pour demander à Hunter de l'aider à mettre le siège-auto de Cody dans sa voiture.

— Et alors ?

— Pourquoi ne te l'a-t-elle pas demandé à toi ?

— Elle a dû penser que Hunter avec plus d'expérience pour ce genre de choses.

Son père hocha lentement la tête.

— Mais elle aurait pu te demander de la déposer en ville.

— Elle sait que j'ai encore du travail.

Avec les importantes chutes de neige, plusieurs arbres s'étaient abattus sur les clôtures qui entouraient la propriété.

— Logan ou Finn auraient pu te remplacer.

— Pour qu'ils m'accusent ensuite de me défiler quand il y a beaucoup à faire ? Non merci.

— Tu aurais mieux fait de te défiler pour passer du temps avec ton fils, répliqua son père sur un ton désapprobateur. À moins que tu ne cherches à éviter Beth.

— Si on me donne le choix entre réparer des clôtures et faire du shopping, je choisirai toujours les clôtures.

— Tu es sûr qu'il n'y a pas autre chose, entre Beth et toi ? Depuis quelque temps, à chaque fois que l'un de vous deux entre dans une pièce, l'autre se dépêche d'en sortir.

— Il ne t'est jamais venu à l'esprit que l'on pouvait avoir chacun des choses à faire dans des endroits différents ? répliqua-t-il, comme il n'avait aucun moyen de nier cette vérité.

Ou de nier le fait que Beth et lui étaient mal à l'aise, même si Beth lui avait dit qu'elle ne voulait pas qu'il y ait de gêne entre eux.

L'air profondément déçu, son père soupira.

— Et moi qui pensais que vous commenciez à vous entendre, tous les deux.

— On s'entend très bien.

— Ah oui ? Vu de l'extérieur, ce n'est pas l'impression que ça donne.

— Tu n'as pas de raison de t'inquiéter, papa.

— Beth t'a-t-elle dit quand elle envisageait de retourner à Dallas ?

— Pas avant que les résultats du test de paternité soient arrivés. Pourquoi ? Tu as des objections à ce qu'elle reste ?

— Pas du tout. Bien au contraire. On a largement assez de place pour trois et j'ai mangé plus de repas faits maison en six jours que j'en ai mangé au cours des six mois ayant précédé son arrivée.

— Ce qui prouve simplement qu'il te faut embaucher un cuisinier. Parce que Beth ne va pas rester éternellement.

— Mais pour le moment, elle est là.

Aux alentours de 15 heures, Wilder commença à regretter ses choix. Une escapade en ville lui apparaissait soudain comme une idée beaucoup plus attrayante que la réalité qu'il endurait : réparer des clôtures dans un vent glacial. Oui, il aurait vraiment dû choisir de se rendre en ville avec Beth. Sauf qu'il n'y avait pas été invité.

Et il se demandait bien pour quelle raison.

Ils avaient discuté du sujet qui la tracassait, et il avait approuvé tout ce qu'elle avait dit. Même s'il n'était pas vraiment d'accord sur l'idée que la nuit qu'ils avaient passée ensemble était une erreur.

Alors pourquoi était-elle fâchée contre lui ?

Il était tenté de demander à ses frères ce qu'ils pensaient de la situation, mais il aurait fallu pour cela qu'il leur dise ce qui s'était passé entre Beth et lui le soir du réveillon.

« Sauf s'il a rencontré une femme qui pourrait signifier quelque chose pour lui », avait dit Xander, à la soirée du réveillon.

Et si son frère avait raison ?

# - 14 -

Le lendemain, en fin de matinée, Beth consulta ses e-mails. Des publicités, pour la plupart. Et un message de son amie Elysia qui la remerciait pour le livre qu'elle avait offert à sa fille à Noël. Beth sourit en regardant la pièce jointe : une photo de la fillette sous le sapin tenant le livre ouvert sur ses genoux.

Ravie que son cadeau ait plu, elle rédigea une brève réponse avant de se remettre à passer en revue ses courriers. Et soudain, elle sentit son cœur s'emballer. Un peu plus bas dans la liste, elle venait de reconnaître l'adresse de Leighton. « Des nouvelles de la rebelle », avait-elle écrit en guise d'objet.

Elle se hâta de cliquer sur le message.

Beth,

Je parie que tu commençais à te dire que tu n'aurais plus jamais de nouvelles de moi. Et je parie que tu es furieuse que j'aie disparu comme ça. Je sais que j'ai promis de m'expliquer, mais je ne peux pas te dire grand-chose de plus que ça : je vivais une vie que je n'avais pas choisie et c'était devenu trop dur à supporter. Par ailleurs, je m'excuse.

Au cas où tu ne l'aurais pas encore deviné (mais je suis sûre que si), j'ai emmené Cody chez son père dans le Montana (et je suis sûre à au moins 90 % que Wilder Crawford est bien son père).

J'aimerais pouvoir te dire que je l'ai emmené là-bas parce que je me sentais coupable d'avoir privé Wilder de l'opportunité de connaître son fils, ce qui est en partie le cas. Mais la vérité, c'est que je ne suis pas sûre d'avoir beaucoup réfléchi, au cours des quelques jours qui ont précédé Noël, et que c'est ça qui m'a poussée à faire mes bagages, à l'emmener là-bas et à le laisser derrière moi.

Wilder doit probablement m'en vouloir, lui aussi. Et je vais devoir affronter sa colère quand je vais venir à Rust Creek Falls pour chercher Cody. Mais ne t'inquiète pas : il n'est pas le genre d'hommes à se défouler sur une femme. D'ailleurs, c'est plutôt un homme bien, et s'il me demande un droit de garde, je ne dirai pas non. Ça ne fera pas de mal à Cody de passer un peu de temps à la campagne, apprendre à monter à cheval, des trucs comme ça.

Mais je vais trop loin dans mes réflexions ; je pourrais réfléchir à tout ça plus tard. Je voulais juste te faire savoir que je serai bientôt de retour et qu'on pourra fêter Noël ensemble comme on l'avait prévu.

Bisous

L

La première réaction de Beth fut le soulagement, puis vinrent la joie et l'espoir, suivis par la déception, la colère et la culpabilité. Et si elle pouvait attribuer au comportement de Leighton la plupart de ces sentiments contradictoires, la culpabilité venait entièrement d'elle.

La voix de Wilder la ramena doucement à la réalité.

— Tu en veux ?

Surprise, elle se retourna vivement. Debout derrière elle, il tenait un mug de café.

— Quoi ? Ah… euh… oui. Merci.

— Tu vas bien ? lui demanda-t-il d'un air soucieux, en lui tendant la tasse.

— Oui, merci. J'ai reçu un mail de Leighton.

— C'est vrai ? Quand ?

— À l'instant.

— Que dit-elle ?

— Qu'elle est désolée d'être partie comme elle l'a fait et…

Elle s'interrompit.

— Tiens, dit-elle en lui tendant le téléphone. Tu n'as qu'à le lire.

Tandis qu'il parcourait le texte, elle vit les muscles de sa mâchoire se crisper. Le seul signe extérieur d'une quelconque émotion. Même si elle n'aurait su dire de quelle émotion il s'agissait réellement.

— Alors elle va venir rechercher Cody, dit-il en lui redonnant son téléphone. Et apparemment, elle s'attend à ce que je le lui rende, comme ça, alors qu'elle l'a abandonné.

— C'est sa mère.

— Elle l'a abandonné.

— Alors… que comptes-tu faire ?

Tout en prenant une gorgée de café, il sembla réfléchir à la question.

— Je vais demander sa garde exclusive, répondit-il.

Je vais appeler Maggie dès maintenant pour qu'elle enclenche la procédure.

Elle se souvenait de l'avoir entendu dire qu'il avait emprunté le lit à barreaux à sa cousine Maggie, mais elle ignorait que cette femme était avocate.

— Tu n'es pas encore sûr d'être le père, lui fit-elle remarquer d'une voix douce.

— Parce que tu as encore des doutes, toi ?

Elle n'en avait plus, non. Mais si elle l'admettait, cela signifiait qu'elle devrait retourner à Dallas, en laissant Cody à Wilder. Et peut-être était-ce ce qu'elle aurait dû faire…

— Je croyais que l'on s'était mis d'accord pour qu'aucune décision ne soit prise avant les résultats des tests ADN, répondit-elle.

— En réalité, si Leighton est vraiment en route, ce que tu penses importe peu. C'est entre elle et moi. Tu n'as plus rien à voir là-dedans.

Ces mots lui firent l'effet d'une gifle, et pourtant, elle savait qu'il n'avait pas voulu se montrer cruel. Il n'avait fait qu'énoncer la vérité telle qu'il la percevait.

Et le plus douloureux, c'était qu'il avait raison.

Toutes les questions relatives à Cody relevaient de la responsabilité de ses parents.

Peu importait qu'elle ait tout laissé derrière elle pour traverser la moitié du pays. Peu importait qu'elle ait aidé Wilder à s'occuper de Cody au cours des huit jours passés. Rien de tout cela ne comptait, parce que Cody n'était pas son bébé.

Elle n'était qu'une figurante dans ce drame que sa sœur avait mis en scène et il était temps pour elle de quitter la scène.

Wilder comprit immédiatement que sa remarque inconsidérée avait blessé Beth. Et en la regardant quitter la pièce, il regretta de ne pas avoir mieux choisi ses mots. Mais peut-être avait-il délibérément cherché à mettre de la distance entre eux. Parce que depuis quelques jours il lui semblait de plus en plus évident que ses sentiments à l'égard de Cody étaient fortement influencés par les sentiments que lui inspirait sa tante.

S'il avait été intelligent, il serait resté sur ses positions et aurait maintenu la distance.

Mais naturellement, il ne put s'empêcher de la retrouver dans sa chambre, où elle avait déjà commencé à faire ses bagages.

— Qu'est-ce que tu fais ? demanda-t-il.

— Mes bagages. Je pense que ce serait mieux pour tout le monde que je sois partie avant l'arrivée de ma sœur.

— Y compris pour Cody ?

— Tu as prouvé que tu étais plus que capable de prendre soin de lui.

— J'apprécie ta confiance. Néanmoins je pense que prendre soin de lui, c'est aussi s'assurer qu'il se sente bien et en sécurité. Et je ne suis pas sûr que se retrouver abandonné par sa tante, une semaine après avoir été abandonné par sa mère, soit le meilleur moyen d'y parvenir.

— Je ne l'abandonnerai jamais ! rétorqua-t-elle avec conviction.

— Tu es venue ici dans l'intention de le ramener à Dallas, et à présent, tu t'apprêtes à partir sans lui ? Comment appelles-tu ça ?

— J'appelle ça m'éclipser de sorte que ce qui s'est passé entre nous deux ne soit pas un obstacle à une possible réconciliation des parents de mon neveu.

Décontenancé par sa réponse, il fronça les sourcils.

— C'est vraiment ce que tu veux ?

— Je veux ce qu'il y a de mieux pour Cody, répondit-elle en évitant son regard.

— Si Leighton et moi nous remettions ensemble, nous ne serions pas ce qu'il y a de mieux pour lui. Et de toute façon, je peux t'assurer qu'il n'y a aucune chance pour qu'une telle chose se produise.

Visiblement troublée, elle lui jeta un rapide coup d'œil.

— S'il te plaît, ne dis pas ça, murmura-t-elle. Ne ferme pas la porte à…

— Aucune chance. Parce que pour que Leighton et moi nous remettions ensemble, il aurait fallu que nous soyons ensemble au départ.

Interloquée, elle le dévisagea un instant.

— Tu veux dire que vous ne l'étiez pas ?

— On a passé de bons moments ensemble et on a couché ensemble, répondit-il.

— Ah.

— Je n'en suis pas fier, mais je ne vais pas te mentir en prétendant que cela allait au-delà de ça.

— Je suis mal placée pour te juger. Je suis tombée dans tes bras, moi aussi, et j'ai couché avec toi sans rien espérer en retour. Pas même un baiser le lendemain matin.

Embarrassé, il détourna le regard.

— J'ai quitté ton lit parce que je t'ai entendue parler à Cody dans le babyphone, expliqua-t-il. Lui dire que tu avais besoin de sommeil.

— Comme c'est prévenant de ta part, répliqua-t-elle avec un brin d'ironie.

— Et je t'avoue aussi que je n'avais pas envie de répondre aux questions de mon père, qui m'en aurait posé s'il m'avait surpris à quitter ta chambre à l'aube.

— Ou à mes questions.

— C'est toi-même qui as dit que c'était une erreur.

— Parce que c'en était une !

— Alors pourquoi est-ce que tu m'embêtes avec ça maintenant ?

— Parce que j'aurais voulu que tu dises que ça n'en était pas une.

Beth parut aussi surprise qu'il l'était lui-même par cette révélation.

— Beth…

Mais, troublé, il ne put terminer sa phrase.

— Excuse-moi, murmura-t-elle en rougissant. Oublie ce que j'ai dit.

— Je ne suis même pas sûr d'avoir compris ce que tu as dit. Pour toi, il ne s'agissait pas d'une erreur ?

— Si. Bien sûr que si. Écoute, tu as eu une aventure avec ma sœur. Même si elle était brève et apparemment sans importance. Et ce qui s'est passé entre nous… c'étaient juste deux personnes seules qui ont trouvé un simple réconfort ensemble.

— *Un simple réconfort* ? Quand ton corps tremblait du contrecoup des orgasmes multiples et que tu murmurais mon nom, c'était parce que tu te sentais… réconfortée ?

Ses joues devinrent beaucoup plus rouges et elle se détourna.

— Peu importe, dit-elle. Nous sommes d'accord sur le fait que cela n'aurait jamais dû arriver.

— Non. Je ne suis pas d'accord.

Et sans lui laisser le temps de répondre, il joignit ses lèvres aux siennes.

Il n'y eut pas d'hésitation dans le baiser de Wilder, cette fois-ci. Pas d'exploration prudente. Juste une exigence.

Et Beth le lui rendit. Elle ne put s'en empêcher. Pendant

qu'elle faisait ses bagages, elle avait récapitulé toutes les raisons pour lesquelles approfondir sa relation avec Wilder était une mauvaise idée. Mais à présent que sa bouche était contre la sienne, ces raisons n'importaient plus. Plus rien d'autre ne comptait que les voluptueuses sensations qu'elle ressentait entre ses bras musclés.

Instinctivement, elle écarta les lèvres pour lui permettre d'approfondir son baiser. Leurs langues se mêlèrent et se mirent à danser sur un rythme lent et séducteur qui lui fit vibrer le corps et battre le cœur. Elle se réjouissait de revivre l'expérience si merveilleuse de refaire l'amour avec lui.

Sauf qu'ils n'avaient jamais fait l'amour : ils avaient juste couché ensemble. Une relation purement physique, sans attache émotionnelle. Or elle n'était pas très douée pour rester détachée sur le plan émotionnel. Les sentiments qu'elle avait pour Wilder étaient déjà plus forts et plus profonds qu'elle ne l'aurait souhaité.

Réticente mais déterminée, elle finit par se détacher de lui.

— Tu as bien admis, toi aussi, que ce qui s'est passé était une erreur, lui fit-elle remarquer.

— J'ai admis que tu avais dit que c'était une erreur. Mais je pense que tu essaies juste de t'en convaincre pour que cela ne se reproduise plus.

— Évidemment que cela ne se reproduira plus.

— Parce que tu n'es pas attirée par moi ? répliqua-t-il d'un air de défi.

Sans lui laisser le temps de répondre, il dégagea doucement une mèche de cheveux de son visage et la caresse de ses doigts sur le lobe de son oreille la fit voluptueusement trembler. Il sourit, lui prouvant ainsi que sa réaction physique n'était pas passée inaperçue et que, si elle essayait de prétendre qu'elle n'était pas attirée par lui, il saurait qu'elle mentait.

— Parce que ce ne serait pas très intelligent, répondit-elle.

— L'attirance est rarement fondée sur la logique. Et je suis indubitablement attiré par toi, Beth.

Troublée, elle cligna des yeux plusieurs fois.

— C'est vrai ? murmura-t-elle.

— Après la nuit que nous avons passée ensemble, comment peux-tu en douter ?

— Nous avons couché ensemble. Une seule fois. Nous n'avons pas passé la nuit ensemble.

— Et c'est ma faute. J'ai lâchement quitté ton lit alors que j'avais envie de rester. J'avais envie de plus.

— Tu avais envie de plus ?

— Mais je ne pense pas en être capable. Et tu es le genre de femme qui mérite beaucoup plus. Tu mérites d'être aimée. Et je ne fais pas dans l'amour.

Profondément déçue par cette réponse, elle soupira.

— Alors où tout cela va-t-il nous mener ?

— Je ne sais pas, Beth. Mais j'aimerais vraiment le découvrir.

— C'est vraiment compliqué, tu ne trouves pas ?

— Oui. Et susceptible de devenir bien plus compliqué encore quand Leighton arrivera.

— Raison pour laquelle je pense que je devrais partir.

— Même si je veux que tu restes ? demanda-t-il.

Et sans lui laisser le temps de répondre, il joua son meilleur atout.

— Même si Cody veut que tu restes ?

Elle poussa un lourd soupir.

— Tu triches, marmonna-t-elle.

— Non. Je me bats juste pour gagner.

— Leighton va contre-attaquer.

— Tu as peur de te retrouver prise dans la mêlée ?

— Je n'ai pas peur, non.

— Je sais. Tu es l'une des femmes les plus déterminées que j'aie jamais rencontrées.

Prise de court par cette remarque, elle se mit à le dévisager.

— Tu le penses vraiment ?

— Oui. Tu es une femme merveilleuse qui a beaucoup de tempérament.

— Je crois que tu m'as confondue avec quelqu'un d'autre.

Il secoua la tête.

— Tu es une femme merveilleuse, Beth Ames.

Et à la façon dont il prononça ces mots, à la sincérité qu'elle perçut dans sa voix, elle aurait presque pu y croire.

Mais s'il le pensait réellement, pourquoi ne pouvait-il pas l'aimer ? Était-il vraiment incapable de tomber amoureux, comme il le croyait ? Ou était-ce elle qui n'était pas digne de son amour ? Et pourquoi était-elle encore en train de penser à l'amour, alors qu'elle n'avait fait que coucher avec cet homme qu'elle connaissait depuis à peine plus d'une semaine ?

— Tu essayes juste de me convaincre de rester pour ne pas avoir à donner le biberon de la nuit, dit-elle pour tenter de dédramatiser un peu la situation.

— Si tu restes, je serai ravi de le donner.

—Très bien. Je reste.

Tout en pliant du linge, Beth écoutait Wilder lire une histoire à Cody. Le contraste entre sa belle voix grave et cette histoire de chaton enfantine avait quelque chose de profondément attendrissant.

— Bonne nuit, les petits chatons, dit-il.

Et au même moment, le téléphone de Beth se mit à sonner. Elle répondit immédiatement pour que la sonnerie ne perturbe pas Cody.

— Allô ?

— Lisbeth Ames ? fit une voix masculine.

— Oui.

— Vous êtes de la famille de Leighton Ames ?

Sous le coup de la surprise, elle tressaillit.

— Qui êtes-vous ?

— Shérif Burke du comté de Clearwater. Je suis vraiment désolé, mais j'ai de mauvaises nouvelles à vous annoncer.

— Le comté de Clearwater ? répéta-t-elle, préférant se concentrer sur ce détail plutôt que sur les mauvaises nouvelles en question. Je suis désolée, mais je ne sais même pas où ça se trouve.

— C'est dans l'Idaho, mademoiselle. Je vous appelle parce qu'un accident est survenu et…

— Quel genre d'accident ? l'interrompit-elle, soudain glacée jusqu'aux os au souvenir du shérif qui s'était présenté à sa porte quand ses parents avaient été tués. Il est arrivé quelque chose à ma sœur ?

— Sa voiture a dévié de sa trajectoire sur Harbinger Road et a terminé sa course dans un fossé.

— Est-elle blessée ? Est-elle à l'hôpital ?

— Je suis désolé, mademoiselle Ames, mais votre sœur a eu plusieurs traumatismes crâniens et…

Il s'interrompit pour s'éclaircir la gorge.

— … et elle ne s'en est pas sortie.

— Je ne comprends pas. Que voulez-vous dire ?

Il y avait comme un blocage dans son cerveau. Elle ne comprenait pas les raisons de cet appel.

— Ma sœur vient de m'envoyer un mail pour me dire qu'elle allait bientôt venir chercher son fils à Rust Creek Falls. Il n'a que quatre mois et demi, elle lui manque beaucoup.

— Je suis désolé.

— Arrêtez de me dire que vous êtes désolé ! Dites-moi quand elle va arriver !

— Beth, donne-moi le téléphone.

La voix de Wilder, douce mais ferme, la fit sursauter. Elle secoua la tête, serrant instinctivement dans sa main ce lien ténu qui l'unissait à l'homme qui lui parlait de sa sœur, qui pouvait lui expliquer pourquoi elle n'était pas encore arrivée.

— Cody est prêt à aller se coucher, poursuivit Wilder. Tu veux bien aller le mettre au lit pendant que je parle au shérif ?

Aller coucher Cody. Oui. Cela faisait sens pour elle. Contrairement aux paroles complètement décousues que débitait ce shérif.

Wilder lui mit doucement Cody dans les bras, l'obligeant à relâcher un peu sa prise sur le téléphone.

Elle sortit de la pièce tandis qu'il prenait l'appel, se présentant comme un ami de la famille.

Et tandis qu'elle montait son neveu dans sa chambre, les mots du shérif tournèrent dans son esprit, toujours incompréhensibles pour elle.

Accident… Traumatismes crâniens… Désolé…

Elle aurait dû mettre Cody dans son lit, mais pour quelque raison inconnue, elle n'arrivait pas à le lâcher. Elle s'installa dans le rocking-chair, et serra le petit garçon contre elle.

Tendrement, Cody vint nicher sa tête au creux de son

épaule. Après avoir déposé un baiser sur ses fins cheveux, elle se mit à le bercer et il ne tarda pas à fermer les yeux.

Quelques minutes plus tard, elle entendit le rythme lent et régulier des pas de Wilder dans l'escalier. Il apparut dans l'encadrement de la porte, où il resta un long moment, comme s'il ne savait pas quoi dire ou quoi faire. Lentement, il finit par s'approcher pour lui prendre Cody des bras. Et une fois qu'il l'eut délicatement déposé dans son lit, il vint s'accroupir à côté d'elle.

— Ça va, Beth ?

Elle ne put répondre. Elle avait la gorge complètement nouée.

Tendrement il prit son visage entre ses mains, essuyant les larmes qu'elle n'avait pas conscience d'avoir versées.

Puis il se redressa en la hissant dans ses bras pour prendre sa place dans le fauteuil, la serrant contre lui comme elle avait serré Cody.

Elle eut envie de protester en lui disant qu'elle n'était pas un bébé, mais elle était tellement bien, dans ses bras… Quand la force et la chaleur du corps de Wilder finirent par pénétrer la glace qui s'était emparée du sien, elle se mit à trembler.

Il resserra son étreinte tandis que des larmes silencieuses continuaient de couler sur ses joues. Mais il ne dit rien. Qu'aurait-il pu dire ?

— Je voudrais me réveiller et me dire que ce n'était qu'un mauvais rêve, murmura-t-elle. Qu'il n'y a jamais eu de coup de téléphone du shérif de… je ne sais quel comté.

Elle s'interrompit, soupira.

— Tu crois que ça pourrait être une erreur ? demanda-t-elle. La voiture de Leighton a peut-être été volée et…

— Leighton a été formellement identifiée par le légiste.

— Ah. Alors c'est vraiment elle ? Elle est vraiment… partie ?

— Oui. Je suis désolé, Beth.

Elle était désolée, elle aussi. Et aussi triste, furieuse et emplie d'autres émotions qu'elle ne parvenait pas à identifier.

Et elle se sentait vide.

Sa sœur était partie.

Pas pour quelques heures.

Pas pour quelques jours. Pour toujours.

— Il va falloir que j'organise les obsèques, dit-elle soudain. Mais je ne sais pas par où commencer, je ne sais pas ce qu'elle aurait souhaité.

Tentant de dépasser sa peine pour mieux se concentrer, elle garda le silence quelques instants avant de reprendre :

— Ses amis sont à Dallas. Nos parents sont enterrés là-bas.

Et tout à coup, elle sut ce qu'elle allait faire.

— Il faut que je rentre chez moi.

# - 15 -

Wilder devait avoir parlé à sa famille de l'appel du shérif et de son projet de retourner au Texas pour organiser les funérailles, car lorsque Beth chargea ses affaires dans sa voiture, le lendemain matin, ils étaient tous là.

Elle avait les larmes aux yeux au moment où elle dit au revoir aux frères de Wilder et à leurs compagnes. Elle voulut rendre à Avery son manteau, mais cette dernière insista pour qu'elle l'emporte avec elle.

Chacun la prit dans ses bras en exprimant ses condoléances et en promettant qu'ils se reverraient bientôt. Manifestement, ils pensaient tous qu'elle reviendrait leur rendre visite avec Cody. Ou bien que ce serait elle qui viendrait rendre visite à Cody, si Wilder s'en tenait à son plan de demander sa garde après les résultats du test ADN.

Au fil des dix jours passés, il avait prouvé qu'il était plus que capable d'être le papa dont Cody avait besoin. Tout aussi important, en tout cas de son point de vue, était le soutien des siens. Son neveu aurait de la chance d'appartenir à cette famille aimante et soudée.

Mais elle ne voulait pas penser à ça tout de suite. Elle n'avait toujours pas accepté la disparition de sa sœur. Elle ne supporterait pas l'idée que son neveu puisse lui être arraché, lui aussi.

Cela faisait bien longtemps qu'elle n'avait pas eu le

sentiment d'appartenir à une famille. Depuis la mort de ses parents, presque dix ans auparavant, Leighton avait été la seule personne sur laquelle elle avait pu s'appuyer. Et si elle avait espéré que cette dure réalité les rapprocherait l'une de l'autre, la distance était demeurée ; elle n'avait pas su la combler. Et à présent, elle ne pourrait jamais plus.

Elle regrettait que sa sœur lui ait envoyé un message plutôt que de l'appeler. Elle aurait aimé pouvoir lui parler une dernière fois. Lui dire qu'elle l'aimait et que, malgré tout ce qui s'était passé, elle l'avait toujours aimée.

À son arrivée à Dallas, Beth se rendit immédiatement au funérarium. Et après avoir signé les papiers et payé la facture, qui équivalait quasiment à l'intégralité de ses économies, elle se rendit à son appartement.

Ce ne fut qu'au moment où elle s'apprêtait à coucher Cody qu'elle pensa que le petit garçon aurait sans doute été plus à l'aise dans son propre lit que dans le lit parapluie qu'elle avait chez elle. Mais elle ne pouvait pas se rendre dans l'appartement de Leighton. Pas ce soir.

Battant des cils pour chasser ses larmes, elle s'installa avec Cody sur le canapé du séjour. Elle ne savait pas s'il percevait sa tension ou s'il avait passé trop de temps dans la voiture, mais il paraissait aussi stressé qu'elle. Son heure de coucher était depuis longtemps passée, et pourtant, ses yeux restaient obstinément ouverts et fixés sur elle.

— Je ne sais pas quoi te dire, murmura-t-elle. Comment t'expliquer ce que je ne comprends pas moi-même. Mais ce que je peux affirmer, avec une certitude absolue, c'est que ta maman t'aimait. Elle doutait peut-être de beaucoup de choses, mais elle t'aimait de tout son cœur.

Cody ne pouvait pas comprendre ce qu'elle disait, mais peut-être pouvait-il sentir qu'elle avait besoin de lui tout autant qu'il avait besoin d'elle. Doucement, il frotta sa joue contre son épaule. Et quand il soupira, elle sentit son souffle chaud contre sa peau.

Au moment où elle finit par l'endormir et le coucher dans son lit, elle était épuisée. Et pourtant, elle ne parvint pas à trouver le sommeil. Elle se posait des questions. Qu'aurait-elle pu faire pour empêcher ça ?

Sur un plan purement logique, elle savait que ce n'était pas de sa faute. Leighton avait toujours fait ses propres choix, des choix souvent risqués. Et à présent, à cause de ces choix, Cody allait grandir sans maman.

Elle aurait dû interroger Wilder sur ses projets, mais depuis qu'elle avait reçu cet appel du shérif, elle s'était exclusivement concentrée sur ce qu'elle avait à faire pour Leighton. Une fois que sa sœur reposerait en paix, elle aurait tout le temps de se soucier de la garde de son neveu.

Mais elle savait déjà, au fond de son cœur, qu'elle ne s'opposerait pas à Wilder s'il décidait d'élever Cody à l'Ambling A. Non seulement parce qu'elle savait que c'était un combat qu'elle ne pourrait pas gagner, mais aussi parce que Cody avait besoin d'un père et que Wilder méritait d'avoir la chance d'élever son enfant.

Max ne pouvait s'empêcher de songer au présent et au passé. Il remettait rarement en question les choix qu'il avait faits au cours de sa vie, mais il avait des doutes à présent et ils le tenaient éveillé alors qu'il avait vraiment besoin de sommeil.

Avait-il rendu un mauvais service à ses enfants en leur faisant croire que leur mère avait choisi de leur tourner le dos en préférant son amant à sa famille ?

Il avait été tellement blessé d'apprendre qu'elle l'avait trompé… Alors, ivre de rage, il s'était déchaîné sur elle. Elle lui avait préféré un autre homme, et la seule chose à laquelle il pouvait penser était de la faire souffrir autant qu'il avait souffert lui-même.

Et Logan, Hunter, Xander, Finn, Knox et Wilder étaient devenus des pions dans cette bataille entre les deux personnes qui auraient dû faire passer leurs enfants avant tout autre chose.

L'amour est une épée à double tranchant, et cette épée avait profondément blessé ses fils. Heureusement, le temps et l'amour avaient pansé leurs plaies, et il se plaisait à croire que sa décision de les faire venir à Rust Creek Falls pour prendre un nouveau départ avait joué son rôle.

Pour ses cinq fils aînés, c'était certain.

Wilder, lui… Aux yeux de tous, ce n'était qu'un cow-boy doté d'un physique exceptionnel et d'un sourire éblouissant. Mais Max percevait la douleur qui se cachait derrière ce sourire et savait pourquoi il ne laissait aucune femme s'approcher trop près de lui.

En le regardant s'occuper du petit Cody, il avait espéré qu'il commence à baisser sa garde. Car malgré tous les efforts que Wilder faisait pour rester détaché, il lui aurait été difficile de ne pas se laisser émouvoir par la douceur et l'innocence de ce bébé tombé du ciel.

Beth avait noué un lien avec Wilder, c'était évident. Et pas le genre de lien superficiel pour lequel Wilder s'était rendu célèbre. Quelque chose de vrai, de profond, de fort. Mais Beth était partie, emmenant Cody avec elle, et les murs défensifs de Wilder s'étaient renforcés.

Max soupira. Il n'avait plus le choix. Il fallait qu'il dise la vérité à ses fils.

Et il devait commencer par Wilder.

Wilder se traîna jusqu'à la cuisine avec une seule chose à l'esprit : café. Il n'avait quasiment pas dormi au cours des deux dernières nuits. Et il n'était pas stupide au point de ne pas faire la relation avec le départ de Beth et de Cody.

Sans grande surprise, il constata que son père était déjà attablé devant son café, mais ce dernier attendit qu'il se soit servi pour le saluer.

— Assieds-toi, fils Il faut qu'on parle.

— Ça ne peut pas attendre ? J'ai promis à Logan de le rejoindre à l'extrémité nord de la propriété. Il pense avoir repéré des terriers de coyotes.

— Non, ça ne peut pas attendre. Ça a déjà attendu trop longtemps.

Intrigué par cette réponse, Wilder observa son père en plissant les yeux et s'assit.

— Très bien. Je t'écoute.

— Je me fais du souci pour toi, mon garçon. Je crains que tu ne te sois fermé à la possibilité de trouver un jour l'amour.

— Écoute. Je sais que le bonheur conjugal de mes frères a créé une sorte de fièvre du mariage, mais ce n'est pas parce que je ne suis pas pressé de suivre leurs traces que je suis fermé à quoi que ce soit. Tu n'as aucune raison de t'inquiéter. Je vais bien. Je suis heureux. La vie est belle.

— Alors pourquoi as-tu laissé Beth emmener Cody

alors que tu commençais tout juste à tisser des liens avec lui ?

Déstabilisé, Wilder prit le temps de réfléchir à la réponse qu'il allait faire.

— J'ai laissé Beth emmener Cody parce qu'elle partait enterrer sa sœur, la mère de Cody, et que ce petit garçon est la seule famille qu'il lui reste, répondit-il.

— Ce petit garçon est ta famille, à toi aussi.

— Les résultats du test ADN seraient-ils arrivés pendant mon absence ?

— Je n'ai pas besoin d'un bout de papier pour savoir que Cody est ton fils.

— Mais il se trouve que j'ai promis à Beth qu'aucune décision ne serait prise concernant l'avenir de Cody tant que nous n'aurions pas les résultats. Donc, si tu n'as plus rien à ajouter, je vais…

— J'ai des choses à ajouter. Beaucoup de choses.

Tout en se passant une main sur le visage, son père poussa un profond soupir de lassitude.

Sentant qu'il allait en avoir besoin, Wilder se resservit un café.

— Je sais que la situation de Cody te tient à cœur parce que tu penses qu'il a été abandonné, tout comme toi, reprit son père.

— La coïncidence est difficile à ignorer.

— Sauf que ta mère ne t'a pas abandonné.

— Elle est partie. Comment appelles-tu ça ?

— Elle ne vous a pas laissés, tes frères et toi. Elle m'a quitté, moi.

— Elle nous a tous quittés.

— Non. Elle envisageait de trouver une maison et de vous emmener avec elle.

Troublé, Wilder but une gorgée de café.

— Mais ça n'est jamais arrivé, dit-il.

— Non. Je lui ai demandé de ne pas le faire. Je ne comprenais pas pourquoi elle était si malheureuse avec moi, mais je lui ai proposé d'entreprendre avec elle une thérapie de couple. Je lui ai promis de changer. Mais elle me connaissait mieux que je ne me connaissais moi-même, et elle pensait que cela ne fonctionnerait pas. Il m'a suffi d'une seule séance pour me rendre compte qu'elle avait raison.

Il s'interrompit et soupira.

— J'étais toujours l'homme dont elle disait être tombée amoureuse, alors je ne comprenais pas ce qui avait changé, pourquoi elle ne m'aimait plus, reprit-il. Je lui en voulais. Elle était née sur la côte Est, avait reçu une éducation privilégiée. Et si nous vivions plutôt bien, elle ne semblait pas comprendre les efforts qu'il me fallait faire pour que le ranch reste prospère.

Baissant la tête, il contempla le fond de son mug vide avant de poursuivre :

— Mais tout était de ma faute. Je n'étais pas un très bon mari. J'étais trop occupé par mon travail au ranch. Je ne pensais jamais qu'elle était seule à la maison à s'occuper de six enfants. Tout ce qui m'intéressait, c'était qu'elle soit là quand je rentrais à la fin de la journée.

Baissant les yeux, il s'interrompit encore une fois.

De plus en plus troublé, Wilder respecta son silence. Jamais son père ne lui avait parlé comme il le faisait.

— À l'époque où tes frères aînés ont commencé l'école, elle s'est mise à vous emmener régulièrement à la bibliothèque, Knox et toi. Et c'est à ce moment-là qu'elle a rencontré quelqu'un. Après la bibliothèque, elle vous emmenait au café, juste à côté. Très vite, elle s'est liée d'amitié avec le patron. C'est en tout cas ce qu'elle m'a dit. Et au fil du temps, cette amitié s'est changée en amour.

Wilder accusa le coup et imagina la détresse de son père quand il avait découvert que sa femme en aimait un autre.

— Et elle m'a dit qu'elle ne pouvait pas rester mariée avec moi alors qu'elle était amoureuse de quelqu'un d'autre.

Dans les paroles de son père, Wilder avait perçu non seulement de l'amertume et de la colère, mais aussi la douleur qui, semblait-il, était restée intacte après tant d'années.

— Alors je lui ai dit qu'elle était libre de partir, reprit son père. Mais qu'il était hors de question qu'elle emmène mes fils avec elle.

— Et elle a préféré son amant à sa famille, conclut Wilder.

— Non. Elle a dit qu'elle l'aimait mais qu'elle ne pourrait jamais aimer personne plus qu'elle n'aimait ses enfants.

— Ce qui ne l'a pas empêchée de partir.

— Oui. Parce que je lui ai dit de le faire. Je l'ai chassée.

— Pourquoi ?

Avant de répondre, son père se leva pour aller remplir son mug de café.

— Parce que je l'aimais et qu'elle ne m'aimait plus. Parce que j'étais égoïste, en colère. Je souffrais. Parce que je voulais la faire souffrir comme elle m'avait fait souffrir.

— Pourquoi ne nous l'as-tu jamais dit avant ?

— Parce que j'avais peur que si vous appreniez la vérité…

Une nouvelle fois, son père s'interrompit.

— Si on apprenait la vérité, quoi ? demanda Wilder.

— J'avais peur que vous m'en vouliez. Et vous auriez eu raison, parce que ce que j'ai fait est horrible. Même au moment où je l'ai chassée, je savais que j'agissais par colère et que j'allais le regretter. Mais je pensais que j'aurais une occasion de me racheter.

— Et tu ne l'as pas eue. Parce qu'elle est morte.

Il n'avait aucun souvenir de cette époque, mais on lui avait parlé du décès brutal juste après que le divorce avait été prononcé.

Son père hocha la tête.

— Elle est morte, oui, murmura-t-il. Et ensuite, il était trop tard pour défaire ce que j'avais fait. Et je ne vous ai rien dit. Parce qu'il m'était déjà suffisamment difficile de vivre avec ma culpabilité. Je n'aurais pas pu supporter que la colère et la haine de mes fils viennent s'ajouter à cela.

— Tu aurais dû nous le dire.

— Je sais. J'ai eu tout le temps de réfléchir aux choix que j'ai faits. De regretter les choses que j'ai faites et dites. C'est ma faute si elle est partie. C'est ma faute si vous avez grandi sans votre mère.

Brusquement, il planta son regard dans le sien et ajouta :

— Et c'est ma faute si tu refuses d'ouvrir ton cœur par crainte que les femmes finissent par t'abandonner.

— Je sais que tu te plais à penser que tu peux tout contrôler, papa, mais personne, pas même toi, ne peut m'obliger à tomber amoureux.

Le regard de son père était plein de compassion quand il sourit.

— Et tu es tellement déterminé à garder ton cœur fermé que tu ne t'es même pas rendu compte que tu étais déjà tombé amoureux, mon garçon.

# - 16 -

Debout sous le porche, Wilder regarda la camionnette du facteur s'éloigner dans l'allée. Ce ne fut que lorsqu'elle eut disparu de sa vue qu'il baissa les yeux sur l'enveloppe, frappée du logo de la clinique.

Le moment de vérité était arrivé.

Quand il l'aurait ouverte, il saurait avec certitude s'il était ou non le père de Cody.

Il attendait ce moment depuis douze jours.

Alors pourquoi cette appréhension soudaine ?

Avait-il peur que les résultats confirment qu'il était bien le père du petit garçon ?

Quand Hunter lui avait lu le petit mot de Leighton, le soir où ils avaient trouvé Cody devant la porte, il avait été totalement déstabilisé. Il n'avait pas voulu y croire parce que, si ce qu'avait écrit Leighton était vrai, il y aurait dans sa vie des changements qu'il n'était pas prêt à assumer.

Mais curieusement, en l'espace de deux petites semaines passées avec Cody, il avait compris qu'il était en définitive prêt à changer. Et peut-être même, comme Beth l'avait suggéré, prêt à considérer son statut de père non pas comme une obligation mais comme une opportunité.

Cette opportunité, il ne voulait pas qu'elle lui soit arrachée. Il n'avait aucune envie d'apprendre qu'il n'y avait pas de lien de sang entre lui et ce petit garçon qui avait déjà gagné son cœur.

Il en voulait toujours à Leighton d'avoir abandonné son bébé. Et à présent qu'elle était morte, il n'aurait jamais les réponses à toutes les questions qu'il se posait. Mais s'il s'avérait que Cody était bien son fils, il lui serait éternellement reconnaissant de lui avoir offert ce cadeau.

Mais qu'en serait-il de Beth ? Qu'allaient changer les résultats du test de paternité dans sa relation avec son neveu ?

Elle serait toujours la tante de Cody, mais comme elle le lui avait dit à son arrivée à l'Ambling A, sa vie était à Dallas. Or, s'il était bien le père de Cody, il voulait l'élever ici, à Rust Creek Falls.

Mais peut-être…

Secouant la tête, il élimina cette pensée de son esprit sans même lui avoir laissé la chance de s'élaborer pleinement. Il ne voyait aucun intérêt à émettre des hypothèses ou imaginer des dénouements heureux qui n'auraient de toute façon jamais lieu. Parce que Beth était une femme qui méritait beaucoup plus que ce qu'il était capable d'offrir. Elle méritait l'amour, et lui, il ne faisait pas dans l'amour.

Sauf qu'il aimait Cody. Et qu'au fond de son cœur, Beth lui manquait. Tant et si bien qu'il se demandait s'il ne commençait pas à tomber amoureux.

D'un geste net et précis, il ouvrit l'enveloppe.

Mais ses doigts tremblèrent quand il en sortit le courrier.

*Résultats de test ADN*

Plus bas, un tableau avec des colonnes de chiffres, dont la signification lui échappait totalement. Continuant de parcourir la lettre, il finit par tomber sur ce qu'il recherchait :

*Probabilité de paternité.*

Il ne s'était pas rendu compte qu'il pleurait avant que les chiffres se brouillent devant ses yeux.

Battant des cils pour chasser ses larmes, il replia la feuille et la remit dans l'enveloppe.

Durant tout le temps que Beth avait passé à Rust Creek Falls, elle avait attendu avec impatience le moment où elle pourrait retourner à Dallas avec Cody. Jamais une seule seconde elle n'aurait imaginé que ce serait pour les obsèques de sa sœur.

Quatre jours après le funeste appel de ce shérif de l'Idaho, elle avait toujours du mal à accepter la disparition tragique et prématurée de sa petite sœur. Cependant, elle s'efforça d'écarter ces pensées de son esprit. Cette journée était celle de Leighton, il lui fallait célébrer la vie de sa sœur plutôt que pleurer sa mort. Ou penser à ce qui allait se passer ensuite.

Une chose à la fois.

Les obsèques allaient passer et elle allait tenir, parce qu'elle n'avait pas le choix.

« Tu es une femme merveilleuse qui a beaucoup de tempérament. »

Si elle avait douté de la véracité des paroles de Wilder au moment où il les avait prononcées, y repenser lui fit un bien fou.

Elle avait beaucoup à faire pour préparer l'enterrement, et c'était une bonne chose. Plus elle aurait l'esprit occupé, moins elle penserait à la disparition de sa sœur. Ou à Wilder.

Cela faisait trois jours à présent qu'elle avait quitté Rust Creek Falls, et elle n'avait aucune nouvelle de lui. Elle ne savait pas s'il avait reçu les résultats du test de paternité, mais si c'était le cas, il ne lui en avait pas parlé.

*Une chose à la fois*, se dit-elle en arrivant au funérarium.

De nombreuses personnes étaient venues rendre un dernier hommage à sa sœur. Elle ne connaissait pas la plupart d'entre elles. Une preuve de plus qu'elle était en marge de la vie de Leighton.

En consultant sa montre, elle se dit que sa voisine Moira, à qui elle avait confié la garde de Cody, devait être en train de le coucher pour sa sieste, à présent. Elle allait ensuite…

Le cheminement de ses pensées s'interrompit au moment où il passa la porte.

Wilder.

Son cœur eut un raté puis il se mit à battre à tout rompre.

Elle s'était demandé s'il viendrait. Il avait tout de même été très proche de Leighton, au moins pendant quelque temps. Mais d'un autre côté, mille cinq cents kilomètres semblaient un bien long trajet à parcourir pour dire un dernier adieu à une femme qu'il n'avait pas revue depuis plus d'un an.

Et s'il y avait une autre raison à sa venue ? Peut-être avait-il eu les résultats des tests ADN qui avaient confirmé que Cody était bien son enfant. Peut-être envisageait-il de ramener son fils dans le Montana avec lui.

Mais il ne fallait surtout pas qu'elle songe à cela maintenant.

— Bonjour, Beth.

— Bonjour.

Elle était gênée. Devait-elle lui serrer la main ou… ? Heureusement, il se décida pour elle, et après l'avoir tendrement prise dans ses bras, il l'attira contre lui. Durant un trop bref instant, elle ressentit une telle sérénité qu'elle regretta de ne pas pouvoir rester dans ses bras éternellement.

— C'est gentil de ta part d'avoir fait tout ce chemin pour venir lui rendre hommage, dit-elle après s'être éloignée de lui à contrecœur.

— Je ne suis pas venu uniquement pour Leighton. Je suis venu pour toi aussi.

Ces paroles déclenchèrent en elle une telle vague d'émotion qu'il lui fallut un moment pour retrouver sa voix.

— Pourquoi ?

— Parce que je ne voulais pas que tu sois seule.

Ses yeux s'emplirent de larmes qu'elle refusa de laisser s'échapper.

— Merci, murmura-t-elle, bouleversée.

— Comment vas-tu ?

— Ça va. Je tiens le choc. Tu as les résultats du test ?

— On en parlera plus tard.

Elle acquiesça, parce qu'il avait raison ; ce n'était ni le moment ni l'endroit. Et de toute façon, elle les connaissait déjà, ces résultats.

— J'ai préféré laisser Cody chez ma voisine, dit-elle. Il n'aurait pas été de bonne humeur s'il avait manqué sa sieste.

— Tu as eu raison.

Le silence se fit quand le pasteur entra et prit place sur l'estrade.

Entrelaçant ses doigts aux siens, Wilder la guida jusqu'au premier rang.

Elle ne s'était pas rendu compte qu'elle redoutait d'avoir à assister aux obsèques seule. Jusqu'à l'arrivée de Wilder.

Après la cérémonie, ils se rendirent ensemble au cimetière puis il la raccompagna au funérarium, où elle avait laissé sa voiture.

— Tu veux venir chez moi ? lui proposa-t-elle.

Et elle sentit aussitôt ses joues s'empourprer.

— Enfin... je ne voyais pas ça comme une proposition...

— Ce n'est pas comme ça que je l'ai interprété, répondit-il avant de lui adresser un clin d'œil. Malheureusement.

— J'ai juste pensé que tu aurais envie de voir Cody.

— J'en ai envie. Mais je reviendrai dans environ deux heures, si cela ne te dérange pas. J'ai quelque chose à faire.

Quand on frappa à la porte, Beth sentit son cœur s'emballer.

Wilder...

Mais elle s'était trompée. C'était le Père Noël.

Jamais elle n'aurait imaginé que quelque chose puisse la faire sourire, ce jour-là.

— Vous êtes bien loin du pôle Nord, dit-elle en le faisant entrer.

— Oh ! oh ! oh ! répondit-il avec enthousiasme.

— Et n'êtes-vous pas censé être en vacances, à cette période de l'année ?

— Si. Mais Cody n'était pas chez lui le soir de réveillon, alors j'ai dû rapporter tous ses cadeaux avec moi au pôle Nord. Mais hier soir, l'un de mes elfes m'a prévenu que je pourrais trouver le petit Cody ici.

— Il ne s'est pas trompé, répondit-elle, amusée par son histoire.

Et elle conduisit le Père Noël jusqu'au séjour, où

Cody, couché sur son tapis d'éveil, jouait avec un ours en peluche.

— Oh ! oh, oh ! Joyeux Noël, Cody !

Face à cet étranger en costume rouge, Cody ouvrit de grands yeux inquiets. Ses lèvres se mirent ensuite à trembler.

— J'aurais dû te prévenir qu'il dormait quand je l'ai emmené voir le Père Noël au centre commercial, dit-elle. C'est donc la première fois qu'il le voit vraiment.

Et à en juger par le regard apeuré qu'il portait sur lui, Cody n'était pas très enthousiaste.

L'ayant compris lui aussi, Wilder se hâta de retirer son bonnet et sa fausse barbe.

— Pas de panique, mon grand. C'est moi.

Les lèvres de Cody cessèrent de trembler et un léger sourire se dessina sur son visage poupin.

Laissant tomber son sac de cadeaux par terre, Wilder le prit dans ses bras.

— Je n'arrive pas à croire à quel point il m'a manqué, murmura-t-il.

— Tu lui as manqué, toi aussi.

— Et à toi ? Je t'ai manqué ?

Elle hésita à répondre à cette question. Elle ne pouvait pas admettre à quel point il lui avait manqué, ni combien son cœur lui faisait mal quand elle pensait à lui. C'est-à-dire presque tout le temps.

— Peut-être, répondit-elle. Un peu.

— Un peu ? répéta-t-il d'un air déçu. Tu m'as beaucoup manqué dès le moment où tu es partie, et plus encore à chaque jour qui passait.

— C'est vrai ? demanda-t-elle, sidérée.

— Oui. En qualité de benjamin de six frères élevés par un père célibataire, j'ai parfois du mal à trouver les mots justes pour exprimer mes sentiments. Et j'ai parfois même du mal à comprendre que j'ai des sentiments. Mais je ne peux plus nier ceux que tu m'inspires. Je veux faire ma vie avec toi, Beth. Je veux que toi, moi et Cody formions une famille.

C'était ce qu'elle voulait, elle aussi. Plus que toute autre chose. Mais ces sentiments dont il parlait étaient-ils bien réels ?

— Wilder, nous ne nous connaissons que depuis deux semaines, et toute notre relation, si tant est que l'on puisse parler de relation, tourne exclusivement autour de Cody.

— Pas exclusivement, non. Tu as oublié le soir du nouvel an ?

Oh non, elle n'avait pas oublié cette soirée où ils avaient célébré le passage à l'année suivante de façon très très intime… En y repensant, elle sentit le rouge lui monter aux joues. Mais même si cette soirée avait été fabuleuse, si elle avait envie qu'elle se répète, encore et encore, Wilder lui avait dit qu'il ne souhaitait pas de relation de couple, qu'il était incapable de tomber amoureux.

Même si elle avait très envie d'y croire, ce revirement était donc un peu trop soudain et brutal pour être crédible. Ce qui l'amenait à une conclusion logique.

— J'imagine que ta décision s'appuie sur les résultats du test ADN, reprit-elle. Tu as besoin de quelqu'un pour t'occuper de ton fils, maintenant, et je te semble être la personne la mieux placée parce que…

— Je crois que tu manques énormément de confiance en toi, Beth, dit-il d'un air profondément attristé.

— Leighton était la belle, la sympa. J'ai toujours été l'autre.

— Leighton était belle et sympa, et on a passé de

bons moments ensemble. Mais je n'ai jamais été amoureux d'elle.

N'étant pas sûre de bien comprendre ce qu'il entendait par là, elle se contenta de le dévisager.

— Mais tu es tout aussi belle et tout aussi sympa, Lisbeth. Et tu es aussi douce, généreuse, tendre, intelligente. Et je suis fou amoureux de toi.

Déstabilisée par cette déclaration, elle se retrouva pendant une longue minute incapable de parler.

— Tu es… amoureux de moi ?

— Je t'aime Lisbeth Ames.

— Je ne pensais même pas que tu m'appréciais.

Cette réflexion lui tira un sourire.

— J'avais quelques réserves au départ, comme je sais que tu en avais, toi aussi, répondit-il.

Elle ne pouvait le nier.

— Mais au fil des deux semaines passées, tout a changé, poursuivit-il. Tu as tout changé pour moi. Et à présent, je ne peux plus imaginer ma vie sans toi et Cody. Parce que je suis aussi complètement tombé sous le charme de ce petit gars.

— J'attends toujours que tu me confirmes que tu as reçu les résultats du test.

— Je les ai reçus. Et quand j'ai enfin eu l'enveloppe en main, j'ai compris que ce qu'il y avait dedans ne pourrait jamais autant compter que ce que j'avais dans le cœur.

Tendrement, il baissa les yeux vers Cody qu'il tenait dans les bras.

— Et dans mon cœur, Cody est déjà à moi. Le rapport du laboratoire n'a fait que le confirmer, conclut-il.

Le cœur débordant de joie, elle sourit.

— Tu sais, reprit-il, je pense que le moment serait bien choisi pour que tu me dises que tu m'aimes, toi aussi.

Afin qu'il puisse voir dans son regard l'amour qui emplissait son cœur, elle releva la tête vers lui.

— Je t'aime, Wilder Crawford.

Lentement, il joignit ses lèvres aux siennes pour l'embrasser avec une infinie tendresse.

Et juste au moment où elle commençait à se dire qu'elle aimerait qu'il continue de l'embrasser ainsi jusqu'à la fin des temps, il détacha ses lèvres des siennes.

— Je crois qu'il est temps maintenant de fêter le deuxième premier Noël de Cody, décréta-t-il.

— Son deuxième premier Noël ? répéta-t-elle, amusée.

— Je n'avais pas de cadeau pour lui la première fois qu'on l'a fêté, alors j'ai apporté ça, répondit-il en déversant doucement le contenu de son sac par terre.

Elle observa les paquets. Grands et petits, ils devaient au moins être au nombre de quinze.

— Tu as dévalisé un magasin de jouets ? demanda-t-elle en riant.

— Je peux tout de même me permettre quelques excès pour le premier Noël de mon fils.

— Oui, répondit-elle tandis qu'ils s'asseyaient tous deux par terre pour aider Cody à ouvrir ses cadeaux.

Livres, peluches, jouets en bois, balles...

— J'en ai aussi un pour toi, dit-il en posant un petit paquet carré sur le sol devant elle.

— Pour moi ?

Elle sentit son cœur s'emballer quand elle retira le papier cadeau et découvrit un petit écrin à bijoux. Les mains tremblantes, elle l'ouvrit. Et s'immobilisa, émerveillée, en contemplant le magnifique solitaire.

Quand elle releva les yeux vers Wilder, elle vit qu'il l'observait. Il y avait dans son regard beaucoup d'intensité et de gravité. Mais aussi un peu d'incertitude.

Il s'éclaircit la gorge avant de parler :

— Peut-être est-ce un peu trop tôt, mais…

— Non !

— Non ?

À son expression de surprise et de déception, elle comprit qu'il avait mal interprété ce mot.

— Non, il n'est pas trop tôt, précisa-t-elle vivement. Mais tu ne peux pas te contenter de m'offrir une bague. Il faut que tu me fasses ta demande.

— Ah, dit-il après avoir poussé un profond soupir de soulagement. Oui, j'allais y venir. Beth Ames, acceptez-vous de…

— Oui.

Et tout en riant, il lui glissa la bague au doigt et la serra contre son cœur.

# Épilogue

*Cinq mois plus tard*

— Je vous déclare mari et femme. Vous pouvez embrasser la mariée.

Wilder ne se le fit pas dire deux fois et joignit ses lèvres à celles de Beth pour sceller la promesse qu'ils venaient de faire. Quand ils se tournèrent vers les invités, il y eut beaucoup d'applaudissements. En descendant l'allée, ils s'arrêtèrent au premier rang pour récupérer Cody sur les genoux de son grand-père.

Comme sa vie avait changé en tout juste six mois ! songea Beth. Si sa sœur lui manquait toujours beaucoup, elle trouvait du réconfort dans l'idée que Leighton vivait un peu dans son petit garçon qui avait le tempérament joyeux de sa mère et le charme naturel de son père.

D'ailleurs, Cody enchantait tous les invités qui s'étaient rassemblés à l'Ambling A pour le mariage. Et ces invités étaient nombreux ! En plus de la famille proche de Wilder et de tous les autres Crawford de Rust Creek Falls, il y avait des Dalton, des Traub, des Stockton, des Jones, des O'Reilly. Elle ne pourrait sans doute jamais se souvenir de tous ces noms, mais elle était heureuse de commencer sa nouvelle vie et d'élever Cody dans ce petit monde si soudé. Même si cela impliquait un bien plus grand mariage qu'elle ne l'avait prévu.

Heureusement, la cérémonie et la réception avaient été planifiées avec le plus grand soin par Vivienne Dalton qui continuait de circuler dans la foule pour s'assurer que tout allait bien. Dans quelques semaines à peine, elle reprendrait ce même rôle pour le mariage de Hunter et de Merry.

Après un délicieux repas, les mariés se lancèrent sur la piste pour ouvrir le bal. À la fin du morceau, les convives furent invités à se joindre à eux, et Beth fut ravie de voir chacun des frères de Wilder sur la piste avec sa compagne. Même Finn et Avery dansaient, ayant confié à Max leur magnifique petite fille de trois mois, Mabel.

Max paraissait très heureux d'avoir les bras pleins de bébés. Tout sourire, la petite Wren l'aidait à s'occuper de ses cousins.

— Tu penses que l'on va bientôt pouvoir s'éclipser, chuchota Wilder à son oreille tandis qu'ils quittaient la piste de danse pour rejoindre leur table.

— Tu t'ennuies ? lui demanda-t-elle, surprise.

— J'ai passé un merveilleux moment. Mais maintenant, madame Crawford, je crois qu'il est temps de commencer notre nuit de noces.

Tout en inclinant la tête sur le côté, elle sourit.

— J'aime la musique de ce « madame Crawford ».

Ils furent interrompus par Vivienne Dalton.

— Qu'est-ce que vous faites encore là ? s'enquit-elle. La suite nuptiale du Maverick Manor vous attend.

— Nous n'allons pas tarder, répondit Wilder. Mais nous voulions avant cela vous remercier pour cette merveilleuse journée.

— Je me suis un peu fait aider par Mère Nature, répondit Vivienne en désignant le ciel clair et étoilé. Mais vous pouvez m'attribuer le mérite de tout le reste, merci.

— Dommage que vous n'ayez pas eu autant de succès en qualité d'entremetteuse, intervint Logan, qui venait de s'approcher avec Xander.

— Je pense pourtant vous avoir bien aidés, tes frères et toi, à trouver les femmes de vos vies, répliqua Vivienne.

— Comment ça ? demanda Xander. On les a trouvées sans l'aide de personne.

— Vous le pensez vraiment ? demanda Vivienne.

Les deux frères échangèrent des regards perplexes.

— Je n'ai peut-être pas présenté Logan à Sarah, mais c'est dans mon bureau qu'ils se sont rencontrés, expliqua Vivienne. Xander et Lily ne se seraient jamais trouvés si je n'avais pas organisé un rendez-vous entre Knox et Lily. Si Knox s'est ensuite dépêché d'épouser Genevieve, c'est parce qu'il voulait échapper au plan de son père. Je savais par ailleurs que Finn et Avery formeraient un couple parfait, même si j'ignorais qu'ils s'étaient déjà trouvés, et c'est parce qu'ils se sont mariés que Hunter a dû embaucher une nourrice et est tombé amoureux de Merry.

— Vous avez joué un rôle dans cinq des six rencontres, dit Wilder.

— J'aurais sans doute pu faire quelque chose pour toi, mais tu as trouvé la femme de tes rêves sans l'aide de personne, fit-elle remarquer avec un grand sourire.

— Cinq sur six, c'est déjà impressionnant, intervint Knox. Je pense que papa devrait se contenter de ça.

— Mon objectif est d'atteindre six sur sept. Et je

crois que je suis sur la bonne voie, répondit Vivienne en désignant la piste de danse, sur laquelle Max dansait avec une femme de son âge.

— Qui est-ce ? demanda Beth.

— Mon ancienne employeuse, répondit Vivienne.

— Je croyais qu'elle était partie à Phoenix, murmura Lily.

— Mais elle est revenue. Apparemment, elle ne supportait pas le climat.

— Papa a l'air complètement fou d'elle, fit remarquer Logan en souriant.

— Tout ce que je peux dire, c'est que c'est une femme de caractère, dit Vivienne. Par ailleurs, Max est tellement satisfait du tour qu'ont pris les événements pour vous tous qu'il a accepté d'honorer les termes de notre contrat. Nous allons donc pouvoir faire refaire le toit de l'agence de Sawmill Station. Et j'envisage par ailleurs d'embaucher quelqu'un pour m'aider.

— Quel genre d'expérience est requis pour travailler dans l'organisation de mariages ? demanda Beth.

— Tu cherches un travail ? s'enquit Vivienne.

— Oui. Il n'y a pas de poste disponible dans les écoles du comté.

— Tu crois aux fins heureuses ?

Regardant Wilder, Beth sentit l'amour et la joie déborder de son cœur.

— Oui, murmura-t-elle.

Vivienne sourit.

— C'est un bon point de départ.

Cody, qui était apparemment du même avis, se mit à taper joyeusement des mains.

Le rire de Wilder attira l'attention du petit garçon vers lui.

— Pap…, dit-il en tendant les bras dans sa direction.

Son premier mot.

*La fin parfaite d'une journée parfaite*, songea Beth, le cœur débordant de bonheur.

Et un début parfait pour la nouvelle vie qui s'ouvrait à eux en tant que famille.

Retrouvez prochainement,
dans votre collection

# PASSIONS

## Passion dans la neige, de Jessica Lemmon - N°1037

SÉRIE : LES FRÈRES DUNN 1/2

Agent de stars passionnée, Kendall a absolument besoin de l'ancien acteur Max Dunn pour tourner une publicité. Afin de le convaincre de reprendre du métier, elle se rend dans son chalet perdu dans les montagnes de Virginie, et reste un moment interdite devant le charme que dégage cet homme mystérieux… Coincés ensemble par le blizzard, Kendall et Max se rapprochent dangereusement…

## Une ardente liaison, de Jessica Lemmon

SÉRIE : LES FRÈRES DUNN 2/2

Meghan est aux anges : elle a décroché une interview avec l'acteur Isaac Dunn ! Et elle n'est pas au bout de ses surprises quand il lui demande de jouer le rôle de sa petite amie ! Cet arrangement ne doit durer que le temps de détourner l'attention des médias. Du moins le croit-elle, car leur relation devient vite réelle : non seulement Meghan succombe à une brûlante passion entre les bras d'Isaac, mais bientôt elle se découvre enceinte…

---

## Arrogant ennemi, de Kira Sinclair - N°1038

Luca est bien la dernière personne qu'Annalise ait envie de voir dans son casino ! Comment cet homme, qui était un tricheur professionnel huit ans plus tôt, est-il parvenu à se faire embaucher pour résoudre un problème de fraude dans la salle des jeux ? Si Annalise ne lui fait aucunement confiance, elle n'a d'autre choix que de tolérer la présence de son arrogant ennemi…

## Une idylle de vacances, de Yahrah St. John

Après avoir avoué ses sentiments pour Jonathan à son insu, Natalie veut se faire oublier en s'offrant une semaine de vacances loin de Royal. Mais quand celui qui tourmente son cœur débarque dans son hôtel, elle n'a nulle part où se cacher… Tous deux finissent par se rapprocher et entament une liaison torride, ce qui ajoute au trouble de Natalie. Une fois leur escapade terminée, saura-t-elle convaincre Jonathan qu'elle peut être pour lui bien plus qu'une amante de passage ?

**Troublants baisers, de Katherine Garbera - N°1039**

Série : Un mariage à Nantucket 1/3

Alors qu'elle assiste au mariage de sa meilleure amie, Quinn tombe nez à nez avec Logan, l'homme qu'elle aimait dix ans plus tôt. Si elle l'a quitté à cause de son esprit de compétition, il suffit d'un baiser troublant pour que la passion entre eux ressurgisse… Ces retrouvailles brûlantes seraient-elles l'occasion pour eux de s'offrir une seconde chance ?

**D'amie à amante, de Melissa Senate**

Lors d'un rendez-vous organisé, la cheffe cuisinière Lily tombe immédiatement sous le charme de Xander Crawford. Malheureusement, le coup de foudre ne semble pas réciproque… Qu'à cela ne tienne, Lily fera tout pour convaincre Xander qu'elle est la femme de sa vie !

---

**Ce playboy interdit, de Karen Booth - N°1040**

Série : Scandaleuses révélations 1/3

Consultante en relations publiques, Chloe ne mélange jamais travail et vie privée. Mais ses résolutions vacillent quand Parker, un agent sportif, la recrute. Cet homme beau comme un dieu est victime de « Petit Carnet Noir », un compte colportant des rumeurs sur Internet. Or, si Chloe veut gagner la bataille sur les réseaux sociaux, elle ne doit en aucun cas se laisser distraire par son irrésistible client…

**Des jumeaux pour Ellie, de Carrie Nichols**

Ellie a un faible pour Liam depuis l'adolescence et, dès son retour à Loon Lake, son cœur bat plus vite pour lui… Son rêve devient réalité quand tous deux entament une liaison. Mais lorsque Ellie se découvre enceinte de jumeaux, elle prend peur. Un avenir est-il seulement possible entre Liam et elle ou finira-t-elle le cœur brisé ?

## L'enfant de Wes Jackson, de Maureen Child - N°1041

*Père absent*... Wesley ne décolère pas. Comment ce simple tweet – l'œuvre de cette maudite Isabelle Graystone – a-t-il pu faire basculer sa vie à ce point? Lui qui avait tout pour réussir, le voilà qui assiste désormais à la chute de son entreprise Texas Toy Goods Inc. Certes, il a licencié Isabelle à la suite de la nuit de passion qu'ils ont passée ensemble, cinq ans plus tôt. Pour autant, pense-t-elle pouvoir détruire sa vie sans conséquence?

## Prisonnier de son charme, de Silver James

Lorsqu'il se réveille blotti contre Roxanne – la fille de son ennemi –, Cash panique. Que lui a-t-il pris de passer la plus torride des nuits avec celle qu'il devait garder comme otage pour protéger l'empire Baron dont il est l'héritier? Il vient de commettre une grave erreur, il ne le sait que trop bien. Et, surtout, il ne doit pas se laisser manipuler par Roxanne, qui ne cesse de lui murmurer qu'elle l'aime et qu'il doit la libérer...

---

## Exquise tentation, de Lauren Canan - N°1042

Une nuit de tentation. Et voilà que Tallie se découvre enceinte d'un parfait inconnu. Mais, tandis qu'elle se résout à élever seule l'enfant qu'elle porte, elle retrouve son amant sur le site des fouilles archéologiques qu'elle doit mener. Hélas, loin de l'homme attentionné qui l'a séduite au premier regard, Cole Masters se révèle aussi riche qu'arrogant. Pis, alors qu'elle s'apprête à lui révéler qu'il sera bientôt père, il la somme de quitter ses terres au plus vite...

## Le doute au cœur, de Sara Orwig

« Tu n'as pas su retenir ton mari? Rien d'étonnant : d'autres femmes sont bien meilleures que toi. » Cet e-mail qu'Emily vient de recevoir l'a mise hors d'elle. Car il n'est que stricte vérité : Tom la trompe, elle en est certaine. Sans doute parce qu'elle ne supporte plus que son époux pose la main sur elle. Mais ce soir, Emily est prête à briser le silence. Quitte à perdre à tout jamais le mari qu'elle a tant aimé et qui lui semble désormais être un étranger...

L